安语臣 著

南方出版传媒
花城出版社
中国·广州

图书在版编目（CIP）数据

大明诏 / 妄语臣著. -- 广州：花城出版社,
2021.1
 ISBN 978-7-5360-9042-2

Ⅰ.①大… Ⅱ.①妄… Ⅲ.①长篇小说－中国－当代 Ⅳ.①I247.5

中国版本图书馆CIP数据核字(2020)第179374号

出 版 人：肖延兵
责任编辑：陈宾杰　王铮锴
技术编辑：薛伟民　凌春梅
封面设计：脑线视觉传达

书　　名	大明诏 DAMING ZHAO
出版发行	花城出版社 （广州市环市东路水荫路11号）
经　　销	全国新华书店
印　　刷	深圳市福圣印刷有限公司 （深圳市龙华区龙华街道龙苑大道联华工业区）
开　　本	787毫米×1092毫米　16开
印　　张	21　1插页
字　　数	383,000字
版　　次	2021年1月第1版　2021年1月第1次印刷
定　　价	59.80元

如发现印装质量问题，请直接与印刷厂联系调换。
购书热线：020－37604658　37602954
花城出版社网站：http://www.fcph.com.cn

序

和语臣认识已经十几年了，这数字让人蓦然心惊。

时间总是在我们的忙乱中偷偷溜走，只留下一地记忆碎片。

这些年，我们在不同的国度，不同的时差，各自在人世间为着生存奔波，聚少离多。我们两个又都属于个性淡泊的人，有时候几个月都不会聊一句，但遇到人生重大选择的时候又总会第一时间跟对方分享。

长久以来，从大学时期，他便试着创作不同类型的文学作品，从自传到小说，从历史到科普，读他的文字，很难让人相信，其竟然是理工专业出身。

这个基于历史的故事从创意雏形到成品，语臣都跟我分享过。

历史类的小说，或者说小说形式的历史，其实是最难的。最怕的就是原本想写的是小说，最后为了资料的真实性变成历史考据；也怕原本想将考据的历史换一种更容易接受的方式去表达，结果却流于媚俗，失去真实。

故事中的历史，还是历史中的故事，这中间的度，很难把握。

历史总是艰辛晦涩，故事却让人记忆深刻。

语臣作为理工男的严谨，在于能从纷繁复杂的历史典籍中抽取线索，将春秋笔法刻意隐去的事实剥离表面，再用重新演绎的故事将历史的真实表达出来、传递给大众。而他自己对于文学的热爱和历史深厚积淀，恰好又解决了前面所提到的问题。

读者与作者心灵之间的交流，是通过对作品的感悟和理解。人类面对的心灵困惑和尴尬处境都是相同的，所以你也会懂得他的感受、我的感受，并激发起共鸣。"诗如其人，书如其人，荟而萃之，其人宛在"。其实这是文学作品的共性，作者将他的感情和经历倾注在文章当中,期待与读者进行一次穿越时空的对话。

现代人越来越生活在当下,而过去就像是一个黑洞,一切都可以在里面消失,甚至活着的人也在里面消失了。但如果你不知道自己从哪里来,那你也肯定不知道要到哪里去。

读古英语、希伯来文,没有一定的基础,可能在文字层面就被困住了。所以西方的人想要真正去阅读、理解历史,都需要经过一段长时间的学习。中国文字恰好相反。只要认识现代的文字,就能认识古代的文字,就连含义也差不多。汉语的魅力就在于此。千百年古人的智慧,通过文字传承给我们,而今人也必然会成为古人,将我们民族的记忆代代传承下去。

真诚地为语臣感到高兴,也为读者感到高兴。

PS:

想起十年前我们在五道口的渔太郎吃饭,讨论将来如何做一个很厉害的人。什么叫作很厉害呢?那时候我们都还小,对于未来还没有清晰的定义。赚很多钱?有很高的地位?读很多书?这些当然都是很厉害。可是真正的"很厉害",远远不止这些。

这么多年下来,我渐渐明白,内在充实安定,外在能够给人以向善向上的引导,那就已经是很厉害的人了。所谓"穷则独善其身,达则兼济天下"就是这样。

祝我们都能成为让自己骄傲、让对方骄傲的人。

王棣

目录

楔子 ………………………………………………………… 1
第一章　使团 ……………………………………………… 4
第二章　盛宴 ……………………………………………… 19
第三章　惊变 ……………………………………………… 32
第四章　敌友 ……………………………………………… 46
第五章　内鬼 ……………………………………………… 64
第六章　裂痕 ……………………………………………… 78
第七章　恩仇 ……………………………………………… 92
第八章　暗道 ……………………………………………… 108
第九章　圈套 ……………………………………………… 124
第十章　中计 ……………………………………………… 139
第十一章　淀川 …………………………………………… 156
第十二章　五重塔 ………………………………………… 171
第十三章　取舍 …………………………………………… 187
第十四章　独处 …………………………………………… 204
第十五章　温泉 …………………………………………… 218
第十六章　本能寺 ………………………………………… 232
第十七章　抉择 …………………………………………… 247
第十八章　虚实 …………………………………………… 261
第十九章　忍道 …………………………………………… 275
第二十章　无悔 …………………………………………… 288
第二十一章　真相 ………………………………………… 302
第二十二章　册封 ………………………………………… 317
尾声 ………………………………………………………… 328

楔　子

夜半子时的日本京都，月色清朗，清风徐徐。

宁静而祥和的夜幕下，遍布京都的大小寺庙内，回荡了一日的木鱼声与诵经声此刻早已沉寂，只余下庄重而寂寥的一缕幽静，飘散在京都的夜色之中。

而在一所不起眼的寺庙中，高高的围墙内，一阵由远及近、与佛门清静格格不入的甲胄声响，忽然打破了此间的平静。

哗哗、哗哗……

突兀的甲胄声越来越清晰，随着逐渐靠近寺庙角落的一处庭院，古朴的日式屋檐下，四名全副武装的日本武士，正沿着屋外的侧缘门廊向此处的庭院走来，在简单扫了一眼这别无异样的庭院一眼后，便打算继续巡视下去。

"待って！（等等！）"

忽然，随着一阵微风拂过，四名日本武士中的为首一人，不知为何，猛地停下了脚步，用倭语低声喝令道。随后，只见其慢慢侧过身子，站在屋外的侧缘门廊上，皱起眉头，机警地再度打量起这位于寺庙角落的幽静庭院。

凭借着历经日本战国乱世、在无数次战场搏杀中所培养出的本能直觉，为首武士对潜伏危险的预感一向敏锐。觉察到哪里好像不太对劲后，在为首者的手势示意下，其余三名武士随即迈下门廊，紧紧握住各自腰间的刀柄，如临大敌般在庭院内来回仔细打量。

不过，此间庭院虽然宽阔，布置有假山、树林、池塘，以及水塘旁滴满水后即会翻倒的惊鹿竹筒，但除了这些物件外，却无任何可疑的行迹。除了悠长的潺潺水波声，与时不时翠竹击石、倾倒添水的清脆声响外，即便竖直了耳朵，也最多只能听到四人自己的细微呼吸，再无其他动静。

见没有任何发现，为首的武士挥了挥手，将人撤回了门廊。但想到今夜在这寺庙中所守护之人，不敢有丝毫大意的为首武士，最终还是留下了其中一名手下，负责看守这位于寺庙一角的庭院，然后，才略感放心地率领其余二人，继续沿屋外的门廊进行巡视。

哗哗、哗哗……

随着另外三名武士渐行渐远、甲胄声已然模糊，突然，伴着又一阵微风拂过，留守武士的鼻翼登时抖动了几下——

空气中，似乎有一股恬淡的清香，仿佛是自庭院深处飘散而来。而这香味，竟似是樱花的独特香气。

留守的武士正品味着这股沁人的香气，却猛地警醒起来，发觉有些不太对劲：如今时节已然入秋，早过了樱花盛开的四月，此时全日本恐怕也找不到一朵仍在盛开着的樱花。

那这酷似樱花的香气，又到底是从何而来？

想到此处，一时间，这眼前清寂无尘的幽静庭院，不由得再次有了一丝阴冷的诡异。

怀着心头的疑问，留守武士握紧了腰间武士刀的刀柄，再次走下了门廊，用鼻子努力嗅着空气中似有若无的恬淡香气，开始向庭院深处一步步走去，想去探个究竟。

循着这隐约的气味，留守武士来到了墙角处的假山前，此时又是一阵微风拂过，那气味也仿佛愈加强烈，似乎正是来自面前这座假山的背后。兴奋中同时充满戒备的武士，蹑手蹑脚地向着假山后缓慢靠近，而就在走过假山转角的一瞬间，顿时瞪大了双眼：万万没有想到，在这假山的背后，原来还有一处似能容人的隐蔽山洞！鼻翼间追寻着的恬淡樱花清香，好像也正是从那黑漆漆山洞内的阴影处散发出来的。

而此时，一道皎洁的月光悠然投下，武士的瞳孔登时放大——隐约中，山洞之内竟然还有身影在依稀闪动！

电光石火间，不待这看守庭院的武士拔出腰间刀刃，自那山洞之中，已有一道凌厉的黑影破空而出、径直朝其射来——

就在此刻，武士正欲叫喊示警的嘴巴徒劳地张大着，却再也发不出任何的声响。目光下移，惊讶地凝视着自己的下巴上，竟赫然多出了一支弩箭的尾部！伴着一股血腥味自喉间上涌，留守武士这才发现，那是一根散发着幽黑色冰冷光芒的弩箭，已径直贯穿了自己的脖颈。巨大的痛楚与窒息感中，武士仅能发出细微的呻吟，随之整个身躯便无力地瘫倒在地上。

垂死之际，隐藏在山洞中的人影终于现身，而努力抬起头、想在临死前看清潜入者身份的武士，却不禁呆住了。甚至顾不上捂住咽喉间的伤口，与口中喷涌而出的鲜血，唯有直愣愣地盯着眼前难以置信的一幕：

月光的映照中，从山洞中走出的，并非一人，而是两个人。

其中一人的身上正散发着那股恬淡的香气，看身形与装束，似是一名日本女忍者。而更令人匪夷所思的，是与其在一起的另一名男子，身穿着根本不似日本的服饰，细看之下，竟是一名来自大明的锦衣卫！

来不及仔细思考，为何一名大明锦衣卫与一个日本女忍者会一同出现在这间京都不起眼的寺庙内，瘫倒在地的武士感到后心处又是一凉，立时便咽下了最后一口气。

而那女忍者则娴熟地抽出了插入其后心的匕首，又简单擦拭了一下匕首上的血污，然后站起身若无其事地扭头看向了身旁的那名大明锦衣卫，用明国的汉话低声问道：

"那件事，你真的不打算再考虑一下？"

言语间，似乎女忍者根本没把刚刚二人行踪险被发现之事放在心上，反而对口中所言的"那件事"更加在意。

"事不宜迟，找到诏书要紧。"

不过，一旁的锦衣卫却只是淡淡地如此答道，同时蹲下身子，伸手试了试那死去武士的鼻息。

或许是至死也未弄清为何一名锦衣卫会出现在此处，那武士的眼中此刻仍残留着一丝不甘的目光。看着这具已彻底没了气息的尸体，锦衣卫顺手合上了其空洞的双眼，同时面容间竟隐隐流露出一分感同身受的苦涩：

似乎，就如同眼前死不瞑目的日本武士一样，这两日间所发生的一系列目不暇接的变故，对这名神秘出现在日本京都僻静寺庙中的大明锦衣卫而言，又何曾有过预料。或许其最初也万万没有想到，自己竟会一步步阴差阳错地闯到了此处。

而这一系列变故的伊始，还要从两日前大明使团抵达日本的大阪城时说起——

第一章 · 使团

明朝万历二十四年（公元1596年，日本文禄五年），闰八月二十九日，日本，大阪城。

初秋的大阪，风淡云清，素然雅致。仿若不远处的京都，云间雁行，皆是寂禅之韵。

晴空之下，瓦覆金箔、金碧辉煌的大阪城天守阁内外，此刻却充斥着凡间的嘈杂，一派忙碌。

行色匆匆的一队侍女，正身着粗布和服，束起的垂发整齐地披背及腰，怀中捧着一个个精美的华丽漆盒，在天守阁二层精美奢华的雕栏格栅间，卑微地靠着走廊一侧，低头急匆匆地碎步快行。

"おー！きた、きた！（哦——来了！来了！）"

随着一扇绘有栩栩如生花鸟之画的拉门徐徐打开，侍女们躬身行礼，鱼贯入内，榻榻米上，屋内等待多时的数位日本大名，立时叫出了声，纷纷直起上身，迫不及待地伸出双手，郑重捧过属于自己的华丽盒子。

自诩雅士、喜爱名器风物的几位大名，仔细端详着这明国皇帝赐予的精美漆盒，并未急于打开，左右来回翻看品味着。而性格粗犷的几位大名则毫不矜持，像是得到了新的锋利名刀一般，一把掀开漆盒，新奇地摩挲着其内的一身大明官服，随即取出，直往身上套。只是，却发现腰间所配的长短刀极为碍事，于是只得纷纷解下腰间的佩刀，而后急不可耐地试穿起了明朝皇帝赐予的衣冠束带。

转眼间，屋内便出现了不少衣冠不整的"大明官员"，要说这明朝官帽，倒是大多刚好能套住众大名头顶束起的武士特有的茶筅髻，但是身上的官袍、腰上的束带，以及足下的官靴，不仅大小尺寸并不完全合身，服饰习惯也与日本些许有异，多少有所不适。

一时之间，静静侍奉在旁的侍女们看着大名们一个个头上的明朝官帽戴得板板正正，身上却穿得歪歪斜斜、松松垮垮的滑稽样子，纷纷忍不住掩口而笑。

"あのさあ——（呃，那个——）"

其中一位大名也自觉有些不太合身，朝着一旁的侍女问道：

"这衣服还能否临时改改尺寸？今日太阁殿下要我们一并着明朝赐予的衣冠出席宴会，为明使接风洗尘，可不能有衣冠不整的失礼之处。"

这大名口中的"太阁"，便是此时统治全日本的"天下人"，同时也是这座金碧辉煌的大阪城的主人——丰臣秀吉。

年长的一名为首侍女欠了欠身，恭敬而又无奈地说道：

"还请您原谅。别的屋内还有其他大名也在换穿明国所赐衣冠，为明朝使团接风的晚宴举行前，这么多位大名的尺寸都要改的话，怕是……"

"哼！小西行长那个浑蛋，怎么办事的！让他过来，看看这样让我们如何体面地去陪同太阁殿下出席宴会？！"

这时，一大名怒气冲冲地脱下了不太合身的明朝官袍，对负责此番明使团前来日本册封一事的议和奉行（负责人）小西行长，一通抱怨。

而另一大名立刻脸色一变：

"说什么呢！小西殿（'殿'为敬称，相当于小西大人）已是费了苦心，明国所赐衣冠一早便差快马送来于我等，此刻更是奉太阁之命在陪同明国使团来大阪城的路上，怎能说其不称职？何况，此番还从议和中争取到了朝贡、互市之利……"

"哼！管他什么册封朝贡，还不都是要向明国低头？我就不服！与明国议和一事，我可是始终反对！若是当时在朝鲜继续和明军硬拼下去，谁赢谁输还不一定！"

"放肆！答应与明国议和，可是太阁殿下的意思！说起来，当时朝鲜战场上撤出汉城（今名首尔）之时，阁下何不独自留守孤城，面对明军的大兵压境，还不是灰溜溜地跟着一起撤退！"

"你说什么！你个躲在后方只会说风凉话的浑蛋！"

只见起初怒骂小西行长的大名脸色瞬间涨红，作势要握向腰间的刀柄。

其余众人赶紧劝住，却又不便加入这场关于与明朝议和且已持续了近三年的争论。

回想当时朝鲜战场上的战况，起初随着太阁丰臣秀吉一声令下，数十万日本大军由多位大名率领，渡海征讨朝鲜，起初可谓异常顺利，两个月间，便几乎攻陷整个朝鲜，夺取了汉城、开城与平壤，这三座最为重要的朝鲜城池，兵锋直指大明边界鸭绿江。可好景不长，自从明军主力渡江支援朝鲜之后，几乎是在同样令人瞠目的短时间内，前线倭军虽拼死苦战，但平壤、开城、汉城却依然相继落入明军之手，阵线也被迫缩回到了朝鲜东南一隅。随着战事僵持不下，经由小西行长等一干主和派大名提议，太阁丰臣秀吉于是同意与明国议和。

而今日，随着持续了近三年的议和终于达成，明国使团已携带着大明皇帝的诏书，即将抵达大阪。按照安排，不日便将由明使向太阁丰臣秀吉，正式宣读明国皇帝的册封诏书，完成两国议和最后的册封仪式。

为了向渡海而来的明国使团表达郑重之意，太阁下令，在今晚为迎接明使而准备的盛宴上，出席的各位大名都要换上明国皇帝赐予的明朝官服，就连即将被明国皇帝封为"日本国王"的太阁丰臣秀吉自己也不例外。想必，此刻其也正在天守阁顶层准备更换明国衣冠。

不过，有部分对议和颇为不满的主战派大名，此刻却依旧心怀怨气，恨不得把前来的明朝使节一刀砍了，再连同册封诏书也一并毁掉，迫使战事再开才好。只是，作为太阁的家臣与属下，表面上又不敢忤逆丰臣秀吉的命令，胸中恼怒难平之余，只得找机会把气撒到了主持议和的小西行长身上。

这时，屋内的火药味好不容易稍稍平息下去，尴尬的沉默之中，一个声音忽然响起：

"哎呀！不好！"

正是刚刚那年长的为首侍女，脸上随即流露出惧色，猛然脱口而出道：

"赐予太阁殿下的那身衣服，怕是也不会太合身吧！"

因为年事已高，太阁丰臣秀吉近来的脾气越发暴躁、可谓喜怒无常，对下人更是稍有不满便处以严惩，或直接以令人发指的酷刑处决，甚至其家属亲眷也一同连坐。

今晚迎接使团的宴会之事如此重大，倘若因为明朝所赐衣服不合身，下人无法及时改好尺寸而大发雷霆的话，不知道又要有多少人会有牢狱之灾、性命之虞。

一瞬间，这侍女的身体止不住微微战栗起来，甚至顾不上当着众大名之面脱口而出，乃是十分失礼的行为。

闻听此言，有些大名也是脸色一凛，谁也不知道盛怒的太阁此番又会对这些下人侍女做出怎样暴虐、残酷的惩罚。

"阿春姐，我与你一起去太阁那里，立即取回所赐衣冠，马上改下尺寸吧。"

这时，一名侍奉在角落里的年轻侍女，对着心急如焚名为阿春的年长侍女言道。

那年轻侍女，一副清纯可人的模样，清澈的目光中，尽是柔情。唯一瑕疵之处就是，其鬓发之侧的耳后位置，若隐若现的一块疤痕，不知是怎么留下的。

"这……"

已在大阪城侍奉多年的阿春，一时记不得这面生的年轻侍女。因为上个月京都大阪一带突发地震（发生于册封前一个月的伏见大地震），城内也被砸死了不少的侍女，所以为了这次盛宴，城内又临时找了一批新的侍女来补充。也因此对于这刚来不久的年轻侍女，阿春并不熟悉，甚至名字也想不起来，更不太放心带一个不知底细的人去太阁那里。于是，不免犹豫了起来。

"我入城侍奉前，家中本是做针线营生的，改尺寸再拿手不过了。"

轻声细语间，角落中的年轻侍女，谦卑而又柔弱地继续自荐道。

终于，名为阿春的侍女点了点头。一个柔弱女子，市井小民出身的样子，想来也不会有什么危险，而且一向喜好女色的太阁若见到这副温婉可人的面容，或许也不会太过生气了吧。

于是，阿春便带上这年轻的侍女，向大名们行了一礼后，躬身退出了屋子，准备朝天守阁顶层太阁丰臣秀吉之处而去。

只是，谁也没有想到，那恭恭敬敬、退出屋内的年轻侍女，腰后衣下的位置，此刻竟隐隐浮现出一柄短刀的浅浅轮廓。

但根本无人察觉，方才在室内稍纵即逝的劝架空当中，这不动声色的侍女是如何神不知鬼不觉趁机摸走了一位大名换衣时解下的腰间短刀，并且悄悄藏在了身后的衣下。

紧接着，就在天守阁内森严的守卫眼皮底下，年轻的侍女跟随在阿春的身后，低头小心翼翼地走着。直到踏上通往天守阁顶层的一层层阶梯，始终未被发现身怀凶器的年轻侍女，前一刻还温柔如水的眸子中，竟不经意闪过一丝视死如归的决绝：

幸好未被发现。丰臣秀吉，你这残暴的恶魔，就准备受死吧！

这时，无论是方才屋内仍在试穿明朝官服不时为是否该与明国议和争吵几句的日本众大名，还是守卫天守阁各处的侍卫，谁也没有注意到这两名再普通不过的侍女，而是纷纷竖起了耳朵。因为，他们都隐隐听到了远处几里之外的大阪城下町街道上，那一阵高过一阵的热闹喧腾之声。

打开天守阁的雕栏纸窗，在高十余丈的天守阁上凭高望去，在大阪城外城下町街道上两侧人群的欢呼雀跃中，一支足有成百上千人组成的行进队伍，于锣鼓齐鸣中，正浩浩荡荡地向着大阪城而来——

来自明国的使团，竟有如此壮丽盛大的排场？

惊愕之余，大名们靠在纸窗处，纷纷目不转睛地远眺着那由远及近的空前盛况，心中感慨万千，各有所思。

"哼！等到了宴会上，瞧我怎么给这些明国人一点儿颜色看看！"

一大名恨恨地说道。

但此刻，众人的注意力都集中在行将到来的明国使团身上，谁也没有发现，屋内的榻榻米上少了一柄短刀，更丝毫没有意识到：一个满怀杀意的危险女子，正一步步靠近这座大阪城的主人、全日本的统治者——太阁丰臣秀吉。

　　明朝使节一行沿着平坦而又整洁的道路，自距离大阪九千步远的堺港出发。为了可以瞻仰使节一行的风采，道路两侧甚至搭起了支架，日本人对于新奇事物的好奇心，可谓非常之强……对于有幸目睹的日本人来说，明朝使团队伍的行列，堪称一个精彩而又盛大的仪仗。

——在日传教士路易斯·弗洛伊斯寄往天主教会的报告书中，如是记载

此时，在稍稍远离大阪城天守阁的地方，自堺港通往大阪城本丸（内城）的一路之上，正人头攒动、熙熙攘攘。大阪城广阔的城下町一带，除了比肩继踵、人声鼎沸的主街道外，其余各处更早已是万人空巷，如同寂静的空城一般。无论尊卑贵贱、武士贵妇、老叟少女、商人僧侣，各色人等，几乎都涌到了这条宽阔街道的两旁，相互推搡中，满怀兴奋地期待着盛况空前的一幕，誓要亲眼瞧一瞧，号称天朝上国——大明使团的风采。

这一来，可把主街两侧的店铺商贩们给乐坏了。大阪的商人们素来善于经商，平民百姓喜爱热闹，又偏爱新奇之物，借着明国使团的热潮，这等大好商机岂容错过。趁着大家的热切期盼，店家们纷纷兜售起了早已备下的各类明国特色的货物，扯着嗓子，比赛般此起彼伏地叫喊着：

"四书五经，从明国运来的四书五经啊！还泛着明国纸张的书香气呢！《论语》《孟子》《大学》还有《三国演义》，来自明国的全套四书啊！"

叫卖声处，立时便围上了一大群人，好奇心起，争相掏出铜钱购买。但却几乎丝毫无人在意，《三国演义》到底是否属于"四书"之一。

"明国的上好胭脂，抹一抹，贵妃杨玉环再世！擦一擦，大美人貂蝉再生！"

尽管那铺内的胭脂其实不过是从琉球贩过来的普通货色，但是店家早早备置了一批印有汉字的盒子，足以以假乱真的精美，引得不少妇人少女纷纷驻足，争相抢购。

看到这番情景，任谁也想不到，一个多月前，大阪周边的京都附近刚刚经历了一场地震的浩劫，虽然大阪的受损情况不是很大，但是也足足让生意冷清了许久，而此刻，前些日子里的萧条，再也不见了踪影，取而代之的，则是一派欣欣向荣与热闹繁华。

正热闹着，不远处忽然出现了大量的足轻（日本古代最低等步兵之称呼，通常衣甲或背后所插小旗上，会印有所属大名的家纹徽记），沿着街道，将挤在道路中间的人群毫不客气地通通推到了两侧路边。而足轻们背后标明所属的旗指物上，皆是同样的一个家纹。

"哎，那是小西家的士兵啊！"

"对，看那家纹，的确是小西家的足轻。"

"就是那位担任议和奉行的小西行长大人？"

"没错，看来队伍马上就要来了！"

……

人们一边七嘴八舌地讨论着，一边相互推搡着想往前排挤靠，而小西家的足轻此刻早已分作两列，分别拦在了道路的两侧，将使团行将途经的正道与两侧的人群分隔了开来。甚至不时有全副武装的武士往来巡视着，腰间锋利的刀刃，时刻威慑着任何敢于突破足轻人墙、踏足道路正中之人。

"哎，你们看啊——！"

一声叫喊忽然响起。

原以为是大明使团终于驾到，但是失落之余，这才发现，喊声所指的并非道路中央，而是道路两侧屋顶之上的高处，竟然也出现了一个个俯身弯腰、手握弓箭、背后同样插有小西家家纹的士卒，机警的目光在人群中扫来扫去，时刻戒备着道路两侧的情况。

随着使团临近，小西家的武士甚至强行严令道路两侧的馆驿、旅店、酒肆等各类店铺的二楼窗户，通通一律紧闭。纵使惹得不少早早占好二楼位置的观者怨声载道，但是刀剑所逼，却没有丝毫讨价还价的余地。很快，任何可能居高临下威胁到明朝使团安全的窗口，都已被闭合起来，就差全部用钉子封死。而任何一扇窗口如果稍有异动，就会立刻有数名高处的弓兵张弓搭箭，箭头径直对准异动之处。

人们不禁感慨，看这如临大敌的架势，就是太阁丰臣秀吉出巡时，也未必如此。

"难不成，是会有人对明国的使团不利？"

"嗯，说不定，咱们之中还有小西家派出的忍者和暗探在监视着呢！"

人群中立刻弥漫起各种猜测与讨论，同时好奇心更盛，心想这大明使团，究竟会是个什么样子？

随着街面上又出现了一队小西家的足轻，沿着街道中央，快速地净水扫街，道路两侧的武士与足轻，也纷纷面色冷峻、严阵以待，人群的气氛更加热烈起来，因为从街面微微的颤动中，人群已能感觉到，那宏大的明朝使团队伍，已经越来越近了。

终于，随着远处洪亮的鼓乐之声越来越近，一面面招展的旌旗，陆续出现在人们的视野中，在此地等候多时的人群瞬间沸腾了，欢呼声中，争吵也是在所难免——

"喂！大叔，你别挤了！"

"少废话！明国的使者前来，就是把鞋挤掉了，我也要看上一眼！"

……

相互的激烈推搡中，怀着强烈好奇心的人群，终于等到了这激动人心的一刻。

只见，旌旗招展的队列渐入眼帘，走在队伍前方占据了整个街道中央的，是分作四列的明军骑兵，足有近百人之多，随着嗒嗒嗒的铁蹄声来到近处，地面上未及清扫的碎石不断地跳跃起来。同时，感受着来自脚底的密集震颤，让不少从未上过战场的日本百姓，似乎也能稍稍体验到，战场上明朝铁骑冲锋时那恐怕更要十倍于此的磅礴气势。再看马背之上的明国骑兵，个个身披赤红罩甲，鲜衣怒马，手执旌旗，威风八面，正紧紧跟随在队列最前排两名为首骑行者的身后。

而这两名骑行在整个使团最前列的，其一，正是日本全权负责议和与册封一事的小西行长。而另一人则身穿大明武将官袍，只见二人并驾而驱，言语间似乎正相谈甚欢。

人群中又立刻议论了起来：

"呦，那不是小西行长吗？"

"对啊！是小西大人。这么说，旁边那位就是明朝的使节了？"

"那个就是明朝使节吗？瘦削的身材，干巴巴的，看起来一大把年纪了耶。"

"是啊，相貌模样似乎也马马虎虎，堂堂明国，怎么不选派一个仪表堂堂的使节呢？"

"切，以貌取人！咱们太阁殿下不也长得和……和猿猴一个样嘛！"

尽管说话者在提及"猿猴"二字时刻意压低了声响，以免招惹不必要的是非，但还是立刻在人群中引发了一阵哄笑。毕竟，太阁的长相像个猴子，是全日本人尽皆知的事情。

"哈哈哈哈，的确！太阁殿下据说长得也和猿猴似的，不也成为如今执掌全日本权柄的'天下人'吗？明国好像也有句话，怎么说来着，对，'人不可貌相'啊！这么说，倒是颇有道理了。"

这时，终于有知道些内情的人，忍不住出口纠正道：

"切，你们这些家伙懂什么！那是明朝使团的副使——沈惟敬。议和的事情就是他和小西大人在两国之间主持操办的。而明国皇帝派来的正使，估计还在后面呢！"

"哦——原来如此！"

人群中发出了恍然大悟的声音，随即继续翘首企盼。

而在行进中享受着万众瞩目，同时谈笑风生的明朝使团副使——沈惟敬，与日方议和奉行——小西行长，此刻，也在马背上不时地低声交流着，用的竟均是中土的汉话：

"一路细察，夹道欢迎，人心欢喜，秩序井然。小西大人好生布置！"

"海外野俗，不闲礼仪。让沈大人见笑了！"

沈惟敬的语气中评价甚高，相当满意。而原是堺港豪商出身，早年就会说些汉话的小西行长，历经这近三年来的两国议和，与沈惟敬交谈起来，也已能偶尔引经据典，文雅了许多。

二人随即默契地各自相视一笑，显得极为亲密。根本不像是唇枪舌剑的对手，更似是相知多年的故人老友一般。

只是，仿若又想起了什么，沈惟敬不免有些担心地压低了声音，轻声问道：

"册封仪式，准备得怎样了？不会有问题吧。"

"敬请安心。三日后举行，绝无差池。今晚先是太阁殿下为诸位摆下的迎接盛宴。哦，对了——"

小西行长信心满满，但也转而追问起了沈惟敬，只是这一次，余光扫了一眼身后紧紧相随的明国骑兵们，小西行长改换了倭语，用只有彼此才能听到的声音提醒道：

"明国皇帝陛下的诏书……"

"无须担心。"

精通倭语的沈惟敬狡黠地悠然一笑，这次，也同样用倭语低声答道：

"万无一失。诏书中的秘密，谁也不会发现……"

待沈惟敬和小西行长的第一队人马过去，紧跟着的是明军步兵阵列，头戴盔，身披甲，脚蹬靴，分二十行、四列，依次各执刀剑与枪棍，队列整齐地迈步紧随其后。

在步兵阵列之后，便是鼓乐齐鸣的随团乐队，队列中的乐手皆戴红毡笠，穿青直身，或手持各式乐器吹奏，或跟随着节奏敲打着小巧的太鼓，鼓乐呼应，气势喧天，令人瞬间笼罩在一派庄重、祥和的氛围之中。

鼓乐队的后面，则是二十四名身着华服、身披锦缎的明朝礼部官吏，其中最为核心的几人手捧沉甸甸的金色匣子，其内便是即将册封丰臣秀吉"日本国王"的相应印信。看着手托金匣之人虎背熊腰，足有碗口粗的胳膊，但是两臂却依然有些吃力的样子，想来其内由明朝皇帝所赐的国王大印，也必然分量十足。引得两侧路人眼放金光，啧啧称奇。

在其后，则是八名青棉布蓝色齐腰甲、手持令旗的马上旗牌官，与又一队手执旌旗的骑兵队。同时，与之前的明军相比，这些明军的衣甲装束不仅是更上等的做工，武器也是异常精良，甚至刀鞘之上镀有金饰。

想必，这一干军士之后的守卫之人，身份也非比寻常。

果不其然，明朝使团的整个队伍行进过半，明国正使的身影，也终于映入了已看得目不暇接的众人眼帘——

只见八名仆役稳稳地合力抬着一顶宽大的坐轿，轿顶以一张巨大而精美的虎皮为装饰，威风凛凛，气派斐然。而这轿内所坐的，正是明朝使团的正使、大明五军营右副将左军都督府署都督佥事——杨方亨。

不负望眼欲穿的两侧路人之期待，这时，轿子侧帘竟缓缓掀开了一些，人们方才得以从侧帘掀起的轿窗处，看清轿中端坐的，乃是一位头戴华丽镀金的大明顶冠、身穿一袭上等织锦大红官袍的明国官员，胸前绣有一只栩栩如生的麒麟，平添几分威严。

"哦——！"

随着轿子的侧帘掀开，啧啧赞叹声立即不绝于耳。

"不愧是明国的使节，果然仪表堂堂、气度不凡啊！"

"一看就是饱读诗书的大人物！"

……

正在众人的注意力都放在明朝正使杨方亨身上，纷纷感慨万千、赞不绝口之际，熙攘的人群之中，此刻，却有两个身穿黑色麻布僧袍、头戴斗笠之人，虽然像旁人一般同样密切注意着使团队伍的动向，但对于这名万众瞩目的正使杨方亨大人，却是看也不看。

细看这两名黑衣之人，皆是寻常日本僧侣的打扮，头上两顶斗笠更是破旧不堪，像是远道而来的苦行僧人。自从使团队伍开始途经此处，二人都一直显得异乎寻常的平静，不似旁人一味向前推搡，反倒是默默后退了两步，移到了人群的后排。这样既可以混迹于乱糟糟的人群之中，同时只需稍稍抬眼，便能隔着人群直接看到骑在高头大马上的每一位使团成员的面孔。

两人之中个子略高的僧侣，自打使团出现在视野中，就总在不自觉地压低着头上的斗笠，同时透过斗笠前沿处破烂的一道细缝，在暗处仔细观察着行进的使团队伍。

此时，随着杨方亨的坐轿经过眼前，高个僧侣的目光扫到轿子后方一队身着锦衣的侍卫身上时，便立刻屏住了呼吸，目不转睛地仔细观察着几名锦衣侍卫，仿佛等待许久的目标，就隐藏在那几人之中。

而在其视线之中的，正是跟随在杨方亨坐轿后方不远处，使团之中为数不多的数名大明锦衣卫。

与周围人声鼎沸的喧嚣有所不同，也不似使团队伍中趾高气扬、威风八面的明军护卫，这几名锦衣卫驾马徐行之中，仍若有若无地保持着一个圆形的防御阵列，仿佛几人并非骑行在热闹的宽敞大街，而更像是临近战场的谨慎行军，行进在危机四伏、冷不丁哪里便会射来暗箭的林间昏暗小道之上，几双眼睛不时用余光警惕地打量着四周。

而在这些充满戒备的锦衣卫当中，倒是有两人特立独行，反而吸引了更多的目光——

首先令人眼前一亮的，是一名略显青涩的俊美少年。

身上的衣甲虽是锦衣卫统一的装束，但头上一顶别致的紫金束发冠，却与众不同，更彰显出这美少年的英俊威武与潇洒倜傥。只见他十六七岁的年纪，如同第一次出远门的富家公子一般，好奇地打量着视野中的一切，驾马的速度也是游离于锦衣卫们所组成的整个圆阵之外，忽快忽慢，与其他稳重沉着、匀速前进的锦衣卫相比，总显得格格不入，因而十分扎眼。

这俊美少年出现后，迅速成为整个使团队伍中最吸引道路两侧众多少女、妇人们的焦点，瞬间俘获了无数的芳心。甚至比前面不远处的正使杨方亨，还更加引人注目。只见无数道暧昧的目光不停地打量着这位来自大明的英俊公子，每每有目光对视，甚至路旁的少女、妇人直勾勾大胆抛来的媚眼之时，直把这少年看得脸皮发烫，拘束地抿起嘴唇，尴尬地装作没有看到。但如此一来，反而引得少女们更是惊呼连连、兴奋不已。

而另外一名与众不同的锦衣卫，竟是浑然一副昏昏欲睡的样子。

只见此人双目微闭，仿佛在马背上惬意地犹自打起了瞌睡，完全没有受到周围嘈杂环境的丝毫影响。身体在马背上微微摇晃着，但是，屁股却又稳稳地跨坐在马鞍之上，让人搞不清楚其到底是睡着了，还是在闭目养神。

更为称奇的是，这人似乎还是几名锦衣卫中为首的头领，刚好被围拢在锦衣卫们隐隐组成的圆阵中央。

转瞬之间，路旁那高个僧侣疾速的目光，已飞快逐一扫过每一名锦衣卫，但再三确认之后，似乎仍未能确定想要寻找的目标。随即，只见其徐徐自袖口处掏出一张卷好的纸条，不动声色地快速展开，里面赫然绘有一张简单的画像，看那画中之人的装束，正是队伍之中的锦衣卫衣甲无疑。

但是，纸条上所绘之人的容貌过于简略，并没有类似伤疤、痣等明显特征，而寥寥数笔之中，画中之人的眼神却被画得极为传神，充满冷酷与锐利的目光中，仿佛还含着少许的淡漠。纵使是在画中，那凌厉而又不同寻常的目光，也让人过目不忘，同时感到脊背微微发凉。

只是，此刻隔着嘈杂的人群，与锦衣卫们相隔两丈多的距离，那画中之人的眼神和锦衣卫中任何一个都多少有些相似，但似似非似之间，却又无人能完全吻合。何况，还有一个闭目养神的家伙，也无法确定究竟是否就是他。也许，那画中的眼神根本就不符合真人，实在难以确认。

"没错，就是这伙人！明国皇帝的诏书，应该就是由这样打扮的家伙中的一个保管。只是——"

高个僧侣用倭语低声向着一旁的同伴说道，语气中充满了为难。

而旁边另一名僧侣模样的同伴，则只是稍稍侧了下脖子，余光快速扫过纸条上的画像后，迅速从破破烂烂的斗笠缝隙中，盯了队伍中那几名锦衣卫一眼，确定从装束而言，纸条上所画的定是这几人中的一个无疑，但具体是谁，的确难以区分。

"叫什么名？"

一个稍显苍老的嘶哑声音，自矮个子的斗笠下发出，从周围的嘈杂声中划过，如同炎热夏季滴到滚烫地面的水珠，顷刻间尚未被任何人察觉，便一闪而过，蒸发于空气之中。

"名字叫唐卫轩。官职是明国的锦衣卫百户。"

"百户？"

嘶哑之人没有再多说什么，只是用余光继续凝视着喧嚣之中缓缓穿过街道的锦衣卫们的身影，快速地一一排除之后，目光很快便集中在锦衣卫中间，官职与地位看似最重要的那个闭目养神之人的身上。

就在这时，毫无预兆地，只见方才还昏昏欲睡的那名锦衣卫，身子竟猛地一怔，双目随即电光石火般睁了开来，胯下的骏马也立刻停住了马蹄。非但如此，就像是察觉到了什么，马背上之人的两道锐利目光，立时便朝着僧侣所在的人群方向射了过来——

"果然，正是他！"

那凌厉的目光，和画中所绘的，简直一模一样！

惊喜之余，高个僧侣却又心下一紧，顿时惊出了冷汗，暗自想道：

"糟糕！难道被那锦衣卫首领觉察了——？！"

一时间，只见那猛然睁开双目的锦衣卫头领四周的手下，虽然没有接到任何命令，但其他锦衣卫都几乎立即将手掌纷纷按到了腰间的刀柄之上。

"戒备——！"

不知是谁低声提醒下，短短一瞬间，一众锦衣卫便不约而同地勒马止步，目光中也顿时充满了加倍的警觉，默契地分别留意着各个方向的动静，如临大敌一般。

心跳不断加速的高个僧侣，此时则有些不太自然地用左手又压了压斗笠，右手甚至不由自主地想握向自己怀里暗藏的苦无（日本忍者常用的一种小型武器，形如短剑）。

只是，一旦使用苦无，就等于暴露了自己两人表面僧侣服饰下，忍者的真实身份，虽然混乱之中能够成功逃跑，自家主公的计划却可能因此而受到影响。因此，只能暂时强忍住心中的紧张，屏气敛声，一动也不敢动。

"百户大人，有何异状？"

这时，唯有锦衣卫中那后知后觉的俊美少年，终于察觉到了四周同僚们如临大敌的戒备氛围，好奇地朝着为首的锦衣卫百户问道。

"无妨。"

简单吩咐了一句，那目光凌厉的为首者便又恢复了前一刻略显慵懒的常态，示意大家继续跟随队伍前进。只是，再次合上双眼之前，其有意无意地用余光朝着方才感觉到一股强烈杀气的方向，又暗暗投去了一眸，不动声色地微微皱了下眉。

而那询问的少年，则似是有些不屑地撇了撇嘴，大概觉得自己的这些锦衣卫同僚们实在有些一惊一乍、草木皆兵。

待使团队伍继续前进，锦衣卫们也随着杨方亨的坐轿终于走远，路旁高个僧侣的背部已然被冷汗湿透，这才忍不住长舒了一口气。而待位于使团队伍最后面的绢帛、锦绣、黄金，甚至还包括了两头骆驼的明国皇帝赠礼——经过眼前时，任凭周围的百姓们不断地目瞪口呆、唏嘘称奇，高个僧侣却已如虚脱了一般，对此完全没有了兴致。

"计划准备得怎样了？"

另一僧侣嘶哑而又苍老的声音则依旧低沉又简练，仿佛根本没有受到刚刚的任何波动或影响。

"照吩咐，一切均已按计划准备妥当，最后那批东西也马上要秘密运进去了。宴会一开始，就随时可以行动。"

高个僧侣忍不住擦了擦头上的冷汗，不仅因为刚才不慎惊动了明国使团中的锦衣卫，险些酿出大祸，更缘于一想到今晚即将发生的重要行动——

说不定，连整个日本，不，是包括日本、朝鲜还有明国的命运，都会因今晚行动的成败而改变。

沉默了片刻，嘶哑的声音再次响起：

"那姓唐的家伙是什么来历？"

"这……"

高个僧侣有些诧异，余光极为好奇地想打量一下那个子稍矮的嘶哑之人，却看不到斗笠下对方的脸。想到之前任何一次行动，无论多么重大，可从未听其询问过目标的来历背景。凡是被其视为目标的对象，在他的眼中，往往就已经是个死人了。

可这一次，为何会如此在意？

仅仅因为刚刚的惊险一幕？

暗自惊讶之余，高个僧侣脑海之中，也迅速在之前探听到的只言片语记忆中，努力搜刮了一番，方才不太肯定地说道：

"似乎几年前在朝鲜战场上，那姓唐的立过不少军功，后来回到明国京城后却被下了狱。使团出使前才又被放出来，官复原职。"

闻言，嘶哑之人默然片刻，从刚刚惊险一幕的反应表现来看，除了稚嫩的俊美少年外，那姓唐的为首的一伙锦衣卫，的确不似其他寻常使团护卫，明显是只有经过真正残酷的战场淬炼后才有可能具备的本能警觉性。所以，说那姓唐的锦衣卫在明军之中曾立过军功，倒是可以确信。但是立有大功之人为何又被下狱，而此番明国遣使来日本前又恰好被放了出来，这就实在有些匪夷所思了。

一阵思考后，嘶哑之人终于做出了决定，仿佛对那姓唐之人充满了兴趣：

"计划稍作改变。等我再摸摸他的底，确定诏书在他手上后，找到机会，再等我的命令行动。"

"可是……主公那边……"

高个僧侣有些为难，这次的行动是主公亲自制定的，可见有多么重要，怎能不请示主公就轻易更改计划。

"正是为了主公，事关重大，所以才更要谨慎些。"嘶哑的声音中没有任何的迟疑，"事后我会向主公说明。一切责任，由我承担。"

"明白了。那就照您的吩咐，等候命令后我再行动，以确保万无一失。"

见其心意已决，高个僧侣只得点头从命。

而就在这时，高个僧侣的声音大概稍稍高了一些，被旁边的一个路人听到了一部分。于是，那路人便有些奇怪地朝着身后这两名不知暗自嘀咕些啥的苦行僧，随便瞅了一眼，注意到仍然有些微热的天气里，矮个僧侣脖颈上竟然还缠了圈布带，颇有几分怪异。轻哼了一声后，这路人便又回过了头，没有太多在意，继续踮着脚，看向已渐去渐远的明国使团那边，凑着众人讨论与吆喝的热闹。

但就在下一刻，一只布满伤痕的手掌已悄无声息地从身后捂住了此人的嘴巴，还不待其做出反应，又有另一只手也轻轻地按住了其肩膀，随后只听得脖颈处咔嚓一声闷响，便觉脑袋一歪，眼前一黑，这路人顿时失去了知觉。

而谈论声、感慨声、欢呼声此起彼伏的沸腾人群附近，眼看使团已经平安经过，负责警戒的小西家士兵们，也开始陆续收队。平民百姓则更是谁也不会去注意，人群后排的这个倒霉家伙究竟发生了什么。

那已无生气的瘫软身子，随即被高个僧侣轻轻地扶住，悄无声息地架到了人群之后的僻静地方，如同昏迷状态一般，放在了角落，并把歪斜的脖子再次扭正了回来，摆成醉汉状的昏睡坐姿，任谁一时也不会留意，这"醉汉"的脖子是否已被扭断。

干净利索地完成了这一切后，高个僧侣再次压低声音，有些紧张地对着旁边默不作声看完整个过程的嘶哑之人说道：

"抱歉，是我的疏忽。"

而嘶哑之人没有多说什么，见街道上明国使团已然远去，即将进入大阪城，自己差不多也该动身了，遂紧了紧脖颈处的布带，似乎是在护住颈后的什么东西，而后双手合十，默默朝着那"昏睡"过去的尸体微微欠了下身，犹如诵念经文一般，低声念叨道：

"厌离秽土。"

高个僧侣也随即合十欠身，唱和一般紧跟着对应道：

"欣求净土。"

很快，两人便随着看完热闹、各自散去的众多观者，悄无声息地泯然消失于纷杂的人流之中。

此时，天色也已逐渐西斜，仿佛是为太阁殿下所准备的盛宴，装点好了一片凄美的落霞之景，静静等待着入城之后，一场盛宴的到来。

第二章 · 盛宴

咚——！

咚——！

咚——！

三声巨大的日本太鼓声中，余音回荡之间，那雄浑粗犷的声响，让人犹如身处激荡人心的战场。而在此时的接风盛宴之上，这助兴的鼓声却在觥筹交错之间，激发着满座宾主以酒交锋的新一轮"厮杀"。

呜——！

号角长鸣中，落座于大阪城这座宽阔的院落内，一盏接着一盏的美酒佳酿滑落腹中，顿时感觉一股火辣辣的味道从喉间传至舌尖，热气溢满胸腔，就仿若两军阵前斩将夺旗般畅快淋漓。

此刻，为迎接明朝使团备下的盛大宴会刚刚过半，而天色尚未尽暗，位于露天院落的盛宴周围，却早已燃起了一支支的火把，将院落之中照得如同白昼一般明亮。借着火光的映照，院落中四处挂起、用作装饰的雕绣与帷幔，更显精美夺目，奢华异常。时节虽已入秋，但地面之上早已垫好了厚实的毛毡，令坐客丝毫不觉寒意。座席之间，更铺有为贵宾所备的大红锦缎，作为出入行走的道路引导，往来交错之处，也间杂着一些整洁的粗布铺于地面，那是为端菜倒酒的侍女、仆役们留有的通道，下人们来回传递酒菜的繁忙中，也能与众多宾客互不影响、条理井然。

边角处几株不太引人注目的树木，若是细细观察，连同那树下的池塘、木桥，也是分布得错落有致。尤其是一株枫树枝头的叶子，此时也泛着微红，不知是因入秋而叶已渐红，还是火光的映照所致，但那数片红叶随风拂动间的纤纤之态，宛若怀春少女的面颊，欲拒含羞，娇媚动人。伴着席间的清风徐徐，兼有空气中沁人心脾的佳酿酒香，身处这别具一格的异国情致中，此情此景，鼓乐齐鸣间，又怎能不令宾客双方更有酒兴。

再看场内，隔着中央偌大的空地，宾主两国的重要人员均已沿东西两侧落座入席。西侧东向的宾方位置上，最为显眼、布置奢华的座位处，端坐着姿态大方的明朝正使杨方亨。在其稍稍下首的位置，则坐着身为副使的沈惟敬。

而担任日方议和奉行的小西行长，因为作为明朝使团的陪同，也坐在了西侧的宾位、沈惟敬下首的位置。再向后，则是其余三十余名明朝使团成员，按照官阶大小自第二排开始，依次落座。不仅有使团的侍卫，礼部的官员，另有四名锦衣卫同在宾位之列而坐。

东侧西向的主方位置处，则是太阁丰臣秀吉手下的众多日本大名，同样依照身份地位，顺序而坐。只是，这些日本大名的名字奇怪而又拗口，多达四五个字的名称更觉别扭，即便宴会开始前有小西行长的相互一一介绍，明朝使团众人显然根本记不住如此多的人名，酒宴过半之时，更是只能勉强记得诸如德川家康、石田三成等几名位置显眼处的重要人物。

而出乎明朝使团意料的是，出席宴会的几十名日本大名，竟均是身着大明皇帝赐予的官帽官袍，最初入席之时，着实令人惊讶。至少在表面的礼节之上，足见日本十足的诚意。当然，这也包括此刻正坐在居北主位上已面露微醺的此间主人——太阁丰臣秀吉。

"来来来，杨大人，此番从贵国千里迢迢渡海而来，着实辛苦！为表敬意，来来来，请再干了这一杯吧！"

身着明朝皇帝所赐王公蟒服的丰臣秀吉，这已是第三次向明朝正使杨方亨举杯，借由沈惟敬或小西行长的传译，相邀杨方亨共饮一杯。只见丰臣秀吉那身精美华贵的服饰胸口处，绣有一只耀眼夺目，似腾云在天、威严无比的四爪飞龙，彰显着此人非比寻常的尊贵地位。

"多谢殿下。杨某奉旨而来，只愿顺利完成皇命，两国也从此刀枪入库，共享百姓安乐的太平盛世。纵有千般辛苦也绝无怨言！干过此杯，杨某当再敬太阁殿下顺应天命之功！"

杨方亨手持酒杯，以明朝礼节拱手抱拳还礼，言毕，即一饮而下。

"哈哈，杨大人虽是文官，看来却也是海量啊！"

主位之上的丰臣秀吉也是一饮而尽，畅快大笑，似乎甚是开心。

在明朝使团成员众人的眼中，这日本太阁丰臣秀吉的样貌，诚如传闻所言，尖嘴猴腮，身材瘦削。加上年事已高，两鬓皆已斑白，纵使衣冠楚楚，权势熏天，样子却着实像是一只年老而又矮小的白毛猴子，犹如"沐猴而冠"。

不过，言谈之间，虽不懂倭语，相隔较远处，连沈惟敬与小西行长的翻译也听不太清，但是这主位上干瘦老头的爽朗笑声，倒是颇具感染力，无形之中，渐渐便使人对其反感渐消。而并不高大雄伟的身材中，却也在举手投足间彰显出权倾日本的一派枭雄气魄。听闻此人早年不过是出身布衣，如今却已执日本牛耳，令所有大名对其俯首称臣之境地，想来也必有其过人之处。只是，使团众人也曾风闻此人狡诈阴险，但眼下倒还没有看得出来。

席间使团众人正一边饮酒，一边各怀心思，一位日本大名，这时却忽然站了出来，用倭语大声讲道：

"太阁殿下，值此盛宴，当有席间献艺，以助各位酒兴！否则，岂不是亏待了明国使节的失礼之举吗？我等提议，可否有席间献艺，以娱众位。"

主位上的丰臣秀吉点点头。如此只是一味饮酒，言语不通之间，虽有良辰美景、鼓乐伴奏，却总觉得稍显乏味，难以尽兴。

小西行长见状，微微一笑，便打算命手下去唤早已备好的歌舞入场，就在这将左右两侧分隔开来的敞亮空地上为众人表演助兴。

谁知，还未来得及下令，那站起的大名却又言道：

"多谢太阁殿下恩准！不过，我等身为武士，不想要那些花里胡哨的东西，今日诸位酒兴正浓，男子汉还是应当以武会友，才配得上今日盛宴之名！"

"哦？！有意思。"

丰臣秀吉眼睛眯成了一条缝，原本有些佝偻的身子顿时挺直了许多：

"你说说，要怎么'以武会友'？"

"朝鲜战场之上，未能分出的胜负，何不就在此酒宴上一较高下！我等提议比试三场，看看是明国的武者略胜一筹，还是我日本的武士更英勇善战！"

话音刚落，一些在座大名随即点头称是，立时得到不少的响应。其中，不乏本就对昔日朝鲜战场上未能彻底决出胜负而心怀不满的主战派，也有一些希望见识到精彩比试或者看热闹之人。加上酒气正浓，一听到双方武士当场一较高下，更是令人血脉贲张、满怀期待。

"太阁殿下，不可！"

主持议和的小西行长一见苗头有些不对，立即起身，郑重言道：

"刀剑无眼，一旦见血，伤及性命，恐非吉事，反而坏了议和大事！"

"胆小鬼就待在一边少啰唆！又没叫你这商贩出身的家伙上台比试！"

一些早已看不惯小西行长的主战派立刻纷纷言道，以其出身商贩而非武士世家的事情作为攻击的对象。

"你这家伙，说什么呢——？！"

"你对小西殿这样说话，实在是太失礼了！"

……

眼看场上支持小西行长的主和派与主战派的两方大名又要吵起来，丰臣秀吉立即挥手制止，给出了一个各让一步的提议：

"比武还是蛮有趣的，我也想看一下。不过，小西行长说的也有道理。那这样吧。来人！备下些木刀木剑用作武具。比试也应点到为止，不准伤及性命，就以此空地为界，出界或倒地不起者为负。"

听到丰臣秀吉这样讲，争执的双方都不好再说什么，比武的规则就这样大致确定了下来。

而一旁的明朝使团众人，听着众大名忽然用倭语起了争执，正不明所以之际，经由小西行长和沈惟敬的事后翻译，这才终于弄明白，是要双方选派高手，当场比试三轮，以助酒兴。

听罢解释的杨方亨，方才还笑意正浓的面容间，此时却微微变了脸色。

双方现场比武？

此等良辰美景，本应是吟诗作对、尽享风雅之时，却要做比武这般野蛮荒唐之事，这些日本大名居然还上下满怀期待，实在是未受天朝王道教化的化外番邦。

况且，这也并不在负责议和之事的沈惟敬与小西行长事先所告知的安排之内。贸然比武，赢了也恐伤和气；输了，则非但助长对方的傲气，更有损大明天朝的国威。

这可如何是好？

稍稍犹豫之后，杨方亨还是决定欣然答应，若教这番邦之人说大明不敢应战，恐怕更将有损大明天威。

同时，杨方亨内心也是底气十足，毕竟，为了以防万一有日本武将挑衅滋事，朝廷其实在出发前就早已有准备，在自己的随行侍卫中，就有一名大内高手出身的护军校尉，足堪重任。

随着杨方亨的目光缓缓移向位列其身后的一人，早已跃跃欲试的一名明军校尉，随即从第二排立身而起，中气十足地拱手请战道：

"启禀杨大人，卑职愿出战迎敌！"

"崔校尉，那就有劳了。"

杨方亨微微一笑，看姓崔的校尉自信满满，知其原为宫中大内侍卫，武艺卓绝，正是为了应付这类情况，才临时调入使团担任校尉，心中自是一万个放心，反而嘱咐道：

"此战关系重大，崔校尉下手莫要过重，以免伤了两国和气。"

言语之间，杨方亨丝毫不觉得己方会输，恐怕仅凭崔校尉一人，便足以连胜三场。

"大人放心！卑职心中有数，不取对方性命便是！"

崔姓校尉摩拳擦掌，已迫不及待地准备立即登场，一较高下。但就在这时，从崔校尉的身侧，却有一个声音，猛然间冷冷提醒道：

"崔校尉，还望切莫轻敌为好。"

众人闻听着这不太合时宜，甚至略显刺耳的建言，纷纷看去，见说话者乃是那同坐在第二排的锦衣卫百户，只听其继续说道：

"日本武士多悍勇之徒，出手狠辣。若事关荣辱，生死亦在所不惜。此番比试绝非儿戏，还望谨慎应对，切不可掉以轻心。"

一听此言，群情激昂，正打算见识大内高手崔校尉一展身手的使团众人，当即都有些不悦。崔校尉更是轻描淡写地拱了拱拳：

"谢了！不过，唐百户何故长他人志气，灭自家威风，早先听闻唐百户曾于朝鲜阵前屡建奇功，今日胆子怎么却这么小？那些战功，该不会都是虚报的吧！量他化外番邦，纵有悍勇蛮力，又岂能翻得出在下的手心。"

听得崔校尉如此说，甚至暗含揶揄，这姓唐的锦衣卫百户倒也不以为忤，但亦不复多言。

崔姓校尉则大步迈前，在场边随意挑选了一支称手的木刀后，随即纵身跃入场中，信手翻了一个漂亮的刀花——

"好——!"

在背后使团众人一派叫好声中,只见其威风凛凛地持刀拱手抱拳,向前一推道:

"大明护军校尉崔清安,请指教!"

砰——!

随着两支木刀碰撞在一起,盛宴当中的第一场比试,已然正式开始。

哇啊啊——!

空地内,日本派出的第一位年轻武者忽然一声暴喝,见自己的头一击被对手轻松拦下,退了两步,高高举起手中的木刀,一边吼着,一边再度直直地冲向了横刀而立的崔清安。

看着对手势大力沉的一击,使团中的文官们都多少开始有些担心,武器虽都是木刀,可比试的二人却谁也没有配备甲胄与头盔,一旦正面击中额头、心口等要害,中者也极有可能非死即残。

好在,又是砰——的一声后,崔清安再次用木刀稳稳接住了对手的第二击,并且游刃有余地在对手闪开几步后,朝前伸出左臂,只见其手掌向上,四指微微弯曲,做了个略带挑衅意味的"请"的姿势,邀请对方尽管使出全力攻击。

脸上一阵涨红的日本武者,咬了咬牙,再度挥刀而上,这一次,双方你来我往,一连交手十来个回合,表面上看,双方似乎暂时是平分秋色,甚至日本武者还稍占上风,毕竟崔清安只是一味地在防御招架,闪躲腾挪间,竟丝毫未见有反击的意思。而那日本武士的出刀却一刀比一刀凶狠,好几次刀刃都几乎与崔清安擦肩而过,只看得不少明朝文官提心吊胆,生怕一个闪失,崔清安会不慎败下了阵来。

但就在此时,崔清安却忽然抓住对方出手时的破绽,挥刀便是反手一击——

没有料到崔清安突然的反击,日本武士虽勉强侧身接住了这一刀,却因重心不稳,一连足足退了七八步,咣、咣、咣……摇晃不止地一路直往边界处退去,眼看行将出界。

"承让了!"

只听崔清安笑着言道,同时已做好了抱拳拱手就此结束这第一轮比试的准备。

可出乎意料的是,那日本武者的脚后跟虽已退到了界线边缘附近,却在最后关头咬紧了牙关,颇为狼狈地在距离界线边缘一寸处,终于硬生生停下了脚步——

并未出界。

而此时的崔清安，看着不远处已逐渐开始喘粗气的对手，不免有些失落地摇摇头，却依然是一脸轻松，再度横刀而立，动作矫捷而又沉稳，呼吸始终均匀。

望见这一幕，就是从未习武的门外汉，也能大致看出双方实力的高下之分。

这崔清安不愧是大内一等高手，的确是身手了得，堪称万里挑一。而这分寸力度也是拿捏得恰到好处，几经交手，便已摸清了对手的刀法路数。刚刚的那一招反击，若不是对手勉强咬牙停在了界线边缘，恐怕便刚好可以被逼出界外，轻松取胜。

正当明朝使团众人都觉得胜券在握之时，却见那日本武者目光也凛然一变：

"柳生一族の名を賭けて（赌上柳生一族之名）。"

只听其默念着一句倭语，登时浑身上下便多了一股凛冽的杀气，周围的空气都顿觉几分寒意。

还不待明朝众人搞清楚对方到底用倭语嘀咕了些什么，那柳生武者已然再度冲了上来，手中的木刀更在不经意间忽然加速，刀刃呼啸而过间，竟带起阵阵呼呼作响的劈空而过之声！一瞬间，崔清安的目光也是随之一紧，两人你来我往的动作都比方才迅猛了许多——

眼看那柳生武者已然是使出了看家本领，拼上全力，场上仍在缠斗的二人不约而同地都倾力于迅速结束掉这第一场比试，尽快取得胜利。

两侧的众人更是目不转睛地紧紧盯着场中央令人眼花缭乱的激烈交锋，等待着即将分晓的胜负。

只见，在柳生武者凌厉的连续攻势下，崔清安的身子左侧忽然露出了一个不大不小的破绽。而那柳生武者眼前一亮，迅速抓住了这个稍纵即逝的宝贵机会，猛然变换了劈砍姿势，举起刀刃就直朝着崔清安的左臂斜劈了下来——！

此时，崔清安的木刀却还在身体后侧，片刻之间纵使及时调整，也难以收刀招架或者侧身闪开对方的这一击。

"もう勝負だ！（胜负已分）"

一旁观战的日本众位大名，不禁面露喜色，认为胜负已定。

可此时，崔清安见对手举刀劈了过来，却只是微微一笑，如同看到鱼儿上钩一般——

就在这千钧一发之际，只见崔清安本能地缩回左臂，护住身体左侧，同时右手迅速挥刀，凶狠地从另一侧反朝着对方的肋下胸口处砍去！

"咦——！"

两侧观战之人几乎无不倒吸一口冷气，没有想到，崔清安竟能随机应变，反手就是一招凶猛的回击。

不过，对于此时的崔清安而言，这不过是自己最为熟悉的一招。昔日在宫中教习其他新入侍卫刀法武艺、过招比试时，自己也常常会故意卖这样一个破绽，吸引对方贸然攻来，再直接径取对方要害，逼得对方只得被迫收刀回防，可纵使及时收刀招架，自己这突然使出的巨大力道，也足以将对手连人带刀一起被弹出两三丈远。对于自己曾屡试不爽的此招，崔清安自信，定可一击决胜。就如杨方亨嘱咐的那样，不伤和气地将对方弹出界外了事。

只是，任谁也没有想到的是，崔清安自问从未失手的这一招，此刻，却似乎并未奏效。尽管柳生武者赫然发现自己的肋下要害已然暴露在对手的刀锋之下，但却丝毫没有收刀的意思，继续不顾一切地向着崔清安的左臂砍去——

这家伙，难道疯了？不要命吗？！

弹指之间，诧异的崔清安同样已无退路，但是手中这凶狠无比的一刀朝着对手胸口劈下去，如果没有任何阻拦招架，定然使其当场毙命……

刹那间的犹豫，使得崔清安手中的力道稍稍减弱了几分，可依旧呼啸而过着劈砍了出去——

咔嚓——！

只听场内几乎同时传来两声脆响。再定睛一看：

左臂被砍中的崔清安已连退两步，而后捂着已然折断骨头的左臂，脸色惨白。

而那柳生武者则更是径直被巨大的力道甩出了足足两丈远的距离，落地后随即噗——的一声，从嘴中吐了一大口鲜血，再一细看，其右侧的肋骨似乎都已凹陷了下去，怕是非但数根肋骨折断，内脏必然也受伤不轻，伏在地上，虽未出界，但是一时也站不起来了。

第一场比试，看来终于分出了胜负。

望着这一幕，场内一时间鸦雀无声，沉寂了好一会儿。随后，日本大名们均有些遗憾地感到输得不太服气，不屑一顾地瞅了眼地上奄奄一息的柳生武者，吩咐一旁的下人立即将其抬了出去。

明朝使团一侧，则由几名侍卫马上将已面无血色的崔清安搀扶了下来，为其伤筋动骨的左臂包扎上药。虽然拔得头筹，先胜一场，可明朝使团众人的脸色却并不太好看，众座之间，唯有那姓唐的锦衣卫百户，冷冷看着一切，似乎早已是意料之中的结果。

若是战场之上的真刀,恐怕,则是柳生武士死而崔清安残的结果。当然,还要崔清安有足够的运气,接下来不会遭到其他敌人的围攻,幸运地撑到战斗的结束。自己也想不清,已看过不知多少遍大同小异的结局了。回想到昔日惨烈的战场,姓唐的百户握起酒杯,忍不住一饮而尽。

宴会搞成这么个局面,气氛一时不免有些尴尬。明朝使团众人正以为比武会就此结束,毕竟木刀比试也过于危险,于议和实在不利。

可日本一方众大名的情绪却纷纷被调动了起来,先输一场,怎能轻易咽得下这口气!

尽管有沈惟敬和小西行长一再向丰臣秀吉劝谏,立即中止今晚的比武。可面对群情激动的日本众大名,那愈加愤愤不平要求继续比试的众望,就连一向支持小西行长的一些主和派大名也不便再开口公开表示阻止了。

思量了片刻后,丰臣秀吉拍了拍手,喝令众人噤声之后,做出了最终的决定。

"这样,比试继续。不过,就先不要动刀动枪了,改为在远处立两块靶子,比试射技。如何?"

比试射艺?

这倒的确安全了许多,不至于互相伤及性命,也能一较高下。都有些失落的争执双方,只得接受了这样一个妥协的办法。

待沈惟敬转述了丰臣秀吉的意思后,听闻不再舞刀弄枪较量,正使杨方亨多少松了一口气,不过,却也有些担心,崔清安这大内高手如今受了伤,而自己一时也无足以信赖的武功高强之人顶替……

这可如何是好?

正在这时,后排一个样貌俊美的锦衣卫少年,忽然站起身来,毛遂自荐道:

"杨大人,赵恩儋愿意登场一较射艺,扬我大明国威!"

"咦——?"

"这年纪轻轻的锦衣卫少年,是不是赵志皋赵首辅家的……"

……

众人回身看去,对这主动请缨出战的少年,一阵低声议论。有人认了出来,这名唤赵恩儋的英俊少年,其祖父正是大明朝廷中官居太子太傅兼建极殿大学士且正任内阁首辅大臣的——赵志皋。

也不知这出身首辅之家的少年，何时入了锦衣卫，而且还跟着杨方亨一同到日本出使来了。

"好吧。恩儋，那你要多加小心。"杨方亨略一思索，便爽快地同意了赵恩儋的请缨。

"多谢大人！卑职定不负所望！"

闻听此言，赵恩儋抑制不住心中的激动与满脸的兴奋，立即拱手领命，而后便跃跃欲试地迈步走入了场内，从业已备好的武器架上，挑选自己称手的弓箭。

望着这年轻甚至略显稚嫩的身影，不少人均有些担心，甚至揣测，杨方亨答应得如此干脆，是否正是看在其"当朝首辅之孙"的特殊身份上。毕竟是赵恩儋主动请缨，就算失手输了这场，事后言官们听说此事，以有损国威进行弹劾，首当其冲的也会是首辅赵大人，而非他杨方亨。如果赢了，自然也顺水推舟地卖了当朝首辅一个大大的人情。

不过，官阶较低的大多数人其实并不像杨方亨一般，真正了解那位如今的当朝首辅。自赵志皋秉政以来，不植党，不怙权，一向稳重识大体，私下场合中，对于自己的儿子们也十分低调，极少提及，但是唯独对于这个长孙，却私下里总在其他臣僚们面前对其赞不绝口，引以为傲，多次夸其自幼习武，聪慧异常，是难得一见的文武双全的可造之才，尤其是其练就的弓箭射艺，可谓一绝。纵是京城军中最有经验的弓箭教习，也不得不甘拜下风。

赵首辅既然如此看重这个箭术绝伦的孙子，杨方亨自然也对其多了几分信心。很快，几十步外的两个射靶已由日本士兵们安置妥当，对方也派出了第二位武者，与赵恩儋同台比试。

为了助兴，一旁的太鼓再次被擂了起来：

咚、咚、咚……咚——！

一通鼓毕，两支羽箭已各自正中两个靶内红心！

"好！"

"哟西！"

两侧纷纷响起震耳欲聋的叫好之声。

场内二人也不由得对视了一眼，同样惊讶于对手出乎意料的高超箭术。

咚、咚、咚……咚——！

激荡人心的鼓声再次擂起，这一回，鼓声尚未过半，又是齐中靶上的两支箭矢，各自稳稳当当地插在红心处。

"赵公子果然厉害！真乃我大明的少年英雄！"

这一回，无论是谁，都对那不负众望的锦衣卫少年赞不绝口，无论其是不是首辅之孙，对赵恩儋这年轻后生都生出几分由衷的钦佩。对于这第二轮比试，也算是放下心来。虽然对手同样箭术不凡，但以赵恩儋的箭术，估计最差的结果也不过是平手而已。这样，大明也就等于在三轮比试中立于不败之地了。第三轮甚至稍稍放水一下，让对面日本一轮，都已无大碍。

众人正想着，场内却又有了新的变化，由于二人箭术均十分高超，怕是难分胜负，为了增加比试的难度，干脆又将靶子挪离了十步远，并且将周围的火把撤去了几支，若隐若现的昏暗光线中，再想射中靶心，已绝非易事。

可手已慢慢热起来的场内两人却依旧是抬手便射，只听啪——啪——两声，众人借助日本士兵举过去的火把，定睛细细一瞧，竟又是同中红圈，不分胜负。

看来，再这么比试下去，直到天明，也未必能决出高下来。

不过，在众人的凝视之中，似乎有人渐渐发觉到了场内二人的少许区别，日本武者杀气凛然，而赵恩儋却略显青涩。见状，眼看比试陷入僵局，一日本大名遂起身言道：

"太阁殿下，如此射法，何时是头？属下提议，何不比射活靶，比如——真人？当然，并非让比试的二人对射，而是选两名戴罪的死囚，绑在木桩上作为活靶，以娱众人之乐！"

"有意思！"

"这个办法不错！"

……

话音落处，立即引得不少日本大名的响应。

不过，小西行长和沈惟敬二人的脸色却又是一沉，再次感到苗头有些不对，唯恐议和受到影响的两人，一边据理力争，一边向旁边的杨方亨翻译解释。

一听要以射杀活人为乐，杨方亨皱紧了眉头，也忍不住出言相劝道：

"太阁殿下，君子以礼、乐、射、御、书、数为六艺，比试射艺，并无不妥。然，若比射活人，以此取乐，恐有违仁者之道，还望太阁殿下三思而后行。"

而日本主张以射活人比试的一众大名也分毫不让：

"哼！逢此盛宴，比射活人，是以杀刑徒而祭天，有何不可？"

"对。而且，是处治我日本戴罪囚徒，又非明国之人。明国使节，未免管得也太宽了吧。"

眼看又将陷入争执，还是丰臣秀吉摆手制止了争论。不过，这一次，他却并未直接亲自决定，而是饶有兴致地扭头看向了紧靠在其下首位置正沉默不语的一位日本大名：

"德川殿，你说怎么办是好？"

顷刻间，所有的目光，都汇聚到了这位被称为德川大人的日本大名身上。

尽管明朝使团众人不太清楚这位德川大人到底在丰臣手下是何官职，实力大小，只隐约记得其名曰德川家康，但是以座次而论，其所坐的位置刚好和明朝正使杨方亨相对，可谓是日本一方所有大名之中，地位仅次于丰臣秀吉的第一人，实力与地位可见一斑。但自始至终，此人都沉默寡言，只是偶尔出口附和丰臣秀吉几句。关于比射活人一事，众人却还未听到他的表态。

"回禀太阁殿下，"德川家康先是恭恭敬敬地俯身向主位上的丰臣秀吉行了一礼，而后才不紧不慢地言道："不妨这样，就比射犯了死罪的囚徒。倘若射死，本就应处死，也便无妨。倘若三射过后，犯人活了下来，便是天命，可饶其性命，也足显太阁殿下好生之德，如此不知是否可好？"

"哈哈，有趣！还是德川殿高见！就如此办吧。"丰臣秀吉闻言抚掌大笑，满意地点着头，随即想起了什么，对一旁的侍卫吩咐道："对了，把今日那两个胆大包天的侍女，带上来！就以她俩作为活靶。"

随着丰臣秀吉一声令下，很快，便有两个披头散发、奄奄一息的日本女子，被四名士兵架着胳膊，拖进了院落，看两人身上的粗布和服已是破破烂烂，到处都是伤痕，显然是不久前刚刚经过了一番严刑拷打。而在毫无反抗之力地被分别绑到了远处两根临时竖起的木桩上后，又由士卒们用绳子牢牢地各打了一个死结，防止两人清醒过后奋力挣扎、偏离了位置。

此时，已被紧紧捆住的两人，依旧各自耷拉着脑袋，不仅看不清面容，甚至连此刻是死是活也并不清楚。

"审问清楚了吗？"

丰臣秀吉悠然地抿了口杯中酒，漫不经心地朝着旁边的侍卫随口问道。

"大致问清了。左边那个叫作阿春的，只说其对行刺之事毫不知情，且已在城中服侍数载，未有其他过错。"

第二章 | 盛宴

"哼！一个愚蠢的女人，就算没有参与，未曾觉察自己已引狼入室，也是十恶不赦的死罪！另一个身怀利刃的呢？"

"另一个被绑在右边的，说自己真名叫石川幸子，自称是已被太阁殿下处死的大盗石川五右卫门的女儿。"

"哦？原来那个该死的大盗还有女儿啊。正好今天一并请明国武士成全了她，让她到地狱和家人团聚去吧！"

听到那右侧的女犯竟然是曾经闻名大阪京都一带、号称"侠盗"的石川五右卫门的女儿，其余日本众大名也均是一惊。当初丰臣秀吉在捕获石川一家之后，应该是将其全家数口都丢入煮沸的大锅中烹杀了，没想到还有这么一个漏网之鱼尚在人世，倒也是个可怜之人。

咚、咚、咚……

在基本确定了先射杀自己目标者为胜的新规则后，纵使杨方亨依旧反对射真人，但密集的鼓声还是再度响了起来，撩拨着人们起伏不定的心弦，无数双眼睛，或期待、或不忍地望着远处那两个被绳子绑在木桩上的日本女子，不知接下来会是怎样的情况。虽说三轮不死，便可饶那两名女犯性命，但是谁都清楚，以场内这二位的箭术，恐怕两人都逃不过一箭毙命的宿命！

只是，此刻，面对着远处的活人靶子，日本武者已早早熟练地张弓搭箭，而大明一方的赵恩儋，却似乎有了一些异样的变化：

只见，鼓声已响，赵恩儋不仅尚未搭箭，握弓的手臂，竟然也开始微微颤抖起来。

望着那明朝锦衣卫少年额头上的汗珠一粒粒地冒着，不知所措地在原地陷入了进退两难的窘境，在侧观战的不少日本大名都不由得露出了会心的笑容：

"哼，果然还是太嫩了……"

第三章 · 惊变

嗖——

只听鼓声过半,一支利箭已破空而出,直指昏暗火光下那被绑在左侧木桩上的女子——

啊——

一声凄厉的惨叫声中,那名为阿春的可怜侍女,整个身子随即猛地一颤,在一阵钻心疼痛中登时醒了过来,发出撕心裂肺般的哀号。只见那支日本武士刚刚射出的利箭,已正中其膝盖处,血流如注之下,雪白的箭羽也随着身体的挣扎与抽搐而抖动不止。那本就伤痕累累的腿上,不停地流出一股股鲜血,正又一次覆盖在旧有的斑斑血迹之上。

忽明忽暗的火把映照下,伤痕处冷冷的暗红,衬着鲜血夺目的猩红,令人不忍直视。

从未见过如此血腥场面的赵恩儋,手臂立时颤抖得更加剧烈。而一旁的日本对手,却似乎并未对自己头一箭的"失手"而感到沮丧,反倒像是在欣赏着自己的"杰作",而后饶有兴致地侧过头来,等候着赵恩儋的表现。

此时,不仅是面露微笑的日本众大名,就连明朝使团的一行人,也已然看了出来:

年纪轻轻的赵恩儋若单轮箭术,恐怕军中老将也未必是其对手,但作为一名根本没上过战场,更从未亲手杀过人的年轻锦衣卫来说,头一回直面如此血腥的场面,瞬间便暴露了其作为涉世未深的少年，瞻前顾后的稚嫩一面。

眼见如此，使团上下更是不由得为其捏了把汗。尤其是一众文官：不仅同样对日本如此野蛮的做法嗤之以鼻，更能体会到身为赵首辅家中的贵公子，深受儒家仁义教化之熏陶，又怎可能做出冷酷无情、射杀可怜妇孺的禽兽之举？

时间在一呼一吸间迅速流逝，终于，在众人的瞩目之中，赵恩儋仿若鼓足了勇气，在鼓声将落之际狠下了心来，张弓搭箭，凌厉的箭矢直奔右侧木桩上那依旧昏迷的女子而去——

咚——！

一击沉闷的响声中，几十双眼睛纷纷望向了那昏暗之中的利箭，却万万没想到：

三寸。

居然差了足足三寸的距离。

赵恩儋的这一箭，竟刚好射到了那名唤石川幸子的女子头顶上方三寸处，而再回望赵恩儋脸上那稍稍松一口气但依然窘迫的表情中，众人似乎瞬间明白了什么。

见此一幕，在场明朝使团与日本双方众人的态度却是大相径庭：日本大名一侧大多不屑一顾，甚至不乏冷笑之人；而使团一侧的多数观者，则不由得暗暗称赞，对这不坠大明天朝王道仁义之风范大加赞赏。

场内的赵恩儋，却丝毫没有闲心去注意旁人的反应，在进退两难的境地中，仍然紧皱眉头，擦了把额头上的汗珠，却无论如何止不住胸中烦躁不安的剧烈心跳。不仅因为这场痛苦的比试仍在继续，也因那作为自己的射靶、正被牢牢绑在右侧木桩上的可怜女子，竟然也在此刻苏醒了过来——

不知是由于侍女阿春的惨叫与呼号，还是方才射中头顶之上三寸处的震颤，从昏迷中清醒过来的石川幸子，缓慢而又无力地抬起了头，环顾四周，终于明白了自己已作为箭靶的处境之后，竟没有像一旁的阿春那样显露出丝毫的恐惧或胆怯。两道冰冷的目光，似乎已毫无留恋地看穿了生死，犹如寒光闪闪的利刃，在难见光明的昏暗处，冷漠地射向灯火通明的宴会之上那些衣冠楚楚、正襟危坐的众人。

随着目光毫无波动地漠然扫过，似乎只在看到不远外正手持弓箭的赵恩儋身上时，石川幸子的目光多多停留了片刻。望着那英俊而又略显稚嫩的面庞，对于这即将取自己性命的异国少年，石川幸子仿佛毫无怨恨，反倒像是期待着濒临的死亡，在这只剩下无尽痛苦的世界上得以解脱。

不过，当其视线最终掠过那端坐于正中央主位上的丰臣秀吉时，面对着高高在

上的日本"天下人",原本一脸漠然的石川幸子,竟瞬间变了个人:

两道饱含切骨之恨的目光,犹如来自地狱的怒视与诅咒,遍体鳞伤的娇弱身躯仿佛也在刹那间再度充满了力量,拼命想挣脱开绳索的束缚,直朝那残忍杀害了自己全家的魔鬼扑去。奈何,绳子早已被牢牢地绑了个死结,徒劳地挣扎过后,石川幸子只能将满腔的愤怒与仇恨,转化为恶毒的话语,垂下的凌乱发丝遮住了半张血迹斑斑的面颊,使其犹如女鬼一般,发出一连串的咒骂。纵使是听不懂日本之语的明朝使团众人,也能从其语气之中,感受到那无力的悲愤与彻骨的仇恨。而那咒骂最终也转为阴冷无比的痴笑,披散着的头发下,终于显露出了一张凄然而又绝望的面容。

"哈哈哈哈哈……来啊!来杀我吧!杀了我啊!就让我随父亲、母亲和弟弟他们一起去吧!我会诅咒你们,并在地狱等着你们的!你们最终谁也不得好死——!哈哈哈哈哈……"

只不过,坐在主位上的丰臣秀吉却似乎根本没把贱如蝼蚁之人的不甘与愤怒放在心上,反倒是刚好处于其视线之中的赵恩儋,竟在咒骂声中忍不住闭上了眼睛,可绝望的声响却依然声声直刺耳膜,在其心中,无论是对方那无法直视的冰冷目光,还是痴然的笑骂诅咒,都像是对自己正手持弓箭射杀妇孺之行的无尽鄙夷与嘲弄。

而这时,咚、咚、咚——,令人激动而又烦躁的鼓声再度响起!这一回,日本武士依然是不顾身旁犹犹豫豫的赵恩儋,抬手搭箭便射。

不过,箭矢所指的方向,竟非正在绝望中挣扎与呼号的阿春,而是已然恢复了冰冷表情、怒目而视的石川幸子——

噗——

箭矢所到,顷刻之间,被牢牢绑在木桩之上避无可避的石川幸子便猛地吐出了一口鲜血!

还未搭箭的赵恩儋定睛一看,对手的箭矢,居然正中那石川幸子的腹部,射中了本该属于自己的"目标"?!

只见那犹在微微颤动的箭矢,已射破了石川幸子的肚皮,纵是这倔强的日本女子在自己的仇人面前仍咬牙坚持,但钻心的剧痛之下,其紧闭的牙关中,仍不时漏出几声细若游丝的痛苦呻吟。

"你——"

赵恩儋登时侧过头去,用目光质问着自己的对手,眼中既有惊讶,更饱含愤怒。

而射错了箭靶的对手，则只是不痛不痒地挑了挑眉毛，故作失误地笑着"自责"道：

"ごめんね！間違った……（不好意思啊！居然射错了耶……）"

与此同时，主位之上高坐的丰臣秀吉见状，竟连声拍手称快、哈哈大笑道：

"哈哈哈哈！射得好！射得好啊！"

看着那企图刺杀自己的女子在临死之际能饱受痛苦的折磨与煎熬，丰臣秀吉直呼过瘾，对日本武士明显故意射错的行为，非但丝毫不以为忤，反而满面红光地大声叫好，语气中充满了赞许之意。

"承蒙太阁殿下夸奖，不胜荣幸。"

眼见丰臣秀吉喜笑颜开，日本武士立即朝主位上深深鞠了一躬，谦恭的举止之下，却是泛着隐隐的兴奋，显然已在为成功讨得了太阁欢心而沾沾自喜。

而愤怒得几乎手掌已青筋暴露的赵恩儋，望着那不远处低声呻吟而又冷漠倔强的异国女子，紧锁着眉头，恨恨地咬了咬牙，终于抬弓放箭：

只听嗖——的一声，这一回，那离弦之箭竟然偏得更多，带着巨大的力道，几乎毫无目标地径直射向了半空之中，相差甚远地落向了院落之外的远处——

"哼。"

对于年纪轻轻始终不忍下手射杀活人箭靶，甚至干脆射空以泄愤的这位明国对手，日本武士只是嗤之以鼻地再次冷哼了一声。有些不解的面容之间，似乎是对昔日朝鲜战场之上惜败于明军的结果，忽然感到有些难以置信：

当初几十万大军接连败退、节节后撤的对手，难道就是这样连人都不敢杀的所谓明国武士？还是说，那些真正果敢勇决的明国武士，此番并未前来？

既是不解又是轻视地侧目看了一眼仍在犹豫不决的赵恩儋，日本武士再度张弓搭箭，这次已根本不管什么鼓声了，登时便稳稳地射出了最后一箭——

只听不远处左边木桩上前一刻还不住呼喊的哀号与惨叫声，顷刻间便戛然而止！

血光溅处，锐利的箭头稳稳地射中了阿春的心口处，一箭毙命，终于结束了那可怜侍女脆弱的生命。

对于这样的结果，早已在众人意料之中，所以除了个别叫好声外，反应平平。此刻，更多的视线，正如同看戏一般，静静地凝视着作为明朝使团代表的赵恩儋，无不想看看他这已赌上了明国声誉的最后一箭，到底会如何处理。

而此时此刻，与场上骑虎难下的赵恩儋同样进退两难的明朝使团一众文官，也是个个愁眉不展、无人拿得出一个万全之策来。

若是真射，众人都相信，凭赵恩儋的精湛箭术，必能一击致命。可这样一来，射杀手无寸铁之妇孺的罪名，也就坐定了，实在与堂堂大明天朝的仁义之道不符。而若继续像方才那般故意脱靶射空，虽然仁义之名保住了，可这众目睽睽下输给日本武士、有损国威的罪名，同样无人担待得起。两难之下，叫人着实窝火与心急。

而作为使团正使的杨方亨，自然此刻亦是如坐针毡，甚至比场上仍在犹豫的赵恩儋更加坐立不安。

突然之间，杨方亨的眼前却猛地一亮！

对了！自己的使团之中，不是正好有一个合适人选，刚好可以由他替下身为首辅之孙的赵恩儋，换其上场吗？！

由此人射过之后，无论那可怜的日本女子是死是活，这轮比试是平是输，总好过让年纪轻轻又身份特殊的赵恩儋来承担这个沉重的罪名。况且，听闻此人曾在朝鲜屡经战阵，既然是百战沙场之人，狠心痛下杀手，必是家常便饭。即便是对一个奄奄一息的异国弱女子，自然也不会有赵恩儋的这般优柔寡断了吧。另外，据说这人本就是戴罪之身，再多上个罪名，兴许其也不会太过在意。

主意已定，杨方亨随即回过头去，正打算去寻找那个自己心目中最好的顶场之人，可目光所至，那第二排原属于某人的位置上，这时竟然已是空空如也。而其桌上精巧的酒盅内却仍冒着温热的气丝，似乎是饮者刚刚离座不久。

这可急坏了杨方亨，如此紧要关头，那家伙不会是借故离席，先一步躲开了？

正在心急如焚之时，一旁的侍卫却在杨方亨的耳畔小声提醒道：

"杨大人，你快看！唐百户他怎么自己上去了？"

回首看去，杨方亨随即一愣，刚刚暗自思考之时，竟没注意到，自己心目中的替场之人，居然已径自迈步走入了场内。

而此人，正是随团而来的锦衣卫百户——唐卫轩。

只见这姓唐的锦衣卫百户，穿着一身宴会前刚换的飞鱼服，上好的衣料由云锦中的妆花罗、妆花纱特制而成，胸前绣着一条怒目而视的四爪龙，灯火之下甚是夺目，彰显出其即便在锦衣卫中也非比寻常的地位。

不过，眼见此人未经请示，便擅自径直走入中间的场内，无论是明朝使团诸人，还是对面的日本众大名，都不禁面露惊讶，但更多的则是好奇与期待。

众目睽睽下，待唐卫轩径自走入场内，来到正同样备感诧异与困惑的赵恩儋跟前，却一言不发，只是面无表情地朝着赵恩儋伸出了摊开的手掌。无言之间，意思已十分明显。

"百户大人……这……"

望着唐卫轩那不容置疑的神色，虽对自己的上司了解不多，但是赵恩儋早听说面前这位不久前才刚刚从诏狱放出来的唐百户，当年曾是朝鲜战场上杀人不眨眼的狠角色，而今那径直看向自己的冰冷目光中，也着实透着一股难以掩盖的隐隐杀气，令人脊背发凉。

"您……真忍心杀了那女子？这……这实在不符我们大明天朝的仁义之道啊！"

仗着是当朝首辅家的公子，赵恩儋看了看不远处那奄奄一息的可怜女子，瞬间鼓足了勇气。虽然深知这唐百户一旦接过弓箭，恐怕就会毫不犹豫地将其射杀，结束已陷入僵局的眼下处境，但心中一直以来所受的熏陶与秉持的信念，却使得其依然不忍将那远处异国女子的性命，就这样交由面色冰冷的上司来处置，硬是拒绝道。

"恩儋，立即把弓箭交给唐百户！"

此时，一旁的杨方亨看不下去了，生怕再节外生枝，不禁起身，以严厉的口吻命令道。

而就在看向杨方亨的一瞬间，赵恩儋似乎立即从彼此的对视中读出了什么，虽然依旧抗拒，但是犹豫之中，更多的反而是一丝羞愧。

终于，赵恩儋伸出了颤抖的手臂，将弓箭连同眼下这烫手的山芋，一并交到了锦衣卫百户唐卫轩伸出的手掌之上。随后，即便在赵恩儋转身正准备离去之时，依然想再提醒一下自己这位浑身杀气的锦衣卫上司，务必使其少受痛苦。

可万万没想到的是——

接过弓箭的唐卫轩熟练地拉弓搭箭，只定睛看了眼那远处的目标，面不改色间眉头微微一皱，而后只听噔——的一声弓弦响动，那锋利的箭矢便已离弦而出，带着一股雄浑的力道，不偏不移地正朝着木桩上的石川幸子射去！

而射出这一箭的唐卫轩，却看也没看自己到底是否射中，随手把弯弓再度丢回到了仍在原地目瞪口呆的赵恩儋手上后，便如同来时一般，自顾自地往原本的位置上信步返去。

不过，众人一时还顾不上唐卫轩这看也不看、头也不回的怪异表现。此刻，所有的视线，几乎都已集中在了这一箭的结果之上——

只听咚——的一声闷响过后，刚刚还屏气凝神、目不转睛的一众大名，在瞅了一会儿那昏暗处的情况后，登时纷纷放声大笑起来：

"哈哈哈哈哈——"

"真是个饭桶啊！"

……

方才见那身穿华服之人临时上场顶替，无论举止、动作和气势，原以为必是个响当当、了不起的真正武士，谁知道——箭术竟然会如此之差。真是始料未及的结果！

原来，只见方才那箭速度极快、力道极猛，但是准头却实在是差了一些，离石川幸子的心口处还离着一寸之距，歪歪斜斜地竟射到了其躯干与胳膊之间的腋下缝隙处，对其顶多是擦破了点儿皮，却根本不可能致命。可见，此人的箭术与方才连中红心的明倭两位武士相比，实在是班门弄斧、贻笑大方。

眼见被对方肆意嬉笑，明朝使团众人的脸色也是十分难看。而唐卫轩却依然是径直走回到自己的位置前，一脸冷淡的表情，仿佛事不关己一般，一抖身上的飞鱼服，随即稳稳坐了下来，完全不理会旁人那充满埋怨与奚落的目光。

但就在这时，木桩附近忽然传来扑通——一声响动。

嗯？

一片嘲笑声中，有人开始注意到了那奇怪的动静，转头看去，登时，便有些困惑地止住了笑声。随着笑声趋弱，越来越多的观者都发现到了不远处那匪夷所思的一幕——

只见，方才还牢牢绑在木桩上的石川幸子，此刻居然已倒伏在了地上，而原本应该已打好死结的绳子，则松散开来，掉落在地。

这——这是怎么回事？！

随着一旁日本士卒举起火把上前查看，从地上捡起了那松开的绳子，方才还笑得前仰后合的日本大名，脸上的笑容逐渐僵硬，纷纷换成了难以置信的表情。瞠目结舌之间，再也无人笑得出声来——

借着明亮的火光，只见那日本士兵手中所持的绳索，原本已打作死扣的绳结处，竟像是被方才一箭贯穿，刚好射断了一般。

这样看来，似乎也正因为绳结被射断后，绳索逐渐松了下来，终至脱落木桩，掉落在地。而失去绳索捆绑束缚的石川幸子也随即重重地瘫倒下来，重伤伏地。

望着不远处这难以置信的一幕，无数人咽了口唾沫，揉了揉眼睛，面对这摆在眼前的事实，却依然不愿意相信，有人竟能在那样昏暗的光线内，一箭射中那本该结结实实的绳索死结！

这——这怎么可能？

就算是射艺精湛，刚刚那样昏暗的环境中，那么小的绳结怎么可能一眼之间看得如此精准？

难道，只是巧合？

对，一定是巧合的！

而当人们的目光汇聚到射出这一箭之人的身上时，已端坐在位置上的唐卫轩，刚刚喝罢了离席前摆在桌上的温酒，仍犹自慢慢回味着自喉咙直到舌尖的火辣灼烧感，周遭的一切仿佛都与己无关。见其是这副模样，既像是已然微醺，又似故作不以为意，更加让旁人有些摸不到底。

在久久难以回过神来的诧异与疑惑中，鸦雀无声的盛宴之上，一时人人默不作声，陷入了令人窒息的尴尬。直到片刻之后，一个声音终于率先打破了沉默：

"这样看来，这第二轮比试箭术，应该算日本武士胜出。目前的两轮比试，已成平局了吧？"

说话的，乃是明朝使团的副使沈惟敬。很显然，作为努力促成此番议和，堪称明朝一方最为积极主动的推动人，对于沈惟敬来说，眼下各自都能基本保住颜面的平局态势，尚未对议和之事造成不可挽回的不利影响，也许，该是个尽早结束的好机会了。

而坐在其旁边，一直以来与其共推议和之事的日本议和奉行小西行长，也旋即回过了神来，立刻应和道：

"是啊，是啊！第二轮事先已约好先射死各自目标者为胜，如今看来——"

言语间，又看了眼不远处重伤倒地却仍有一口气的石川幸子，小西行长继续笑着说道：

"自然是日本取胜。双方既已各显绝技，也已成为平局，何不就此作罢比试，把酒言欢，共享美酒佳肴？"

经沈惟敬与小西行长这两个最担心议和会受到不利影响之人的一唱一和，与配合默契，主位之上的丰臣秀吉似乎也并未反对，二人不禁长舒了一口气。小西行长正打算就此结束这剑拔弩张的荒唐比武，立即换上歌舞前来助兴，但不少日本大名却立即起身极力反对，声称双方仍未分输赢，既已约定总共比试三轮，自然必须要以最后一轮决一胜负！甚至，有人建议还是应以真刀真枪来进行最后一轮的比武较量，就以手中的刀剑，来一决两国高下！而这一意见，又立刻引来了主和一派的不满。

再度陷入吵吵嚷嚷的宴会上，在明朝使团坐席第二排依然保持沉默的唐卫轩，依旧面无表情地静静坐着。即便经过方才不动声色、技压全场的咋舌表现，第一排的正使杨方亨大人已多次朝着其位置看了几眼，似乎已做好了若再度比试便派其出场的打算，但是唐卫轩的淡漠表情中，却完全看不出他究竟是在紧张、兴奋、焦虑，抑或是躲避。默不作声的唐卫轩，只是轻轻地按了下胸前怀里所揣着的一样物件——

毕竟，保护好怀中的大明皇帝诏书，才是其此番随团而来的最根本职责所在，至于其他事情……

再度确认过怀中之物安然无恙后，唐卫轩冷冷地望了眼对面各执一词、吵作一团的日本众大名，淡淡地看着眼前发生的一切，正打算伸手去取酒壶，再给自己倒上一杯。但就在这时，桌上的酒壶却已被另一人抢先端了起来——

"百户大人，卑职敬您一杯！"

端起酒壶给唐卫轩酒杯中加满酒的，正是刚刚上台比试的年轻锦衣卫赵恩儋，不知何时，也已下场回到了唐卫轩的旁边席位。

"这杯薄酒，既感谢您仗义出手，更佩服您方才射断绳结，救人性命，堪称精彩绝伦的那一箭！"

接过赵恩儋递来的满满一杯酒，唐卫轩只是微微一笑，朝着双手捧杯郑重敬酒的赵恩儋抬了下手中的酒杯，算是接受了这一杯敬酒，却仍未说一句话，仰头便干脆地一饮而下。

同样将杯中酒一饮而尽，而后被辣得直吐舌头的赵恩儋，此时看着眼前这位让人摸不清底细的上司，仗着酒力，忍不住低声道出了一个自方才便怀有的心中疑问：

"唐大人，卑职想斗胆问您一句：刚刚的那一箭，您是有意一箭射中绳结？还是……误打误撞恰好射中了绳结……"

闻听此言，唐卫轩仍举着酒杯的手臂，不禁微微一顿。看了眼面前的少年，片刻的沉默后，只见唐卫轩放下了酒杯，冷冷地哼了一下后，诡异地一笑，扭过头来，意味深长地开口道：

"那要看，到时朝廷又打算给我头上安什么罪名了。"

这——？

面对这样一个回答，赵恩儋不禁愣在了原处，既有些迷茫，又有些惊诧。赵恩儋实在搞不清楚，面前这位身穿尊贵飞鱼服的锦衣卫百户，究竟曾经历过什么，才会说出如此这般的答复，既像是对大明朝廷尖酸刻薄的讽刺，又带有几分玩世不恭的自嘲。

既然这位高深莫测的百户大人不愿意多讲，赵恩儋也只得暂时作罢，独自暗暗忖思：其实，方才的那一箭，真正令人惊异之处，倒并非在箭术之上，而是常人几乎不可能在那样的情况下，一眼便看准远处十分昏暗的环境中，一个小小的绳结。除非——

射箭之人曾长年待在终年不见天日的地方，早已习惯了如此昏暗的环境，所以才能看得清清楚楚。

猛然间，联想到之前关于唐卫轩此人经历的道听途说，仿佛瞬间点醒了疑惑不已的赵恩儋：这位锦衣卫百户唐卫轩，似乎就是不久前才刚刚从锦衣卫北镇抚司的诏狱中释放出来！难不成，那在昏暗之中仍洞若观火的精准眼力，正是在暗无天日的诏狱之中适应而来的？

只是不知，面前这位令人捉摸不透而又性格怪异的上司，当初到底是因何罪名，而被投入诏狱之中的呢——？

赵恩儋偷偷打量着这位之前从未认真审视过的顶头上司，满腹疑问地暗暗猜测着。

夜色渐浓，一轮弯月已高悬空中。一波三折的接风盛宴，也逐渐进入高潮。

此时，距离宴会不远处的木桩已被侍从们悄悄撤走，而腹部又中一箭但仍未丧命的石川幸子，正被几名日本士兵押着，准备带回牢房。虽然之前德川大人曾向太阁殿下建言，若三箭未死，便饶其性命，并得到了太阁的首肯。但毕竟那时无人以为这女子真能侥幸存活，况且还是行刺太阁的要犯，谁也没胆量擅自做主的将其释放。因此，还是打算先架回牢房关押，反正，看其腹部的伤势，要不了多久也是失血而死的下场，到时便可一了百了。

而被士兵们架走的石川幸子，昏迷之中，却仍不忘费力地抬起头，向着主位上的那个仇人投去了恨恨的一瞥。同时，余光扫过众人之时，或是有意又似是无意地，在那方才连续两箭都不忍真正射中自己的异国英俊少年身上，暗暗留下长长的一眸。

恍惚中，石川幸子的耳畔隐约听到，宴席上的诸位大名，已决定进行最后一轮真刀真枪的决胜比试。不知为何，在这世间除却仇恨几乎已无任何牵挂的石川幸子，竟从心底隐隐生出了几分担心：

佛祖保佑，只希望，不要让那明国少年再度上场才好。

也许是佛祖终于听到了祈祷，当石川幸子即将被架出庭院的最后一刻，回头望去，在明朝使团一侧已有一人凛然起身，却并非方才那英俊的明国少年。

长舒一口气之余，石川幸子似乎也认出了那起身之人的身影——

不正是此人，刚刚射在自己腋下那最后一箭吗？

只是，已被士兵架出庭院的石川幸子，再也看不到庭院之中的情形，也根本想象不到，就在稍后，这里即将会发生些什么。落寞的离去背影中，更不知自己是否还会有重见天日的机会……

"诏书暂时交托你二人，务必小心看护。"

这时，已起身的唐卫轩，也许是担心真刀真枪的比试中会有闪失，将一直在怀中保管的大明诏书慎重地取了出来，特意在临阵之前，将其交给了身后两名锦衣卫手下保管。

一瞬间，全场原本汇聚在唐卫轩身上的目光，径直便转到了用金丝锦袋所包裹的大明诏书之上。望着那三日后议和册封大典上最为重要的大明皇帝册封诏书，无数双眼睛，散发着异样的目光。有惊叹、有欣羡、有期待，同时，也有仇恨与不甘。

"大人放心！卑职等以性命担保，绝无差池！"

看着这两名曾随自己在朝鲜战场出生入死的手下，郑重接过了装有诏书的金丝锦袋，唐卫轩再无顾虑，整了整腰间束带，便打算迈步入场。

而此时，坐于第一排的副使沈惟敬与正使杨方亨亦纷纷起身，似乎都有些不太放心，打算在唐卫轩上场前再交代两句。

"卫轩啊……"

一向眼疾手快的副使沈惟敬抢先开口，特别嘱咐道：

"咱们也算是曾一同出生入死的老交情了。沈某素知你在战场上杀敌甚众，刀法出众，可这一次，却不同于沙场建功。望你能刀下留情，以两国议和之大局为重！毕竟，已杀了那么多敌寇，应该也不在乎多杀或少杀一个了吧。"

听沈惟敬的语气，与唐卫轩似乎之前就曾相识，甚至有过一段非同一般的交情。不过，心中正惴惴不安的杨方亨此时也顾不上这些细节，只是对于沈惟敬的话中之意甚为不满，尽管其在第一轮崔清安上场前也说过几乎一模一样的话。但此刻，对面不少日本大名已是摆明了想给初来乍到的明朝使团一个下马威，又怎能畏首畏尾、示弱于人。在稍稍斟酌了一下措辞后，杨方亨也紧接着对唐卫轩低声嘱咐道：

"唐百户，此战尤为关键。本使相信，以你的才干，必能扬我国威。对手既非妇孺，更无须顾忌。一切当以国威为重！本使记得，你眼下在朝廷那儿好像仍是戴罪之身吧。如果此番建功，必可将功补过！届时由本使向朝廷奏报美言，必能保你少些罪名！"

听着左右两侧沈惟敬与杨方亨二人各自循循善诱、软中带硬的嘱托，暂时停下脚步的唐卫轩却依旧是一副冷冰冰的表情，先是恭敬地朝着左右二人分别拱手行了一礼：

"二位大人。"

说到此，顿了顿，只见唐卫轩先朝着沈惟敬看了一眼，不痛不痒地说着：

"多一个不多。"

而后，又扭头看了眼杨方亨，意味深长地冷笑道：

"少一个也不少。"

言罢，不待二人弄清唐卫轩此言所指的，到底是战场上所杀的日本敌手，还是身上正背负的罪名抑或是二者皆有之时，下一刻，唐卫轩已握住腰间所配的绣春刀，带着一丝微醺，挺胸迈入了场内，站定了身姿：

"大明锦衣卫——唐卫轩。请吧！"

一时间，随着场上的比试双方再度剑拔弩张，一触即发，人人都屏住了呼吸，等候着这决胜一战的开始。

这最后一轮比武，唐卫轩所面对的敌手，乃是丰臣秀吉特意挑选、属于德川家的一名武士。只见其全身皆已披挂整齐，套着一身赤色的日本武士铠甲，护心处绘有一个若隐若现的德川家家纹——"三叶葵"印记，粗壮健硕的手臂可见其曾苦练刀法，而已然高高举起的寒光闪闪的武士刀刃，则更显得其杀气腾腾，丝毫无心慈手软之意。看对方那摆好的进攻姿势，仿佛随时都可能一跃而上、挥刀劈砍过来，将唐卫轩一刀斩为两截！

不过，那令明朝使团上下备感揪心的唐卫轩，这时却似乎正在东张西望着些什么，对眼前咄咄逼人的对手反而显得有些心不在焉。

不知为何，在唐卫轩的心中，凭着战场上所养成的本能直觉，此时总隐隐感到，一场巨大的危机正在看不见的角落内一步步地靠近。这样的感觉，记得在进入大阪城前喧嚣的街道上，就曾有过一次。可这一回，不仅似曾相识，那种隐隐不安的心绪也仿佛更加强烈。虽然不知危险到底隐藏在何处，但唐卫轩几乎可以肯定，这蛰伏于暗中的凶险，绝非出自面前不远处那正举刀相向的比武对手。

不知不觉间，数息已过，二人却仍是毫无动静。对面的日本赤甲武士似乎也在小心翼翼地寻找着唐卫轩的破绽，又像是在犹豫，但凛然而立的唐卫轩，注意力却反而根本不在这比武场上。可是，静静的盛宴会场内，依旧是没有任何怪异的动静，唐卫轩自己也不禁有些狐疑起来。

难道，那强烈的不祥预感，只是错觉？

轰——！

可就在这时，如一声平地惊雷，庭院不远处竟忽然传来了一声震耳欲聋的巨大爆炸！

几乎是在同一瞬间，随着地面的不住震颤，以及一股气浪扑面而来，众人纷纷东倒西歪，桌案上的菜肴顷刻间撒了一地，空气内顿时弥漫着一股硫黄的怪异味道。

这……这是火药！

在场不少曾征战沙场的日本大名立刻嗅出了这熟悉的气味，可是一时却谁也无法理解，在戒备森严的大阪内城中，怎么会发生如此危险的巨大爆炸？！

震惊之余，还不待众人自惊骇中回过神来，盛宴之上的不少侍女、仆役身上，甚至看不清楚的角落内，竟然也发生了一连串突如其来的连续爆炸声！

嘭——！

嘭——！

啊——！

……

虽然这些小型爆炸远没有前一刻那巨大爆炸声骇人，但大量的白色烟尘却从各处不断地冒了出来！加上众人屡屡受惊之下，不免各自慌乱，宴会之上顿时形成一片往来奔走的混乱，尤其是胆小怕事的下人们更是纷纷惊叫起来，在弥漫不止的一片片白烟之中仓皇逃窜。

短短片刻，整个庭院内便几乎处处伸手不见五指，只有令人窒息的浓浓硫黄味道，以及奔走逃窜的混乱人群。即便是留在座位上的大名或使团成员，有的衣冠不整、紧张兮兮地东张西望，有的则哆哆嗦嗦地已趴到桌几下躲藏，而这时，一个不知从何处发出的声音，似乎瞬间惊醒了所有人，这一切突发混乱的最大可能目标——

第三章 | 惊变

"有刺客！保护太阁殿下！"

经此提醒，越来越多的日本侍卫立即在最初的错愕后回过神来，随即应声呼喊道：

"保护太阁殿下！保护太阁殿下！"

与此同时，无数日本大名、家臣、侍卫都纷纷涌向了丰臣秀吉所在的主位附近，里三层、外三层地建立起严密的戒备。

而明朝使团的侍卫们也迅速聚拢在了杨方亨的周围，相互配合着喊道：

"速速保护杨大人！护卫杨大人！"

此时，再也无人有心顾及场内中央正准备比试的唐卫轩二人。更不知道这时场内正发生着什么——

也许是觉得机会难得，又或者聚精会神之余心无旁骛，趁着视线阻隔的绝佳机会，那比武场内的赤甲武士竟不顾烟雾缭绕，径直冲向了之前唐卫轩所站的位置，发动了突然袭击！

只见唰——的一声尖锐鸣响，同时一道寒光闪过——

但刀光所过之后，赤甲武士这才发现，原本应站在此处的唐卫轩，此刻却早不见了踪影！

终于，随着弥漫于庭院内的白烟渐渐被风吹散，赤甲武士这才惊异地发现，自己的对手竟已不在比武场内，而是不知何时，已回到了其原本所坐的宴席位置处。

正待赤甲武士打算为自己的不战而胜欢欣鼓舞之际，却猛然间发现，太阁丰臣秀吉与明朝正使杨方亨，此时均安然无恙；但原本坐在唐卫轩身后的那两名锦衣卫手下，却有些诡异地伏倒在了已被鲜血染透的桌几之上。

定睛再看，那二人竟是已然双双断气！而原本应待在场内空地中的唐卫轩，则正站在那两名离奇丧命的手下跟前。只见其四下寻觅着什么，却像是始终未能找到某样极为重要的东西——

终于，人群缓过了神，这才突然明白过来，那封装于金丝锦袋之中的册封诏书，此时，已不翼而飞！

望着这一幕，无论是杨方亨、沈惟敬，还是日本一方的小西行长等主和派，登时脸色煞白。

任谁也没有想到，这一番离奇爆炸、制造混乱的真正目标，既非丰臣秀吉，也非杨方亨，而是那一封事关此番议和成败，甚至足以影响明朝与日本两国命运的大明诏书……

第四章 · 敌 友

夜色已深，大阪内城的明朝使团馆驿中，十来名有资格列席在此的文武官员，正聚集于议事厅内，空气如同被绷紧了一般，人人皆屏气敛声、愁眉不展，谁也说不出一句话。

正使杨方亨此刻同样正一言不发地坐在厅内的主位上，僵直的身体，发白的嘴唇，紧皱眉头，沉默不语。唯有一只攥紧的拳头，压在身旁的桌案之上，于忽明忽暗的烛光中，似仍惊魂未定般微微颤动。

距离那离奇的爆炸已过去了足足半个时辰，可对于杨方亨与厅内众人而言，方才那场骇人的惊变，此刻却依旧令人心有余悸。

宴会进行中突发爆炸，紧接着两名锦衣卫遇害，册封诏书离奇被窃，一切都发生得那样突然。但仔细回想，整个过程却又像极了一场精密的谋划。很显然，有人欲对大明使团不利，而且绝非单纯的比武挑衅那样简单，甚至于不惜在盛宴之中、众目睽睽之下，下此毒手，杀人越货！

不仅大明与日本间刚刚在宴会上勉强粉饰出的表面融洽，顷刻间便被扯得粉碎，突发这等意外，尤其是那两具冷冰冰的锦衣卫尸体，更让使团众人清醒地意识到，自己此刻正身处危机四伏、凶险异常的日本，怎能不心乱如麻，坐立不安。大概唯有厅外不断往来巡逻、严密戒备的明军士卒脚步声，多少能让人感到些许的踏实。

"嗞嗞——"

细微的火苗声中，桌上蜡烛那露出的烛芯已显得过长且分叉，厅内的光线也随之越来越暗。但鸦雀无声的厅内，人人愁容满面，个个缄口不言，根本无暇顾及。

这时，一名杨方亨的亲随仆役端着茶壶，蹑手蹑脚地走入了厅内。而杨方亨的声音，也终于打破了厅内令人喘不过气来的沉默气氛：

"馆驿内的日本人都屏退了？"

"是。"

仆役赶紧点了点头，语气甚是小心。身为下人，虽不清楚到底发生了什么大事，又和刚刚的巨大爆炸声有何关系，更不敢多问，但从自家杨大人一回馆驿便立刻清退了所有的日本杂役与侍女，同时下令馆驿内加强明军的戒备与守卫人数来看，想必今晚的接风盛宴上出现了什么波折与不快。察觉到此刻议事厅内其他使团文武官员，也大多面色凝重，仆役添了一圈几乎均滴水未动的茶碗后，便打算识趣地悄声退去，但看到桌案上的烛芯已烧得过长，出于多年的习惯，便随手掏出一把小剪刀，轻轻地剪去了多余的烛芯——

咔嚓。

唰啦——！

谁想，随着剪烛时发出的清脆声响，刹那间，在旁本就抿紧了嘴唇的一名侍卫竟冷不丁拔出了一半刀刃。犹如一石惊起千层浪，这一来，更是吓了厅内的文武官员一大跳，不少武官已纷纷按住腰间的刀柄，警惕的目光在厅内不停地扫来扫去，而个别胆小的文官甚至差点儿跳将起来。

面对着厅内顷刻间便如临大敌的紧张架势，从未见过如此场面的仆役当即愣住了，持着剪刀的手臂不住战栗着，也不知为何自己这轻轻一剪，竟会激起众人如此强烈的反应。

啪——！

这时，身为正使的杨方亨奋然站起身，一巴掌狠狠拍在桌案上，扫视着厅内众人：

"成何体统！古人云'泰山崩于前而色不变'，不过是剪个烛芯，何至于如此风声鹤唳！都把刀剑给本官收起来！"

握住刀柄的侍卫和武官，在终于缓过神来后，咽了口唾沫，立即尴尬地将手移开，稍稍放松了下已绷紧到极致的神经。而自感不小心捅了马蜂窝的仆役也忙不迭地立即悄悄退了下去。

尽管暂时安稳了厅内几乎已成惊弓之鸟的一众文武官员，但表面镇定自若的杨方亨，其放在后背处的手心，此刻却也正冒着冷汗。

好在一名礼部文官随即起身附和道：

"杨大人所言极是！《孙子兵法》中有云，'不动如山'。我等此刻也正当处乱不惊、岿然不动，才不失天朝上国使团之风范。况且，日本守卫应封锁了大阪城内外的各处出入口，相信此刻也正在内城之中全力缉捕凶犯。在下觉得，至少主持议和的小西行长，还是可以信得过的。兴许，这会儿已经擒获凶犯、追回诏书了也说不定。我等何不少安毋躁？仅须静待小西行长的佳音即可。"

可话音落后，在场的使团文武官员却大多悻悻地撇了撇嘴。在如此重要的盛宴上，居然有人能堂而皇之地行凶杀人、窃走诏书，还叫人如何信得过负责此次宴会的小西行长？何况，这毕竟是在三年前还刀剑相向，此刻也议和未定的昔日敌国，今晚又发生一连串的挑衅与此等意外，自然该对所有日本人都怀有戒备警惕之心才对！正所谓"非我族类、其心必异"，此时此刻，对这些化外东夷，又有何信任可言？

如今唯一值得信任的，大概也只有厅内这些已经注定要同舟共济的大明使团同僚们了。毕竟，册封诏书意外被窃，如此有损国威的天大罪责，回国后朝廷追究起来，使团中的大小官员估计谁也甭想全身而退。

其实，自渡海出发的那一刻，大家就已是一根绳上的蚂蚱。对此，从在场所有文武官员同样忧虑与忐忑的相互目光交错间，人人似乎都心知肚明。

从众人的面面相觑中，杨方亨似乎也深受启发，随即冒出一个大胆的主意：

的确！包括那丰臣秀吉、小西行长在内的所有日本人还是不要指望为好。要想找回诏书，亡羊补牢，还是得靠明朝使团的自己人。至少比全靠日本人，能多一分寻回诏书的希望。

可是，问题在于，追查凶犯，夺回诏书，而且还是在这人生地不熟，连言语都不通的日本地界，自己手下是否有这样一个合适的人选？不仅要兼具冷静的智谋、卓越的胆识与过人的身手，还要有足够的勇气，值此危难之际，接下这看起来根本不可能完成的重担……

想到这里，主位上面色阴晴不定、忽明忽暗的杨方亨开始将目光一一扫过厅内众人，眉头却皱得越来越紧：

文官们自然首先便可以排除了；而那些衣甲鲜明的兵部武官在这种追查办案的事情上估计也指望不上；曾为大内侍卫的崔清安看来还比较机敏，也值得信任，只可惜胳膊上还包扎着布条，有伤在身……

嗯——？

忽然间，杨方亨猛地发现，厅内居然一直少了两个重要的人物在场！

其中一个，正是自己的副使沈惟敬。不过，记得回馆驿前，沈惟敬就和自己说过，要立即去单独面见丰臣秀吉。一来用言语安抚，不要搅黄了议和大计；二来也看看能否将原定于三日后的册封仪式推迟一些，为寻回诏书争取更多的时间。沈惟敬此刻不在，倒也没有什么奇怪。

而另一个人，则正是今晚比武时曾两番上阵的——

唐卫轩。

杨方亨这时才想起，那个特立独行、性格迥异的锦衣卫百户，从回到馆驿开始，自己在心烦气躁之时，竟未注意到其一直都不在议事厅内。

"唐卫轩呢——？"

杨方亨有些愠怒的质问声中，一名锦衣卫头领起身出列，正是唐卫轩的副手、身为锦衣卫试百户的程本举。

据说此人也曾与唐卫轩一道在朝鲜战场出生入死，累功至如今的从六品试百户之职，与唐卫轩的关系也非同一般。记得半个时辰前爆炸发生时，其正带领另外几名锦衣卫，在馆驿中看守行李，并未出席接风宴会，也因此幸运地躲过了一劫。

"启禀杨大人，唐百户此刻正在偏房，查验运回的两名锦衣卫同袍尸身上的伤口，看有无贼人遗留的线索。因形势紧迫，未及请示大人，卑职代其请大人恕罪！"

程本举的举手投足间，无不体现着对待上级的毕恭毕敬，与同样身为锦衣卫却总带着几分冷峻孤傲的唐卫轩尤其形成鲜明的对比，不禁令主位上的杨方亨备感受用。看在其颇为恭顺的态度上，心头怒气顿消一半的杨方亨表情也缓和了一些，没再过多追究，只是令程本举立刻把唐卫轩找回来，与众人共商大事。

"遵命。"

"嗯……且慢——！"

可程本举刚一转身，杨方亨却又立即改变了主意。刚刚自己并未听清，那唐卫轩是去验看守护诏书而死的锦衣卫尸体。而此时杨方亨的表情，也愈加复杂。回想到刚才比武场上赵恩儋陷入僵局时，唐卫轩也曾如此，虽然不经请示的擅自行动令人略感不悦，但是细细想来，其每一次却都能想在自己的前面，并提早一步径直付诸行动……

犹豫了片刻后，杨方亨索性叫住了程本举，无须去打扰唐百户查找线索。而在心中，杨方亨似乎也已做了一个重要的决定：

非常之时，当用非常之人。看来，这追查凶手与诏书下落的人选，有了！

嗒嗒嗒……

这时，一阵碎步声中，方才的仆役又快步走了进来，禀告说副使沈惟敬已回到馆驿，而且，还带着那位与其几乎形影不离的日本大名——小西行长。

"有请——！"

听闻沈惟敬终于归来，还带着日本方面负责议和的小西行长，兴许是诏书已找到了也说不定。杨方亨平定了一下心绪，抖了抖身上的官袍，坐回自己的座椅上，深吸一口气，挺直了腰杆，准备迎接这两个人所带来的最新消息。

可待小西行长与沈惟敬迈入正厅之后，从两人愁云密布的表情间，似乎已为议事厅内满怀期待的众人提前揭晓了尚未开口的答案——

一个令人失望的答案。

简单的寒暄过后，果然不出所料，小西行长坦言，无论是册封诏书，还是行凶贼人，目前都下落不明。而对于此番在盛宴之上居然意外遇袭，更是深感抱歉与自责。

"此事皆怪行长布置不周！不仅令杨大人与诸位受惊，两位使团成员身亡，更致册封诏书被窃，至今下落不明，议和大计再兴波澜。行长身为日本议和奉行，实是难辞其咎，罪不可恕！鄙国太阁殿下方才已重重申斥在下，在此也特向使团杨大人及诸位郑重谢罪。"

操着越发流利的汉话，小西行长同时以大明之礼向杨方亨郑重拱手作揖，以示赔罪之意。

见状，杨方亨虽脸色极为难看，但也分得出轻重缓急，知道此刻不是追究责任、怪罪对方的时候，尽快找到册封诏书的下落才是当前头等大事，想到刚刚自己心中已做好的打算，便立即将话引到了正题上：

"敢问小西大人，现今可已寻到贼人之行迹与诏书之线索？"

"这……"

小西行长有些尴尬地顿了一下，而不待其进一步解释，杨方亨便两手抱拳，朝西面大明都城北京的方向一拱，继续朗声说道：

"既如此，本使奉大明皇帝陛下旨意来此册封贵国，诏书遗失，本使自然也责无旁贷。故本使心意已决，将特选一名得力属下，着手追查锦衣卫被害与诏书被窃一事。但毕竟对此地颇为陌生，还望小西大人不吝协助，提供熟悉此地的向导一名，全力配合我大明使团彻查诏书下落！"

闻听杨方亨此言，对于这个由大明反客为主，主导追查诏书下落的决定，不仅小西行长愣住了，厅内明朝使团众文武也是满面愕然，甚至不少人已露出了惴惴不安的表情，本能地缩了缩脑袋，唯恐这倒霉的苦差会不幸落到自己的头上。

谁也摸不清，杨大人心中所想的人选，究竟会是谁？从使团中派人在两眼一抹黑的日本追查诏书下落，又能有几成把握？

而小西行长也是一时语塞，虽然并不指望这位杨大人会对自己信赖有加，但是也没料到，杨方亨会将对自己的不信任直接摆在了台面上，僵局之下，暂时也不知该如何回应。

短暂的沉默后，还是一旁的沈惟敬打破了尴尬，补充着问了一句：

"敢问杨大人所说的得力属下，所指何人？"

"我大明锦衣卫百户——唐卫轩。"

杨方亨的语气中自信满满，似乎是准备将赌注全部押到这名此刻甚至都根本不在场的锦衣卫身上。而小西行长则随即眉头一挑，表情明显不太自然，本能地咽了口唾沫：

"唐……唐卫轩？"

"不错，正是宴会上最后一场比武的出战之人。"

当杨方亨终于说出唐卫轩的名字后，议事厅内的不少人都隐隐松了口气，但唯有小西行长脸上泛着阴晴不定、难以捉摸的表情，陷入了沉思。而在片刻的沉默之后，只见小西行长竟将询问的目光，暗暗投向了一旁的沈惟敬——

这……小西行长难道是在征询明朝使团副使沈惟敬的意见？

如此诡异的一幕，众目睽睽下，自然逃脱不了十几双眼睛。同时在众人的心中，似乎也更加印证了之前沸沸扬扬的坊间流言：沈惟敬和小西行长这两个此番议和的实际主导人，总像是在私下里隐藏着什么不可告人之事。尽管并无任何铁证，但是看这两人之间显然没有两国使者间应保持的距离，亲密程度简直如同一家人一样。难怪朝廷从最初就存有怀疑，与小西行长走得过近的沈惟敬，到底是在为哪方做事？

而在杨方亨的眼中，见小西行长居然无视自己，反而去征询身为副使的沈惟敬的意见，不论是无心还是有意，面对如此无礼的举止，面色铁青的杨方亨正待发作，却没想到，觉察到小西行长询问目光的沈惟敬，竟抢先一步主动站出来，在略显尴尬的氛围中，带着一脸的微笑，侃侃而谈道：

"卑职亦十分赞同杨大人的意见。方才日本的太阁殿下也有交代，三日后的册封仪式绝不可拖延，以防流言四起、人心惶惶。时间已然如此紧迫，若能双方联手，必可事半功倍，早一刻寻回诏书。况且，唐百户此前一直负责看管诏书，若是盗走诏书的歹人企图以假乱真、鱼目混珠，借以金蝉脱壳，唐百户也可以慧眼辨别诏书的真伪。小西大人，在下晓得你定是在担心唐百户的安危，怕我大明使团成员再出差池，因而犹豫不决。不过，以在下对唐百户的了解，这实在是多虑了。"

沈惟敬的一番话后，不仅让杨方亨铁青的脸色舒缓了许多，也让小西行长立即找到了一个合适的台阶：

"哈哈，知我者，沈大人是也。看来方才在下的确是多虑了。唐百户的身手在下一直记忆犹新，当年能从平壤城长庆门突围而出的大明武士，自然不该为其担心才是。不过——"

说到一半，眼看即将松口答应的小西行长，却再度话锋一转，即便沈惟敬也已表态支持唐卫轩加入追查诏书之列，却依旧眉头紧皱地说道：

"其实，杨大人大可放心，更无须劳烦贵国唐百户。之前听闻爆炸声起，大阪城的内、外城各处城门便均已立即关闭，除非太阁殿下亲赐金牌，任何人不能擅自进出。贼人纵是狡猾歹毒，一时也难以逃得出去。在太阁殿下刚刚责令在下全权追查此事之前，在下便已选派最精干的人马，彻查各方线索。对于能寻获大明诏书之人，太阁殿下甚至许以千金的封赏。所谓重赏之下必有勇夫。在下在此向杨大人及诸位保证，三日之内，一定赶在预定的册封仪式前，夺回大明皇帝陛下的册封诏书！"

对于这样的说辞，已对小西行长失去信任的杨方亨却根本无动于衷，目光依旧坚定。同时，就连一旁的沈惟敬也皱了皱眉头，有些诧异，似乎不明白小西行长到底还在顾虑什么。

而小西行长则迅速地暂且撇开了话题：

"也请诸位宽心。为防有人会对大明使团不利，在下已调派士卒，请杨大人允许其进驻馆驿内外，务必昼夜严防死守，保护各位的周全。"

猛地听闻小西行长提及欲派兵进驻使团馆驿，厅内众人立即提高了警惕，目光中充满了戒心。用不着杨方亨出言反驳，旁边一位礼部官员便先冷冷地婉拒道：

"小西大人，多谢贵国好意，但派兵进驻馆驿就不必了吧。馆驿内此刻已是守卫森严，滴水不漏，我等所带士卒足可自守，无须多虑。"

此言一出，便得到了厅内多数人的点头称是。如今敌我未明，两国的议和之事又出事端，除非万不得已，谁也不想让倭军士卒踏入馆驿半步。

这时，只见小西行长的鼻翼忽然在不经意间微微颤动了一下，似是闻到了一股恬淡的独特幽香，面容之间随即带上了一丝诡异的笑容，意味深长地说道：

"哦，是吗？守卫森严、滴水不漏？请恕我冒昧，但依在下看，恐怕未必吧……"

闻听小西行长出言之中暗含轻视，众人正欲驳斥，但其话音未落，就如同与小西行长之言呼应一般，一个鬼魅般的黑影突然自屋梁之上一跃而下——

毫无戒备之中，不待众人反应过来，那身穿一袭黑衣的身影已然轻轻落地。落地之时，简直就如花瓣随风飘落一般，竟几乎不带半点儿声响。

还未待侍卫们及时拔刀，小西行长已微微一笑，轻描淡写地介绍道：

"诸位勿惊。此乃行长之义女，也是我小西家的头号忍者。一向习惯如此神出鬼没。若因其贸然现身，惊扰了各位，实在是失礼了。"

惊诧之余，众人朝着落地的身影定睛一看：

曼妙的婀娜身姿，冷艳的俊俏面容，眉目间隐隐透出几分难以掩饰的杀气——

任谁也没有想到，竟然真有人能悄无声息地潜入戒备森严的使团馆驿，并从天而降般赫然出现在众人的眼前。而且，这人居然还是一名女忍者……

不同于议事厅内的几经波折，此时，在馆驿一角的僻静偏房内，影影绰绰的烛光闪动中，唐卫轩正独自一人，面对着眼前两名锦衣卫属下盖着白布的冰冷尸身，冷寂无声。

虽然已仔细检查了伤口，但唐卫轩紧皱的眉宇间似乎仍旧没有任何的头绪：掀开两名锦衣卫身上所盖的白布，白布下两人的面容似乎还带着几缕戒备，甚至找不到太多痛苦的表情，唯有脖颈处尚未清洗干净的暗红色干涸血迹，在昏暗烛光的映照下显得十分扎眼。

能在当时的混乱情形下，于伸手难见五指的烟雾之中，如此干净利落、拿捏得当地将两名锦衣卫同时一刀毙命，下此毒手的贼人绝非泛泛之辈。而更令人触目惊心的是，擦拭过血迹后，两人脖颈处各露出一道左右对称的伤痕，伤口的深浅与下刀的相对位置，都如同照镜子一般，几乎一模一样。

唐卫轩默默站在两具尸体前，正试图回想起当时酒宴上电光石火间所发生的一切可疑行迹，但不知为何，只要闭上双眼，脑海中浮现出的，便皆是数年前朝鲜战场上的一幕幕血腥场景——

从九死一生、斗智斗勇的平壤城，到金戈铁马、尸横遍野的碧蹄馆，再到熊熊烈焰、火光四起的龙山粮仓，还有那进入光复后的汉城饿殍载道、尸骨相枕的悲凉景象，尽管已过去数年之久，但至今却仍历历在目。乃至昔日的北风呼啸、喊杀嘶吼、刀剑相碰、鼓角齐鸣，此刻似乎依旧在耳畔余音回荡、久久不息。唐卫轩自己也早已记不清，有多少怀抱建功立业之心的同袍，如同最初年轻的自己一样，意气风发地奔赴前线，却最终战死疆场，葬身异国千里之外。最后，那些鲜活的面容一一褪去了血色与温度，只剩手中割下的一缕缕阵亡者的头发，作为对阵亡将士的纪念，送回大明，以示其魂归故里。

而面前的这两名锦衣卫，也曾跟随着自己出生入死，闯过了战场上的无数刀光剑影，时至今日，却命丧在遥远的日本。不过，比起那些身死疆场、大多面露痛苦的昔日同袍，看着两人较为安详的面容，仿佛直到最后一刻也尚未察觉到凶险已至，唐卫轩也不知，这算是一种幸运抑或不幸。

只是，身处此地的此时此刻，似乎比当年剑拔弩张、血肉横飞的沙场之上，更加危机四伏、暗藏凶险。甚至不知那神出鬼没的暗中贼人，藏于黑夜之中的何处。

忽然，唐卫轩嗅到了一股似有若无的香气。这种曾存于记忆深处的恬淡清香，使人顿时有种错觉，脑海中不由自主回忆起了当初战场上曾经谋面的那名日本女忍者。说起来，自己后来被下诏狱，也和那名昔日偶遇的女忍者脱不了干系……

等等，莫非这清香——

猛然间从回忆中惊醒的唐卫轩暗暗提高了戒备，而就在此时，只觉背后似有一阵阴风吹来，随着细碎的沙沙声响，背后的屋门竟被轻轻拉了开来。

"谁？！"

电光石火间，唐卫轩已抽刀而出，转身之际，寒光一闪，刀刃已指向了屋外拉门之人的咽喉。

"唐兄，是我！"

谁知，屋外之人，竟是自己的副手、锦衣卫试百户——程本举。

见并非敌人，稍稍松了口气，唐卫轩举起的刀缓缓放下。

程本举则站在门外，眨了眨眼，苦笑道：

"唐兄，你怎么也开始一惊一乍了？这可不太像你啊。"

"此番非比寻常。这大阪城凶险四伏、暗流涌动，还是小心为上。"

说话间，唐卫轩收刀入鞘。

"再凶险，能比当年咱们受困平壤，从死人堆里冒死突围时凶险？"

程本举耸了耸肩，态度倒是极为乐观。

唐、程二人当初从寂寂无闻的普通锦衣卫，共赴朝鲜战场，自随明军第一次出兵援朝、奇袭平壤开始，便患难与共，并肩出生入死，也因此战功不断累积、迅速升迁至今日的官位。多年的袍泽情分，关系自是非比寻常，无旁人在场时，说话也就随意了许多。

"对了，你来这偏房做什么？"

"哦，差点儿忘了，我是奉命带个人过来找你……"

说着，程本举转了转脑袋，好像在四处寻找着什么，唐卫轩此时也注意到，屋外根本就只站着程本举一人而已，并无其他身影。

"可是，奇了怪了。人在来这儿的半路上就忽然不见了……"

程本举有些局促地说着，而紧接着，其视线猛地定在了唐卫轩背后的屋内某处，登时愣住了。

察觉到不太对劲的唐卫轩立刻转身看向了屋内，也同样惊讶地暗暗倒吸一口凉气，瞬间握紧了腰间的刀柄——

不声不响间，屋内的两具锦衣卫尸体旁，一个日本女忍者正在旁若无人地仔细检查着死者的伤口。但就在前一刻，唐卫轩还根本未察觉她的存在。

而那股似曾相识的恬淡清香也愈加浓烈地扑面而来——

一瞬间，唐卫轩当初的记忆瞬间仿佛被唤起，虽不知对方的姓名，但嗅着鼻翼间的独特香气，眼前之人除了当初曾战场谋面的那名日本女忍者，还能是谁？

不过，此刻敌我难辨，唐卫轩正待有所动作，程本举却已缓过了神来，立即说明道：

"喏，就是她。杨大人让我带她过来见你。"

"杨大人？让你带她过来见我？"

说话间，唐卫轩目光中的戒备之情溢于言表，甚至扭头朝屋外的僻静处扫了几眼，握紧刀柄的手背上也露出几根青筋。

曾经的一幕幕回忆再度浮现在唐卫轩脑海之中，想当初，就是在战场上的一念之仁，私自放走了这日本女忍者，而此事又被有心之人利用、罗织罪名，终至被投入诏狱。如今，在这凶险四伏的环境中，又怎能不加以提防，殊不知这并非他人在对自己的刻意试探？

见唐卫轩一言不发、面色铁青，浑身上下都充满了戒备，而那女忍者则依旧像是对唐、程二人视若无睹一般，自顾自继续检查着两具锦衣卫的尸体，一旁的程本举开始小声对唐卫轩解释起来龙去脉：

"唐兄，你可莫小瞧屋内那日本的小妮子。实在是神出鬼没，令人防不胜防。你是不知道，方才她也是如刚刚一样，悄无声息地就突然从天而降，出现在议事厅内，当场是剑拔弩张！经那小西行长好一番解释，知其是小西家的忍者，才算化险为夷，不至于闹出人命。"

"那杨大人让她来这儿找我作何？"

"当然是为了追查凶手和诏书的下落。还能是为了什么？"

唐卫轩愣了愣，看着一本正经反问自己的程本举，不自觉地回避了其目光。看来，可能真是自己有些杯弓蛇影，过于多心了。

不过，唐卫轩仍依稀记得，当初在一片密林之中放过那日本女忍者时，程本举也曾在场目睹，但看如今的样子，却是一副根本早已不记得的表情。只是不知，其是因多年过去，真的已忘记，还是故意装作不记得的样子……

"唐大人。"

这时，屋内的女忍者终于检查完了伤口，只见其站起身来，昏暗的烛光映照在其姣好的面容间，用中土汉话吐出的三个字中，泛着淡淡幽香，但脸上冷艳的表情之中却透着冰凉的寒气与难掩的杀气。

片刻的沉默后，女忍者似乎也忘记了之前曾与唐卫轩有过的一面之缘，不仅完全没有提及当初二人的战场经历，甚至连客套的寒暄也一并省略，只是用有些生硬的汉话对着唐卫轩郑重说道：

"时间紧迫，就开门见山吧。我家主公小西行长正奉太阁殿下之命，追查宴会上行凶的贼人，与册封诏书的下落，甚至不惜以千两黄金，作为对寻回诏书者的赏赐。而刚刚议事厅中，杨方亨大人却又要求，务必由贵国的唐大人主导追查。但恕我直言，这恐怕只会互相掣肘，反而坏了大事。毕竟，各位初来乍到，又言语不通，恐怕根本起不到任何作用。但奈何沈惟敬大人积极赞同双方精诚合作、相互补益，我主小西大人终于不再坚决反对此事，但也并未答应。所以，就由我先来查验下这两具尸体，顺便听一听唐大人对诏书被窃一事的看法，作为双方是否要合作追查的参考。那么，唐大人，如果你来追查凶手与诏书的下落，将会从哪儿着手，我愿洗耳恭听。"

话音落后，屋内再度归于沉寂，站在屋门处的唐卫轩却一言不发，只是淡淡地凝视着面前的女忍者，不知在想些什么。

而一旁的程本举看唐卫轩迟迟不作声，有些忍不住了，出口道：

"唐兄，你怎么不说话？刚刚正厅内杨大人还说馆驿守卫森严，小西行长那厮却冷笑一声，而这小妮子就突然冒了出来，实在是挫了我们的威风。这回，就让她见识一下，竟敢欺我大明无人？"

程本举言罢，屋内的女忍者却微微一笑：

"我确是诚心请教，言辞中若有不敬之处，还请程大人见谅，绝无他意。此事事关我小西家的兴衰荣辱，容不得半点儿马虎，也绝不能放过任何的希望。毕竟您和程大人都是当初在我们重兵设伏的平壤城内从长庆门突围而出的勇士。就算对如何抓获行凶贼人没有把握，现大阪城内外皆已封锁，既然当年能出其不意地冲出我们倭军在平壤城的重围，对于如何从这座守卫森严的大阪城脱身，想必也能有足以借鉴的高见吧。"

见唐卫轩还是冷面相对，默不作声，程本举有些沉不住气了，面有得色地抢先说道：

"哼，算你们记性好！倒还记得我们当年在平壤城突围时留下的大名！唐兄，你既然不肯说，那就我来试一试。莫让人小瞧了咱们大明锦衣卫不是？！第一，诏书被窃，据说当时一片混乱。兴许贼人用了障眼法，根本就没带走诏书，而是藏在了宴会的就近处，你们可曾仔细搜过？"

"两遍。"女忍者淡淡答道。

"那，当时在场的大名们人人都有可疑。这样大的事情，背后定有主谋。兴许诏书就藏在了某个大名的身上。"

"均已搜过，并无所获。"女忍者的语气仍然不冷不热。

"你确定？他们会甘心配合你家主公小西行长？"

小西行长虽也是日本列土封疆一方大名，但是以其现今不高不低的地位，能否让在场的所有大名们进行配合搜身，程本举还是十分怀疑。

"非我小西家派人搜查。而是太阁殿下丰臣家的侍女，借替各位大名更换明朝衣冠之机，在服侍更衣时检查过每个人的内外衣物。既是太阁殿下丰臣家的侍女，自然无人拒绝，且特意一律安排两名侍女一同服侍更衣，也基本可以排除包庇的可能。"女忍者的口吻依旧平静。

"嗯，算你们想得周到。"程本举悻悻地点了点头，"那大名们更衣后现在何处，都已离开大阪内城？会不会先由仆役盗走诏书，在更衣后才转到幕后大名之后，带出城外？"

"这也不可能。"女忍者果决地摇了摇头，语气中也不容任何质疑，"所有出入口均有重兵严密把守，突发爆炸后，奉太阁之命，放出的车马内外一律严加搜查，连坐垫之下都要翻个仔细，但并无任何发现。至于大名们，大多已出内城，回各自的外城府邸。只剩下少数大名，声称要誓死守卫太阁殿下安全，因而留宿各自在内城的府邸。但无论哪家大名的内城或外城府邸，早在宴会开始之前，为防止有异动，我们小西家便均已派人昼夜严密监视，也始终未发现可疑之处。若真的是有哪位大名幕后策划了此事，我愿用性命保证，至少诏书还尚未落到那名大名的手中。"

听罢此言，程本举抿了抿嘴唇，一时也不知还能从哪里入手调查。似乎短短的半个多时辰中，小西家的追查已然十分全面且彻底，但是至今却仍无所获，程本举不禁脸色有些难看起来，但又立即转变了思路：

"那就从那声爆炸寻找线索如何？引起爆炸的应当是火药吧。这等危险之物，又是怎么运进戒备森严的大阪内城来的？"

"贼人将大量火药偷偷藏于内城之中的不起眼处，应该是算准了时间后点燃引线，进而引发爆炸，再配合会场内忍者惯用的烟幕弹，趁机下手。火药所布置的那一片僻静角落平时根本无人注意，爆炸也未伤及任何人。不过，我们倒是刚刚发现了贼人运入火药的密道。"

"哦？"程本举眼前一亮。

"密道连通内城与外城某座荒废的寺庙，因为密道内遗落有少量的火药粉末，在爆炸后的全城严密搜查中，火药粉末中所含硫黄的刺鼻气味随即被途经的猎犬发现。密道入口处还铺有薄薄一层草木灰，应当是贼人用来判定密道中是否已有他人进入、设有埋伏的记号。由此推断，我们要抓的人，此刻应该还携带着册封诏书，藏在内城的某个角落，尚未从密道脱身。"

得知贼人尚未逃离，这个好消息多少令已有些惴惴不安的程本举感到些许欣慰。但就在这时，一旁久未开口的唐卫轩却忽然泼了一盆冷水，低声说道：

"若那是凶手为误导我们以为其仍在城中的障眼法，而在进入密道离开时故意于身后留下的草木灰呢？是否有可能，在密道发现前，凶手便已逃之夭夭？"

话音刚落，女忍者始终镇定自若的脸上，第一次微微皱了下眉头，冷冰冰地看着提出质疑的唐卫轩，沉默了片刻后，终于再度轻启朱唇道：

"是的。的确有这个可能。"

此时的屋外，已是夜噬苍穹、月光暗淡，在女忍者不动声色的讲述中，似乎已能隐隐听到馆驿之外乃至整个大阪内城中，早已处处是武士与侍卫们往来巡查搜索的密集脚步声。但即便如此，眼下的情况却依旧不容乐观。经唐卫轩这么一说，甚至连贼人与诏书是否仍在内城之中，其实都没有绝对的把握。那么像这样集中在内城的搜捕，很可能早已失去了意义。

思路已然枯竭的程本举，争强好胜之心渐渐消退，现在甭管是大明之人还是日本之人，只望能找回诏书就行。而这小西家的女忍者能在半个多时辰内在方方面面查得如此细致，程本举也是无可指摘，面对眼下的僵局，更不甘心就此放弃希望：

"贵国既然能查得如此仔细，难道就没有其他线索了？"

"如果有，我还会在这里和两位浪费口舌吗？"

虽然眼下形势十万火急，贼人毫无踪影，诏书离奇丢失，全权负责议和之事的小西家很可能将被当作替罪羊而在劫难逃，但面前这小西家女忍者却依然保持着异乎寻常的冷静，紧紧地盯着仍在沉思的唐卫轩，似乎期待着什么。

一旁的程本举也将目光投向了唐卫轩，就如同每每在战场上身处绝境之时，希望唐卫轩此番依旧可以想得出办法，转危为安、化险为夷。

沉寂中，唐卫轩终于开口道：

"唐某想到一个线索，但还不十分肯定，须到刚刚所说的密道仔细查看一番。"

"你想查看什么？"

女忍者的话中，立时带着几分提防与戒备。就算唐卫轩想要了解这座要塞城堡的密道完全出于公心、别无他意，但领着明国的锦衣卫去查看大阪城的密道，这可不是闹着玩的。稍有不慎，更会成为其他大名攻讦小西家的话柄。

"唐某只是想验看一下，姑娘刚刚所说密道中遗落的火药粉末，兴许能有所发现。"

"那就不必麻烦了。找到的火药粉末我正好随身带来了一份。"

听罢唐卫轩的理由，小西家的女忍者索性取出一包油纸所裹之物，走至近前，递到了唐卫轩的手中。随着女忍者细若无声的脚步渐渐接近，恬淡的气味似乎也越加强烈起来，令人不觉有些昏昏然，但随着油纸打开后，一股刺鼻的硫黄味扑鼻而来，瞬间令唐卫轩镇定了心神，借着屋内的烛光，开始细细查看起来。

很快，唐卫轩递还了油纸中的粉末，略作沉思后，随即提出了第二个要求：

"下面，唐某须再查看下，大阪内城近期包括吃穿用度等各项所进货物的总账册，贵国应该均有登录造册吧。"

"唐大人，你索要大阪内城的总账册，又是打算查什么？"

这一回，唐卫轩怪异的要求不仅让面前的女忍者皱紧眉头，再度提出了质疑。就连一旁的程本举也觉得唐卫轩的要求有些莫名其妙，更像是在趁机刺探日本的各种情报，的确惹人生疑。虽说临行前朝廷也有暗中叮嘱，令锦衣卫们顺路收集日本风土人情、山川地貌，以及要害城关、险要之处等各种情报，以备将来不时之需。但是唐卫轩如此堂而皇之地要查看城内密道与账册，刺探之意未免太过于露骨。

看女忍者与程本举的神情均不太自然，尽管时间紧迫，但唐卫轩也只得耐着性子说出了自己的想法与缘由：

"你们看，这油纸中的所谓火药粉末，是不是有些奇怪？"

程本举凑近了一瞧，没觉得有什么问题：

"这不正是制备火药必备的硫黄吗？"

"对，但却只有硫黄的粉末而已。离可以爆炸的真正火药，还缺了两样重要的东西。"

一瞬间，其余两人似乎猛然找到了一丝灵感。而唐卫轩则继续言道：

"所缺的两样东西，其中一样，便是木炭。不过，在这内城之中只要有做饭的伙房，恐怕就不会缺少大量的木炭，伙房中偶尔少了一些，应该也不会有人太过在意。而另一样东西，却很难就地取材，但又是制备火药所必需的。"

经此提醒，程本举立即明白了唐卫轩口中所指为何物。在昔日的朝鲜战场上，大明与日本双方均使用了大量的鸟铳、铁炮，甚至是火炮，因此无论是唐卫轩还是程本举，对火药都并不陌生。而那女忍者也在再度仔细查看了一番油纸中的粉末后，脱口而出道：

"你是说……硝石？！"

"对，就是硝石。"

唐卫轩点了点头，方才的粉末中，虽然也混杂了一些密道中的细沙土石，但却根本找不到一点儿硝石的痕迹。

第四章 | 敌友

"如果唐某欲将火药运入这戒备森严的大阪内城，恐怕也不会全部都从密道内运入。特别是所需的火药数量如果还很多，运起来既不便，也易被发觉，更有提前混合后不慎引爆的危险。相比而言，倒不如分别各从不同的途径运入，既可以掩人耳目，也更加安全稳妥。木炭可以自城内伙房等地就地取材；味道刺鼻最易暴露的硫黄则在最后才从密道偷偷运入；而至于硝石——"

说到这里，女忍者已露出了微微一笑，终于明白了唐卫轩索要总账册的理由。为了准备火药制备所必需的材料硝石，同时也为避免密道不慎提前暴露，所以贼人很可能会将硝石假借其他货物之名，从另外的途径偷偷运入这内城之中。

如果是这样，那贼人极可能在城内还有与之配合的内鬼！

若能顺着这条线索从账册的蛛丝马迹中，找出协助偷运硝石入城的贼人内鬼，或许就可以顺藤摸瓜，进而抓住幕后主使的狐狸尾巴，与被窃诏书的下落！

略作思考后，本应分秒必争的女忍者，却并未按唐卫轩所说的立即去查找账册，反而眨了眨晶莹的双眸，笑着说道：

"多谢唐大人！如果这个推测不错，我大概已猜出硝石是偷偷运入城中何处，接下来该去哪里查找了。馆驿门口我会留有一队手下，待你见过杨方亨大人正式领命后，跟着他们立即来找我即可。事不宜迟，我须先走一步了！"

说着，这女忍者已闪动身形，不待唐、程二人回过神来，竟已来到了屋外。而后，又似想起了什么似的，只见女忍者从怀中掏出了一块做工精美、闪闪发光的金牌，抬手一掷，丢向了唐卫轩的手中：

"这是太阁殿下刚刚赐给主公小西行长的金牌，一共只有三块。只要出示此金牌，便可在各处畅通无阻，随意出入。"

接过金牌的唐卫轩再一猛地抬头，那女忍者却已转过了身影，只留下一个侧脸，意味深长地瞥了眼唐卫轩，莞尔一笑道：

"对了，我叫小西樱子。自此一同追查诏书下落，还请唐大人多多关照！"

言罢，只见其纵身一跃，便如灵巧的黑猫一般，无声无息地迅速消失在寂静无声的夜色之中。

接住了对方所留下的通行金牌，那名为小西樱子的女忍者话中的意思已是再明白不过。看来，自此开始，就要与小西行长和小西樱子等人共同追查诏书的下落。当初战场上的对阵敌人，如今却阴差阳错地成为暂时的伙伴，这样的转变，可谓始料未及。

61

只是，在这危机四伏、险象环生的异国之地，昔日的敌人，今日的盟友，谁又能分得清，明日究竟是敌还是友？

沉默之中的唐卫轩，手中似托着远比金牌更加沉甸甸的分量，望着黑夜深处，一时不知在想些什么。

这时，程本举也靠了过来，接过其手中的金牌，仔细摩挲着表面精巧的做工，见周围并无旁人，忍不住低声调侃道：

"唐兄，你说咱们带着这玩意儿，既然畅通无阻，是不是可以先去那丰臣秀吉的后宫之中，仔细查看一番？"

见自己这多年的袍泽，又开始私下里一贯的不正经，唐卫轩不禁扭头白了其一眼。而程本举大大咧咧地笑了笑后，语气却随即为之一变：

"说真的，你真打算接下这差事？"

见唐卫轩于一阵沉默后重重地点了点头，程本举皱着眉，不免有些担心地劝道：

"唉，议事厅里那些家伙可都对此唯恐避之不及。你又何必蹚这浑水？何况，平心而论，朝廷对你也真的实在是……唉，就算费了一番力气，恐怕最后也……"

"我自然不是为了朝廷。"

唐卫轩回过身去，仰望暗淡的月光，背影孤单而又坚忍，沉默了片刻后，却始终也没有说究竟是为了什么，又或许，唐卫轩自己也不是十分确定。

不过，唐卫轩心中似乎还藏有另外一个深深的疑惑，尚未向任何人提及：

细细想来，这次的事件，还有着一个不合常理的诡异之处。仿佛有一种强烈的预感，在这表面的诏书被窃事件背后，貌似还隐藏着一个更加巨大的阴谋。而真相，也许就和那封被窃的大明诏书有着极大的关系……

看着这位多年的袍泽好友兼上司，程本举仿佛也早有预料，随着唐卫轩往正厅走去的路上，索性也不再规劝，反而毛遂自荐道：

"唉，好吧。那你也不要单干，过会儿向杨大人领命时，记得算我一个。当年要不是你，我这条命早就丢在第一次进攻平壤城、陷入重围的时候了。说起来，当初在平壤给我们设下埋伏的可就是这小西行长。多年的仇敌今天却要被迫联手，也真是让人想不到。不过，我还是始终觉得，不能完全信任那小西行长。嗯，对了，还有方才的日本妮子，别看长得挺俊俏，哼，说不定是蛇蝎心肠。所以，还是你我一道前去，至少关键时刻能多个照应。"

欣慰地拍了拍多年老搭档的肩膀，唐卫轩点了下头，虽然程本举这人有些小毛病，但每每遇到危急时刻，却也靠得住。有个足以信任的帮手在，总好过自己单枪匹马独闯虎穴要多一些胜算。

只是，凭着刚刚发现的硝石这条线索，唐卫轩隐隐有所预感，接下来的追查之路恐怕未必会顺利，很可能是步步凶险、杀机四伏。尤其是想到此刻正携诏书隐藏于不知何处、伺机待动的暗中对手，那声东击西、窃取诏书的周密计划，与悄无声息便解决两名锦衣卫的不凡身手，唐卫轩只觉得这次所要面对的敌人，恐怕远比战场上堂堂正正的对决更加棘手。

但此刻，唐卫轩并不知道的是，就在其已下定决心、准备接下追查诏书下落的重任之时，正厅内的杨方亨，却又开始犹豫着是否要改变主意。

因为，杨方亨正在怀疑，自己的使团之中，是否也出了内鬼……

第五章 · 内鬼

大明使团中，会不会有暗通倭寇的内鬼？

这是此刻杨方亨脑海中冒出的一个深深疑问。

自送走小西行长，也打发厅内众文武各自回房后，杨方亨逐渐静下了心来，忽然意识到这个十分严重的问题：

无论是谁策划了此次事件，杀害锦衣卫，窃取诏书，其目的或许是破坏议和，但目标却是瞄准了那份皇帝陛下的册封诏书。

细细一想，这不禁有些诡异。白天，使团队伍在来大阪的街道上，从未展示过诏书。而册封诏书的具体保管之所在，乃是只有使团内部之人才可能了解到的机密。如果贼人的目标一开始便是诏书，那么直到最后一场比武前，唐卫轩才从怀里取出诏书交予两名锦衣卫手下。在此之前，贼人又是如何确定诏书在宴会之上，而不是和御赐金印等其他贵重物品一样由程本举等人看守着留在了这馆驿之中呢？自唐卫轩从怀里取出诏书，紧接着便发生的爆炸声响，短短片刻之间，贼人根本没有充足的时间调整计划部署。

因此，很有可能，贼人是早在宴会之前就知晓了诏书的所在。

这也就意味着：使团之中，也许出了内鬼！

可如果真的有内鬼，又会是谁呢？

虽然杨方亨第一个怀疑的，便是与日本人来往过密的沈惟敬，但是作为此番议和最重要的联络与推动者,为双方议和费尽心血的沈惟敬,实在没有任何理由,来破坏其辛辛苦苦才促成的议和。

调整了一番思路,杨方亨又仔细回想了一下当时的过程:爆炸与混乱似乎刚好发生于诏书不在唐卫轩手上之时,而烟雾散后,又是唐卫轩手握刀刃站在两名锦衣卫属下的身前,接着想下去,杨方亨的目光中,猛然有一丝不易察觉的怀疑一闪而过——

莫非,是唐……?!

而就在杨方亨出神之际,锦衣卫百户唐卫轩的身影已不声不响地出现在了正厅之中。

"参见杨大人!"

"哦!卫轩啊。"

见唐卫轩和程本举二人已由仆役带着来到厅内,杨方亨的脸上又立即恢复了常色,热络地简单寒暄后,话题便说到了追查诏书之事上。

在大致听取了唐卫轩方才在偏房与小西樱子进行的一番分析之后,杨方亨的目光不禁一亮,心中原本已摇摆不定的天平,似乎又平稳了起来,捋着胡须,满意地夸赞道:

"不愧是卫轩!慧眼如炬。竟能从火药的配方上入手,找出线索。妙哉,妙哉。看来本官果然没有看错人,这次寻回诏书的重任,定是非你莫属了!"

"承大人谬赞。"

唐卫轩平静地拱手答道,但话锋一转,却又立即说道:

"不过,此番事关重大,若要在三日内追回诏书,卑职还须大人允诺三件事。否则,卫轩位卑职浅、能力不济,实无信心担此重任。"

"哪三件事情?说说看。"

"一、此间乃大明疆域之外,若要得地利之便,唯有与日本人通力合作。现今之势,须允诺卑职与小西行长麾下之人联手追查。二、卑职一人势单力孤,望准许调拨锦衣卫试百户程本举一并随行。三、卑职在外追查诏书,如遇非常之时,难免需事急从权,无法事无巨细、一一请示后定夺,因此,还望大人授予卑职在外临时专断之权!"

话音落后,杨方亨抿了抿嘴唇,缓缓地捋着胡子,眼神游离不定地看着眼前静静等候答复的唐卫轩,渐渐陷入了沉思,仿佛心中的天平又再度摇摆了起来。

沉默之时，站在唐卫轩身后的程本举不禁咽了口唾沫，刚刚唐卫轩所提的三件事情可谓合情合理，非常之时当行非常之事，但不知主位上的杨方亨到底在犹豫什么。是与日本人合作会犯了忌讳、会受牵连？还是说一旦授予临时专断之权，怕难以控制，进而惹出大祸？

而这时，不待踌躇的杨方亨做出答复，唐卫轩似乎非但没察觉到自己的要求已经令杨方亨有些为难，在停顿了片刻后，反而又毫无顾忌地"得寸进尺"道：

"大人见谅。卑职刚刚还遗忘了一点，仅有程试百户相助，似乎还是有些单薄。愿得大人允诺，另外再调拨锦衣卫赵恩儋，与我二人一并同行。"

见杨方亨还未有所表态，唐卫轩便再度提出了新要求，程本举心下一紧，眼看事情要黄。但就在下一刻，杨方亨原本凝重的脸上却登时轻松了许多，竟随即露出了会心的微笑：

"如此甚好！本官刚刚还在担心仅有你们二人是否会缺人手。恩儋虽然年轻，但射术非凡，有他与你二人同行，定可如虎添翼。你这三个要求，本官都准了！唐百户，册封诏书事关重大，还望你三人务必尽早寻回诏书，平安归来！"

"谢杨大人。"

虽然诧异于杨方亨态度的迅速转变，但随着唐卫轩躬身领命、退出正厅后，程本举却也立即反应了过来，趁着无人注意的机会，忍不住低声苦笑道：

"让首辅家的赵公子跟着咱们一道去追查，可真有你的。看来，这位杨大人还是信不过你我啊。什么担心咱俩缺人手？哼，这些文官，都火烧眉毛的时候了，还是改不了在自己人身上防来防去的臭毛病！"

"事不宜迟，你速去通知恩儋。除了带上称手兵器，记得务必换上夜行衣甲，内里再套一件贴身软甲。稍后在馆驿大门集结。"

唐卫轩似乎顾不上杨方亨对于自己是否信赖，当下的关键，是三人立即做好万全准备，速速去与小西樱子会合，查找诏书下落才最为紧要。从唐卫轩肃然的语气中，程本举似乎又感觉到了如同当初朝鲜战场上出征前如临大敌的紧张氛围：

"你放心，这一趟恐怕比战场更凶险，我懂的。那赵公子若要有个闪失，咱们也得吃不了兜着走。"

说罢，唐、程二人便分头去做出发前的准备。

而在议事厅内，看着纸窗上唐、程二人的身影各自分头而去，虽已做出了决断，但杨方亨的神色却依旧有些忐忑不安，愁眉紧锁。

自己刚刚是否做了一个错误的决定?

虽然有赵恩儋跟着,既可以顺便监视着唐卫轩,事后也可以和朝廷有个交代,但考虑到唐卫轩扑朔迷离的复杂背景,杨方亨的心头还是笼罩着一片挥之不去的疑云:

这个唐卫轩,之前究竟是因何获罪?到底值不值得自己的信任?

回想起一个时辰前,唐卫轩登台比武时沈惟敬与其所说的那几句话,此人好像与那日本人勾勾搭搭、形迹可疑的沈惟敬,也曾有过交情。而且,记得刚刚在这议事厅内,那日本大名小西行长好像也早就知道和认识这个唐卫轩。但从未对唐卫轩有过太多关注的杨方亨,此刻却只感到一头雾水,搞不清这看似普通、毫无背景的锦衣卫百户背后,到底是怎样的来头。

而按照刚刚的想法,使团中如真有内鬼,那么对于眼下委以重任的唐卫轩,就实在有必要再仔细查一查其过往经历,方能彻底平息心中的怀疑。

就在此时,杨方亨隐约想起了什么,先是屏退了左右侍卫,随后喊了贴身仆役进来,低声吩咐道:

"去,立即把朝廷临行前所给的唐卫轩履历卷宗找来!"

……

不多时,准备停当的唐卫轩已在馆驿大门处等来了程本举,与跟在其身后一脸兴奋的赵恩儋:

"唐大人,卑职多谢您大力举荐,恩儋此番定当……"

"出发吧!"

赵恩儋还没来得及说完,唐卫轩已将其打断,当即令明军守卫从内打开了馆驿大门,迈步而出。

见赵恩儋还愣在原地有些尴尬,程本举从旁边拉了拉愣住的赵恩儋,示意立即跟上,同时低声嘱咐道:

"喀喀,恩儋啊,此番事关重大,唐百户已是刻不容缓。而且这次在他国追查,不比咱大明,你自己也要多加小心,平时就多看少说。懂了吧?"

"多谢程大人教诲,恩儋谨记在心。"

赵恩儋虽然有些受挫,但也没有太多首辅家贵公子的架子,仍是满怀期待,兴冲冲地背着自己最常用的弓箭,紧紧跟在了唐、程二人的身后。

来到馆驿之外,只见内城各处均是跃动着的火把,无数日本侍卫正在四处加紧巡逻，往来搜查着各处角落。可谓比馆驿内的明军戒备更甚。

而在门外近处，一队小西家的士卒也早已等候多时，一见唐卫轩掏出了小西樱子所留的金牌，随即牵过了三匹马，护卫着唐卫轩三人，向黑夜中的未知之地而去。

途中，不免遇到了各处守卫的严加盘查，尤其是唐卫轩三人，虽然换上了更适合夜行的锦衣卫深色衣甲，若从近处看，在这大阪内城中却仍是较为扎眼的异国装束，但只要唐卫轩亮出小西樱子留下的金牌，阻拦的侍卫与兵卒，便会立刻恭恭敬敬地让出道路。不禁令唐卫轩三人也有些惊奇，这金牌竟然真的如此好用。甚至不免有些担心，倘若贼人也有这样一块金牌，岂不是便可堂而皇之地轻易脱身而去？

很快，三人在这队小西家士卒的护卫下，来到了此行的目的地。眼看此处早已被小西家的士卒围得水泄不通，严密封锁。看来，小西樱子的动作的确很快，而其在馆驿偏房时所说的硝石偷运之地，应该就是此处了。

三人自马背上翻身落地，借着小西家士卒们手持的火把，终于看清了门匾之上，写着的居然是在日本少见的汉字——

"膳司房。"

"这里不就是做饭的伙房吗？原以为只有木炭是从这里就地取材的，难不成那日本妮子刚刚说她已经猜到的地方，是指硝石也同样偷偷运入了这里？"

一边东顾西盼地走着，程本举一边低声嘀咕，有些将信将疑。

在这大阪内城中类似紫禁城的御膳房内，环视所见，各处皆已布满了小西家的士卒，而似乎是原本在此处做活的一干仆役、侍女等，则统统被暂时集中到院子里，在小西家士卒的刀枪监视下，瑟瑟发抖地跪了一地。

待锦衣卫三人穿过院落来到这膳司房的正厅门外之时，只见厅外还跪着五个人，正一个个战栗不止，头也不敢抬。看其衣着服饰，似乎这五个日本人的身份要比院子里的那些普通杂役、侍女要高出一些。但是面对小西家士卒寒光闪闪的刀刃，也同样是耗子见了猫一般，缩着脖子，一动也不敢动。而在厅内，则是虎视眈眈的一众小西家侍卫，众星拱月般守卫在为首一名威风凛凛的女忍者周围——正是那分别不久的小西樱子。

"唐大人，你们来得正好。"

小西樱子细眉一挑，对步入正厅的三名锦衣卫笑着说道。同时，挥手命侍卫呈过来一本账册，交到了唐卫轩的手中。

"这是你要的账册。膳司房最近一个月内所有物品出入记录，都在里面了。我已派人查过两遍，与内城总账册核对无误。既没有篡改过，也无遗落的条目。大阪内城一多半的运入物资都是来到此处，况且，其余不运入这里的锦缎布匹等物，入城时都会仔细检查，根本难以藏匿大量硝石。因此，如果你的推断不错，那批偷偷运入城内的硝石，以我来看，十有八九就曾藏匿于这膳司房内！"

而在小西樱子说话期间，厅后的方向则持续传来叮叮咣咣的声响，显然是小西家的士卒们正在储放物品的厅后库房内翻箱倒柜，仔细搜查着硝石的踪迹。

唐卫轩接过账册，正待翻开细看，一旁的程本举却有些不满地追问道：

"怎么只有近一个月的记录？倘若贼人谋划已久，早就将硝石运入，如之奈何？"

小西樱子却淡淡一笑，不冷不热地解释道：

"那不可能。若非一个月前的那场地震，为贵国使团准备的接风盛宴与册封仪式，原本是打算在京都附近的伏见城举行的，而非此处的大阪城。除非贼人是未卜先知的神仙，不可能在一个月之前就将硝石运进大阪城来。"

听闻此言，程本举无话可说，只得耸了耸肩。唐卫轩打开账册，原本担心账册内未用汉字，皆是难以识读的日本文字，这时却赫然发现：所列条目虽尽是倭文记载，但大多条目上均有墨迹尚新的简略汉字标注其意。唐卫轩不禁抬眼看了眼面前这个心思缜密的女忍者，而后又继续逐条认真翻看了起来。

阅览一遍后，账册内却似乎并无明显的可疑之处。其中所列的各列条目，都是些伙房常用之物：从锅碗瓢盆、果蔬酒水，再到柴米酱醋，应有尽有，却根本无硝石的记录。当然，即便此处真的有内鬼，对方也肯定不会蠢到明目张胆写上硝石的名目，想必是混杂在了什么其他物品之中，才得以混过城门的检查，瞒天过海地运入了城内。只是，单从账册上翻阅一遍，唐卫轩一时也看不出什么端倪。

缓缓地合上账册，一无所获的唐卫轩又转头向小西樱子问道：

"敢问小西姑娘，你们还查到什么其他线索？"

见唐卫轩未能从账册中找到硝石的踪迹，有些失落的小西樱子扭头扫了眼厅外正跪着的五个人。与此同时，仿佛是感觉到小西樱子冰冷的目光扫过自己，厅外的五个人纷纷打了个哆嗦，小心翼翼地将头弯得更低，大气也不敢喘一声。

"厅外的这五人，分别是一名掌管此处膳司房的典膳，以及其手下的四名掌膳，各自分管菜肴膳馐、酒醴佳酿、诸饼蔬果与各色作料。凡是此间的进出物品，必须得到这五人中任一个的首肯，相信我们要找的内鬼，应该就在这五人之中了。不过，他们自然都推说自己根本不知道什么硝石。"

说到这儿，小西樱子侧耳听了听后房不断传来的搜查声响，再度看向唐卫轩：

"但愿我们能直接搜出硝石的痕迹。不过，如果内鬼已提前将痕迹都处理干净、始终无法找到的话……"

"无法找到，又当如何？"

唐卫轩看了看小西樱子，好奇对方留有怎样的后招。

而小西樱子则带着一丝邪魅的笑容，轻描淡写地说道：

"我自有能让他们开口的办法。只不过，可能会连累其余几个无辜之人，受些终生难忘的皮肉之苦罢了。更重要的是，那样无疑会浪费我们最为宝贵的时间。"

小西樱子打算对几人用刑，逼出内鬼。闻听此言的唐卫轩，立时皱起眉头，似乎并不赞同这样的做法。而一旁的程本举倒是颇为积极地说道：

"嗯，这倒是个好主意。而且，如果要用刑的话，程某倒是有个建议，可以先从中间的那个胖子开始。我猜内鬼八成便是他！"

听到程本举之言，几人立刻朝着厅外的五人再度看去。果然如程本举所说，五个人里，就数中间的胖子颤抖得最为厉害，不仅汗出如浆，一遍遍地擦拭着额头的汗珠，整个人也抖如筛糠，显得极为紧张。另外四人，虽也是战战兢兢地低着头，但却并没有中间胖子那样明显的慌乱。

不过，小西樱子却抿了下嘴唇，苦笑道：

"哦，程大人说的是那名为首的典膳啊。他如此害怕，倒不一定就是我们要找的人。而是无论他手下的四名掌膳谁是内鬼，身为此处典膳的他都一样脱不了干系。而且，刚刚忘说了，这典膳自一个月前的地震中不慎受伤，此后一直在外城的家中养病，直至昨日才刚刚伤愈入城，最近的事情都是由另外四名掌膳各行其是决定的。算起来，他反倒可能是嫌疑最小的一个。"

程本举吃了个瘪，自觉判断失误，悻悻地闭了嘴，而唐卫轩却反问道：

"即便如此，何不排除此人？难道，对无辜之人，小西姑娘也打算一并用酷刑审讯？"

也许是昔日曾蒙受过不白之冤的经历，唐卫轩似乎并不赞同对可能无辜之人用刑逼供，语气中不免对小西樱子的做法带着几分反感与排斥。而小西樱子却只是冷冷地白了唐卫轩一眼，酝酿了片刻，方悠悠地说道：

"贵国不是有句话，叫作'妇人之仁'吗？唐大人怎么比我一个女子还婆婆妈妈。"

挪揄了这样一句后,小西樱子更是板起了脸,转过身子,锐利的目光依次扫过三名锦衣卫,最后落在了唐卫轩的身上,一字一顿地正色言道:

"唐大人,若是此番议和失败,贵国使团可能不过是拍拍屁股走人。但太阁殿下在盛怒之下,对担任议和奉行的我主小西行长,与我们小西家而言,却很可能是会被剥夺封地的灭顶之灾。所以,这里和战场一样,不,应该是比战场上更容不得丝毫的仁慈!纵使他们之中有人是无辜的,那也宁可错杀一千,而绝不容许轻易放过任何一人的嫌疑!甚至,如发现值得怀疑的蛛丝马迹,嫌疑的对象就不仅包含我们小西家的士卒,也同样包括尊驾三人!"

话音落地,厅内登时一阵沉寂。

一旁的小西家侍卫们虽听不懂小西樱子刚刚用汉话所说的究竟何意,但却一定听得出语气中的强硬,因此,看向唐卫轩等三名锦衣卫的神色中不禁带上了几分警惕,甚至有人暗暗将手握向了腰间的刀柄。就连厅外原本瑟瑟发抖的典膳与四名掌膳,也偷偷抬起头来,好奇地瞄着厅内中央似乎正针锋相对的唐卫轩与小西樱子两人。

眼看气氛有些不对劲,唐卫轩身后年纪轻轻的赵恩儋,不知因为暗暗支持自家上司唐卫轩的意见,还是以防对方突然翻脸,手掌也不由自主地摸向了背后的箭筒,提前做好了最坏的打算。

见唐卫轩与小西樱子意见不合,顿时陷入紧张的僵持局面,还是程本举用略显尴尬的笑声打破了这令人窒息的沉寂:

"哈哈哈,小西姑娘所言也不能算错。一切还是当以寻回诏书为先。"

一边打着哈哈,程本举暗暗从背后拉了下唐卫轩的衣角,低声嘀咕道:

"唐兄,强龙不压地头蛇……"

而就在这时,一名小西家的侍卫忽然从厅后急匆匆走了出来,怀里还抱着个坛子。

随着众人的视线渐渐集中到了那醒目的坛子之上,一场双方几近剑拔弩张的危机终于被掩盖了过去。

待小西樱子听罢那侍卫的低声汇报,又朝坛子中看了一眼后,嘴角渐渐翘起,脸上更是流露出如释重负般的轻松。与此同时,大概猜出坛子中必定是发现了硝石的一干小西家侍卫,也暗自松了口气,看来终于找到了重要的线索。只是,这个坛子里面本来装的到底是菜肴膳馐、酒醴佳酿、诸饼蔬果，还是各色作料，暂时还不得而知。一切，都等待着小西樱子即将揭晓的答案。

而这时，小西樱子却似乎想起了什么似的，表情猛然间僵硬了一下，细眉微微一皱，再度快速扫了一眼厅外的五人。在沉默了片刻后，小西樱子这才旋即又恢复了先前的轻松神情，随即看向一旁的唐卫轩，意味深长地说道：

"看来，托唐大人的福，我们终于找到了那个内鬼。其余几个无辜之人，也不用再受皮肉之苦了。"

说罢，小西樱子拿着侍卫递上的坛子，一步步走到了厅外的五人面前，开始用倭语冷冷地问道：

"你们哪一个是负责各色作料的掌膳？"

话音刚落，五人中的四人，都不约而同地将目光齐刷刷看向了位于最右侧之人——

"我……我是负责各色作料的掌膳。"

伴随着颤颤巍巍的声音，负责作料的掌膳咽了口唾沫，带着满脸的恐惧，不解地抬起头，望向面前的这名女忍者。

"那么，盐巴也是归你所管的。没错吧？"

慢慢踱步到最右侧之人的跟前，拿着坛子的小西樱子继续面无表情地问道。

"对……盐巴属于作料，自然是归……"

咣——！

还不待这掌膳把话说完，只听一声脆响，立时打断了话音，更吓得其浑身猛地一颤。

众人定睛一看，只见小西樱子手中的坛子竟已径直摔落地面，在这负责作料的掌膳的跟前裂成了数瓣。而小西樱子也慢慢俯下身子，从坛子中散落出的一堆像是盐巴的白色粉末内，拣拾出了几颗与盐巴样子极为相似的白色晶体，伸到此人的鼻尖前。表面温柔的语气中，却带着难掩的阴冷杀意：

"那这盐巴里藏着的硝石，你怎么解释？"

"这……这……"

满脸涨红、身体也在剧烈地颤抖着，连舌头都已快伸不直的作料掌膳，只剩下拼命摇晃脑袋，惊恐交加地辩解道：

"不！不是我！不是我！绝对不是我做的啊！"

"哼，看来，你是铁了心，不打算坦白交代了？"

小西樱子却只是冷笑一声，直起身子，居高临下地对此人死到临头的抵赖露出了几分厌倦，随即转头朝着中间那胖乎乎的典膳问道：

"这家伙可有家人亲眷？"

"没……没有……"

"原来是无牵无挂，怪不得敢如此胆大妄为。呵呵，但我一样有办法，保管三炷香内，让你开口，求个痛快。"

说罢，小西樱子轻轻一挥手，立即有两名侍卫走了过来，像对待待宰的牲口一般，将那最右侧的掌膳硬生生拖在地上，用力向外拽去——

"饶命啊！真的不是我！我真的不知道啊！拜托你了！真的不是我啊……"

任那掌膳濒死挣扎的哀号声甚是凄惨，但随着呼号声渐去渐远，等待他的必将是严峻的酷刑。而在终于通过硝石痕迹顺利找到了内鬼后，小西樱子随意地扫了一眼其余的四人，随即不屑地摆了摆手，吩咐手下道：

"既已抓住了内鬼，就没别人什么事了，放这四人走吧。"

尽管对那刚刚被拖走的掌膳心存同情，但是终于摆脱了嫌疑的其余四人，总算得以长舒一口气，一个个迈着几近虚脱的步子，各自战战兢兢地躬身退了出去。

不过，在四人走远之后，小西樱子的眸子中却瞬间闪过一丝难以察觉的戒备，扫了一眼四人离去的背影后，挥手又叫过几名手下，暗自嘱咐了几句。

得到密令的一干小西家侍卫随即转身而去，但当小西樱子终于回过神来，转身看向厅内时——

嗯？唐卫轩那三个明国锦衣卫哪里去了？

根据厅内其他侍卫的示意，小西樱子皱了下眉头，这才终于在厅后的库房中找到了"失踪"的唐卫轩三人。

只见唐卫轩正来回巡视着库房内摆放的各种物品，并不时低头与手中的账册做着比对。程本举却站在库房中央，有些不知所措，茫然地左右四顾。而赵恩儋则立在一旁，一边打量着眼前的库房，一边沉思着什么。待小西樱子一步步走近，在程本举的提醒下，唐卫轩转头看了其一眼，言简意赅地低声说道：

"小西姑娘，你的做法或许自有道理。但唐某认为，内鬼虽的确在那五人之中，只是，却并非那个管作料的掌膳。"

闻听唐卫轩忽然来了这么一句，直接否定了刚刚从盐巴坛子中搜出的"铁证如山"，就连站在其身后的程本举都不禁皱了皱眉头，不知道唐卫轩凭何这样说。还是仅仅出于看不惯小西樱子用酷刑逼供之举的意气用事。

不过，相比于程本举的诧异，一旁的赵恩儋倒是没有太过意外，只是朝着程本举点点头，低声附和道：

"在下也同意唐大人的看法，觉得并不是那人。"

而对面的小西樱子先是挑了下细眉，似乎对唐卫轩的独特判断感到有些意外，但又迅即恢复常色，非但没有任何驳斥，反而挥手屏退了后房内的所有侍卫。待只剩下自己与唐卫轩等三人后，这才带着狡黠的微笑，轻声说出了同样令人瞠目结舌的一句话：

"我当然知道，不是刚刚那个倒霉鬼。"

"那你？"

这次换作了唐卫轩一脸诧异，有些不解地看着小西樱子，很快，又像是明白了什么：

"这样说，那其余四人已经放他们走了？"

"嗯，已经安排人手分别暗中盯上了。将计就计，放长线，才好钓大鱼！"

小西樱子微笑着点点头，似乎一切早都在其掌控之中。而在意味深长的对视后，方才还意见相左的二人，仿佛这次终于想到了一处，首次相视一笑。

"你们到底在说些什么？既然在装盐巴的坛子里发现了硝石，而盐巴是归那个负责作料的掌膳管理，可谓铁证如山。怎么就不是方才那个家伙了？"

看着唐卫轩、小西樱子二人像忽然有了默契一般、只顾相互之间说着莫名其妙的话，甚至一旁年纪轻轻的赵恩儋也洞悉了其中的玄机，感觉唯有自己蒙在鼓里的程本举，忍不住开口抱怨道。

唐卫轩正欲向老搭档解释，小西樱子却先一步说道：

"程大人少安毋躁，你只是并未仔细看过账册，这也不足为怪。我在看到那盐坛子里的硝石碎片时，就回想起账册中的记录。这一个月来，膳司房都未补充运入过盐巴，内鬼也就自然不可能是那管理作料的掌膳了。分明是有人打算嫁祸于他，顺便撇清自己的嫌疑罢了。"

"哦，是这样啊……怪不得。哈哈，谁让程某没看过账册呢！"

听罢小西樱子的理由，程本举如释重负地笑了笑，又饶有兴趣地追问道：

"既然不是混在盐巴里，那硝石又究竟是怎么偷运进来的？等等，让程某猜猜，剩下分别掌管菜肴膳馐、酒醴佳酿、诸饼蔬果的三名掌膳，究竟谁才是偷运硝石入城的内鬼……"

话说到此处，小西樱子的脸色却有些黯淡下去，看来虽然排除了被陷害的作料掌膳，但其余几人中究竟谁才是真的内鬼，小西樱子似乎一时也没有头绪，只能将期待的目光再次投向了一旁的唐卫轩。不过，遗憾的是，此时的唐卫轩，却同样愁眉不展，一边环视着堆满各种食材、器皿与其他杂物的库房，一边向几人说出了自己此刻的想法：

"唐某刚刚在想，火药中所需木炭、硫黄与硝石的配比，大约是七硝一硫二炭。硝石其实占了最大的比例。因此，若想制造出比武之时那样巨大威力的爆炸，更是需要大量的硝石。也就是说，若真的是有人将硝石假冒盐巴运入城中，大量的硝石也肯定会占据相当的空间，待取出这些硝石后，现在库房里的盐巴余量，就必定会比账册上的记录有明显的锐减。可眼下看来，盐巴的存量却并无可疑。"

"唐兄，有你的！居然能想到这点。这么说来，只要找到哪项物品近期存在大幅的减少，也就可以找出内鬼的破绽了？"

程本举两眼放光地由衷感叹着，似乎已势在必得。但唐卫轩却依旧皱紧了眉头，带着几分无奈与不解，继续说道：

"但奇怪的是，我刚刚大致核对了记录在册的一应所用之物，却没有一样东西，存在大幅减少的情况。"

这……

一时间，犹如兜头被泼了一盆冷水，程本举张大着嘴巴，环视了一圈库房内大大小小的各类物品，从瓶瓶罐罐到酒桶醋坛，再度一筹莫展。的确，经过方才小西家士卒的一番搜查，已仔细确认过每一件容器中如今都装得满满当当，根本不存在任何能够偷偷运入硝石的多余空间。

看来，就连唐卫轩一时也想不出来，那内鬼究竟是如何做到这点的。竟可以将偷运大量硝石后本应剩余出的那部分空间，消失于无形。

寂静的沉思中，时间在无声无息地流逝，令人心烦气躁。眼看终于从硝石上找到了一点儿线索，但是这好不容易抓到的细微线索，却如同漫天大雪中敌人曾留下的一串浅浅脚印一般，正在迅速地被不断落下的雪花抹去踪迹。追查的目标，已然渐去渐远，而止步于此的几人，却仍毫无头绪。更加令人担心的是，那内鬼既然能细心到故意留下痕迹，借以栽赃他人，恐怕剩余的硝石也很可能早已被其清理得干干净净了。

"等等！"

冥思苦想之中，程本举忽然想到了什么，大声喊道。在几人的注视下，程本举猛地将目光看向了旁边的赵恩儋，疑惑地问道：

"有件事情不太对啊！刚刚程某的确没有看过账册，所以没想到那管理作料的倒霉家伙是被冤枉的。可恩儋你也没有看过唐百户手中的账册，刚才又是如何自信地提前说出，内鬼必不是他的呢？"

一瞬间，唐卫轩也反应了过来，自己之前的确未曾将账册给赵恩儋看过，刚刚忙于思考，竟忽略了这点。想到这里，唐卫轩合上了账册，看向有些局促的赵恩儋，等待着对方的解释。此时，不仅程本举看向赵恩儋的目光变得有些复杂，甚至隐隐拉开了一定的距离，一旁小西樱子的眼中更是闪过了一丝杀意，紧紧盯着面前这英俊倜傥却同样值得怀疑的明国少年。

"我……我……"

被另外三人凝视着，库房内的紧张气氛似乎一触即发，赵恩儋一时有些语塞。直到唐卫轩拍了拍其肩膀：

"没事。恩儋，不用急。慢慢说，告诉我们你刚刚是怎么想到的。"

"多……多谢唐大人。"

感激地看了一眼目光中对自己仍充满信任的唐卫轩，赵恩儋咽了口唾沫，小心地解释道：

"卑职刚刚是觉得，如果有人将硝石混在盐巴里，那么等运入库房后要想再将硝石从盐巴中分离出来，可就十分费劲了。也就是混入容易但取回难。毕竟，这两种东西虽然看着相似，掺杂在一起方便蒙混过关，但同样是细碎的粉末，事后又该怎么将两物分开清楚？若是分得不干净，火药里的硝石中掺入了未能清干净的盐粒，火药的爆炸效果估计都要大打折扣，甚至有可能无法顺利引爆。所以卑职才笃定，那内鬼应该不会用这个看似精巧却实则拙劣的办法，非要将硝石藏到盐巴里。"

听罢赵恩儋的这番解释，小西樱子前一刻咄咄逼人的杀气，似乎收敛了不少。反倒多看了这个之前还并不熟悉的少年锦衣卫几眼，而程本举也略带歉意地拍了拍赵恩儋的肩膀：

"恩儋啊，如今的情况，你也清楚。刚刚的事，千万别往心里去。我看恩儋肯定能信得过，对吧，唐兄……唐兄？"

这时，唐卫轩却好像是在听完赵恩儋的话后，忽然想到了什么，陷入了沉思，完全没有注意到程本举的话。猛然间，唐卫轩又抬起头来，回身看向了库房的某处，紧皱的眉头渐渐舒展，嘴角也终于露出一丝久违的微笑：

"嗯，多亏了恩儋。程兄，你还记得咱们在锦衣卫北镇抚司当差时，夏天时吃的冰镇西瓜吗？"

"冰镇西瓜？你是想吃冰镇西瓜了？可这日本好像没有西瓜。"

程本举正感到有些莫名其妙，唐卫轩却转过头来，进一步提醒道：

"不是。你可还记得，咱们当时吃的冰镇西瓜、是怎么做的？"

"当然记得，那可有点儿费劲啊，不就是……哦，我懂了！"

见程本举突然两眼放光，如醍醐灌顶一般，好像是瞬间解开了这个困扰人的迷局，小西樱子和赵恩儋两人却还不清楚，唐卫轩突然提到的冰镇西瓜，和眼下要找的硝石，到底有什么关系？

难道内鬼是把硝石藏到了西瓜里？可无论是库房，还是账册上，都并没有任何西瓜。

而这时，只听唐卫轩低声说道：

"小西姑娘，看来，咱们只需集中人手，盯紧一人即可。"

"这么说，你已经猜到内鬼究竟是哪一个了？唐大人，你能肯定？"

见唐卫轩一副胸有成竹的样子，还是没有明白的小西樱子再三确认道。而唐卫轩则瞅了眼库房内的某样东西，点了点头道：

"小西姑娘若不信，咱们一试便知。用障眼法将硝石偷偷运入城里的内鬼，一定是那个家伙！"

第六章 · 裂痕

大阪内城的夜幕下，虽然大量的日本士卒、守卫还在不断地来回搜索，但是随着时间的推移，人数已渐渐稀少下来，不断积累的疲倦与劳而无功的失落中，甚至已有贼人早就逃之夭夭的谣言四起，更使得越来越多的城内侍卫开始消极怠工起来。原本半个时辰前还人声嘈杂、各处皆是乱哄哄的大阪内城，此时，伴着已然伸手难见五指的漆黑夜色，反倒安静了不少。

而在城内一角的某处僻静茅厕，一个身穿膳司房掌膳服饰的人影，正蹑手蹑脚地从茅厕中走了出来。也许是之前在膳司房的惊险一幕记忆犹新，即使在茅厕里解完手，依旧有些惊魂未定。步出茅厕后，也不忘先四处张望上几眼，确定无可疑动静后，方才勉强壮起胆子，顺着来时的方向，左顾右盼地快步往回走去。

可就在其惴惴不安地还没走出两步，一个身材高大的黑衣人忽然从斜刺里闪了出来，拦住了去路——

瞬间，只见那身穿掌膳服饰之人登时便被吓得腿一软，瘫倒在地上，一边手脚并用地在地上连连往后退，一边本能地试图大声呼喊起来：

啊——呜……呜……呜……

但叫声刚刚开了个头，黑衣人便已冲过来，俯身一手捂住了其嘴巴，同时亮了亮另一只手中握着一柄形似匕首的苦无。望着那尖锐的苦无上泛着的锋利寒光，与黑衣人的彻骨杀气，被制服的掌膳立时瞪大了双眼，一脸恐惧，但奈何剧烈挣扎之中，却只能徒劳地发出微弱的呜呜声。

原以为自己已死到临头，可下一刻，那举起的苦无却迟迟没有落下。

看对方似乎不准备直接杀死自己，倒地的掌膳仿若抓住了一把救命的稻草，呜咽之中，挣扎着告饶道：

"不……不要！我……我什么也没和小西家的人说！他们也根本没发现我！"

"可你之前也并未按我说的时间、地点去碰头。"

黑衣人的声音泛着狠辣，阴森森地说道。但那倒地的掌膳却立即不甘示弱地针锋相对道：

"我若去了就没命了！你之前分明是打算将我用火药一起炸死灭口！"

"那又如何？我和你约好的报酬，会分毫不少地送到你的家人手里。可现在……"

"你……你想怎样？"

"我再给你最后一个机会。至少……能保全你的家人。"

"……"

一阵沉默后，似乎是已认清自己难逃一劫，将死之际，倒地的掌膳考虑了一番后，默默叹了口气，无奈地点了点头：

"我真后悔走上这条路。谁知道会惹出这么大的乱子。事到如今，只求能保全我的家人。你说吧，要我做什么？"

"我想知道大阪内城中一个地方的位置。"

"现在所有地方都已严加戒备，你们从哪儿都逃不出去的！"

"这不用你管。我只要知道那个地方在内城的何处。"

"好吧。你说，你想问的是这大阪内城中的什么地方？"

"那就是……"

黑衣人一阵低语后，倒地的掌膳不禁愕然，脱口而出道：

"什么？！那……里怎么可能逃得出去呢？你疯了吗？"

"少废话！快告诉我那地方到底在哪儿。不然……嗯——？！"

说话间，黑衣人身子猛地一顿，似乎觉察到背后不远处有粒小石子发出的细微动静，立即警惕地回头张望。锐利的扫视中，诡异的夜色下似乎一切依旧平静如常。可一道月光忽而投下，原本四周漆黑一片的树丛中，竟隐隐反射出一道道圆弧状的诡异寒光。

虽然只是一闪而过，但那些诡异的寒光却根本逃不过黑衣人锐利的双眼——那些是武士刀特有的暗光花纹！

"混账——！你敢耍我？！"

黑衣人怎么也没有想到，刚刚把注意力都放在制服的掌膳身上，居然一时没留神，自己已被悄悄包围！

只见黑衣人瞬间暴起，举起苦无就打算狠狠刺下，立即将身下的掌膳杀人灭口。但就在这时——

嗖——

只听一声尖锐呼啸划空而过，黑衣人只觉举起的手臂顿时一阵吃痛，赫然竟有一支羽箭插在了自己的小臂上，右手再也使不出劲儿来。而那月光下犹在颤动着的箭羽，一看之下，更是大吃一惊。这不仅绝非日本常用箭矢，箭杆上甚至还依稀可见一行"大明锦衣卫亲军指挥使司"的汉字。

"妈的，他们居然还和明国人联手了？！"

见周围已有一大群小西家的侍卫从四下纷纷冲了上来，眼看形势危急，刻不容缓，黑衣人只得先用力拔出了插在小臂上的羽箭，箭头上特有的倒钩瞬间便扯出了一大块皮肉。而黑衣人只能咬牙忍着剧痛，甚至顾不得清理血肉模糊的伤口，趁着小西家侍卫的包围尚未合拢，立刻丢出了几枚怀中的烟幕弹，趁机从包围的空隙处，转身夺路而逃。

众人正待去追，却不承想，那支锋利无比的苦无竟忽然再次显现！自弥散开来的烟雾中射出，径直甩向那倒地掌膳的咽喉——

几乎无人料到，那本就身中一箭的黑衣人，在自身难保的逃命之时，仍不忘再次趁机突下毒手，斩断线索！

情急之中，隐藏在高处正准备再度张弓搭箭的赵恩儋根本来不及反应，眼看苦无距离那倒地掌膳仅有咫尺之距，好不容易才找到的内鬼即将被灭口。恰在这时，斜刺里却又忽然飞出一支流星一般的手里剑——

当——！

一声脆响中，就在那苦无距离咽喉处只剩一寸许的最后关头，伴着巨大的力道，激烈碰撞在一处的手里剑与苦无，几乎是擦着那倒地掌膳的皮肤，竟一左一右地各自刺入了其脖颈左右两侧的地面。虽然让众人惊出了一身的冷汗，但总算是有惊无险地保住了那内鬼的性命。

第六章 | 裂痕

不过，烟雾的深处，此时却又隐隐飘来了一句只有那倒地的掌膳才能听到的低沉警告：

"想想你的家人！尤其……是你的女儿……"

刚刚被惊呆的小西家一众侍卫，这时也纷纷回过神来，在一大片呼啦啦的脚步声中，匆匆尾随着那黑衣人而去的方向奋力追去。

而倒在地上的那名掌膳，则浑身微微颤抖着，似乎根本没有为自己刚刚在鬼门关前走的一遭而感到丝毫的庆幸，反而两眼空洞地看向黑衣人消失的方向，呆滞的目光中，仿佛溢满了绝望。直到一名刚刚在膳司房似曾相识的锦衣卫赶到近前，重重地一脚踩到其胸口处，借着旁边小西家士卒举起的火把，看了这倒地掌膳一眼后，得意洋洋地说着其根本听不懂的汉话：

"哈哈！唐兄，咱们的确没猜错。内鬼果然就是这管酒水的家伙！嘿嘿，臭小子，居然能想到这么个瞒天过海的高招，也算你厉害。可万万没想到吧，到头来还不是没逃过你程大爷的火眼金睛！"

"你们如何知道是我的？"

小西行长的内城府邸中，阴冷的某处偏房内，当黑色面罩从被绑在座椅上的土井任三郎头上取下时，这是这位管理膳司房酒醴佳酿的掌膳开口所说的第一句话。

"土井任三郎，"站在其面前昏暗的烛光中回答他的，则是冷面如霜的小西樱子，"你的把戏已经被揭穿了。不得不说，把硝石先溶于水中，装入酒桶，以酒水的名义蒙混过关，运进城内，然后再通过煮沸后冷却的方法析出溶解的硝石，你的这招可谓高明。只不过，在隔海的明国，有利用硝石溶于水时会降温的特性，在夏天制作冰镇西瓜的做法。再根据账册上的记录，近来运入的酒水数量极多，足够用此法偷运大量硝石之用。于是，你这套溶解又析出硝石的做法，立即便被揭穿。为了万无一失，我们甚至还煮干了三大桶味道略微有些怪的酒，果然发现了残余的少量硝石！你还有何话说——？"

听罢小西樱子的话，土井任三郎扭头看了眼站在一旁的三名锦衣卫，与屋内铁桶般围守成一圈的小西家众侍卫，仰天长叹一口气，摇了摇头，无奈地感慨道：

"为了滴水不漏，我甚至刻意运入了几桶加浓的酒。待析出溶于水中的硝石后，再将加浓的酒用城中井水勾兑，重新装回酒桶内，以掩饰这个手法。却没想到，还是百密一疏，被你们识破。唉，那我也无话可说了。没错，正是我土井任三郎，将硝石偷偷运进内城的。我就是你们要找的人。那负责作料的掌膳，是被冤枉的。"

似乎已有了受死的觉悟，土井任三郎的目光中反而露出了几分决绝。但看着对方一脸无畏的表情，小西樱子却冷笑一声：

"哼，到了这个时候，还充什么好人？若不是你为了误导我们，特意撒了点儿硝石到盐坛里，一开始根本就不会怀疑到他的头上。"

"盐坛子里的硝石我不清楚，更不是我放进去的。膳司房的其他人也均是无辜。我就是贪恋钱财，欠了大量的赌债，才会鬼迷心窍，走到这步田地，实在是我咎由自取，但不关他人之事。"

见土井任三郎仍在抵赖，既不肯承认诬陷同僚，同时把责任都揽到自己的身上，甚至抬起了头，无所顾忌地与小西樱子直接对视着。小西樱子却依然不愠不恼，只是摸出了腰间的一支锋利匕首，一边在旁边的烛火上细细烤着刀刃，一边轻描淡写地说道：

"你到底用的什么手法偷运硝石，那个负责作料的掌膳是不是你陷害的，膳司房的其他人是否无辜，还包括你到底为何走到这步的，这些现在都无所谓了。我所关心的，只有那个逃掉的黑衣人到底是谁，他在为谁做事？还有，他的下一步计划是什么？"

"那黑衣人是谁，又为谁做事，我一概不知！我虽然糊涂到铸成大错，但也明白这里面的凶险，自然绝不会细问。只是收了他们的金钱，替他们把硝石运进城里罢了。至于他们下一步的计划……我也不能说！"

这时，小西樱子已将烤好的匕首从火上移开，在土井任三郎的面前轻轻摆弄着，像是在做最后一次劝说：

"刚刚那穿黑衣的家伙已打算将你灭口。你却还不能说？呵呵，别以为我刚刚在最后关头甩出手里剑救了你，现在就不会杀你。如果不老实告诉我们想知道的一切，接下来将要发生的事情，会让你万分后悔，还不如被那支苦无给痛快地结果了性命……"

土井任三郎看了眼小西樱子手中锋利的匕首在自己面前的半空中划来划去，大概预料到接下来将会发生些什么，脸上的肌肉微微抽搐着，但最终还是移开了目光，一句话也未说。

"不肯说？"

小西樱子冷笑了一声后，猛然握紧匕首的刀柄，狠狠刺了下去——

啊——！

第六章 | 裂痕

对于身体上突然传来的剧痛，虽然早已做好了准备，但是匕首落下的一瞬间，土井任三郎那被紧紧绑住的身躯还是本能地剧烈挣扎、扭动着，额头处瞬间冒出了一层细细的汗珠，原本用力咬紧牙关，也忍不住放声哀号。

待其身体颤动着渐渐平息下来，定睛去看时，只见自己左手的一根指头，已然被整齐地切掉。血淋淋的断指掉落在地，而殷红的鲜血则自断处喷涌而出，已洒得小半个座椅到处是血迹……

目睹着这血淋淋的一幕，一旁的赵恩儋皱紧了眉头，实在有些不忍直视。但见一旁面色阴沉的唐卫轩一言不发，程本举更是连眉头都没有皱一下，事不关己般袖手旁观，赵恩儋原本到嘴边的话，也只得强忍着咽回了肚子里，继续在旁静静看着。

"还不肯说？"

小西樱子见对方仍没有松口的意思，于是又一次提起了匕首。而那土井任三郎也不知在想些什么，竟然闭上了眼睛，再次咬紧了牙关……

就在这第二刀即将落下时，一名小西家的侍卫忽然走了进来，附耳向小西樱子报告了些什么。

满意地点了下头，瞥了眼气喘吁吁打算继续硬扛的土井任三郎，小西樱子慢慢放下了手中的匕首，但是口中说出的话，却似乎更具杀伤力：

"我已经派人从外城把你的全家都请来了。怎么样，要不要团圆一下？"

不待土井任三郎回答，随着小西樱子一挥手，六名男女老少已被小西家的士卒押了进来，虽然听不懂小西樱子刚刚所说的倭语，但是看着这六个日本人的平民打扮，以及土井任三郎脸上瞬间的表情变化，唐卫轩三人立即便轻易地猜出，这必定是被小西樱子抓来的对方一家老小。

扫了眼正跪在地上个个瑟瑟发抖的土井一家，小西樱子冰冷的声音再度响起：

"妻子、女儿、妹妹，甚至还有你家的老仆、侍女和门童。说吧，打算让谁先上路？"

幽暗的火光下，闪烁在跪倒在地的一张张恐惧脸庞，其中一个仅有六七岁的日本小丫头，更是低声啜泣着躲在其中一个妇人的怀里，浑身颤抖着闭紧了双眼。而在他们的身后，则是杀气腾腾的小西家侍卫们。

"好吧，我替你选一个。"

见土井任三郎不忍地撇开了目光，仍然不肯开口，小西樱子说出这句话后，便朝其中一人使了个眼色。会意的侍卫立即拔出了刀刃——

噗——的一声响后,一个年轻妇人已闷声不响地直直倒在了地上,而站在其身后的小西家侍卫则简单擦拭了一下刀刃上的血迹,等候着下一个命令。

原以为小西樱子可能只不过做做样子的赵恩儋,一时目瞪口呆。直到那死者腥气扑鼻的血迹染透了地面,赵恩儋都不敢相信,这眼前的女忍者真会对其家人下此毒手。再看一旁的唐卫轩,虽然脸色愈加铁青,紧紧抿着嘴唇,但依旧没有出手阻止的意思。程本举这次则总算皱了皱眉头,脸上的不忍之色却也只是一闪而过,而后继续眼睁睁地瞧着这一切的发生。赵恩儋此时只觉得自己的手臂再次如同比武场上一样,不停地微微颤抖起来。看着那躲在另一妇人怀中颤抖得越发厉害的日本小丫头,赵恩儋的手掌忍不住慢慢握向了腰间的刀柄……

"第一个是你妹妹,下一个,可就要轮到你的妻子了。"

冷冷地扫了一眼目光呆滞、表情痛苦的土井任三郎,见其依然不肯就范,小西樱子再次毫不犹豫地给出了示意。

只见方才的侍卫熟练地再度举起刀刃,对着另一名怀抱女孩儿的妇人手起刀落——

当——!

可这一次,只听一声刺耳的鸣响,那侍卫落下的刀刃,竟然被一旁的赵恩儋用佩刀给硬生生拦了下来!

两刀相错下的一寸处,正是蜷缩抖作一团的妇人与其怀中的女孩。

而在屋内,则是被赵恩儋此举惊呆了的众人:无论是小西家的侍卫、座椅上的土井任三郎,与其他几名土井家的亲属,甚至也包括唐卫轩、程本举,都愣愣地看着冷不丁出刀阻拦的这名大明俊美少年,有些不知所措。

而在片刻的诧异后,屋内几名小西家侍卫逐渐面露敌意地望向唐卫轩等三名锦衣卫,小西樱子身后的一名侍卫,甚至已然握住了腰间的刀柄,准备拔刀而出。不过,却被小西樱子提前一步、伸手按住了即将出鞘的利刃——

一脸淡漠的小西樱子,并没有理会面色涨红的赵恩儋,只是冷冷地盯向了唐卫轩,低声问道:

"唐大人……?"

"唐大人!"

而一旁激动不已的赵恩儋,也同样看着唐卫轩,大声求助道。似乎将全部的希望寄托在了这名雷厉风行的自家上司身上。好像凭着唐卫轩一己之力,就可以像之前比武场上那样,再次干脆漂亮地救下一条无辜的性命。

但片刻的沉默后,唐卫轩却将看向赵恩儋的视线转了回去,只留下自己的背影,淡淡地低声问道:

"赵恩儋,你可还记得,杨大人派我们是来做什么的?"

"……"

一瞬间,赵恩儋心中原本打算倚靠的主心骨,在无声无息中便失去了期待中的坚定支撑,目光中也渐渐无力,只有握着刀柄的臂膀依旧硬挺着不肯放弃。直到被另一只手臂缓缓地拉住,赵恩儋扭头一看,竟是身旁的程本举:

"恩儋,你的心情我和唐百户都能理解。但他们毕竟不是我大明子民,我们可以不亲手伤害这些无辜妇孺,可一样没有守护这些化外之民的职责。更何况,这也是为了追查诏书……"

一边说着,程本举已将赵恩儋伸出的刀刃拉了回来,慢慢帮其插回了刀鞘。周围纷纷欲拔刀的其他小西家侍卫,也终于从刀柄上渐渐松开了手掌。

紧接着,还不待内心仍在犹豫着的赵恩儋回过神来,方才的那名小西家侍卫已然再度挥刀而落——

扑通———一声,刚刚被赵恩儋拦下一刀的日本妇人,也随即同样倒在了血泊之中。而原本在其怀中的瘦弱丫头,只能无助地伏在其尸体上恸哭不已。

头顶青筋立时暴起的赵恩儋,这时只想凭着自己的满腔冲动再度拔刀,但腰间的刀柄,却已被程本举死死按住,同时半是命令、半是呵斥地再次低声提醒道:

"够了!恩儋,她已经死了!"

在刚刚失去母亲的幼女啜泣声中,面色惨白的赵恩儋渐渐松开了手掌,一副失魂落魄的样子。而就在这时,一阵诡异的笑声忽然在昏暗的屋内响起:

"哈哈哈哈……"

众人诧异地抬头看去,发出这诡异笑声的,竟然是被绑在座椅上的土井任三郎。

正当屋内之人都以为这家伙可能是失心疯了,或者终于在崩溃后打算吐露事情时,却听土井任三郎止住了笑声,面如死灰地淡淡说道:

"这都怪我鬼迷心窍啊。拜托了……请求你们不必再继续杀下去了。就算把我一家都杀了,我也不会说的。既然走到了这一步,我不说,他们是死。我若是说了,他们一样也活不成!"

望着土井任三郎近乎痴狂的决绝眼神，小西樱子冷若冰霜的面容间闪过一丝波澜，挥了挥手后，便将包括其女儿在内的剩余几人统统带出了屋外。

见到杀戮似乎终于停止，赵恩儋的心绪总算缓和了些，但小西樱子脸上的杀气却没有丝毫减少：

"好吧。那我先不为难你的家人。"

可话音刚落，小西樱子手中的匕首已再度落下——

啊——！

随着又一根手指落地，以及土井任三郎在剧痛中的惨叫，小西樱子继续说道：

"可我的耐心也是有限的。"

说罢，再次举起匕首，快速落下——

"啊啊啊——！"

土井任三郎的放声惨叫似乎并没有让小西樱子放慢速度，而是继续自顾自说着：

"关于那黑衣人，你到底知道些什么？"

同时，血淋淋的匕首再次手起刀落——

啊啊啊——！

当土井任三郎的左手只剩下最后一根小拇指时，小西樱子这回连话都没有说，只是柳眉微挑，便又一次眼都不眨地砍了下去——

啊啊啊——！

钻心的剧痛在短时间内一阵接着一阵地不断袭来，喷涌而出的鲜血早已染遍了整个座椅，而已经失去了左手所有手指的土井任三郎，也几乎要疼得晕厥过去，就连脚趾都已抽搐得几近变形，被绳索牢牢绑住的小腿上更是在一次次的剧烈挣扎中勒出了一道道的血印。但是整个人却依然如待宰的羔羊一般，毫无还手与抵抗之力。十指连心的一次次疼痛，让其越来越逼近崩溃的边缘。

而在土井任三郎终于稍稍喘过一口气来的当口，又听到小西樱子似是放弃作罢的一句话：

"真是没办法。看来，只能把你们一家送到太阁殿下手里，让他来决定该如何处置你们了。"

话音落后，经历了肉体与精神高度重压的土井任三郎，本就几近崩溃的神情中，终于闪过一丝从未有过的由衷恐惧！

多年在大阪内城中的所见所闻，令他对太阁丰臣秀吉的残暴手段，最为清楚不过。

而小西樱子也敏锐地注意到了这点，继续轻描淡写地诱导其展开想象：

"你刚刚说的没错，你女儿他们怎么也活不成了。不过，待落到太阁殿下手里后，对于胆敢偷运火药进入其居城的犯人家属，他们又会是什么样的死法？像当初大盗石川五右卫门一家那样被大锅烹煮？还是如其他罪犯一样，被寸磔、炮烙、活埋，或者剥皮？唉，实在是可惜了你那可爱白皙的女儿……"

"住……住手！"

被恐惧所笼罩的土井任三郎，终于还是有了松口的迹象，在越来越粗重的喘息中，如同行将塌陷的大堤一般，原本固若金汤的堤防已开始断断续续地松动开裂，眼看就要土崩瓦解：

"我……我……"

看着此人的惨相，尽管也知道这似乎是眼下最为有效的手段，但是一旁的赵恩儋依旧皱紧了眉头，不忍地从其身上移开了目光。

而就在这时，扭过头去的赵恩儋却有些诧异地发现，不知从何时开始，身边程本举的脸色，好像变得有些不太对劲……

记得就在刚才，面对小西樱子下令杀死两名日本妇人的血腥情景，程本举都没有多大的反应，甚至还能近乎冷血地拦下冲动中的自己。但是此刻，程本举却像完全换了个人似的，不仅没有像其他人一样盯在那很可能即将服软招供的土井任三郎身上，反而怪异地独自低着头，直愣愣凝视着地面。既不知玩世不恭的程本举此时究竟在想些什么，更不知其在看着什么，难道是那人被切下的一根根断指？沉思之中，其脸上的神情却是越来越难看，不仅整个人面色惨白，紧紧咬着的嘴唇处也变得毫无血色，仿若一座随时可能爆发的火山一般，强忍着胸中正汹涌澎湃的某股冲动，行将一触即发……

偷瞄着程本举的这一异常举止，不禁让赵恩儋感到好奇与不解，甚至隐隐有些不安：

眼看那土井任三郎即将就范，莫非，是程本举不希望看到他吐露事情，才显得如此局促不安……

难道——？！

而就在这时，不待土井任三郎在最后的踌躇与犹豫中再次改变主意，小西樱子又一次手起刀落，再度为其施加一层肉体上的痛苦压力，将其整个左手掌都齐腕砍下——

"啊——！住手！我说！我把知道的都说出来——！"

眼看对方的身体在痛苦的扭动与抽搐中终于彻底放弃了抵抗，但就在小西家众人都准备长出一口气时，屋内的一侧却忽然传来一声突如其来的拔刀声响：

唰——！

众目睽睽下，刚刚几乎无人在意的程本举，竟冷不丁地拔出了自己的刀刃，而且那锋利的刀尖，竟不偏不倚地径直指向了站在土井任三郎跟前的小西樱子！

刹那间，屋内之人无不脸色大变。

如果说刚刚赵恩儋出于心慈手软，试图刀下留人贸然出手，还可以多少理解为年轻人的一时冲动，那么，程本举此刻的拔刀举动，就实在是令人感到有些匪夷所思了。不知道这名方才还镇定自若、袖手旁观的锦衣卫，到底为何突然像变了个人似的，公然将寒光闪闪的刀刃，对准了即将逼出下一步重要线索的小西樱子……

唰——！唰——！唰——！

紧跟着，屋内的小西家侍卫无不同样纷纷亮出了刀刃，刀尖则均指向了手持利刃、怒容满面的大明锦衣卫试百户——程本举。

而刀刃环伺中的程本举，却似乎丝毫没有退让的意思，两眼之中喷出的怒火，几乎是打算不惜拼个鱼死网破。锐利的刀尖，已几乎抵上了小西樱子的咽喉。

面对这突如其来的变化，同样诧异万分的赵恩儋不禁惊呼道：

"程……程大人？！"

就连一旁的唐卫轩此时也露出惊讶与疑惑的目光，不知身边这位多年的搭档，怎会毫无预兆地突然抽刀暴起？而且浑身上下还透着那股只有在昔日战场之上不惜生死相搏的决心与气势。

到底是怎么回事？！

直到下一刻，程本举继续死死地盯着同样一脸不解的小西樱子，嘴里咬牙切齿般说出了下面的这句话：

"唐兄，你还是否记得，咱们当年攻破平壤城时，在地牢里发现的那些同袍骸骨吗？！"

经程本举这么一提醒，恍如一道霹雳般，令唐卫轩的往日记忆被瞬间唤醒：

那是在数年前的大明属国朝鲜，明军于第一次偷袭平壤却中伏失利后，又调集大军终于彻底攻破了小西行长把守的平壤城。而在冲入城中地牢后，才发现前一次因偷袭失利而被倭军所俘的一些明军俘虏，早已身死。但检查那些地牢中的骸骨时，却离奇地发现，大多骸骨都已失去了手掌与手指。与程本举曾共同经历过那一幕的唐卫轩，看着地上土井任三郎血淋淋的断指与手掌，几乎和当年地牢中所见的一幕如出一辙。想到这里，只见唐卫轩的脸色也瞬间为之一变！

只听噌——的一声，唐卫轩登时便也将自己的刀刃也拔出了一半——

但就在下一刻，那已然拔出一半的刀刃，却不知为何，又猛地一滞……

死一般的寂静后，最终，竟又慢慢地插回鞘中。

"唐兄——？！"

见唐卫轩在拔出一半刀刃后却又眼看着要收刀入鞘，一向坚持与唐卫轩同进退的程本举此时竟一反常态，几乎是咆哮着喝问道。

而回答程本举的，则是刀刃彻底收回鞘中的咔嚓一声脆响，以及唐卫轩冷冰冰的命令：

"收起刀刃，我们现在有更重要的事。"

不过，程本举却固执地摇了摇头，用难以置信的目光仅仅盯着曾数次并肩出生入死的唐卫轩，再一次地质问道：

"难道，你不打算为当年死在平壤城的同袍们报仇了吗？！"

片刻的沉默后，唐卫轩回过了头来，面色铁青地冷冷盯着程本举：

"日本既已遣使上表降伏，我们只要完成册封与议和，就可完成皇命，刀枪入库，天下太平。若因个人恩怨、一时冲动，导致战端重开，不仅兄弟们此前在战场上的鲜血付之东流，前功尽弃！今后又不知有多少大明将士要因此再度血洒沙场，马革裹尸在千里之外的异国他乡！这一点，你想过没有？！"

沉寂中，程本举的刀刃似乎在渐渐放低，而唐卫轩的语气也稍稍缓和了一些，不顾旁边的小西樱子能否同样听得见，微微叹了口气，转身拍了拍他的肩膀，低声道：

"报仇，该在当年甚至是将来的战场上，而绝不是此时此地！"

听罢这最后一句话，程本举终于不再反驳，而微微颤抖的手臂，似乎也能感觉到程本举心底的不甘与愤恨。最终，程本举的刀刃还是缓缓插回了刀鞘，却依旧义愤填膺地忍不住用手指着小西樱子等一干人：

"你们最好祈求尽快找到诏书！否则，等议和失败重回战场时，我程本举绝不会放过你们任何一人！"

说罢，程本举便甩袖而去，推开一众侍卫，大步径直迈出了屋外。

不知程本举到底在咒骂些什么的小西家众侍卫，正准备发作还以颜色，却被小西樱子厉声拦了下来，先严命众侍卫收刀入鞘，并令其同样都退了出去，而后，又意味深长地看了唐卫轩身后的赵恩儋一眼。

"恩儋，你也先出去，看好程试百户，眼下大局为重。"

大概是明白了小西樱子目光中的意思，唐卫轩也让赵恩儋先出去一会儿，顺便看住可能会惹出其他事端的程本举。

很快，屋内便只剩下了唐卫轩与小西樱子两人，与奄奄一息的土井任三郎。

有些尴尬的沉默后，看着似乎欲言又止的小西樱子，唐卫轩率先打破了沉默：

"问正事要紧。"

小西樱子点点头，或许是清楚现在根本没空清理旧账或者弥补裂痕，终究没再多说什么。而是仿佛刚刚将双方关系降至冰点的那一幕从未发生过一样，转而抬起了土井任三郎无力垂下的脑袋，继续问道：

"告诉我，那黑衣人的下一步计划。"

"我说……我虽然不知道他的身份，但是在你们被他发觉前，他却问了我一处地方的所在。我想，他下一步的目的地，肯定会是那里了。只是，我还有最后一个请求……"

"说！"

一想到黑衣人现在可能已经正在往土井任三郎所说的地方赶去了，小西樱子立刻催促道，显然不想在此继续浪费更多的时间。

"我可以告诉你们他问的是哪里。只是，虽然我自知家人必定受我连累，但请求你不要将他们交到太阁手中。我希望能够保住他们，这是我最后的一个小小要求。毕竟，他们真的什么也不知道。"

"这不可能。"

谁知，小西樱子却冷冰冰地断然拒绝：

"我不想骗你。你自己也应该清楚，大阪内城中有人故意用火药引起爆炸，又袭击了明国使团，如此重大之事，偷运硝石入城的你也一样是脱不了干系的帮凶。不杀你全家，到时候我家主公小西大人也绝无法向太阁殿下交代，即便是你家中仆役侍女，也一样不可能放过。不过，我至少可以让他们死得没有多少痛苦。"

看着对方再一次陷入绝望，无力地垂下头颅，小西樱子又考虑了一下，微微叹了口气，话锋再度一转：

"好吧。我最多保全下一个人。"

"真的？！那……"在听到一丝希望后，土井任三郎猛地抬起头，流着泪喃喃地说道："那请求你无论如何保全住我的女儿！拜托了！拜托了！她才只有……"

"好了！立刻告诉我，刚刚的那黑衣人接下来到底会去哪儿？若是迟了一步，找不回被窃的诏书，我们小西家在劫难逃，你女儿我也一样无法保全！"

不耐烦地打断了对方的话，小西樱子只想迅速知道即将到手的下一步重要线索。土井任三郎点了点头，有气无力地终于低声说道：

"黑衣人那家伙问我的地方，就是……"

在附耳听清了土井任三郎所说的地方后，终于得到下一步线索的小西樱子，却不禁细眉微蹙，再度看了土井任三郎一眼，似乎有些将信将疑。

不过，想到既然已答应了帮土井任三郎保全其女，那么刚刚那丫头的安危也等于和小西家的命运已绑在了一起，土井任三郎实在没有必要再骗自己。思虑片刻后，小西樱子先叫入了一名侍卫，吩咐道：

"除了刚刚那丫头外，其他人都杀了吧。动作利落点儿！"

回头看了眼土井任三郎，小西樱子又叫住正欲转身而去的侍卫，多补充了一句道：

"别让那丫头再受刺激。就把她留在屋外，其他要杀的人则都带远点儿再动手。听懂了吗？"

听罢小西樱子的话，座椅上的土井任三郎，感激地看了小西樱子一眼，而后长舒了一口气，露出仿若临死前的释然表情，闭上双目，仰过了头去。

"唐大人，可否借你的长刀一用？"

正有些看不太清状况的唐卫轩，忽然听小西樱子向自己借刀。迟疑了片刻后，还是将绣春刀递给了对面的小西樱子。

但还不待唐卫轩弄清小西樱子因何借刀，小西樱子已摩挲着绣春刀锋利的刀刃，狠辣的目光中还透着一丝狡黠，在莫名看了一眼疑惑中的唐卫轩后，手臂随意猛地一挥！

转眼之间，唐卫轩便只见眼前一道寒光闪过——

第七章 · 恩仇

"程大人,卑职可否问您件事?"

冷清的夜色中,赵恩儋找到了屋外怒气未消正独自站在僻静角落里的程本举,凑近几步,试探着轻声问道。

默默叹了口气,收回了几分怒容,程本举慢慢转过头来,看着小心翼翼的赵恩儋,语气也平和了不少:

"说吧。什么事?"

"当年在朝鲜平壤,您和唐百户两位究竟经历了什么?"

话音未落,只见程本举脸色再度微微一变,赵恩儋赶紧解释道:

"其实,卑职之前倒是也听其他同僚偶尔提起过,您和唐百户都是在当年平壤之战开始崭露头角、从此屡立战功的。可却没有几人能说清楚其中的详细经过。有的说是我大明将士当初在平壤中伏后被迫突围,有的则说是我大明雄师一举光复了平壤,而且这平壤城似乎也和那日本大名小西行长有着千丝万缕的关系,再加上刚刚在屋内……嗯,卑职对当年之事实在是越来越糊涂了,才想向您仔细请教。"

抬头看了眼夜空,程本举似乎在远眺的沉默中,追寻着对昔日金戈铁马的回忆,过了片刻,表情渐渐平静了下来,方才收回目光,幽幽地说道:

"他们说的都没错。其实,我们当年在平壤和小西行长所部先后一共打过两回仗。第一次,是跟随着辽东副总兵祖承训的三千骑兵偷袭平壤,原以为城中只是些寻常倭寇，出其不意便可一战而定。谁知城中却有着全副武装的上万倭军精锐，甚至还有不少投靠日本助纣为虐的朝鲜降军。结果，在入城后的巷战中进攻受挫，反而在城内遭遇了倭军的重兵反攻，节节败退、死伤惨重。同去的三千人马，最后生还者只有十不存一。第二次，则是跟随着朝廷重新集结的四万大军，由李如松提督率领，终于攻克平壤。两战时间相差近半年之久，不过，前后两次守卫平壤的倭军主将，倒一直都是那个如今负责议和的小西行长。"

"原来是这样。没想到，这个小西行长当年还和咱们大明有着这些过节。看来，这个小西行长打仗也算有一手，还能在遇袭后立刻发动反击，也怪不得那些小西家的侍卫们个个都杀人不眨眼，一个个老练得很，看咱们的眼神也总有说不出的别扭。再加上这次又是小西行长负责议和，算起来，他们小西家和咱们大明也算是颇有渊源了。"

听完程本举的话，赵恩儋抿了抿嘴唇，虽然未曾亲临战阵，但是从这番讲述中，似乎也能一窥当初明军第一次兵败平壤时的惨烈，以及与小西家之间的复杂过往。顿了顿后，又不禁感叹道：

"不过，程大人和唐百户在第一次兵败时尚能全身而退，也可谓蒙上天眷顾、堪称幸运了。"

"幸运？"

谁知，程本举鼻子中喷了口气，满是不屑，随后更扭头看着赵恩儋，苦笑中却暗含着几分郑重：

"什么'托圣上的洪福''幸赖朝廷调度有方'，这种场面上的官话，我倒是也已记不清说过多少回了。不过，恩儋，倘若有天你也身陷绝境，并能成功脱困，才会明白：自助者，天方助之。可不要光等着天上白白掉下的好运来搭救你！"

"卑职一定谨记在心！"

看着赵恩儋答应得干脆利落，却是一副似懂非懂的表情，程本举苦笑了几下，继而神秘兮兮地低声道：

"你可知道，当年我和唐百户在虎狼环伺的平壤城里，是怎么杀出重围的吗？"

"愿闻其详！"

一瞬间，赵恩儋仿佛突然打了鸡血一般，两眼放光，忍不住凑近了一些，聚精会神地竖起了耳朵。

"唉，当年，还要从我们跟着祖承训的三千辽东铁骑，摸黑来到了倭军所据平壤城的七星门外说起……"

随着程本举由一声叹息而开始的讲述，一旁正燃烧着的火把，在左右摇曳中，似乎也兴致勃勃地倾听起这段数年前的遥远往事。

就在与此同时，身在小西行长府邸内的程本举与赵恩儋却并不知道，大阪内城大明使团馆驿的议事厅内，杨方亨也正在秉烛夜读着关于唐卫轩过往的一纸卷宗。

这是临出发前，朝廷特意嘱咐杨方亨要提防唐卫轩，而秘密誊抄的一份记载其过往经历的卷宗，以备其了解此人的昔日经历。但未将此事放在心上的杨方亨，之前却瞅都没瞅上一眼。方才仆人费了好一番工夫，才从杨方亨的私人行李箱底里将其翻找出来，刚刚送至议事厅。对使团内可能有内鬼一事坐立不安的杨方亨，拿到卷宗后，自然是立即展开，快速阅看起来。

卷宗铺展开的纸张上，一行行写就的墨迹，在微微跃动的烛光下，无声地讲述着唐卫轩数年来的昔日经历：

大明万历二十年七月，锦衣卫唐卫轩等人随副总兵祖承训渡鸭绿江赴援朝鲜。祖承训以三千骑兵夜袭倭军所据平壤，于城中反遭倭酋小西行长数倍之敌重围，大败。祖承训仓促撤军而回。然陷入城内不可走脱者甚多，生者寥寥。是役，唐卫轩幸而得脱，与程本举等远道兼程，方得以归营。

……

次年正月，朝廷以李如松为东征提督，督诸将进战，大捷于平壤。唐卫轩毙敌甚众，记其功。

……

同月，渡白川江，克复开城。唐卫轩随军勇战，记其功。

……

同月，碧蹄馆遇数万倭军设伏，提督李如松重围中率部突出。唐卫轩随军勇战，记其功。

……

二月，唐卫轩押运粮草，于幸州山城助战，守御破敌，记其功。

……

三月，唐卫轩率部夜袭，火烧龙山倭军数十万担存粮，迫使倭军不日退出汉城，记其功。

……

望着这字里行间看似平淡的记述,与一个又一个"记其功",文官出身的杨方亨虽然不通军事,但是也忍不住瞪大了眼睛,呼吸逐渐加速。刚开始,自第一次平壤城遭遇埋伏时还读得认真一些,但随后速度却不禁越来越快,甚至顾不上再去细读那些每一战的详述,只是粗略地数着,这名在自己手下时一向沉默寡言的锦衣卫百户,曾历下的一项项显赫战功,只觉得触目惊心。

但在这一长串战功记述之后,卷宗中却忽然笔锋一转,冒出了极其突兀的一行字,令杨方亨正一目十行的视线不禁戛然而止,瞬间定格在了此处:

次年,既班师凯旋,于京城查唐卫轩有通敌之嫌,遂以通倭罪投入诏狱……

通倭?!

倒吸一口冷气中,半天回不过神来的杨方亨,足足愣了好一会儿,又将桌案上的烛火移近一些,似乎是想再仔细确认一遍,卷宗上那在与倭军对阵中战功赫赫之人,和以通倭罪下诏狱的,是否真的是同一人。

经再三确认,待确信卷宗中所指的,确实都是唐卫轩后,杨方亨忍不住皱起了眉头,表情变得愈加复杂,但顿了顿后,便又继续向下看去。

而当看到接下来的一段记述时,杨方亨的面容更是变得瞬间惨白:

据查,唐卫轩曾在战场之上私放敌寇。被其私放之敌,疑为倭酋小西行长麾下之女忍者。

什么?!

只听咣当———声,一时方寸大乱的杨方亨失手打翻了一旁的茶碗,却全然不顾被茶水沾湿的衣袖。

小西行长……唐卫轩……女忍者……?!

一时间,杨方亨忽然感觉自己就像是个傻子一样,自始至终都被蒙在鼓里,对这些事竟然一无所知。只恨自己没有及早细看这份卷宗,乃至到了此刻,很可能已一手酿成了大祸。

茫然之中,杨方亨手里的卷宗随之怅然落地。

心绪已如一团乱麻的杨方亨站起身子,背着手在厅内来回踱着步子,直到又想起了什么,这才颤巍巍地赶忙将掉落在地的卷宗再度捡起,哆哆嗦嗦地将其重新展开,又从头至尾、仔仔细细地研读了一遍又一遍。

直到已通读三遍,几乎快能背诵出来后,杨方亨才将卷宗放到了一旁,一副阴晴不定的表情中,似乎又重新镇定了一些,对这卷宗中的记载反而泛起了疑问:

若是唐卫轩的战功属实,一个与倭军对阵曾屡立战功之人,又怎会暗通日本?

若是暗通日本属实,或者私放敌人的嫌疑尚未洗清,又为何将其放出了诏狱,甚至还将其安排在出使日本的使团之中?

想来想去,这两点都实在太不合常理。

心烦意乱之时,坐立不安的杨方亨索性一巴掌狠狠地拍在了桌子上,摇着头道:"简直荒唐!"

只是,也不知他所指的,是那些明知唐卫轩尚有通倭嫌疑,却依旧派其随团出使的朝廷官员,还是不加细查就对唐卫轩委以重任的自己,又或者是这份看起来疑点重重,甚至自相矛盾的卷宗。

不过,事情总要查清楚,否则杨方亨自觉今夜根本无法入眠。为今之计,似乎也只有再从侧面打探一下虚实了。不过,和唐卫轩最为相熟的程本举已不在馆驿,问其他官职较低者也未必知情。而如今使团中既要有一定官职地位,又经历过数年前的战事,且对唐卫轩底细有所了解之人……

一瞬间,杨方亨两眼一亮,随即计上心来,打算冒险一试:

"来人啊!速请副使沈惟敬来此,就说本官有要事相商。"

趁着接下来等候沈惟敬的这段工夫,杨方亨又索性先强自静下心来,在脑海中将自己对这名副使所知的一切,也从头到尾回想了一遍。毕竟,要想从沈惟敬这里撬出点儿唐卫轩与日本暗中勾结的底细来,就必须先对沈惟敬这个人慎重对待。

其实,对于这位时常与那小西行长眉来眼去的沈惟敬,杨方亨心中根本无丝毫信任可言。利用沈惟敬这个本就疑点重重之人投石问路,也是不得已而为之。

记得早先曾听闻,沈惟敬原本不过是江南嘉兴的一介市井之徒而已。只因当初朝鲜战事突起,朝廷一时难寻通晓倭语之人无才可用,恰逢朝中兵部尚书推荐此人,才假以官职,令其与倭军借议和之名拖延周旋,为集结大军争取时间。而这一把年纪的沈惟敬看起来弱不禁风，但是也不知有何等诡辩之才，当年不仅一度深入虎穴，又全身而退，成功挡住了倭军的乘胜进攻，大大出乎不少朝廷官员的预料。更在次年明军收复大半朝鲜战事却又陷入僵局后，再次力主议和。在一来二往的反复斡旋后，沈惟敬不仅促成了日本遣使降伏，更和曾被他欺骗过一次的日本大名小西行长逐渐称兄道弟，当晚的盛宴之上，似乎就连丰臣秀吉对其也怀着三分敬意。有鉴于此，杨方亨也不由得渐渐对此人高看了几分。

不过，回想起临行前朝廷的交代，杨方亨心中仍旧是戒心重重。说起来，朝廷当初对沈惟敬奏报的议和结果也曾存有疑虑。毕竟，沈惟敬带回的议和条件中，不仅没有割地赔银、和亲纳贡等任何有损大明天朝国威之处，反而是日本一方甘愿称臣降伏，并允诺将仍驻扎朝鲜一隅的剩余倭军一并尽快撤回，只求大明恩准册封，恢复原本被中断几十年的朝贡，使其今后可以如朝鲜、越南、琉球等其他大明属国一样，定期遣使来朝拜见大明天子。对沈惟敬本就心存戒心的朝廷上下，起初还对沈惟敬带回的这份奏报深表怀疑，但当见到日本使节亲自献上的降表，白纸黑字均写得清清楚楚，言辞亦十分恭谦恳切，甚至在另派官员与来京的日本使节几经盘问后，得到的也是同样的肯定答复。再无可疑之处的大明皇帝与朝廷，这才决定派出使团与诏书，恩准册封丰臣秀吉为"日本国王"。不过，朝廷对印象中一贯阴险狡诈的日本却也从未放松警惕，因此在诏书之中，暂时回绝了其遣使朝贡的请求。

待回想到这里，匆匆而去的下人已请来了尚未歇息的副使沈惟敬，杨方亨也随即整了整官袍，换上热络的表情，邀其入座。

一番简单的寒暄后，杨方亨索性开门见山地直接问道：

"本官尚有一事不明，还请沈大人赐教。"

"不敢。杨大人请讲。"

"那日本的小西行长，与唐卫轩唐百户，莫非，可曾相识？"

杨方亨这单刀直入的问话，自谓是一步险棋。而在冷不丁地投石问路后，杨方亨就在仔细等待着沈惟敬的表情变化，生怕漏过了对方试图蒙蔽自己的任何细节。

若沈惟敬的面容间流露出任何可疑之处，杨方亨几乎就可以笃定，与倭人一向来往密切的沈惟敬，负责看守诏书却有通倭之嫌的唐卫轩，还有那曾被唐卫轩私放的女忍者小西樱子，以及日本大名小西行长这四个关键人物，就将自己心中的所有怀疑穿成了一条完整的线。

可万万没想到的是，沈惟敬脸上却根本没有显露任何的掩饰，甚至是丝毫的犹豫，而是不假思索地点头答道：

"当然。而且，印象应当还很深刻。"

从其波澜不惊的平淡语气中，一位大明锦衣卫百户，与一名曾是敌军将领的日本大名相识，竟似乎是一件十分自然的事情。原打算专心寻找对方遮掩漏洞的杨方亨随即一愣，怔了怔后，生怕沈惟敬误解了刚刚自己的所问之意，又连忙补充道：

"本官指的，并非今日比武场上。"

谁知，沈惟敬又捋着胡子笑道：

"卑职所言，也并非今日盛宴之上。而是当年在平壤城，小西行长所部应该就已知晓唐百户其人了。"

"沈大人是指，李提督率天朝大军攻破平壤之时？本官记得唐百户曾在此役立过战功。"

"非也。卑职所指的，乃是最初副总兵祖承训兵败平壤之役。"

沈惟敬接连对答如流、毫无做作的回复，让杨方亨有些愕然。

看着气定神闲的沈惟敬，若其所说真是蒙骗自己的谎言，也未免太过漏洞百出了。而若其言属实，杨方亨不禁更加疑惑，根据刚才的卷宗所写，祖承训偷袭平壤大败，唐卫轩彼时也不过是位名不见经传的普通锦衣卫而已，小西行长却是身为统帅平壤上万倭军的一军主将，又怎么可能对溃败的明军中一名仓皇而逃的锦衣卫留有什么深刻印象？

望着杨方亨一脸的困惑，沈惟敬捋了捋胡须，继续笑着说道：

"杨大人或许对当年平壤兵败之事有所不知。沈某虽然也未曾亲历，但确听说过一二。小西行长之所以会对唐百户印象深刻，是因其不仅曾参与此战，而且，还和我大明其他生还将士不太一样。"

"怎么个不太一样？"

"唐百户当年突围而出……据说，走的是平壤城的长庆门。"

"那又如何？"

杨方亨还是听得一头雾水，不明白其中到底有何玄机。不过，一听这沈惟敬提及"长庆门"三字，脑海中倒是瞬间回想起，就在这议事厅内，之前自己提出举荐唐卫轩追查诏书下落时，小西行长的确曾随口说出"从平壤城长庆门突围而出的大明武士"之类莫名其妙的话来。而且，那时小西行长的表情还明显有些不太自然。

看杨方亨似懂非懂、仍未完全明白，沈惟敬又笑呵呵地补充道：

第七章 | 恩仇

"看来杨大人对当年一战真的是知之甚少啊。当初祖总兵率军偷袭平壤，乃是从七星门攻入的，兵败后几乎所有生还将士，也均是因从七星门及时原路撤回才得以身免的。而那七星门，正是平壤城的西门。但是，唐百户最终从上万倭军中突围而出的长庆门，却并非在西面，而是平壤城的……东门！"

在杨方亨若有所悟的惊愕中，沈惟敬淡淡一笑，见杨方亨似乎已无其他要事相商，便起身告辞。只留下议事厅内，摇曳的烛火中，仍是一脸错愕的杨方亨，似乎终于明白了，之前在自己指派唐卫轩追查诏书时，小西行长眉宇间那明显不自然的表情……

"难道说，您和唐大人当年在平壤城内的重重围困中，从西门到东门，硬生生杀了个对穿？！"

赵恩儋突如其来的惊叹之声，不仅引得周围不少小西家侍卫纷纷侧目，警惕地皱起了眉头。就连旁边燃着的火把，也剧烈地跳动起火焰，好似被赵恩儋的惊呼吓了一跳。

这时已粗略讲完昔日平壤城经历的程本举，却仅是回以淡淡一笑，不置可否。

不过，就在兴致愈加高涨的赵恩儋打算继续追问细节时，身后唐卫轩和小西樱子所在的屋内，却忽然传来噗——的一声沉闷响动！

听上去，似是刀刃划破皮肉的特有声响。

顿时，无论是程本举与赵恩儋这两名来自大明的锦衣卫，还是屋外的一众小西家侍卫，都机警地抬起头来，本能地握紧了刀柄，半是疑惑半是警戒地看向了屋内，一边处处提防地相互监视着，一边竖起耳朵，仔细听着屋内传来的动静，生怕刚刚是出了什么意外。

实际上，此时的屋内，随着小西樱子手腕一挥，当即被一刀毙命的，乃是座椅上的土井任三郎。

而最后夺了土井任三郎性命的，正是刚刚从唐卫轩手中借过的那把绣春刀。

只见寒光闪过后，座椅上只留下一具失去生命的躯体，前一刻还仰着的头颅，此刻正毫无生气地低垂着，胸前则尽是溅出的大片血迹，汩汩流淌。被绳索牢牢捆绑的土井任三郎，就这样，在锦衣卫的绣春刀下，彻底断气，结束了生命。

不过，在刀光闪过的前一刻，土井任三郎弥留之际，脸上却似乎带着些许的宽慰，这有些突兀的释然表情，不禁令一旁的唐卫轩感到疑惑，尤其在历经酷刑折磨，且家人尚在小西家手中作为人质的境况下，对方为何依然能如此坦然面对死亡。

而亲手结果了土井任三郎的小西樱子，则将已沾满血迹的绣春刀递还回来，淡淡道谢说：

"多谢唐大人，这确是一把好刀。"

看着接过刀刃却仍凝视着土井任三郎的唐卫轩，小西樱子又瞥了眼那已渐凉的尸体，一边擦拭着自己方才使用过的匕首，一边为唐卫轩简短地解释道：

"唐大人，不用疑惑为何要杀他。贼人向他询问过的下一地点，我刚刚已知晓。而之所以结果了他，是留着这土井任三郎和他的家人，落到太阁殿下或那黑衣人手里，恐怕只会死得更惨，还不如由我送他们一程。况且，他临死前央求我保住他的女儿，我也已答应。欠了赌债，为还钱铤而走险，死到临头，却还惦念着保住自己的女儿，不过，也曾想出了那么个高明的法子偷运硝石，呵呵，这个土井任三郎，真不知该如何说他。好了，事不宜迟，我们现在也该出发了！"

待收起匕首，小西樱子正准备招呼唐卫轩再次上路，但却发现，唐卫轩看向土井任三郎的目光中，竟变得更加复杂。甚至，还有些动容。

顿了一下后，只见唐卫轩将刀尖随手插入地面，而后竟扯下自己身后的斗篷，用其盖住了土井任三郎那已逐渐冰冷的尸身。

目睹此举，小西樱子有些不解地看着唐卫轩面色凝重地做完这一切，在旁忍不住调侃道：

"真是可惜了你这斗篷。怎么，你和他仅见过不到三炷香的工夫，就很熟络了？可也没见你和他说过一句话。还是说，你在可怜这样一个把自己和家人性命都赔上的陌生日本赌徒？"

"只是出于对一个临死仍努力保护女儿的普通父亲的敬意。仅此而已。"

说罢，唐卫轩已抽出插在地板上的刀刃，头也不回地推开屋门，走了出去。

而被留在身后的小西樱子则愣了愣，回味着唐卫轩的话语，有些不屑地付之一笑后，也径直跟着走到了屋外。

眼看唐卫轩与小西樱子二人一前一后均毫发未伤地走出了屋门，屋外正相互暗中警惕着的两名锦衣卫与小西家侍卫们，也都终于松了口气。不过，留守屋外的赵恩儋，还是眼尖地注意到了两人身上的一点儿异常之处：

那便是，唐卫轩那还未来得及收回鞘中的绣春刀上，尚在滴淌着的温热血迹。

不仅是细心的赵恩儋，屋外正孤零零两手抱肩、几乎已将眼泪流干的那名土井家幼女，此刻也正颤巍巍地凝视着从屋内走出的两人。在忽然瞥见唐卫轩刀刃上的血迹后，随即伸直了脖子，无比牵挂地望向已然无声的屋内——自屋门的缝隙中，看到了土井任三郎那具已被斗篷覆盖再无呼吸的尸体……

一瞬间，这彻底失去了所有家人的日本幼女，只能绝望地发出一声悲怆的呼喊，仿佛在控诉着残酷的命运，在一夜之间，就眼睁睁地夺去了其全家人的性命。原本和和美美的家庭，就这样只剩下自己孤零零一人留在这世上。

听闻这一声绝望的呼喊，望着那日本丫头紧紧攥起的拳头，不住颤抖的细嫩臂膀，被泪水浸湿的双颊，与承受了太多不幸的瘦弱身躯，一旁的赵恩儋只感到浑身一震，头皮微微发麻。凝视着今后将孤苦无依的异国幼女，心头似乎也感到一阵似曾相识的颤动。不禁回想起几个时辰前的宴会比武场上，被绑在木桩上曾对着自己嘶吼咆哮的那名日本女犯。

也不知道，在箭下侥幸得生的那日本女子，现在如何了？

赵恩儋正有些惆怅地想着，而就在这不经意间，小西樱子已走到那可怜的幼女身边，轻轻俯下身，拍了拍小丫头的肩膀，如同亲切的姐姐一般，柔声说着什么。

温声细语中，与方才屋内轻描淡写便可下令处决他人的那一个冷血忍者，简直判若两人。言语之间，似乎还向哭泣中的日本幼女，伸手指了指不远处正在收刀入鞘的唐卫轩。

而在下一刻，也不知小西樱子究竟是说了什么，前一刻还在哭泣的那日本丫头，竟做出了一个惊人的举动：只见其踩着脚下小巧的木屐在嗒嗒的声响中，竟无所畏惧地一头冲向了不远处的唐卫轩！方才还充满悲凉与恐惧的稚嫩目光中，此刻，却如同燃烧着两团复仇之火，迸发出无比的仇恨。

望着这一幕，虽然不觉得这手无寸铁的小丫头，能对堂堂锦衣卫造成什么危险，但众人还是瞪大了眼睛，一时不知所措。

但就在这时，小西樱子却伸回了胳膊，一把拦腰截住了那小丫头的去路。与此同时，对着不远处同样有些愣住的唐卫轩，意味深长地看了一眼。

呸——！

而在小西樱子臂弯中再也无法前进后，激动的日本小丫头依然怒目而视地盯着面前的唐卫轩，与其手中所执的带血凶器，随后稚气未脱地恨恨向其啐了一口。似乎，已认定了此生的仇敌，就是这名陌生的身着异国衣甲的大明锦衣卫。

小西樱子这时也终于摆了摆手，土井家的小丫头随即便被侍卫们带了下去，暂时庇护在小西行长府邸之中。

对于刚刚小丫头啐向唐卫轩的一幕，小西樱子似乎视若无睹，只是不易察觉地狡黠一笑，随即，便向唐卫轩等三名大明锦衣卫如此正色言道，同时揭晓了下一地点的所在：

"好了。下面，还要继续劳驾三位与我们一道，务必赶在贼人之前，立即去往下一处地方——大阪内城地牢。"

夜空阴云密布，明月时隐时现。

看月亮的位置，应是已过了子夜时分进入后半夜。不过，锦衣卫与小西家联手追查贼人与诏书的进展，在历经波折之后，也终于抢占到了先机。

此时，朦胧的月色映照下，大阪内城阴森的地牢门外，已布满了小西家的士卒。只见数不清的火把，不仅将这地牢的唯一出入口照得灯火通明，更是防守得严严实实，甚至地牢附近一些仅有巴掌大小的透气口，也都一一派兵监管，可谓密不透风。

当从地牢的守监处得知，在小西家人马赶到前的半个多时辰，既无任何人出入，也无一切可疑迹象后，快马加鞭赶至此的小西家一众侍卫皆长舒了一口气，而后，便打算径直入内搜查。不过，此地毕竟不是之前的膳司房，一干看守地牢的狱卒立刻拦了出来，负责看守地牢的守监更是挡在了门口，阻住众人：

"慢着！你们这是要做什么？"

"我们是奉命入内搜查！"

"搜查？敢问搜查什么？莫非是怀疑哪位要犯不在了，又何须如此多人，兴师动众？"

虽然门外大队的小西家士卒在气势上占了上风，不过奉命看管地牢的守监更知道自己的职责所在。况且眼尖的守监早已认出这些人的家纹属于小西行长，而非太阁丰臣秀吉的贴身侍卫，自然更要盘问个清楚。不过，当小西家侍卫给出答复后，这守监却是愣在了原处：

"我们奉命入内，搜查地牢内通往城外的秘密暗道。"

"暗道？"

反应了好一会儿，这守监随即变色道：

"给我适可而止！开玩笑也要有个限度。这地牢之中，怎么可能有什么通往城外的暗道？若有这种暗道，此处的犯人不都跑光了？简直荒唐！"

眼看僵持不下，忽然，一个声音，在不远外传来：

第七章 | 恩仇

"有没有暗道,搜一下不就知道了?"

话音刚落,小西家一众侍卫间立时闪出了一条通道,一名冷艳的黑衣女忍者,裹着一阵恬淡的清香,径直来到了守监的近前。

一旁的火光映照下,这女忍者的俊俏面容令人心动,但是与之对视的一瞬,守监却不禁浑身一颤,禁不住稍稍退后半步,只觉对方冰冷的目光仿佛直刺心底,令人不寒而栗。面对着这小西家的女忍者步步逼近,守监强自挺直了腰杆,鼓足气势,仗着身后的一干狱卒,仍是强撑道:

"此处乃是看守要犯之所!无太阁殿下命令,硬闯地牢者,可是死罪!小西大人亲来也是一样!"

谁知,面前的女忍者却信手掏出了一块金光闪闪的手牌,摆到了守监的眼前。

"这……"

"若是迟了半步,教城内的贼人自地牢暗道走脱,你可担得起太阁殿下的雷霆之怒?"

认出那对面女忍者手中确是太阁亲赐金牌,可任意畅通无阻,再加上这一句话,守监尽管仍不甘心,却只好让开了去路,命狱卒给小西家的众侍卫放行。

眼看着小西樱子一挥手,小西家众侍卫开始纷纷鱼贯而入,进入森严的地牢。同时,又听小西樱子嘱咐着众手下道:

"每一块砖石,都要仔细敲打、转动,看看有无机关密道!"

"是!"

一时间,守监更是疑窦丛生,难道这些小西家的人马,如此大动干戈,真的是来地牢中找什么暗道?虽不知道这些人哪里来的自信,似乎十分肯定,这地牢之中就一定有着通往城外的秘密暗道。而更令守监目瞪口呆的是,走入地牢的一干小西家侍卫之中,竟然还有两名身穿不同衣甲的明国锦衣卫!

不过,还不待瞠目结舌的守监发问,小西樱子已转过半个身子,用形同命令的口吻对其说道:

"对了,还有一事须劳烦守监大人。为方便我们搜查,请将地牢中的所有人等,无论狱卒还是囚犯,现在都统统清理出来。"

负责此处的守监一愣,本打算据理力争这一过分要求,但面对着小西家众侍卫们明晃晃的刀刃,以及小西樱子斜睨中的狠辣杀气,守监再不敢有半个不字,只得将脖子一缩,喏喏地唯命是从。很快,地牢中的一干狱卒与关押在此的几名囚犯,便都被带到了门口。由守监及狱卒们一一相互验明正身，确信无人冒名顶替。这样一来，便算是将贼人已先一步秘密混入地牢的可能也基本排除了。

随即，小西樱子一声令下，除了守监本人之外，地牢中的狱卒及囚犯便都被撵出了地牢，算是将整个地牢之内彻底腾了个干净，更加方便搜查暗道的所在。而狱卒与囚犯们则由几名小西家士卒引着，被随便打发到了地牢外就近地方，暂时看管起来，等候彻查完毕。

悻悻地看着已实际接管地牢的小西樱子肆意发号施令，无奈的守监只得默不作声地躲到了一旁，只当没有见到，心中却盘算着事后该如何向太阁丰臣秀吉好好告那小西行长一状。更想看看搜查一无所获后，那样貌冷艳而又颐指气使的小西家女忍者，会是怎样的表情。

说什么自己的地牢中会有通向城外的暗道？无稽之言！

其实，此时小西樱子的心中，也自感有些不可思议，这内城中专为防止看管犯人而建的地牢，竟然还藏有可供逃脱的秘密暗道。但是，根据小西樱子的分析判断，那黑衣人既然在灭口前向土井任三郎问及大阪内城地牢的所在，想必是在内城各处出入口严密封锁，之前偷运硫黄的密道又被封堵后，转而另寻新的暗道而出。

由此推断，不为人知的秘密暗道必定就藏在这内城的地牢之中！

下面，只需静待手下们找到暗道，再将其彻底封死即可，然后，便是安心地瓮中捉鳖了！

感到已稳操胜券的小西樱子信步走出地牢，打算静候手下的佳音。门外除了正严阵以待的小西家士卒们外，便是唐卫轩独自一人，静立在地牢门外一侧，面色阴沉，若有所思。

小西樱子暗暗一笑，缓步走到唐卫轩的近前，悠然问道：

"唐大人，莫非还在忖思方才那土井家幼女之事？"

唐卫轩回身一愣，显然被猜中了心事，看着面前的小西樱子，脸上微微有些不悦，顿了片刻，终于问道：

"那丫头之父并非死于唐某之手，但小西姑娘与其耳语，令其转恨于唐某，究竟是何意？"

似乎是早已猜到唐卫轩终究会忍不住开口相问，小西樱子眉目中闪过一丝狡黠之色，不紧不慢地微笑着转而说道：

"唐大人果然还在纠结此事。正好，借着你那两名手下入内搜查的机会，我也正想和唐大人趁着片刻闲暇,聊一聊往事。请!"

说着,小西樱子轻臂一伸,示意唐卫轩随自己避开众士卒,向着僻静处边走边谈。

尽管略有不满,但唐卫轩也随即缓步跟上。

"唐大人,当年在朝鲜,有两件事情,我至今都记忆深刻……"

谁知,小西樱子一开口,却是莫名其妙地说起了远在朝鲜的当年之事,同时有意无意地观察着唐卫轩的表情。不过,并肩而行的唐卫轩却没有什么明显的反应,反而静静等待着小西樱子接下来的话。扫了眼似乎无动于衷的唐卫轩后,小西樱子也没有停口的意思,继续有感而发地念叨着曾经的往事:

"这第一件事,还要从我随军踏足朝鲜之地说起。当初,跟随我家小西大人攻破朝鲜三都的最后一座城池——平壤,我十余万大军转战千里,始终势如破竹。一路之上,包括我小西家的不少士卒在内,倭军所做烧杀抢掠之事也的确屡见不鲜,不少朝鲜官民百姓也是恨我们入骨。不过,无论唐大人你是否相信,我当时所率的一队忍者,却并没有做过那诸般恶事。嗯,至少,据我所知,对那些平头百姓是没有做过的。当然,也并非因像你麾下那少年一般的仁慈,而是不屑于从本就近乎一无所有的贫民手中,再去抢夺他们所剩无几的东西。"

瞄了眼依旧默然不语的唐卫轩,因二人已走到暗处,逐渐看不清彼此表情,小西樱子又继续说道:

"但,令人印象深刻的是,当我骑马走在平壤的街道上,从朝鲜人自各个角落投来的目光中,却感觉到了无处不在的仇视。就像是我曾亲手夺走了他们的一切一般。若是我去与他们解释,恐怕也无人会信我的话。当然,我既不会去做这样无聊的事,也并未与他们计较。不过,这倒是让我明白了,有时,无论你自己是否亲自做过,仇恨都会不由分说地记在你的头上。初时,你可能会觉得有些莫名其妙,但从朝鲜人的立场想来,似乎又合情合理。唐大人,你能明白我的苦衷吗?"

"这就是你让那土井之女,将仇恨记在了我身上的原因?"

漆黑的夜色中,唐卫轩终于开口。小西樱子却淡淡一笑,并未否认,而是继续补充道:

"除此之外,还有一个原因。灭门之恨,总是难以忘却的。但若能让她去记恨一个远隔大海、虚无缥缈之人,而非伸手可及却又强大无比的真正仇家。对那丫头而言,又何尝不是更安全、稳妥的安排?而且,土井任三郎能被我们擒获,也是靠着唐大人的机敏,作为导致其死的仇人之一,他的死其实也和唐大人不无关系。何况，我只是在履行自己的承诺，既是为了那丫头的今后着想，也算是为了你为之盖上斗篷的土井任三郎在阴间得以安心，而请你顺便做了件举手之劳的事情，难道不对吗？"

夜幕下，迟迟没有等到唐卫轩的回答，小西樱子也未再计较此事的是非，而是话锋一转，忍不住说道：

"唐大人，你这人倒当真是有趣，与他人截然不同，总喜欢去做一些蠢事。其实，约你单独一叙，主要还是关于当年印象深刻的第二件事，也是我一直想问你的。"

顿了顿，小西樱子迅速地扫视了周围，见周围几乎已无他人，更不见程本举与赵恩儋的影子，这才轻声道：

"当初，在朝鲜，你为何会放我一马？"

一瞬间，原本缓缓而行的唐卫轩猛地一滞，几乎停下了脚步……

原来，小西樱子竟一直记得此事，也早已认出了唐卫轩就是那日放走自己之人，但却始终未曾提及。

但很快，阴影下的唐卫轩又再次迈出了步子，与小西樱子之间依旧保持着不远不近的距离，无声无息地比肩前行着。见许久都等不到唐卫轩的回复，小西樱子扬起头，任月光洒在其美艳的侧颜与婀娜的身姿上，忍不住调侃道：

"该不会，是因为看到我的样貌后，起了色心吧？"

这一次，一旁的唐卫轩并未出现刚刚那样的波动，却依然默不作声。带着一缕邪魅，小西樱子狡黠地微微一笑，侧过头，用细若游丝的声音道：

"如果是的话，那倒好办了……"

而在紧接着的下一刻，小西樱子却又掩口而笑道：

"抱歉，忍不住说了句玩笑话。据说唐大人后来为此还蹲了京城的大狱，我似乎不该提及此事的。"

这一次，半响都没有动静的唐卫轩终于开口，只听见低沉的声音一字一顿地传来：

"三年。在诏狱中近三年的教训，只因当初的一念之仁。不过，这三年的时间，也让我终于想明白一件事。"

"什么事？"

"自反而缩，虽千万人，吾往矣。"

听到这个好似故弄玄虚的回答，小西樱子好像并不明白唐卫轩所指究竟是何意。

而唐卫轩面色凝重，似乎也丝毫没有再作一番解释的意思。小西樱子悻悻地皱了皱眉，而后换了副表情，郑重道：

"好吧。尽管不明白唐大人究竟何意。但无论如何，希望唐大人明白一件事，不要以为曾放过我一马就算对我有恩。倘若日后碰到同样的境况，但你我易位而处，我可是绝不会手下留情的！"

"如此甚好。"

谁知，唐卫轩的语气依旧不冷不热，平静如水。也不知其心中是喜是悲，是怒是乐。

在随后的沉默中，两人都不再多言，转而顺着来时的路，返身向着地牢门口的方向走去。

寂静的月色下，不知为何，两人脚下的步速似乎比来时稍乱，也更快了一些。

而这时，走了没几步，就见到几名小西家的侍卫与程本举、赵恩儋二人一同迎面跑来——

看起来，在地牢中掘地三尺的搜寻，终于有了眉目。

第八章 · 暗 道

"什么？没有发现任何暗道？"

面对手下的禀报，小西樱子满脸诧异，而程本举也同样向着唐卫轩泄气地摇了摇头，给出了同样令人失落的答案。

"这不可能！"

小西樱子的脚步不禁加快，与众人一道匆匆向回奔去。这次，小西樱子决定亲自走进阴暗潮湿的地牢内部，仔细查验一番。

不过，地牢内一路所见之处，皆是举着火把的小西家侍卫，早已把整个地牢每一间牢房都翻了个底朝天，甚至牢房地上的草席与刑房内的桌椅和刑具，也都检查了数遍，却仍未发现任何暗道的痕迹。

一个相似的想法逐渐占据在众人脑海中：

难道说，这地牢之中根本就没有什么暗道？！

与小西家众侍卫一同参与了搜寻暗道全过程的程本举，这时率先忍不住说道：

"该不会，这地牢中根本就没有密道，而是我们哪里搞错了吧？"

"那为何黑衣人会向那内鬼逼问这城内地牢的所在？对方的下一个目标，自然是这地牢无疑。"赵恩儋虽然依旧坚持自己的看法无误，不过眼前苦寻无果的事实，也让其对自己的判断产生了些许的怀疑："除非，我们走漏了风声？那黑衣人会不会早已得知我们暗中盯上了内鬼，所以故布疑云？"

第八章 | 暗道

一旁的唐卫轩回想着那黑衣人前后两次试图将土井任三郎灭口的一幕，对此摇了摇头。

黑衣人下一步行动的关键，还是肯定在这地牢之中！

借着一支支火把，唐卫轩左右打量着这座不输于京城诏狱的阴森地牢，心中不免有些局促，竟想起了昔日诏狱之中度过的那些日子。不仅有对自己关照有加的老狱卒，也有隔壁牢房中一个整日胡言乱语的疯子，还有另一侧牢房中……

等等！

唐卫轩似乎猛地觉察到了哪里有些不太对劲，立刻向着一旁的小西樱子问道：

"小西姑娘，这地牢中怎么空空荡荡的，一个狱卒和犯人也没有？"

"哦，为了查找暗道方便，我之前已令人将那些狱卒和犯人都暂且押了出去。"小西樱子说明道："不过，唐大人大可放心，他们每人都已验明正身，贼人应该不会混在其中的。"

尽管小西樱子这样讲，但唐卫轩接下来的一句话，却让周围的人都一并愣在了原地，只听其低声道：

"如果，对方的目标，并非什么暗道，而是这地牢中的某个人呢？"

短暂的沉寂与对视后，他们立刻转身向着来时的地牢门口冲去——

待飞速来到地牢门口，身形最快的小西樱子已顺手自那守监手中，一把抢过了关于地牢中犯人记录的狱典名录。而后更是头也不回地朝不久前将犯人们押走的方向匆匆赶去，唐卫轩等三名锦衣卫与一大批尚未明白怎么回事的小西家侍卫，在后紧紧跟随。

急行的途中，小西樱子忍不住打开了那刚刚夺下的狱典名录，快速翻看起来。按照名录中的记录，今日在册的地牢囚犯一共只有五名：

一个是偷银器的杂役，还有一对通奸的侍从与侍女，都被小西樱子一眼略过。而在记录的最后，还有两个墨迹较新的名字，不过，这两个名字都被划掉了，大概是已被处决的意思。但不知为何，其中一个竟又被重新写了上去。

这可就奇怪了，难不成是本应被处死的人死而复生了，又被押回了地牢？

而当借着依稀的月光，终于看清那最后一个名字时，小西樱子眼睛立时瞪大了一圈，口中喃喃低语着，似乎突然间明白了什么！

就在这时，又奔出未有几步，从前面的空气中竟已弥漫出一股血腥的味道，待一众人马赶到时，眼前的景象不禁令众人均倒吸一口凉气：

昏暗的月色下，居然已横七竖八地倒下了近三十具尸体，不仅是原本守在此处的小西家士卒，就连地牢的狱卒与囚犯，也几乎都已死了个干干净净。惊诧之中，只见一名似曾相识的黑衣人，正背着另一个单薄的身影，准备向不远处的阴影中逃去。而眼尖的小西樱子借着月光一眼便已认出，那黑衣人右臂上正缠着几圈深色的绷带，料想与前番曾被赵恩儋射穿右臂的家伙定是同一人！

只听嗖——的一声，几乎没有任何的犹豫，小西樱子已甩手掷出了一枚手里剑。

大概因为身后背着另一个人的重量，这回，那黑衣人的动作远不如上回遭遇时敏捷，眼看就要被小西樱子的手里剑击中，可偏偏就在这时，斜刺里突然又有一道黑影掠过，如闪电一般，瞬间现身在手里剑的必经之路上——

竟又是一名身穿黑衣的蒙面忍者！

只见其信手一挥，未见寒光闪过，甚至连此人手中所用兵刃都未看清，只听当——的一声脆响，小西樱子的手里剑便被轻松弹开，掉落在地。

众人大惊，看样子，策划爆炸的幕后黑手竟至少派出了两名忍者，一同潜入大阪内城。再看那两名黑衣人的身形，一高一低：原本曾在跟踪土井任三郎时遭遇过的黑衣人，身形略微高大修长，虽手臂负伤，且身后似是背了一个人，但身法依然了得，正向远处疾步奔走。

而如今突然现身拦住众人去路的另一名黑衣人，则同样全身都由黑衣黑布包裹得严严实实。与高个忍者稍有不同之处在于，不仅以黑布蒙住了面部，不知何故，竟然连脖颈之上也围了数道护颈绶带，只在两眼处露出一丝黝黑的皮肤。其身材虽略显瘦小，但不知为何，那岿然不动的身形，竟稳如磐石，面对赶来的小西家大队人马，丝毫没有后退的意思。加之其脚下遍布的一地尸首，更使其犹如天魔下凡一般，有股由衷的压抑感，令人本能地不敢轻易逼近。加上刚刚快如闪电般的出手拦击，似乎这瘦小忍者的身手，更远在其高大同伴之上。

"上——！"

眼看高个忍者已背着另一人影即将远去，小西樱子随即下令众士卒进攻，管对方是鬼是人，不信其在乱刀之下还能活命。

但是，望着这满地的尸首，一时之间，原本唯命是从的小西家一干士卒，却谁也不敢轻举妄动。

人人此时都不由得想到，此处与地牢门口的大队人马虽隔着一定距离，但是自始至终却从未听到任何的呼喊或打斗之声，近三十名全副武装的士卒与狱卒，便全部命丧当场，料想必是皆死于这两名黑衣人之手，甚至没有一人来得及示警或逃走，怎能不令人心生畏惧。虽说失窃的诏书很可能就在这两个黑衣人身上，若是将其擒获夺回诏书，不仅大功一件，还将获得太阁丰臣秀吉与小西行长所赐的千金赏赐，但若因此而送了性命，未免得不偿失。因而一时皆瞻前顾后，谁也不肯第一个上前送死。

就在这众人愣神之际，已决定亲自动手的小西樱子又再度甩出了三枚手里剑，电光石火间，只听得划空而过之声，一枚快过一枚！

而那拦在半路的瘦小忍者却依然不动如山，不仅下半身纹丝不动，上半身也仅仅是单臂左右挥舞，一开一合间，便稳稳地接连挡下了夺命而来的两枚手里剑。而第三枚手里剑，则仅仅侧了下头，便任由其擦着自己的耳畔，径直射了个空。

这？！

大概是平生第一回遇到如此强劲的对手，一向自信的小西樱子不由得呆立在原地，手臂微微颤抖。

"恩儋！"

这时，只听旁边的唐卫轩一声大喝，一支箭矢便已自小西樱子身后破空而出，直取那拦路忍者的心口。

当——！

谁知，竟被对手再一次挥臂拦下，一分为二的锦衣卫断箭，瞬间掉落在地。

不过，就在几乎与此同时，只听唰唰——两声拔刀响动，已有两个人影一左一右相互配合着冲了上去——

众人定睛一看，原来是唐卫轩与程本举两人默契地左右夹攻，此刻正娴熟地挥舞长刀，与小个忍者战成一团。

只是，几个回合的刀光剑影中，那身材瘦小的拦路忍者却依旧游刃有余地不落下风，纵使在两名锦衣卫的夹击之下，仍紧紧卡在原地，令二人始终未能迫其后退一步。

而其手中所使的兵刃，也渐渐露出了一丝端倪，竟是一柄涂满黑漆的短刀。只因刀锋上涂了一层黑漆，在昏暗中隐藏了刀刃本身的形状，但一轮你来我往的兵刃相互磕碰后，部分黑漆掉落，那锋刃便逐渐露出了断断续续的刀刃光泽，夜色之下，好似一只不断闪躲腾挪、身覆银斑的暗黑毒蛇，正冲敌人吐着信子，随时取人性命。

纵使站在远处观战，也直令人两腿发软，头皮发麻……

就在众人盯着眼前混战之际，小西樱子再度下令道：

"铁炮队速速列队准备！倒要看看，这家伙到底是金刚不坏之身，还是一样的肉体凡胎！"

小西家的士卒们这次终于缓过神来，立即让出空位，让后排手持铁炮火枪的同伴换到前排。待一会儿，二三十支铁炮一齐射击，就算是天魔化身，也定将他打成筛子一般！

不过，正待询问那两个与其战作一团的锦衣卫该怎么办？毕竟届时乱射之下，弹丸可不长眼睛。即便有所瞄准，但以铁炮的通常准头，以及三人之间的咫尺之距，恐怕谁也难逃一死。可就在这时，下此命令的小西樱子却已抽出了惯用匕首，竟一并冲了上去，加入了对敌方忍者的围攻。直教一众手下愣在原处，不知所措。

而匆匆列队前排的铁炮队士卒们，也只能按照小西樱子刚才的命令，手忙脚乱地点燃各自火绳，并开始往铁炮中填装火药与弹丸。与此同时，在唐卫轩、程本举和小西樱子的三人夹攻中，那瘦小忍者似乎终于有所不支，开始且战且退，但依旧卡住了前去追击其同伴的必经之路上，令一众追兵依旧被拖在此处。

这时，铁炮队虽还未填装完毕，一个声音却忽然高声叫道：

"唐大人，那另一名贼人就要逃脱了！"

原来是赵恩儋看到那背着一人的高个忍者已走得远了，禁不住大喊一声。

似乎是听到了赵恩儋的提醒，唐卫轩猛地挥出一刀，迫使那留下拦截的瘦小忍者闪出了半个身位，趁着这转瞬即逝的机会，一个闪身，终于绕到了其身后。只是，唐卫轩距那走远的高个忍者已相隔甚远，仓促之间，根本难以追上。

而心急如焚的赵恩儋此时也已踩着几具尸体垫高的地形，张弓搭箭，再次瞄准了远处那即将消失于一处拐角的目标，对准其小腿：

嗖——

又是一支利箭破空而出之声！

这一回，那身手了得的瘦小忍者看样子实在分身乏术，被程本举与小西樱子牵制着，难以再去截下箭矢。眼看羽箭已毫无阻拦地稳稳射向了远处那高个忍者的左小腿处，可万万没想到的是，原本已中过赵恩儋一箭的高个忍者，这次却似乎有了经验，一听背后声响不对，便迅即变换脚下步伐，虽然导致身形有些不稳且绕了远道，但却在即将转过拐角的千钧一发之际，得以刚好躲开了赵恩儋的这关键一箭！

这一刻，高个忍者甚至可以感觉到，赵恩儋的箭矢擦着自己左腿小肚子而过时的一阵凉风，心下当即一紧！但又见箭头射空，不禁大喜，暗自庆幸终于躲过了此箭。

可就在此时，右小腿处，却忽然传来一股钻心的剧痛——

只听扑通——一声，原以为已然躲过一劫的高个忍者一头栽倒在地，身后所背的那个人影也一同摔落在地，被甩出了数步之远。

而在那高个忍者的右侧小腿之上，正赫然插着一支幽黑色的弩箭！

目睹着这离奇的一幕，直教所有人都几乎看呆。

原本见赵恩儋的一箭不幸落空，众人正感失落，可眨眼之间却又见那高个忍者猛地跌倒，还以为是其不慎扭脚所致，但这时定睛远远瞧去，只隐隐看到似有一柄幽黑色的弩箭，刚好贯穿了其右边的小腿，令其再也无力起身。

可方才的电光石火之间，任谁也没有看清，那幽黑色的弩箭究竟出自谁手。

不过，现在也不是论功行赏之时。眼看远处的高个忍者一时难以行动，还不待士气大涨的众人一拥而上，原本殿后拦截的小个忍者却已径自脱身，借着向程本举虚晃一刀后的空隙，一个箭步便已避开了围攻，转瞬之间，又轻踏着几名小西家士卒的肩膀，纵身一跃，便轻松跳到了一旁的高耸屋顶之上。

"不要让他逃了！"

"两个都要抓住！"

随着小西家众士卒叫嚷着呼啦啦一同围拢过来，已身在屋顶的瘦小忍者却只是负手而立。纵使其同伙此刻已然行动困难、负伤倒地，仅剩他最后一人而已，但举手投足间却依旧镇定自若，俯视着下方密密麻麻的追兵，尽管蒙着一层黑布面纱，看不到其具体表情，但几乎完全可以感受到，其如同俯瞰蝼蚁般的不屑。

此时，不甘心的小西樱子再度甩出了两枚十字手里剑，原以为屋顶之上重心不稳，对方不便再挥刀格挡或侧身躲闪，谁承想，那对方忍者竟根本不避不闪，只见其身形微动，单手一挥，便瞬间徒手接住了小西樱子的两支手里剑，如同儿戏一般。

这一回，面色愈加阴沉的小西樱子索性也不再向其投掷暗器，转而恨恨地低声喝令道：

"铁炮队，准备——！"

话音落后，立时便有近三十支装填完毕的铁炮举起，将枪口统统对准了屋顶一角那名仅存的瘦小忍者。只需小西樱子一声令下，即刻便可一齐开火。任这家伙身手再高，难道还能毫发无伤地徒手接下几十颗威力巨大的铅弹不成？！

不过，面对地上几十个黑洞洞的铁炮枪口，屋顶上的黑衣忍者却收起了短刀，顺手也扔掉了接下的手里剑，转而不慌不忙地伸手在怀里掏着什么。

"他在做什么？是在打算掏什么出来？！"

"该不会是烟幕弹吧！"

"小心！也可能是什么火药炸弹！"

……

在下面七嘴八舌充满戒备的纷乱叫嚷声中，最终，却见那黑衣忍者缓缓掏出了一个金丝锦袋，从中取出了一支明黄色的绢布卷轴，而后缓缓地铺展了开来。

啊，那难道是——？！

顷刻之间，众人顿时鸦雀无声，个个屏气凝神，甚至也包括小西樱子及唐卫轩等三名锦衣卫在内，几乎所有的目光都不禁集中到了那卷明黄色的绢布之上。就连正准备去擒获另一名倒地忍者的士卒们，都禁不住暂时停下了脚步，转头看向屋顶上那缓缓展开的明黄色绢布——

即便当场的很多人从没有见过诏书的真正模样，但此刻人人都能猜出，那必定就是被窃的大明诏书无疑！

想到太阁丰臣秀吉与自家大人小西行长曾许诺过的千金赏赐，只见那诏书在风中稍稍一动，似要脱手，不少士卒便已身不由己地纷纷向着目测的掉落方向移动着脚步，唯恐这寻回诏书的千金赏赐落入别人之手。

同时，原本正打算下令开火的小西樱子也不禁为难起来。倘若铁炮射坏了诏书，哪怕只是擦破了一点儿边角，恐怕也会惹得对此事极为重视的太阁殿下大为光火，甚至影响到自家大人筹划数年的议和大计。只得严令铁炮手们勿要擅自开火，以免伤了那黑衣人手中的大明诏书。

见地面上的一支支铁炮枪口从自己身上不甘地移开，屋顶的忍者似在蒙面黑布下微微一笑，停止了继续展开手中的诏书，又小心翼翼地将其卷了回去。而后，却见其身子猛然一动，匆忙之间，一物似是不慎脱手，被远远地甩向了半空中，夜幕下一时也看不太清，只觉那模模糊糊飞出老远的黑影，在夜幕下忽明忽亮，似乎正是刚刚的那卷大明诏书！

眼看诏书被其失手抛出，无数士卒根本不待命令，立刻便径直朝着那诏书掉落的方向奔去——

"小心有诈！"

第八章 | 暗道

混乱之中，纵使眼尖的小西樱子厉声喝止，却一时极少有人顾得上听令，尽皆奔向了那已然掉落、价值千金的大明诏书。

但就在下一刻，只听轰——的一声响动，那诏书竟在落地后随即发生了爆炸，奔在最前面的不少小西家士卒立即当场丧命。

果然不出所料，那被黑衣忍者看似失手掉落之物，只是其施展金蝉脱壳的夺命诱饵而已！

而当众人缓过神来、回头望去时，屋顶之上除了一缕月光犹在静静流淌，却早已渺无人迹，空空如也。

眼睁睁看着那身怀诏书的忍者在自己面前逃之夭夭，小西樱子面色一阵铁青，但依然保持着冷静，喝令众士卒立即去拐角处，捉拿刚刚受伤倒地的另外一名黑衣人。

只要抓住其中一人，便足以审问出其背后的主使是谁。

可就当众人急匆匆赶到方才的拐角处，却被眼前的一幕惊呆：

倒地的黑衣忍者倒是依然还在，被贯穿的右小腿早已令其难以起身，可借着刚刚众人一时顾不上这边的宝贵时间，竟已将随身带的一瓶火油浇在了身上，刺鼻的味道与其手中已燃起的火绒，令众人望而却步。

随即，只见其又服下了一粒暗色的药丸，口中用只有自己能听到的声音，喃喃地念着：

"厌……厌离秽土，欣……欣求净土。"

而后便在众人面前，将火绒轻轻丢在了浇过火油的身上——

霎时间，燃起的熊熊烈焰，不仅令围上来的众人不由得退后两步，也令火焰中的黑衣人，嘶吼出怪异的声响。只是，恍惚中，已不知那火焰中传出的声响，究竟是其留给众人的无尽狂笑，还是肉体灼烧的惨叫悲鸣。

就这样，眼见即将生擒活捉的敌方忍者，在众人面前，最终眼睁睁化作了一具焦尸，断绝了其身上可能藏有的任何线索。人人面面相觑。

不过，不幸中的万幸是，至少那册封诏书并不在此人身上，否则，也必将被其一同烧为灰烬。

同时，小西樱子的目光也早已转向了倒在旁边的另一个身影：正是数步距离之外，刚刚被这自焚忍者背着的地牢死囚。

此刻，那死囚似仍在昏迷之中，伏身在地上，纵使身旁不远处刚刚有人纵火烧身发出声响，也未见其醒来，不知是死是活。不过，令周围一众士卒有些惊讶的是，虽然其早已凌乱不堪的头发盖住了其面容，但从身形上也能大致推断得出，这名死囚竟是一名女子！只是，不清楚其曾受过什么拷打，破烂囚服下露出的遍体鳞伤，令人不忍直视。

"竟是个女的？！嗯，还剩一口气。可……她身上也没藏着什么暗道图……"

最为心急的程本举已俯身上前，探了探对方的鼻息后，顺便搜查了一遍女子的身上，却没有任何的发现。

"他们如此费力，就是要救这个女的？难不成，此人知晓一条不为人知的出城暗道？还是说，是位倾国倾城的大美女？"

一边嘀咕着，程本举小心翼翼地掀开了对方盖住面部的凌乱发丝，想一睹此女的芳容。

不过，露出的这张女子容颜，却并非天香国色。若是没有这些脸上的斑斑血迹，梳洗一番，应该也算得上清秀。但要说艳丽动人的绝色美女，却谈不上。

"咦——？！"

这时，程本举背后的赵恩儋却忽然倒吸一口凉气，露出惊讶的表情，转而看向了一旁的唐卫轩，似乎在确认什么：

"唐大人，这女子……是不是当时……？！"

借着一旁的火把，唐卫轩凑近了些，定睛一看，也不由得皱起眉头，感到的确有几分面熟。经赵恩儋这么一提醒，随即猛然回忆起，似乎此人正是宴会比武场上曾被当作活靶的那名日本女犯！

未曾出席那场接风宴会的程本举看着两人惊讶的表情，感到一阵莫名其妙，正待出口相问，却忽然感到腰间的刀鞘微微一动，只听唰啦——一声，自己本已入鞘的绣春刀居然被这突然惊醒的女子冷不丁一把抽出！

毫无防备的程本举惊得赶紧连退两步——

只见，那原本已昏迷的女子竟已然醒来，缩着身子，紧紧倚靠在背后的墙上，费力地握着刚刚夺下的长刀，紧张兮兮地盯着围拢在周围的众人。尽管奄奄一息的躯体中似乎早已不剩多少力气，连刀尖都在不住地颤抖，但依然满脸警惕，用充满敌意与怨恨的目光扫视着众人……

"你是石川五右卫门之女？"

对峙中，一个声音忽然响起，说话者竟是正手持地牢狱典名录仔细翻看的小西樱子：

"这上面写着你的名字，叫作石川幸子。嗯……石川……你的父亲，该不会就是那个有名的石川五右卫门？"

不过，面对小西樱子的问询，那女子却是一言不发，只是充满戒备地冷冷看着小西樱子，不置可否。

"你可认识刚刚劫持你的那两个黑衣忍者？"小西樱子又问道。

这回，那女子总算侧眼瞧见了身旁不远处的焦尸，身体立刻惊恐地躲远了几寸，同时似乎想起了什么，瞧了眼看上去和颜悦色的小西樱子，终于摇了摇头，算是否认。

小西樱子微微叹了口气，不再多问，只是摆摆手，示意手下将其带走，先带回去为其疗伤再说。

但谁承想，这女犯眼见小西家的士卒要上前捉自己，立刻握着绣春刀在面前一阵挥舞，一时任谁也无法靠近。倒并非众人无法制服这本就遍体鳞伤的弱女子，而是担心万一一个不小心，让这本就极度虚弱的女子弄不好再把她自己割伤，甚至有性命之虞，可就不好办了。

就在这时，原本充满敌意目光来回扫视着众人的日本女犯，竟忽然愣住了，挥舞中的刀刃也猛地停了下来，两眼的视线却紧紧地盯着人群中的一个人……

众人好奇之余，顺着其视线看去，才发现这女子凝视目光的尽头，竟然是有些手足无措、面红耳赤的赵恩儋。

众目睽睽之下，赵恩儋缓缓向前走了几步，而那女子也目不转睛地凝视着他，手中的刀刃不但未曾像方才那般疯狂挥舞，反而缓缓地放低，敌意渐消。

看着对方身上遍布的伤痕，与在夜风中更显单薄的身躯，有所不忍的赵恩儋顺手扯下了背后的斗篷，径自走上前，轻轻俯下身，正准备披在那与自己颇为有缘的日本女子身上。

可就在这个当口，那日本女子原本瘫坐在地的身子竟猛地一动，几乎要弹将起来！

"恩儋，小……"

程本举立即本能地想提醒赵恩儋，小心对方心狠手辣，突施毒手，可"心"字还未出口，却听咣当———声响，原来是自己被夺去的那柄绣春刀已然落地，而前一刻还握着刀刃满脸警惕的女子竟张开了双臂，一下扑在了赵恩儋的怀中。任赵恩儋用斗篷裹住其全身，忍不住低声抽泣起来。

呜呜……

呜咽声中，赵恩儋一时也顾不上周边投来的各种异样目光，只是温柔地顺了顺怀中之人的头发和后背，如同安慰自己的妹妹一般，也将对方抱得更紧了一些。而如此一来，怀中女子更似决口的堤坝一样，牢牢地抱紧赵恩儋，开始放声痛哭，久久不停：

呜——哇哇——

众人望着这一幕，面面相觑，都有些不知所措，惊异之余正觉尴尬，但好在，也许是体力早已透支，加上戒备与警惕顿消，放声哭了几声后，这女犯竟软绵绵地倚靠在赵恩儋的怀中，再度昏了过去。只是，两支手臂却仍紧紧地搂住赵恩儋的脖颈，仿佛死也不会松开一般。

赵恩儋稍作犹豫后，干脆将其裹在披风中的羸弱身体托住，整个抱了起来。

"喂！这女子到底是什么来头？"

不多时，从黑衣人手中拦下的日本女犯，已被安置在了一辆小西樱子找来的马车内，由始终被其抱着的赵恩儋相陪。而在返回小西行长府邸的路上，从头至尾没有搞清楚到底是怎么回事的程本举，终于在马背上忍不住开口问道。

不过，行进中的小西樱子却并未理会，气得本就对其饱含敌意的程本举直翻白眼，直到一旁的唐卫轩开口道：

"小西姑娘，既然我们联手追查诏书下落，而这女子显然又对窃取诏书的黑衣人十分重要，可否赐教此人之身份，大家也好共谋下一步的对策。"

"赐教不敢当。如果我所猜没错，这女子的身份怕是十分特殊。鉴于此事可能牵连甚广，我刚刚已派人前去向我家主公禀告此事。在此先向几位提前告知她的身份倒也并无大碍，但是希望三位能保证严守秘密。除了你们的杨大人外，在回到大明前，对其他任何人也不能提及。"

见小西樱子说得极为郑重，唐卫轩随即做出了承诺，保证不会泄密。一旁的程本举也只得没好气地勉强点了下头，算是答应，但看表情，程本举心里估计已满是咒骂之语。

不过，小西樱子似乎也没太计较这些，转身看了看近处并无旁人，这才低声道：

"根据地牢的狱典名录，这女犯名叫石川幸子。我想，那黑衣人在灭口前向土井任三郎逼问地牢的所在，目标应当就是地牢中的这名女犯。而她的父亲，很可能就是那位曾名闻日本，却被太阁殿下满门处死的石川五右卫门。"

"石川五右卫门？"

听到这个完全陌生的名字，唐卫轩只觉一头雾水，不得不追问道：

"莫非，此人的官阶地位，还在小西行……你家小西大人之上？又为何会被处死，难道是参与了对贵国太阁丰臣秀吉的谋反？"

谁知，小西樱子却苦笑着摇了摇头：

"那石川五右卫门并非大名，更没有官职，甚至都称不上是武士。说到底，也只是一个手段高超的窃贼而已。前些年一直在京都、大阪一带神出鬼没，总爱挑位高权重者下手，屡次得逞后名声遂越来越响。又因其总是劫富济贫、乐于施舍，所以在民间得了个'侠盗'的名号。当然，这不过是对那些得到其施舍好处的平民百姓而言。但对于近畿一带的达官显贵，尤其是深受其扰的太阁殿下来说，却是对其恨之入骨。所以，在终于抓到这个大盗及其一家后，便全部被太阁殿下以极刑处死了。这女子若是石川五右卫门之女，想必是当时逃过一劫的漏网之鱼。我看狱典名录里还记录着，这石川幸子乃是因为扮作侍女行刺太阁殿下失败而被打入死牢的，估计，其混入大阪城就是为其家族报仇，本打算与太阁殿下同归于尽的吧。"

"这么说来，莫非那两个黑衣人也是当初石川五右卫门的手下盗贼？那他们直接在宴会上行刺仇人丰臣秀吉便是。冤有头债有主，又为何要袭击我大明使团，窃走诏书？岂有此理。"

程本举紧皱着眉头，显然还是有很多想不通的地方，直到小西樱子终于说到了关键处：

"民间相传，那石川五右卫门不仅擅长飞檐走壁，也善挖掘地道。据说，当年为了出入太阁及各大名的宅邸金库行窃更加方便，曾挖掘了不知多少条秘密暗道，遍布日本近畿的京都、大阪一带。甚至有传言称，石川五右卫门曾将所有暗道绘制了下来，做成了一张极为详尽的秘密暗道总图。谁若得之，借助图中暗道，偷偷潜入各家大名府邸与各处戒备森严之所，便易如反掌、如履平地。不过，石川五右卫门全家一死，这传说中的秘密暗道总图，到底是否真的存在，也就死无对证、不得而知了。只是，倘若这石川幸子真是那石川五右卫门的女儿的话……"

说到这里，唐卫轩与程本举终于明白了此中的玄机，若那女子真的知晓其父遍布大阪、京都的各处暗道，自然也知道这大阪内城之中还有无可以秘密出城的通道。难怪被困在城中的那两个黑衣人，会转而将目标对准这名叫石川幸子的女犯了。

而这时，小西樱子又意味深长地看了马车车厢内一眼，悠悠地说道：

"只是我看这女子脾气倔强、性格刚烈，又对太阁殿下恨之入骨。而我家小西大人毕竟也是太阁殿下家臣，恐怕，她宁肯咬舌自尽，也未必会据实以告，透露那暗道总图的秘密。我既已坦言其身份，下面，也有一事，想请唐大人助一臂之力。"

看着前面马车车厢内，正照顾着石川幸子的赵恩儋，唐卫轩自然已将小西樱子的所请猜到了八九分，但犹豫了一下，还是故作不解地问道：

"小西姑娘的意思是？"

"我刚刚已从手下处得知了之前宴会上的比武一事，怪不得那石川幸子与贵国的赵公子一见如故、另眼相待。我想拜托唐大人之事，又何必明知故问？"

见唐卫轩仍未表态答应，似乎还在考虑着什么，小西樱子又郑重补充道：

"若唐大人是在担心那女子的性命，请放心，只要石川幸子乖乖告知暗道总图，并答应不再行刺太阁殿下，从此隐姓埋名，我便向小西大人请求，保住她的性命，决不食言。"

唐卫轩笑了笑，淡淡说道：

"唐某担心的倒不是这个。若果真有这暗道总图，无论落入贵国哪位大名之手，恐怕都是无价之宝，对小西家自然也不例外。唐某相信，若仅仅是答应保全一个女子为代价，便能换得那价值连城的暗道总图，一向精明的小西大人，绝不会错过这笔利大弊小的划算买卖。不过，小西姑娘是否想过，让身为锦衣卫的恩儋去劝说，虽是上策，但那暗道图也必将同时在我大明之手。关于这一点，小西大人会答应？"

"哈哈，唐大人多虑了。只要答应不将此图交予鄙国其他大名，小西大人应该不会介意的。毕竟，贵国距此足有万里之遥，还横跨大海，议和若成，诸位不日即将渡海归国，要那暗道图今后又有何用？"

小西樱子微微一笑，对于这一难以回避的关键问题，似乎并不介意。

不过，一旁久未说话的程本举却忽然冷冷地插话道：

"谁说今后没有用？如果议和失败，战端势必重开。你们就不怕这暗道总图落入我们锦衣卫手中，有朝一日，天朝大军渡海而来，兵临大阪，借此暗道总图，对尔等东夷一并犁庭扫穴？"

此话一说，气氛顿时有些僵硬。程本举语气不仅居高临下，口吻更是毫无客气可言，似乎是把刚刚与之前拷问土井任三郎时憋的火，都忍不住一并宣泄了出来。

只是，出乎意料的是，小西樱子在略带愠色地看了一眼程本举后，却并未动怒，反而酝酿了一番，默默叹了口气，而后笑着感慨道：

"程大人怕是多虑了。若这大阪城真有被敌军兵临城下的那一日，我想，城破与否，应该也不差一张暗道图了。记得从贵国商人处舶来的书中所知，当年中土赫赫威名的大唐帝国，其都城长安也曾七度陷落。而鄙国昔日的关东霸主北条一族，曾引以为豪、被誉为'日本第一坚城'的小田原城，也在太阁殿下所率各家大名、二十余万大军的围困中，仅仅半年不到，便士气涣散，开城投降。百年豪族北条氏，自此黯然落幕。自古所谓坚城，似乎皆难逃如此宿命。如朝鲜三都一般墙高城厚，又何尝不是兵溃千里，望风而逃。若人心涣散，仅赖坚城险关于一时，又能苟延残喘得了多久？诚如程大人所言，无论是这大阪城，抑或……是贵国之都城北京，倘若真有敌军兵临城下，甚至城破国灭之日，又岂是仅仅因为城防暗道的疏忽所致？"

"你？！"

听小西樱子话中带刺，针锋相对地暗暗怼了回来，甚至以大明都城北京今后城破国灭之日作为假设，似是在隐隐诅咒大明国祚，程本举不禁再度怒气上涌。

眼看两人矛盾愈演愈烈的唐卫轩，刚欲制止，就在这时，一名小西家侍卫忽然策马而来，径直奔至小西樱子面前，带来了小西行长的一道命令：

"主公有令：让把马车直接就近驶往使团馆驿方向，不必再绕远回自家府邸。"

改为去往大明使团所在的馆驿方向？

待小西樱子将此命令传译给唐卫轩与程本举后，二人也同样都是一愣。

虽然一时搞不明白小西行长为何要这样做，但是，如此一来，回去的路程倒是的确近了不少。而且，仔细一想，如果将石川幸子运回使团馆驿，等于那暗道总图也握在了使团手中，对于大明一方而言，倒也没有什么不妥。

于是唐卫轩与程本举并未反对，跟着队伍转而向着馆驿行进。

很快，待接近馆驿之时，却又遇到一队小西家士卒的接引，紧跟着便转而进入了一所幽静的院落。

仔细辨别后唐卫轩立即认出，这院落其实并非使团驻扎的馆驿，乃是另一座小巧而又僻静的别院，院内仅有的一座精致日式木屋，倒也别有一番风味。只是，如同其他日本式样的房屋一样，整间屋子都自地面垫高了一些，而且拉门外探出的侧缘门廊，使得每次出入屋内，都须脱去鞋靴，甚是麻烦。而更为重要的是，这座幽静院落的位置，刚好与使团馆驿仅有一墙之隔。看来，小西行长的实际意思是将石川幸子先运至此处，秘密看护起来。

这时，载有赵恩儋与石川幸子的马车行入院门，刚一停下，立即便有一名貌似行医的日本郎中靠上前，为车厢内的石川幸子把脉诊断，随后，郎中更是立即指挥着几名士卒，帮着车内的赵恩儋一道，将石川幸子轻手轻脚地抬入了这座别院内的日式木屋，清退了除赵恩儋以外的旁人后，便立即开始各处施药，清理伤口，同时，命人关上了纸糊的日式拉门。

而在院落内外，不大的地方竟然已三步一岗、五步一哨，大量全副武装的小西家武士正戒备森严地守护着此地。看来，得知小西樱子汇报后的小西行长，果然对这石川幸子极为重视，早早地便连郎中与此地的守卫都已派来。

静静地看着小西家众人往来戒备，唐卫轩暗暗思量，小西行长如此大费周折，未曾将其接回自己府邸的原因。大概是考虑到石川幸子毕竟曾行刺过太阁丰臣秀吉的敏感身份，而选择在此安置。一来，便于对其他日本大名隐秘这石川幸子与那暗道总图的消息。二来，也可多少将其与小西家撇清关系，掩人耳目。即便日后事泄，也可推说是为追查诏书下落，所以在大明使团馆驿旁就近安置，至少表面上任谁也挑不出毛病来。这样来看，这小西行长的心思倒也着实缜密。

正在想着，刚刚将石川幸子抱入屋内的赵恩儋已走了出来，感觉到周围投来的各种异样目光，浑身正觉得有些不太自在。尤其当赵恩儋看到正冲着自己眨眼坏笑的程本举时，更是面红耳赤，尴尬地挠着后脑勺。

不过，赵恩儋还来不及解释什么，木屋之内忽然传来一阵乒乒乓乓的吵闹之声，似乎是那石川幸子已然醒来。院子中的小西樱子第一个反应过来，只见其身形闪动，立即拉门进入屋内察看，不过，里面的声响却依旧未曾停歇，甚至更加激烈，不时有装着药膏的瓶瓶罐罐从拉开的纸门处被丢掷出来。见此，有些担心的赵恩儋随即也转身回到了屋内。

谁知，赵恩儋的身影一进入屋内，那吵闹的声响便顿时戛然而止——

眼见顷刻间便恢复了平静，院子里目睹了这一幕的众人无不一脸惊讶。而在神色各异的面面相觑中，唯有程本举忽然抚掌笑道：

"哈哈，真有恩儋的，不愧是当朝首辅家英俊倜傥的公子，不服不行啊。看来，此处一时还真离不了他了。"

不多时，只见小西樱子缓缓走了出来，向着一旁的侍卫嘱咐了几句什么，一套早已备好的笔墨纸砚，连同一套女子新衣，便立即都被送入了木屋之内。而小西樱子的脸上，也泛着淡淡的微笑，似乎已对那暗道总图志在必得、胜券在握。

这时，院外忽而传来一阵马蹄声响，一名小西家侍卫疾步走入别院，向小西樱子耳语了几句什么。随即，小西樱子点了点头，而后便朝着唐卫轩和程本举所在的位置走来：

"没有想到，事情比想象的还要顺利。"

"这样说来，关于那张大阪、京都一带暗道总图的传言，确是真的？"

唐卫轩眉毛一挑，略带几分惊讶地问道。而小西樱子则如获至宝一般，头一次透出这般兴奋的表情，点头道：

"是的。而且据石川幸子所说，每一条暗道都被她默记在了脑海之中。另外，也要多谢赵恩儋赵公子，有他在，实在是省去了许多的麻烦。"

"那小西姑娘已经知道，这大阪内城里，还有没有其他出城的暗道了？"

"这个……倒还没有。就在那石川幸子答应画出暗道总图后，便又靠着你们那位赵公子，再度昏了过去，看她身体依然虚弱，时昏时醒间，估计还要花些时间，才能再次转醒，画出暗道总图。不过，她刚刚也提出了一个条件。"

"什么条件？"

小西樱子指了指门口，示意唐卫轩与程本举两人一同跟上自己：

"还是边走边说吧。刚刚小西大人又传来消息，他本人已至隔壁的贵国使团馆驿，正向杨大人、沈大人告知我等今夜追查的进展，并要我们安顿好石川幸子后也一同前去，立即商讨下一步的对策。此处已有重兵把守，暗处更布置了强弓硬弩，纵使那黑衣忍者暗中知晓我们将石川幸子藏到此处，料想其也不敢轻易犯险，大可放心前去。嗯，至于那石川幸子的条件，其实……"

说到此，小西樱子顿了顿，忍不住回头看了眼身后那已合上拉门的木屋，脸色似乎有些微红，随即莞尔一笑道：

"那石川幸子说想跟着赵公子到时一同离开日本，去往大明。说起来，这样我们小西家倒也正好可以省去不少的麻烦，小西大人那边应不会拒绝。待到了馆驿，正好向你们杨大人请示一下，届时可否带其一同渡海归国。"

听罢那石川幸子所提的条件，唐卫轩和程本举忍不住愣了一下，没想到竟是这样的条件。虽在意料之外，但是略一琢磨，似乎又在情理之中，不禁相视一笑。

三人遂往隔壁的馆驿快步走去。

第九章 · 圈套

"这有何难？只要恩儕同意，本官并不反对。"

使团馆驿议事厅内，一夜未睡的杨方亨居中，沈惟敬则与小西行长分主客左右而坐。听罢唐卫轩的详细禀报与石川幸子所提的条件后，杨方亨略作思考，随即当场应允。

一旁的沈惟敬也满含笑意，显然对唐卫轩与小西樱子联手后，区区半个晚上，便已能接连查出如此多的线索，感到十分满意，忍不住连自己也一并夸赞道：

"哈哈，沈某之前说什么来着，双方联手，精诚合作，必能如虎添翼。如今果不其然！这样看来，只待那日本女子说出大阪内城暗道之所在，我们再提前一步派人将其封堵或毁掉，便可彻底断绝贼人的去路，只剩瓮中捉鳖了！"

见事情进展得如此顺利，大大超乎自己最初的预期，主位之上的杨方亨也是难得露出几分轻松的神色。不过，似乎是想到了唐卫轩刚刚禀报中提及的那名黑衣忍者，不仅诏书尚在其手中，且身手十分了得，面容间又不由得阴晴不定起来。心中因之前诏书保管之处泄露，而对己方之中出了内鬼的猜疑，仿佛也并未消减。因此，杨方亨的视线时不时地在沈惟敬、小西行长与唐卫轩之间来回游走，目光中总带着几分意味深长的神情。

而议事厅中表情最耐人寻味的，却是一旁的小西行长。

不仅手下的小西樱子在锦衣卫协助下进展神速，顺便还捡到了石川幸子掌握的

第九章 | 圈套

暗道总图这样的无价之宝，本应最为高兴的小西行长，此刻，却隐隐显得有些忧心忡忡。只待沈惟敬说完封堵暗道、瓮中捉鳖的下一步计划后，停顿了片刻，小西行长竟兜头给众人泼了一盆冷水：

"沈大人的主意甚好。只不过……唉，刚刚同样彻夜未眠的太阁殿下给在下传来了最新的命令。为防人心浮动，明早天一亮，大阪内城的各门就会依惯例打开。包括内城之外的城下町各处要道，也将不再戒严，如往常一般，允许自由出入。因此，剩下那最后一名携带着册封诏书的黑衣忍者，若不能在天亮前将其捉到，只怕……"

一听此言，沈惟敬脸上的笑容顷刻间僵硬，转而惊讶地问道：

"怎么，难道太阁殿下误以为我们已追回了诏书不成？如此一来，岂不是轻易便放走了贼人？一旦放虎归山，任其鱼入大海，内城之外各色人等鱼龙混杂，又怎么可能再将诏书寻回？！"

小西行长无奈地叹了口气，苦笑道：

"唉，沈大人你有所不知。只怕比起放走贼人，太阁殿下更加顾忌流言四起，与自己的颜面……"

"开什么玩笑？！"

对于小西行长做出的这番解释，一向在这等场合表现沉稳的程本举，不知是不是历经了一夜的种种波折后，一时忍不住，当即怒道：

"此刻已近寅时，距离天明只有区区两个时辰！怎么可能在这么短的时间内，保证抓到那最后的贼人？这种时候，诏书尚未寻回，还在乎什么流言与颜面？！倘若册封仪式时，诏书仍未找到，不仅是贵国太阁自己，甚至连同我们大明使团一道，也都将成为天下人的笑柄！"

程本举出言过于激动，而小西行长在馆驿中毕竟是客，此言一出，以致连杨方亨也忍不住低声斥责道：

"程试百户，休得无礼。"

一旁的沈惟敬也连忙准备打圆场，不过，小西行长却似乎不以为忤，反而颇为体谅地说道：

"程大人直言不讳，这份心情能够理解。而已赌上小西家之名的在下，又岂不知这将意味着什么？只是……凭我对殿下多年的了解，待至天明，无论我们的追查结果如何，恐怕太阁殿下他也会宣布诏书已然找回，以防城内城外人心惶惶令其声威受损。而若依旧紧锁城门与各处要道，无疑是在告诉天下，在其居城之内不仅一再发生变故,且历经一夜也未能找回丢失的册封诏书。这对于一向视脸面如生命的太阁殿下而言,是绝对不能接受的。届时,我们也只能对外假称诏书已然寻回,而继续在暗中追查其真正下落。至于最终能否寻回,我小西家命运如何,就完全仰仗几位,且看天命了……"

见已搭上全族声誉与自身前途的小西行长如此说,况且屋内此刻承担着最大风险之人也确实非小西行长莫属,程本举虽然依旧憋了一肚子的火,为即将付之东流的一夜辛苦而愤愤不平,但也不好再说什么,只是别过了脸去。毕竟,除了宣泄不满,再多的抱怨也解决不了眼下的任何问题。

而面对着眼下新出现的这一难题,众人似乎也都束手无策。

要想在天亮前两个时辰内找回诏书,而现在却连对方在哪儿都根本不知道,这的确不太可能做到。就算从石川幸子处立即得知了城内暗道的所在,一旦天亮后各门放行,不再严格盘查,还是很可能会被那黑衣忍者带着诏书蒙混过关,逃出城去。

就在众人皱眉不展、埋首沉思之时,一人忽然开口道:

"既如此,为今之计,只能设一诱饵。引那贼人主动上钩,然后一举擒之。"

抬头一看,开口之人,正是站在议事厅中的唐卫轩。

不过,程本举立刻摇了摇头,虽然和唐卫轩说话的口吻比刚刚平和了许多,但语气中依然对这一想法不太认同:

"这招引蛇出洞是好计,但是,明天天亮后就可轻松逃脱,那贼人又何必白白冒险去咬我们所设的诱饵?换作是程某,纵使身手再高,也决计不会如此冒险火中取栗的。怕是设诱饵这招,是白费心机。"

而另一旁的小西樱子却随即反驳道:

"这倒也未必。程大人似乎忘了,贼人此刻并不知晓天亮后各门即会开启放行之事。对其来说,现在的唯一出路,就是趁我们疏忽之时,伺机抢回石川幸子及其掌握的内城暗道。唐大人所指的诱饵,应当便是那石川幸子吧。我倒觉得此法可行,若是布置妥当,令其放松戒心,未必不能引其上钩。至少值得一试!"

听到此言,众人皆是目光一亮,若试着换个角度来想,的确此刻那贼人也正心急如焚,急于从石川幸子处寻到出城的暗道,否则天一大亮,只怕便再难以继续躲藏。

不过,程本举依旧皱着眉,表示反对:

"可是,内城之中,尤其是石川幸子暂歇的院落内,戒备森严,对方纵是在暗中跟踪而来,也未必肯犯险;若我们贸然撤去明处的大量守兵,诱敌之意又太过明显、更令其生疑。只怕，那狡猾的黑衣忍者不会这么轻易中计。"

小西樱子细眉微蹙，冷眼看着一再出言反驳却也没有更好主意的程本举，似乎摆明是仍在和自己过不去，索性不再理会，转而看向了唐卫轩：

"唐大人，你意下如何？"

一时间，杨方亨、沈惟敬、小西行长也都怀着各异的目光，看向了最初提出诱敌之计的唐卫轩。从这一晚的追查经过来看，唐卫轩此人的确眼光独到，虽然未必称得上算无遗策，但却总能从两眼一抹黑的绝境中找到出路，如今再度陷入僵局，自然也就不约而同地，将破局的希望又一次押在了唐卫轩的身上。

小西樱子也原以为，这设饵诱敌之计既是唐卫轩所提，必能驳斥回程本举的一再挑刺，但是谁知，沉思良久的唐卫轩却微微叹了口气，低声道：

"程试百户所言有理。唐某刚刚确是想得有些简单了。"

见唐卫轩都否决了这一计策，刚刚还对其抱有极高希望的众人难掩失望之情，不禁默然。而这时，程本举忽然又异想天开道：

"要不然这样，干脆把那石川幸子用马车运往戒备松弛的城外如何？我们可以假装石川幸子因伤势过重，所以须借着夜色掩护，运往城外暂避调养，另寻名医。嗯，就比如大阪西南方向的堺港。堺港那里各国商人云集，精通各国医术的郎中兴许也有不少，表面看完全说得通。护送马车的士卒再少一些，如此一来，等马车到了守卫更加薄弱的城外，那黑衣忍者总该容易上钩了。只待其对马车下手之际——"

这时，说到一半，程本举却忽然发觉，周围人的脸色都有些不太对劲，不但一向与其不和的小西樱子撇了撇嘴，对其"高见"嗤之以鼻，就连杨方亨与小西行长也是面带苦涩，暗自摇头。只有沈惟敬苦笑着好心提醒道：

"程大人，此计虽好，但你似乎忘了，那黑衣忍者如何出得了大阪内城？倘若出得了城，又何必再去袭击马车里的石川幸子？难道要再借助暗道重新入城，自投罗网不成？"

瞬间，意识到自己计划中巨大漏洞的程本举闹了个面红耳赤，随即尴尬不已地自觉闭了嘴，悻悻地站到了一边。

只不过，这一刻，唐卫轩的目光却猛然间明亮了起来，脑袋之中似在飞速思考。片刻后，忽听唐卫轩言道：

"程试百户之计，或许可行！"

此言一出，屋内众人不免面面相觑，不知这唐卫轩是不是也和刚刚的程本举一样，脑袋开始糊涂了。小西樱子凑近了半步，低声提醒道：

"唐大人，你不是在说笑吧？沈大人刚刚不是已经……"

"唐某之计，和程试百户刚刚所言，略有不同。"

"那你的意思是……不用诱敌之计了？"

"不，依然是诱敌之计，也可以说仍旧是用石川幸子作为诱饵。只不过，要钓的却不是那持有诏书的黑衣忍者……"

看着更加不解的众人，唐卫轩顿了顿，重新整理了思路，这才慢慢道出了自己的打算：

"其实，我们似乎一直忘了一点，到了这个时候，正在暗处焦急不安的，恐怕并不止那剩下的黑衣忍者而已。唐某设想的这一诱敌之计，具体来说，是这样的……"

"你……你这票干得也太大了吧？！"

听罢唐卫轩的计策，程本举第一个惊呼道。不过，语气之中，倒是钦佩多于惊讶。而主位上的杨方亨也在两眼一亮后，捋着胡子，微微颔首，称许道：

"虽说有些凶险，但这倒确是一着妙棋。"

但是，一旁的小西行长却在最初的惊讶之余，暗暗皱起了眉头，思索了片刻，方才说道：

"在下也觉得这着出其不意。只是，除了计策本身暗藏凶险，若一旦失败，必将事情扩大到了城外……"说到此，小西行长的目光忽然转向了与其相对而坐的沈惟敬，悠悠地说道："弄不好……可就是赔了夫人又折兵。到时，太阁大人那边也不好交代。沈大人，您意下如何？"

"这……"

似乎是觉察到了小西行长看向自己的目光暗含着某种别样的意味，沈惟敬脸色禁不住微微一变，但忖思了片刻，终究没有再去回看小西行长，反而是转过头，正视着唐卫轩：

"若事情真的如你所料，恐怕你们届时所要面对的处境，可是极为凶险。卫轩，你可想清楚了？"

只见唐卫轩肃然而立，两手朝着西面抱拳，一脸正色道：

"唐卫轩身负皇命，虽九死一生，夺回诏书，责无旁贷！"

"嗯……既如此，沈某再无异议。"沈惟敬捋着胡子笑了笑，又将视线转向了小西行长，目光似乎也带着几分意味深长："小西大人，你似乎是有些多虑了。此

第九章 圈套

时仍是夜里，商贩、百姓都在沉睡歇息，城外的街道上也早已戒严，空无一人，只要计划顺利，想必也闹不出什么乱子。以我对卫轩的了解，应当不会有事的。"

对于沈惟敬的反应，小西行长脸上闪过一丝诧异，仿佛有些惊讶沈惟敬竟然没有反对此事，正有些不置可否，犹豫之间，一旁的小西樱子也忍不住出言道：

"主公，唐大人此计虽险，但眼下一时也没有更好的办法。樱子既一同前往，愿以性命担保，此行必万无一失！"

看着手下爱将兼义女的小西樱子也出言相劝，小西行长有些担心地再度打量了一番唐卫轩与程本举，然后略带着几分不情愿地笑了笑：

"哈哈，看来的确是在下多虑了。只是担心，来自天朝的几位贵客再出什么闪失。"

听这意思，方才唯一隐晦地表示过反对的小西行长，似乎也终于改变了态度，只是，小西行长此刻的笑容间，总让人感觉有些皮笑肉不笑。而这时，小西行长又有意无意地瞥了眼对面而坐的沈惟敬，最终朝着主位上的杨方亨郑重拱了拱手道：

"杨大人既是天朝正使，如果也同意此计的话，那就万事拜托唐大人几位了。"

杨方亨满意地点点头，终于正式下令道：

"那唐百户、程试百户以及这位小西姑娘，你们就尽管放手去做吧！切记，务必小心为上！"

……

不多时，自议事厅中领命而归的唐卫轩、程本举、小西樱子三人，又迅速回到了馆驿隔壁的院落。

一进别院，小西樱子先是向手下问起石川幸子的情况，了解到其仍在屋中时而昏迷、时而清醒，虽一时半会儿仍无法画那暗道总图，但用药过后，在赵恩儋的陪伴下已无大碍，小西樱子于是彻底放下心来，也并不催促。毕竟，依照唐卫轩的新计策若能一举成功，那暗道总图与追查诏书之事，倒是变得可有可无了，也不急于这一时。

随即，小西樱子便将今夜一直跟随其左右的一众侍卫召集起来，单独选一僻静处，摒开了其余闲杂人等，并确定周围并无外人偷听后，按照唐卫轩的部署，重新给这些侍卫分派了任务，同时，也顺便简单交代了这次的计划。

小西家的这些精干侍卫听罢，果然也是纷纷露出了惊异的表情，但很快躬身领命，各自分头行动、忙碌起来，做起了出发前的各项准备。交代完侍卫们，小西樱子又紧接着派人去将小西家在城内的士卒集结起来，划为三队，分别交代了各自的任务。

而一旁的程本举则趁着小西樱子不在的空当，将唐卫轩拉到了一旁的幽静角落，低声道：

"唐兄，关于你的这个计划。我觉得还有一点不妥。"

"有何不妥？"

"嗯，我想，咱们两个，是否该调换一下？"

"不可。此番太过凶险，还是我来便好。"

"唉，我可不是和你客气，也是为了大局着想。毕竟，有你在暗中随行，遥相支援，总比我在远处支援你要强。更何况，你也知道，我和那日本妮子本来就不对付……此行非同小可，到时别再误了大事。"

"这……"

如此一想，唐卫轩觉得程本举所说也确有几分道理，但想到其中的凶险，还是有些不太放心。程本举却大大咧咧地摆摆手道：

"嗐！你就放心吧。我一向皮糙肉厚、吉人天相，这活儿本来就是交给我老程最为合适。到时，也让那总是目中无人的日本妮子好好瞧瞧，我程某人的本事！"

"那……好吧！不过，到时你可要多加小心，莫要太过逞强。"

看着程本举决心已定，唐卫轩也不再来回推让，索性便决定由程本举替代原本计划中自己的位置。不过，程本举的话却似乎还未说完，瞅了瞅小西樱子仍在一旁给个别小西家侍卫们嘱托着什么，又压低了声音，有些困惑地说道：

"对了，唐兄，还有一事。关于这次的事情，你有没有觉得……哪里有些不太对劲？"

猛然看了程本举一眼，唐卫轩没有直接回答，但是显然心中也早有疑惑。程本举则继续说道：

"你难道不觉得，刚刚在议事厅内商议之时，那小西行长的表现总有些奇怪吗？"

一听这话，唐卫轩皱了皱眉头，自己虽然也对这次的诏书失窃之事心存疑惑，但却没觉得方才在议事厅内有何奇怪之处，而程本举则进一步提醒道：

"我当时就有种直觉，那小西行长在和副使沈惟敬说话时，目光和语气都透着一丝诡异。让人感觉，在其所说的表面意思之外，总像是……还话里有话似的。

第九章 圈套

但却避讳着在场的杨大人与我们二人，似乎是隐藏着什么不可告人的秘密。就拿方才的情况说吧，明明唐兄你的计划就是此时唯一的选择，就连那日本妮子都看得出来。他小西行长怎么会看不出来？难道真的是担心此行太过凶险，怕我们出事？还是说……担心他有什么背地里的阴谋会不慎败露，因而对你我有所担心和提防？你难道不觉得那小西行长总有些不自然吗？"

听罢程本举所言，唐卫轩沉思良久，方才开口道：

"程兄，今晚发生的事情的确都太过诡异。刚刚议事厅里小西行长的言谈举止我倒是未曾过多留意。不过，早在诏书失窃、咱们两名弟兄被害之后，我在查看他们尸首时，就曾有另外一个疑惑。而且，自与那窃去诏书的黑衣忍者交手后，这个疑惑无疑又加深了一些。"

"哦？什么疑惑？"

"我们一直认为，藏在暗处的那两个黑衣人对使团成员下毒手并窃取册封诏书，其目的是破坏议和。可你是否想过，以那黑衣忍者的身手，再加上当时的混乱情况，直接刺杀身为正使的杨大人，岂不更加简单方便？又何必费力去抢册封诏书？而且，比起偷走诏书，当时便将诏书现场毁掉，不也更为妥当？又为何非要冒着被我们夺回的风险，而携带逃走呢？"

"嗯？对啊——！"

如同一语惊醒梦中人，程本举脸色一变，眼睛不停地翻转，好一阵思索后，方才试着问道：

"难道说，对方的目的，并不在简单地破坏议和？那他们的目的是什么？"

"目前，还不好说。"唐卫轩抿着嘴唇，似乎也一直未想明白这一点，"恐怕只有等擒住一个知晓内情的活口，才可能知道。不过，我总觉得，或许，会和那封册封诏书的内容，有什么关系。"

"嘻，那岂不是也要等夺回诏书后，才能有答案吗？"程本举有些失望地苦笑了一下，而后神色又变得极为严肃，极为警惕地扫视了一下周围，将声音压得极低，方才小声说道："以我之见，也有可能，这和小西行长想要隐藏的秘密有什么关联。另外，经唐兄你这么一说，我现在倒又有一个大胆而又危险的想法……你说，派忍者暗中盗走诏书的幕后主使，会不会就是那小西行长？甚至，是那尖嘴猴腮的太阁丰臣秀吉在背后指使的？否则，为何一个总是心存提防，另一个还非要在天亮时打开城门放行？这不是存心不想让我们找回诏书吗？！"

唐卫轩紧皱着眉头，沉思了片刻，摇了摇头：

"应该不是。若那黑衣忍者的幕后主使是小西行长或丰臣秀吉，大可不必如此费事。何况，事情到了这个局面，对这两人均有害无益，实在想不出这样做对他们自己究竟有何好处。"

听着唐卫轩的分析，程本举也不由得点了点头。但唐卫轩却又话锋一转：

"不过，倘若你的直觉非虚，小西行长如对我们真的有所隐瞒，倒是的确应该有所防备。你且先去准备，我去看下恩儋，再多交代他几句。"

"好！这小子心思过于单纯，可别不小心着了对方的道儿。"

程本举答应着，随即去做出发前的最后准备，而唐卫轩则来到那木屋前的门廊处，脱下鞋靴，踏上木制的侧缘，轻轻地拉门入内。

"唐大人？"

因为陪伴着昏迷中的石川幸子，原本坐在榻榻米上的赵恩儋只得压低声音说道，正打算起身，却被唐卫轩用目光示意制止，待唐卫轩走近了一些，赵恩儋遂低声主动请示道：

"唐大人，属下听外面人来人往、脚步匆忙，似乎是在准备下一步的行动。卑职是继续在此守护，还是……"

唐卫轩摆了摆手，坐到了赵恩儋的身边，正欲开口，却似乎又迟疑了一下，顿了顿后，竟有些莫名其妙地反问道：

"恩儋，你可知，之前那背着此女跑向拐角处的黑衣人，为何会突然跌倒？"

"因其右小腿被一根弩箭射穿了。"赵恩儋仔细地回忆着，脑海中再次浮现出当时的情景，"属下记得很清楚，那黑衣人侥幸躲开了属下的一箭，却不知谁又射了一弩，刚好贯穿了其右小腿。属下后来凑近时还注意过，那是支精钢所制极为小巧的幽黑色弩箭。只可惜，好像无人看到究竟是谁射出的。属下也未见当时在场之人有谁手持弩机，现在想来，仍觉着实诡异。怎么，唐大人难道看到了，究竟是谁射出的那支弩箭？！"

面对着满含期待的赵恩儋，见屋内除了昏迷的石川幸子再无旁人，唐卫轩虽未作回答，却慢慢掀起了自己的左袖。烛光之下，赫然露出了一件暗藏于袖中小臂之上的精巧弩机。赵恩儋当即倒吸一口凉气：那弩机前端露出的三支幽黑色弩箭箭头，正与那已死黑衣人右小腿上的弩箭一模一样！

一见唐卫轩袖中的这件弩机，两眼放光的赵恩儋，激动之余几乎要站起身来，

第九章 | 圈套

却被唐卫轩一把按回了屋内所铺的榻榻米上，而后低声说道：

"此弩名为'润物弩'。制作之法乃是唐某在诏狱时，一位被囚的前辈所传。平时藏于袖内，旁人难以察觉。危急之时，只要伸直手臂，暗暗扣动此处扳机，便能够射出弩箭。一共可最多连射三支弩箭，足以防身。唐某现将此物暂借于你。"

听到唐卫轩忽然说要将此物借给自己暂用，赵恩儋随即露出几分兴奋，试着问道：

"这么说，下一步行动卑职可一并同去了？属下必不负所托！"

但唐卫轩摇了摇头：

"你就在此守着石川幸子，待其醒来，帮她磨好笔墨，画出那暗道总图即可。"

"那……这弩……"

赵恩儋不禁一脸迷茫，实在不明白唐卫轩到底是何意。而唐卫轩似乎也没有打算解释的意思，只是帮赵恩儋把润物弩固定在其小臂上藏于袖内后，站起身，郑重叮嘱道：

"切记：不到万不得已，不要轻易使用。但如遇危急时刻，也切莫吝惜。"

言罢，唐卫轩便走出了屋外，只留下屋内一脸迷茫的赵恩儋，暗自纳闷。

其实，直到此刻，唐卫轩自己也有些错愕，原本只是打算对赵恩儋叮嘱几句便是。但不知为何，一入这木屋之内，心中便隐隐升腾起一种不祥的预感，而且越来越强烈……又想到程本举方才所说的话，竟临时起意，干脆把自己贴身的暗器润物弩留给了赵恩儋。

这时，站在屋外门廊上的唐卫轩，抬头望了眼还有两个时辰便将落下的明月，又低头看了下院子里已然备好的马车，与院外一队行将出发的小西家士卒，不禁暗暗握紧了腰间的刀柄，默默祈祷，希望自己制订的计划可以一切顺利。

嗒嗒嗒……

夜幕下，只听一阵阵马蹄声由远及近，在大阪城下町的街道上发出清脆的声响。

此时，已接近寅时三刻，距离天明，仅剩下最后一个半时辰左右，也是整座大阪城最为寂静的时刻。内城之外偌大的城下町各处，每一所民居中都似乎听得到些许的鼾声。无论富贵贫贱，绝大多数人都正沉浸在各自的梦乡之中。

而在白天大明使团前来大阪城的同一条宽阔街道上，一队小西家的士卒正护卫着一辆马车缓缓行进。只不过，这支轻车简从的队伍不仅远没有白天使团队伍的浩

133

大与壮观,仅有三十余名小西家的士卒护卫着一辆马车,行进的方向也是刚好相反,由大阪内城而出后,径直向着西南的堺港方向而去。

途中,车队偶尔遇到一些城下町内值夜的巡夜士卒,对方一见火把映照下的乃是小西家的家纹,又有三十多名士卒前呼后拥地护卫着,自知车内很可能是自己根本惹不起的人物,也不多作盘查。远远看清旗号后,巡夜士卒们便直接扭头拐进了旁边的巷子中,继续到别处巡视去了。来不及躲闪的,则赶忙侍立在道路一侧,待车队行经时毕恭毕敬地鞠躬迎送。

随着这支车队一路顺畅地继续行进,护卫们手举的一支支火把,照过街道两侧一间间紧闭的店铺,与白天的人声鼎沸不同,空空荡荡的街上早已不见一个人影,那些曾此起彼伏的叫卖吆喝,此时也早已销声匿迹,仅剩清脆的马蹄声响,与车轮碾压地面时发出的沉重响动,交织在一起,不停地碾动在冷清的宽阔街道上,向着堺港方向一路逶迤而去。

渐渐地,夜色更深,月亮似乎也已被遮蔽在重云之后。城下町各条街道更是漆黑一片,什么也看不清楚。仅有车队护卫们举起的一支支火把,将马车周围十步范围内有些光亮,但只要稍远一些的地方,如路旁的岔路或小巷内,除非刚好有举着火把的巡夜士卒经过,则均是一片昏暗。

而在车队其后一百多步远的距离,一队潜伏在夜色中的小西家侍卫,正在小西樱子与唐卫轩的带领下,悄无声息地隐藏在暗处,机警地不停打量着四周的动静,同时若即若离地于暗中偷偷跟踪着大街上的这支车队。

随着时间缓缓地流淌,车队距离身后的大阪内城越来越远,所经之处,店铺的门面不仅越来越小,显是已走出了繁华的地段,路上也更加冷清寂静,就连值夜的巡逻队也难得遇见一回。

黑暗中,悄悄尾随着车队的小西家一行侍卫,继续靠着夜色的掩护,贴着道路两侧的隐蔽处,不紧不慢地悄悄尾随而行,但队伍中已渐渐出现了个别的细微质疑声。就连小西樱子的脸上,似乎也同样流露出顾虑的神色,在车队平安无事地驶过一个路口后,终于忍不住低声向身旁的唐卫轩商量道:

"唐大人,咱们的计划该不会哪里出了问题?怎么前面的车队还是始终没有动静?"

黑暗中的唐卫轩一脸严肃,紧紧抿着嘴唇,看不出是依然镇定自若,还是同样也有些担忧与不安,只是凝视着前方的车队,低声回道:

"再等等。"

眼看一个多时辰后太阳便将升起，此番计划一旦有失，便再也无计可施，心系小西家成败荣辱的小西樱子越发有些沉不住气，细眉微攒，自顾自地与唐卫轩喃喃分析道：

"不应该啊。车队自从使团馆驿出发、出城后不久，内城之中果然便有人偷偷放出了信鸽，飞向城外。虽然夜色中一时不知到底飞到了哪家大名的府邸，但看来潜藏在城内的黑衣人已经中计，笃定负伤的石川幸子就在这马车之中，正被小西家趁着夜色运去堺港。按理说，那早已焦躁不安的幕后黑手今晚定是彻夜不眠，在收到城中飞鸽传书的消息后，一定会忍不住铤而走险，立即出手行动。但怎么车队都一路行至这里了，还不见有任何动静？再这样一直走下去，耽搁久了，可就真的一路到达堺港了。"

而唐卫轩则不再回答，一言不发地继续小心前行着，同时始终注意留心着周围的风吹草动，即便只是一支碰巧出没的夜猫，也会引起唐卫轩加倍的警惕。不过，期待中所要钓的"大鱼"，却依旧未见踪影。

小西樱子有些无奈，眼看车队距离背后的大阪内城已是渐行渐远，先前制订的诱敌计划，希望已是越来越渺茫，正犹豫着是否该做出些调整，比如派人叫住前方车队就此折返时，忽然——

只听得前方吱呀——一声，似是车轴猛然停止运转所发出的突兀响动！

小西樱子抬头一看：果然，远处街道中的马车，竟已停了下来。

一瞬间，小西家众侍卫都不约而同地伏低了身子，精神瞬间为之一振的小西樱子立即挥手示意，一干精锐侍卫随即迅速隐藏在了街道两侧的小巷岔路之中，屏气凝神地仔细听着前方车队的动静——

"喂，这可是小西大人家的车马，你们没长眼睛吗？！"

这时，前方马车处，小西家护卫中一名头领，已大声呵斥了起来。

原来，道路前方不远处，竟站着三个身影，拦在了大路之上。由于这三人并未举着任何的火把，一片漆黑的模糊中，看样子似是盘查夜间可疑者的巡逻士卒。小西家的护卫头领一见这三人不仅不回避，也未躲到路边一旁乖乖地低头让行，反而目中无人地拦在路中央，不由得对这些不懂规矩的巡夜之人呵斥起来。也不知道这三个家伙是不是值夜时偷偷醉酒，喝多了后竟敢堂而皇之站在街道正中，公然挡住了堂堂小西家车队的几十号人，简直是活腻了。

不过，仿佛没听到呵斥一般，这拦在路中的三人不仅依然毫不避让，竟然还从漆黑的远处，一步步朝着车队走了过来。

"浑蛋，你们难道没看到小西大人的家纹？！"

车队前方的小西家护卫头领见对方不退反进，登时大怒，掏出马鞭，手举火把，勒马便冲上几步，正打算挥鞭狠狠教训一下这些胆敢拦下自家车队的区区巡逻士卒，但随着火把的映照，三人也来到近前，这护卫首领当场不由得一愣：

拦在路中缓缓逼近的，根本不是什么城下町中的巡逻士卒，而是三名身披名贵甲胄全副武装的武士！

中间似是为首的一名黑甲武士，脸部还戴着一副铁制的面具，覆盖着双眼以下的面部。似是不想被人认出其样貌。而那脸部唯一露出的双眼，冷冷看向护卫头领的目光，令其背后瞬间感到一阵冰凉。

"你……你们几个到底是……？！"

觉得有些不太对劲的护卫头领话还没有说完，便已被对方一个箭步贴近上来，紧跟着响起刀刃出鞘的声音，半空中随即画过一记干净利落的半圆弧线。下一刻，这毫不知情的护卫头领只感觉眼前似乎一道寒光闪过，便被斩落首级，成了对方的刀下之鬼。

这——？！

当汩汩鲜血自那可怜的护卫头领脖颈处向上喷涌而出时，望着这突如其来的血腥一幕，大多数同样尚蒙在鼓里的小西家护卫不禁目瞪口呆，还没待反应过来，只见那拦路的为首黑甲武士已举起手中滴着鲜血的倭刀，向着面前的车队众护卫挥刀一指——

顷刻之间，在其身后，便又冲出了十来名弓箭手，引弓便射。乱箭之中，立时便将保护在马车前排的几名护卫射落马下。而马车上的车夫更是被当场射成了刺猬，一命呜呼。

直到此刻，即便反应再迟钝，小西家护卫们也明白了过来，对方来者不善！于是纷纷握紧兵刃，准备应战。毕竟对方只有区区十来个人，自己这边则有三十余人，总还算占着上风。

可就在这时，不仅自对方那黑甲武士背后冲出来的十余人已张弓搭箭再度瞄准，街道两侧的暗处也突然冒出了十余名凶神恶煞之人，并且个个手持五尺余长的野太刀，嘶吼着冲向了路中央的小西家车队。

眨眼间，只见一柄柄野太刀上下挥舞，马车四周毫无防备的小西家护卫们顿时血肉横飞，阵脚大乱。不到一会儿的工夫，这些手持野太刀的家伙，便将路中央的小西家护卫们杀得七零八落，剩余护卫们尽管还在负隅顽抗，但很快在对方猛烈的攻势下土崩瓦解，进而演化成为一场毫无悬念、一边倒的肆意屠杀。无论是拼死抵抗者还是临阵而逃者，皆如同劈瓜砍菜一般，一个接一个倒了下去。随着一名名小西家护卫倒毙在路上，那最初拦在路中的黑甲武士，却对整场战斗似乎视若无睹，反而目不转睛地始终留意着那辆被困于道路中间的马车内的动静。不多时，在这场伏击中被杀得惊慌失措的三十来名小西家士卒，尽皆倒在了血泊之中，无一人逃脱。不过，马车之内，却依然没有任何的异动，平静得似乎车厢内根本没有人一样。

这时，只见那站在路中央的黑甲武士，轻描淡写地挥挥手，一众手下立刻十分熟练地打扫起了战场，或将横七竖八的尸体都拖到一旁，或对个别奄奄一息的小西家士卒挨个再补上一刀，为首的黑甲武士，则踩着满地的血污，依旧无视两侧的血腥场面，只是一步步地径直来到了马车前，一边摩挲着腰间的刀柄，一边饶有兴致地似乎在等待着什么。

随着战场被快速清理完毕，在这弥漫着血腥味道的空气中，马车周围，已然再也不剩一个小西家的活人，只有拉车的那匹马仍打着响鼻，老老实实地待在原地。而各执弓箭与野太刀的三十来名神秘袭击者，这时也已团团围拢了上来。不过，奇怪的是，这些袭击者身上并没有任何代表其所属大名的家纹，似乎是为了以防万一，并不想暴露自己的身份。但其使用的各式兵刃武具，却又无不显示着，这绝非一群打家劫舍的乌合之众，必是某位大名麾下的精锐人马。

此刻，望着远处小西家三十余名护卫已被对方屠戮殆尽的这一幕，潜伏在暗处的一众小西家侍卫也是不由得默默咽了口唾沫，个个面色铁青，抿紧了嘴巴。虽说按照计划，那些不明就里的护卫士卒本就会被牺牲掉，但是对方竟在瞬息之间便一个不剩地完成了袭击，其战力还是着实令人感到惊讶。最前面的小西樱子此时还尚未下令，自然无人贸然出击，但空气中渐渐飘来的前方血腥味，也让不少侍卫在心中暗暗估量起来，以自己这方所做的准备，到底有没有把握，将那些心狠手辣的袭击者一网打尽？

而这时的小西樱子，却依然镇定自若，虽然这些袭击者的人数与悍勇程度有些超出预计，但却也刚好验证了最初的猜测，策划这起袭击的幕后黑手绝非等闲之辈。因此，眼见答案即将揭晓，反而带上了几分期待与兴奋，两眼一眨不眨地紧盯着那些袭击者下一步的动作。如果一切顺利，这些人看也不看就将马车赶回他们的老巢，那就再好不过了。

与此同时，小西樱子偷瞄了一眼身旁的唐卫轩，黑暗中的表情却似是带着几分担心。小西樱子正打算劝其尽可放心，但是在百步之外的马车处，紧接着发生的这一幕，却令潜伏在暗处的众人皆大惊失色：

似乎是见马车中始终没有动静，为首的黑甲武士已然失去了耐心，脸色渐渐阴沉下来，冷峻的目光中也越发充满了杀意，只见其面无表情地一挥手，对马车四周手持弓箭的十几名手下命令道：

"杀！"

霎时间，就在远处唐卫轩、小西樱子及一众小西家侍卫诧异的目光中，十几支乱箭便已同时射入了车厢！

这——？！

望着不远处这超乎所有人想象的一幕，众人正在目瞪口呆之时，那黑甲武士已再次挥了挥手，随即旁边一名手下抄着一柄刀刃，跳上了马车，一猫腰便钻入了车厢。

可就在这名袭击者以为车厢之内的目标早已被乱箭射死，只待自己来取其首级之时，一入车厢，顶在自己脑门处的，却是一支黑洞洞的铁炮枪口！

第十章 · 中计

砰——！

黑夜之中突如其来的铁炮射击声，如同平地之中的一声惊雷，惊呆了马车周围的所有人。眨眼间，那猫腰进入车厢的袭击者，已被铁炮弹丸的巨大威力，直接轰出了车厢，连同整个身躯重重地摔落在地，脑浆四溅、横尸当场。

而在那将其射杀的铁炮余音回响中，车厢中又赫然传来一声爽朗的大明汉话：

"嘿嘿！你程爷这一发铁炮味道怎么样？！"

听到远处马车内传来这中气十足的熟悉声音，唐卫轩顿时长舒了一口气。与此同时，按照计划以这声铁炮作为共同出击信号的小西家一众侍卫，也在小西樱子的率领下冲向了马车附近的袭击者。

见此情形，还在为车厢内怎么会有人手持铁炮而感到诧异的黑甲武士，眼看小西家居然还在车队后伏有接应人马，脸上随即闪过一丝慌张，但又迅速镇定下来，马上再次下令。这一回，不再是弓箭，而是一支支骇人的长刃野太刀，从两侧直挺挺地插入了车厢之中！看样子，这群袭击者是打算在撤退之前，务必要把车厢中的目标置于死地而后快。

不过，十几柄野太刀从两侧刺入车厢之后，手上传回的力道，却让持刀者们都是一愣。因为这绝非捅进人体血肉之躯后应该有的手感。

而就在众袭击者愣神之际，车厢中忽然伸出一把长刀，朝着拉车马匹的屁股上狠狠招呼了上去——

咴——！

吃痛之下，屁股开花的马匹高高跃起前蹄，眼看就将撞开围拢着的众人，狂奔着冲出包围圈。谁知，那黑甲武士也是眼疾手快，瞬间拔出刀刃，便斩中了马匹的一条后腿，因此马车刚刚冲出没有多远，便随着踉踉跄跄的马匹受伤倒地，整个车厢也倾斜着倒在了路旁。

眼看后面的小西樱子等一干人即将冲到近前，黑甲武士一面分出一半人马前去阻挡，一面亲提武士刀，率着其余一半手下，杀气腾腾地朝着再也无法动弹的马车追了过来。

此时，一个身着大明衣装的男子已从倾斜的车厢中爬了出来，骂骂咧咧地回过身来，持刀而立，正是方才躲在车厢内的程本举。

见车厢内出来的程本举，在被乱箭与野太刀捅得早已千疮百孔的车厢内几乎毫发未伤，一众袭击者都觉得有些难以置信，正有些不知所措之时，自不远处的岔路口处，竟然又冲出了全副武装的大队小西家士卒，彻底封住了袭击者们的退路。

回头望去，后方刚刚留下阻挡小西樱子一干侍卫的人马，此时也已开始交手，正在且战且退。这样一来，前有阻拦，后有追兵，原以为袭击顺利得手，却万万没有想到，在半炷香不到的时间内，局面便被瞬间逆转，攻守易位，三十余名袭击者已被两面夹击，成关门打狗之势。

原来，黑甲武士等人没有想到，小西家的人马早已在暗中布置，自打车队出了大阪内城后，除了小西樱子亲率的一队精锐侍卫外，另有两队上百人的士卒，在车队所在街道相邻的另外两条小道上秘密行进，只待听到铁炮声响，便立刻一左一右地迂回包抄了上来，此时已迅速封住了袭击者的退路。

"可恶！竟然被摆了一道！"

终于明白自己是落入了小西家圈套、不慎中计的黑甲武士，恨恨地骂了句后，随即更是恼羞成怒，倭刀一挥，便不顾小西家众人的夹击，而是把目标集中在了暂时孤立无援的程本举身上——

眼看着那些袭击者们都朝着自己围攻上来，竟似直接放弃了突围，只求拉上自己垫背，程本举暗暗骂上一句，也不硬拼，抱着好汉不吃眼前亏的念头，拔腿就跑。很快，就躲入了包抄过来的小西家士卒的阵型之中。

可还不待程本举喘上一口气，杀红了眼的袭击者们在那黑甲武士的带领下，紧

第十章 | 中计

紧跟在程本举的身后，眨眼的工夫，便强行突入了小西家士卒们的防御阵势。双方顿时陷入一片混战。而黑甲武士却丝毫不顾旁边小西家士卒的阻截，在手下们的拼死掩护下，率领几人死死咬住四处躲闪的程本举紧追不放，甚至不顾双方正混战在一起，命令麾下弓箭手朝着程本举的方位毫无差别地一阵乱箭。双方各有几人中箭，程本举虽并未被射中，但随着身旁几人倒地，隐藏的位置再度暴露，立刻便遭到追上来的黑甲武士等数名袭击者的围攻。

好在周围尽是小西家的士卒，相互厮杀片刻，双方互有损失，程本举尚能勉强抵挡。而另一侧留下阻击小西樱子等人的那一半人马此刻已基本死伤殆尽。野太刀虽然凶狠异常，但是毕竟刀刃过重，纵是力大无比的壮汉使用，连续挥舞数下后也必然开始吃力，难以久战。因此，袭击者很快便被击溃，如同片刻之前死在其刀下的小西家护卫一样，不断倒毙在血泊之中，新血覆盖着路面上旧的斑斑血迹，在昏暗的夜色中煞是可怖。

而踏着这些又黏又滑的血污，前后夹击的小西家一众人马会合之后，为数不多的袭击者更是力不能支，接连死在乱刀之下。不过，借着手下们用性命争取到的宝贵时间，拼死围攻程本举的黑甲武士却眼看即将得手，一个腹部已被捅穿的袭击者死死地抱住了程本举，使其动弹不得。黑甲武士看准时机，举起武士刀，便打算将程本举劈成两半，一泄心头之愤！

可就在这时，一支手里剑却突然飞来，黑甲武士的手腕处登时血流如注，手中的兵刃更是瞬间掉落，转瞬之间便被一众小西家士卒给死死按在了地上难以动弹。

不甘心就此失败的另一名手下，大腿上虽已挨了一旁小西家士卒两刀，只能勉强支撑，却仍握紧了刀柄，对准程本举的后腰，嘶吼一声，打算用尽全部的力气给其最后一击，可下一刻，只听噗——的一声，一柄绣春刀已然自其背后贯身而入！只见赶至其背后的唐卫轩手握刀柄，将刀刃猛地一转，随着一声惨叫，寒光闪闪的刀刃已然撕扯着血肉一并抽出，只留下地面上一具了无生气的瘫软尸体。

"呼——他……他奶奶的！唐兄你可算赶来了！"

大难不死的程本举此时已几乎全身虚脱，长舒了一口气，用刀杵着地面，气喘吁吁地差点儿直接瘫坐在地。不过，看着地上那刚刚临死之际还不忘抱紧自己之人，抄起兵刃，便对着那死尸泄愤般接连补了几刀，愤愤地骂道：

"我去你大爷的！中了我们的计，还不逃命，居然还想着要跟老子同归于尽！我让你……"

直到被唐卫轩制止，仍对刚刚一幕心有余悸的程本举才悻悻地住了手，同时再也支撑不住，一屁股坐在了地上。喘了好一会儿气后，这才抬起头道：

"呼——幸亏那车厢内的两侧都加固了数层的木板盾牌，我才能硬扛下来，不然早被他们捅成马蜂窝了！妈的，都不知道今晚这该算是倒了血霉，还是走了大运。"

唐卫轩擦拭过刀刃上的血迹后收刀入鞘，打量着一地狼藉的尸体，脸色却始终阴沉，仿佛陷入了深思。见唐卫轩似乎也觉察到什么异样，程本举顿了顿，忽然正色说道：

"唐兄，看来你也发现了？这次咱们的计划虽然成功，但你觉不觉得，这些家伙好像有些不太对劲？"

唐卫轩点了点头，其实早在这些神秘的袭击者连看也不看、一出手就对车厢之内下毒手时，自己就已感觉到有些不太对劲。如果诱敌之计成功，收到城内飞鸽传书的幕后主使自然以为车厢内的定是掌握暗道总图的石川幸子，那为何要直接对其下杀手？应当是劫下石川幸子立刻逼其绘出暗道图后，随即从暗道潜入城内、接应尚未脱身的黑衣忍者才对！而如果对方提前就看穿了己方的计谋，那就更没必要派人前来袭击车队落入这精心设计的圈套，以至于事后给人留下把柄。

而若再继续想下去，回忆起后来的一幕幕情景，比如发觉车厢内并非石川幸子，而是有备而来的程本举后，这些袭击者依然疯了一般追杀程本举，难道仅仅是出于恼羞成怒的泄愤？似乎也实在有些说不过去。

这时，满地的袭击者几乎已无人能再喘气，好在为首的黑甲武士已被擒获，尚能开口。这一趟总算有惊无险地大获全胜，只要揭晓了这黑甲武士的身份，自然也就清楚宴会之上袭击大明使团、盗取册封诏书的幕后主使，究竟是谁。而刚刚的这些蹊跷之处，同样也只有从这黑甲武士口中，才能弄清真相。

不过，已径直走到那黑甲武士面前的小西樱子，仿佛还有着多一层的顾虑，看着已被五花大绑、动弹不得的黑甲武士，却并未急于取下其覆盖着脸部的铁制面具，而是皱着眉头，同样细细地回想起方才的整场经过，随后指挥着几名侍卫将黑甲武士带到了远处的一条隐蔽巷子中，准备单独审讯。留下的其余士卒则负责立即打扫现场，查点伤亡，务必在天亮前将街道清理如初，仿佛一切都未发生过一般。

很快，小巷的两头都由几名侍卫严密把守，留在巷子之内除了被捆绑起来的黑甲武士外，便仅有小西樱子、唐卫轩和程本举三人。

随着小西樱子伸手准备取下那黑甲武士的铁面具，期待已久的答案即将揭晓。

第十章 | 中计

"……是你？！"

就在面具取下的一瞬间，小西樱子的目光中立时写满了诧异，同时表情也变得极为复杂。

只是，比起惊讶，小西樱子目光中更多的，却是失望与疑惑……

虽然不认识那黑甲武士的样貌，但是从小西樱子的表情中，唐卫轩和程本举立刻便能感觉出，小西樱子显然是一眼便认出了对方的身份。不过，令两人颇为费解的是，面对这即将查明幕后主使、激动人心的时刻，小西樱子的目光中除了惊讶，却没有一丝的兴奋，反而流露出几分失望与疑惑。

面面相觑中，二人都觉得事情更加蹊跷，就像是在费尽一番心血，苦苦追寻了近一夜后，如今眼前罪证如山和现场擒获的这名黑甲武士，怎么到头来却像是抓错了人似的……

"你认识此人？"

看着愣神的小西樱子，唐卫轩试探着问道。

"嗯……"小西樱子点点头，低声说道，"如果我没记错，他的主公正是主战派的一位大名——福岛正则，一向与我家大人不和。而这人正是其帐下的一名家臣武士。"

对于"福岛正则"这个名字，以及日本内部各大名之间的派别与矛盾，唐卫轩与程本举都颇感陌生，只是隐约记得接风宴会上好像有这么一号人物。但此人既是主战一派，那么自然反对此番议和。袭击使团、窃去诏书、扰乱议和这些举动也就都能说得通。因此，唐卫轩与程本举更加有些不太明白，既然此人是那与小西行长颇为不和的主战大名的手下，小西樱子又为何反而露出疑惑的表情？难道说，事情远没有表面这么简单？

"但是……"

果然，小西樱子开口的下一句话，便是：

"我敢肯定，在宴会上策划袭击使团、窃去诏书的，绝非福岛那家伙。"

"何以见得？"

"唉，一言难尽。"默默叹了口气，只听小西樱子娓娓道来，"总之，虽然福岛那家伙体格魁梧、五大三粗，为人既冲动莽撞，又喜怒无常，当年也曾率兵上过朝鲜战场，此番更是极力反对议和。只是，凭那家伙的智谋程度，是绝对想不出宴会上那样周密的布置来的。以我对福岛正则那人的了解，他也决计不敢在太阁殿下的居城内放置火药引爆。说实话，追查之初，我就曾与小西大人分析过此次的幕后黑手到底会是谁。福岛这人虽有强烈动机，但是当着太阁殿下的面，量那家伙绝对做不出如此的手笔。因此，第一批便将其从嫌疑人中排除掉了。"

听着小西樱子的讲述，唐卫轩一言不发，脑海中却逐渐浮现起宴会时的情景，根据小西樱子的描述，在挑衅比武之时，最为起劲的对面几个挑头之人中，好像确实有这么一个身材魁梧的家伙，而且仔细回想起来，那人一看便没什么城府，很可能就是那福岛正则了。

而程本举却不屑一顾，瞅了眼面前脸色铁青、正怒目而视的黑甲武士，反问道：

"如果不是那个什么福岛正则，那他的家臣又怎么会出现在这里？而且时间也刚好和信鸽自城内飞出之后吻合。即便不是福岛正则，他也绝对脱不了干系。"

唐卫轩这时也说道：

"会不会有人在背后指挥着这个福岛正则？不管怎样，你先问问这家伙到底知道些什么？"

点了点头，小西樱子便开始转向那黑甲武士，用日语冷冷地问了起来。不过，这黑甲武士却似乎软硬不吃，冷眼看了会儿小西樱子，又满含怒意地瞪了眼一旁的唐卫轩与程本举，最终不屑地干脆朝着旁边啐了一口：

"呸！你们小西家这些与明国人狼狈为奸的败类！蒙蔽太阁殿下的奸贼！不敢像武士一般正面对决，就会设下圈套，尽使些卑鄙的手段！小西行长那厮果然是商贩出身，根本不配做武士！至于你，不过是小西行长那个混账的一条走狗，也配来问本大爷？告诉你，你们小西家的人就会要耍嘴皮子，尽是些只会用阴谋诡计的软骨头，而我们福岛家才个个都是堂堂正正的武士，岂会怕你的威逼？当初朝鲜战场要不是你们小西家这些无能之辈拖了后腿，还总想着议和，动摇大军的士气军心，我们早就打进大明的都城了！"

听着对方桀骜不驯的口气，小西樱子却冷哼一声，讪笑道：

"呵呵，我看你才是只会耍嘴皮子。当年在朝鲜，我们小西家好歹还曾在平壤击退过明军的奇袭，纵是后来面对数万明国大军，还足足撑下了明军的数次猛攻。就算最后寡不敌众、丢了平壤，再怎么差劲，至少也没输给过朝鲜人组成的乌合之众。而有些人，牛皮吹得不小，但真到了战场上，明军主力不敢硬碰也就算了，连手持锄头木棍的朝鲜农民都敢输，还被打得丢盔弃甲、狼狈而逃，真是不负武勇之名！居然现在还恬不知耻地倒打一耙，说别人拖了后腿。原来你们福岛家的人都是这样的'堂堂正正'啊。"

"你——！"

因为两人用的都是日语，唐卫轩与程本举在旁一句也听不懂。但只见小西樱子一番反唇相讥之后，刚才还气焰极其嚣张的黑甲武士脸上，登时红一阵白一阵，似是无言以对，显然又被小西樱子占了上风。

不过，黑甲武士嘴上依然不服输，虽不再提及过去朝鲜的交战经历，而是避重就轻道：

"总之，走着瞧！至少我们没有和明国人狼狈为奸。到时候，太阁殿下的丰臣天下还是要靠我们福岛大人来守护，难道，还能指望你们这些只会阴谋诡计的无耻之徒？"

"是啊，要真有那么一天，我们小西家靠不住，这守护太阁殿下丰臣天下的重任，还要拜托在朝鲜连义军农民都打不过的你们福岛家了。呵呵，依我看，你这护脸的面具也不用戴了，你们福岛家的人光脸皮就厚得可以当盾牌用了！"

见黑甲武士越发恼羞成怒，虽然不想再与小西樱子争论，但胸中却又憋着一股怒气无处宣泄，小西樱子立即话锋一转，循循善诱道：

"而且，你们福岛家的人不仅没用，还稀里糊涂。否则，又怎会这么容易就中了我们设下的埋伏。你当你们收到来自城中的飞鸽传信，我们不知道吗？"

闻听此言，黑甲武士眼神中果然有些慌乱，小西樱子暗暗一笑，确信了对方的确是接到信鸽传书后才立即赶来拦截车队的，绝非阴差阳错的巧合，于是又接着试探道：

"可你们却连车里坐的是谁都没搞清。呵呵，真是蠢到家了！"

而黑甲武士立即毫无防备地顺着小西樱子的诱导，不服气地答道：

"哼，不就是明国的杨方亨那厮吗？我们奉命要杀的就是他！"

"杨方亨？"

一听到这个回答，小西樱子顿时细眉上挑，似乎立即明白了什么，紧紧追问道：

"谁告诉你们这马车内是明国使团正使杨方亨的？"

这时，黑甲武士似乎终于发觉自己说漏了嘴，为避免泄露更多的信息，索性闭紧了嘴巴，再也不发一言。

小西樱子见对方闭紧了牙关，缄口不语，思考了片刻后，再次冷笑道：

"你到此刻还认为车里的是杨方亨？真是蠢得可以。既然我们是设了埋伏，甚至车厢里都备下了铁炮用以防备袭击,又怎么可能让明国使团的堂堂正使杨大人置身险地去作为诱饵?"

说罢,小西樱子指了指一旁站在暗处的程本举,顺便将一旁的一支火把举到其面前晃了晃,好让那黑甲武士看清程本举的样貌:

"睁大你的眼睛好好瞧瞧,方才在车厢里的,就是这个家伙。难道堂堂明国正使就长这副五大三粗的掉价儿模样?不仅一介武官打扮,而且还在这大半夜里不顾身份地和我一起在此审问你?用你的驴脑袋再好好想想,被别人利用了,居然到现在还不知道是上了当!"

见黑甲武士转头看向了自己,而且脸色越来越难看,最终变成一副无地自容的表情,火把下的程本举不禁两手叉腰,面有得色,还以为两人的对话是提到了刚刚自己的出色表现,立下了大功,却全然不知小西樱子其实压根儿没说自己一句好话。

同时,黑甲武士也终于发现,眼前的这程本举的确并非自己奉命袭击的明国正使杨方亨,奈何方才视线昏暗,程本举在车里爬出来后又拔腿就跑,根本来不及看个仔细,只是听见了车厢内的程本举接连说了几句听不懂的明国汉话,身上穿的也是大明服饰,这才笃定了其必是信鸽传书中所说的杨方亨无疑,也未加仔细确认。直到此时,才发现真的如小西樱子所说,从一开始,自己所袭击的根本就是错误的对象……

沮丧与失落中,黑甲武士不甘地缓缓垂下了脑袋。

小西樱子则立刻趁热打铁,威逼利诱道:

"怎么样,若是如实交代,念在福岛大人毕竟曾受太阁殿下多年抚育之恩,一向忠心耿耿的份儿上,方才的一切就当没有发生过。如若不然……呵呵,我家小西大人正愁这丢失诏书的责任无人承担,有了今晚的把柄,人证物证俱在,这两位明国的锦衣卫也都可以作证,索性就往你家福岛大人身上推个干净!到时,袭击使团、窃取诏书甚至企图截杀明国正使的罪名,你家福岛大人可就躲不过去了。对此番册封看得极重的太阁殿下,雷霆震怒之余,你们福岛家上下今后的命运如何,你可要好好掂量一下!"

"我若实话实说,你当真放我走?今晚之事自此也不会追究?绝不牵连我家福岛大人?"黑甲武士将信将疑,显然对小西家一向厌恶,不肯轻易就范。

"呵呵,你们总是讽刺我们小西家是商贩出身,这时候怎么忘了,商人才更知道言出必行的金字招牌有多宝贵,否则今后这生意还怎么做?自然要童叟无欺,一诺千金。"

见黑甲武士还是犹豫不决，而时间却在不停流逝，即将失去耐心的小西樱子目光中透出阴冷的寒意，丢出了最后一句话：

"如若再不说，我就立即找个小西家的杂兵将你杀了，再取下首级。"

听罢这一句，黑甲武士眼中第一次闪过一股由衷的惧意。如若堂堂名门武士死于无名杂兵之手，不仅是武士莫大的耻辱，更会使家族后人蒙羞。小西樱子这一招实在太过阴损毒辣，但却刚好击中了黑甲武士最为脆弱的软肋。

"好吧。我说……"黑甲武士深深地叹了口气，道出了自己受命前来袭击的经过，"是……是还在内城府邸之中的福岛大人用飞鸽传信，让身在外城府邸的我们立刻集结府中精锐，前去通往堺港的街道上，截杀你们护送的明国正使杨方亨。"

谁知，小西樱子却眉头紧蹙：

"也就是说，并非福岛大人亲自当面下令。如此大事，你们就敢立即行动？也不怕那命令有假？"

"有假？这怎么可能？信鸽确是我们福岛家的，那书信上的花押也是出自福岛大人亲笔，绝不会有错。信中交代只要在夜里做得干净，无人查得出来，更可以一举破坏议和，使得战端重开。何况，这个想法更是我们福岛大人早就有了的，只是苦于没有恰当的下手机会罢了。又怎么可能有假？"

听到这个回答，小西樱子的眉头不禁蹙得更紧了，似乎最大的嫌疑依然是在福岛正则的身上，但还是继续追问道：

"你们福岛大人不是留在内城府邸中，说要彻夜不眠地保护太阁大人安危吗？他又是怎么知道明国使团的动向，并确信杨方亨会秘密前往堺港的？"

"这……飞鸽所传书信中只提了一句，说是刚刚有神秘人用箭矢向福岛大人在内城的府邸中射去了一封密信，告知了明朝正使杨方亨即将秘密出城的计划。福岛大人大概也是将信将疑，但毕竟机会难得，还催促我们接到命令后立刻出动，唯恐错过。一旦消息为真，就绝不能让杨方亨活着逃到堺港！"

听完黑甲武士如实地全盘托出，小西樱子却越来越有些困惑，同时将黑甲武士所交代之事说与了唐卫轩及程本举。

两人一听到黑甲武士误以为车厢内坐的是杨方亨时，袭击者之前的一系列离奇举动立刻迎刃而解，但是，唐卫轩的脸色却同时变得极差，忧心忡忡地低声道：

"若暗中通知福岛正则之人是那携带诏书的黑衣忍者……恐怕，我们和福岛正则此刻都已中计，很可能反落入那家伙将计就计设下的圈套了……"

一瞬间，程本举虽然仍有些迟钝，但小西樱子却立即反应了过来，脸色顿时铁青，但依然强自镇定，似乎仍有地方未曾想通：

"可对方并不清楚我们的真实计划，怎么能有如此把握将计就计？"

这时，恰好一名侍卫进来禀告刚刚查点的伤亡情况，小西家的伏兵损失并不大，但却有一名侍卫活不见人、死不见尸。盘问过所有侍卫后，才发现似乎自出发开始，就没人再见过那失踪侍卫的身影，只是当时夜幕之中，谁也不会去细数几十名侍卫中是否少了一人。直到此刻清点人数，才发现其自城内出发之时，就根本没有一起随同出击。

听罢汇报，小西樱子似乎猛然想到了什么，再仔细思考下去，一时只感到头晕目眩，脚下无力，随后满含自责地对唐卫轩说道：

"刚刚清点，侍卫中自出发前竟然就少了一人。看来，是……是我们小西家侍卫当中，出了奸细！给那黑衣人暗中通风报信！唉，我怎么没有想到，对方既然想到收买膳司房的内鬼，又如何不会在我们小西家内部早早便埋上一个暗桩？"

这变化来得略快，唐卫轩和程本举都是一脸惊讶，感觉小西樱子下此判断是否有些太过武断，而小西樱子却悔恨莫及地解释道：

"我其实早觉得有个地方不太对劲。还记得之前拷问那土井任三郎时，他便一口咬死，说自己从没往盐坛里放硝石，陷害别人。当时我却没太留心，只当他是决意抵赖罢了。现在想来，也许他所言确实为真，当时唐大人一指出硝石这条线索，我便兵分迅速封锁了膳司房，作为内鬼的土井任三郎立时便被控制，恐怕根本没有机会去陷害他人。那，又是谁趁着土井任三郎已被控制后，在暗中移花接木，企图转移我们的怀疑到那管盐的掌膳身上？如今有侍卫离奇失踪，再加上这次的计划被泄，我才想明白，很可能就是参与搜查库房的小西家侍卫之中，那另外一名暗桩在趁机偷偷故布疑阵，扰乱我们的视线……"

已经彻底明白过来的唐卫轩这时再也顾不上其他，大声道：

"快，上马！立刻回大阪内城！"

悔之晚矣的小西樱子登时也反应过来，立即吩咐手下速速准备三匹快马，同时下令放走黑甲武士，但临走时，也不忘对其愤愤地丢下最后一句话：

"回去告诉你家福岛大人，这次我们都被耍了！让他今后莫再轻易上当，被人利用当枪使。好自为之吧！"

说罢,便头也不回地紧跟着唐卫轩快步而去。

而这时,就只有程本举还尚未完全反应过来,虽然也跟着冲出了小巷,但心中却仍是一头雾水。唐卫轩只得在三人都翻身上马后,一边狠狠挥鞭向回赶,一边给程本举解释道:

"若是那黑衣忍者从埋在小西家侍卫中的暗桩处提前知晓了我们的计划,就会清楚车中坐的根本不是石川幸子。反而将计就计,暗中通知一向对使团恨之入骨,欲除之而后快的主战派大名福岛正则,说那驶向城外的车中所坐的乃是使团正使杨方亨杨大人,利用冲动莽撞的福岛正则来袭击车队,使我们误以为真正的幕后主使已经中计上钩,更让福岛家的人和我们在城外拼个两败俱伤,借以让我们的注意力一直都牢牢地被钉在城外,而他则在将我们调虎离山之后——"

说到这里,纵是有些迟钝,程本举也终归反应了过来,倒吸一口冷气道:

"不好!这么说来,尚留在城中的恩儋那里——妈的!那黑衣忍者趁着我们刚好不在,必定会再对守卫松懈的石川幸子动手!这下偷鸡不成蚀把米,反而中了对方的诡计!恩儋,这回可全看你的了!老天保佑,你可莫要出什么意外啊!"

三人驾马飞驰,焦急不安地朝着大阪内城的方向一路狂奔。心中忐忑不安之余,更是感慨万千,此前出城之时,得知城内有人信鸽传书城外,还以为志在必得,现在方才得知,其实自打车队出发的一刻,大家便反中了那黑衣忍者的诡计!

眼看距离大阪内城越来越近,但三人心中涌起的不祥预感,也愈加强烈起来……

卯初时分,唐卫轩、程本举与小西樱子三人终于飞奔回了馆驿隔壁看护石川幸子的别院,可一进院内,便知自己已然晚了一步!

幽静的院落内,躺着七八具已然冰冷的守卫尸体,而院内唯一的木屋此时也已拉门大开,里面早已空无一人。

很显然,那隐藏在暗处的黑衣忍者借着车队走后,大量的小西家精锐人马也一并出城参与伏击,对院落内仅剩的寥寥几名守卫趁机下手,甚至还有可能得到了小西家内部暗桩的配合,未费吹灰之力便轻易得手,成功掳走了知晓城内暗道的石川幸子。而且,竟连锦衣卫赵恩儋此刻也不见了踪影!

额……

这时,院内地上的某具"尸体",竟忽然发出了细微的呻吟声,三人急忙赶上前,将其扶起上半身,才发现这是名一息尚存的守卫,不禁大喜。

只不过,看其背后的伤势,怕是也活不过半炷香的工夫了,能奄奄一息地撑到此刻，已是奇迹。而他在看到小西樱子后，这守卫的目光中再度闪过一丝光亮，似乎又回忆起了临死前曾看到的凶手，挣扎了半天，似乎是想从已然满是血迹的口中，努力想说出些什么，但是，最终也只是勉强地吐出了两个音节：

"みつ……"

而后，便头一歪，彻底断了气。见这守卫只开了个头就一命呜呼，气得程本举暴跳如雷：

"喂！他妈的你先别死！石川幸子哪里去了？赵恩儋又哪里去了？妈的，他刚刚说的是什么？！"

"……"

小西樱子皱着眉头，仔细分析着这守卫临终前吐出的两个模糊音节，却始终一脸迷茫：

"这……这等于什么也没说啊。他只说了'みつ'两个音节，根本无法确定指的是什么，在日语中，可以是'密'，也可以是'光'，还可以是'三'，都是这个发音。就像你们汉话中只说了个jin，到底是'金'钱？'锦'衣卫？还是'今'晚？怎么可能知道指的究竟是什么？"

见没有任何有用的线索，程本举甩袖而去，不甘心地在每个角落里来回寻找着赵恩儋的下落，可是找遍了院内四周，又在木屋内仔细寻觅了一圈，不知所终的赵恩儋却依然是活不见人、死不见尸。

唐卫轩这时却问道："那，日本诸大名中，可有名字里带'密''光''三'这几个字的？就比如那福岛正则的名字，倭语中可是类似的发音？"

"福岛正则的名字根本和这个发音不沾边，而且众大名中也……"

小西樱子刚刚摇头否认，忽然，似乎是想到了某个人，倒吸了一口冷气，但在皱着眉头细想了一会儿后，却依然摇了摇头，默默改口道：

"在有动机的众大名中，没有谁的名字里带这个读音的。"

唐卫轩立刻敏锐地捕捉到了小西樱子言辞上的变化，两眼直盯着小西樱子，冷冷道：

"那些看似没有动机的大名们呢？"

"……倒是有一位石田三成大人，名字中带有一个'三'字。"

小西樱子有些无奈地如实说道，但却随即做出了补充：

"不过，我想石田大人绝对不可能是此事的幕后主使。此人不仅是主和派，与我家主公来往甚密。而且，不只是在议和之事上，在其他事务上因与福岛正则等一干武将相当不和，时常须仰赖我家主公小西大人的支持与协助。又怎么可能做出对我们小西家如此不利之事？我想，就算是小西大人得知后，他也一样会用性命保证，此事绝非石田三成大人所为。"

唐卫轩虽不清楚，也不怎么在乎日本内部的这些派别关系，但是看小西樱子说得斩钉截铁，而且仅凭区区一个已死守卫临终前模糊不清的两个音节，也不可能就作为判断幕后主使的主要根据，索性不再多言，而是让小西樱子立即去通知手下封锁此地，并向杨大人与小西行长分别汇报，自己则和程本举在现场再找找看有无其他线索。

随后，唐卫轩便来到了拉门大开的木屋内，仔细地观察着地上的一切——

只见，屋中几乎未见血迹，但是为石川幸子所备的桌案与笔墨砚台都已被掀翻，榻榻米上也留有一摊半干的墨迹，甚至连那具唐卫轩临走时留给赵恩儋的弩机，也已被丢在了角落。唐卫轩捡起弩机，里面的三支弩箭已然都被射出，看得出，屋内似乎发生过激烈的打斗，想必是面对黑衣忍者，赵恩儋曾做出过抵挡，甚至用上了自己留下的暗器"润物弩"。但如今，石川幸子已然被掳走，看来赵恩儋最终也未能将其阻止。

可这就有些匪夷所思了。

屋内既找不到拼杀后应该有的血迹，寻遍院内也不见赵恩儋的尸体，而那支原本应牢牢戴在赵恩儋小臂上的弩机竟无缘无故且完好无损地被丢在了角落⋯⋯

面对着这一件又一件难以解释的离奇状况，不解之中的唐卫轩，眉头越皱越紧。

待返身来到屋门前探出的侧缘门廊时，唐卫轩忽然注意到，在一根门廊外侧的立柱之上，竟然还牢牢地插着一支入木三寸的幽黑色弩箭。虽然由于插得过深，唐卫轩未能将其轻易拔出，但是看这弩箭的形制与颜色，定是自己留给赵恩儋弩机中的其中一发弩箭。似乎想到了什么，唐卫轩再度转身，将已被拉开的纸门重新合上，果然在纸门上找到了两个与弩箭箭头粗细相似的小孔。回想着当初赵恩儋所坐的位置，纸门上留有的一个小孔与立柱上弩箭的位置，刚好和印象中赵恩儋所坐的位置大致连为一线。由此推断，根据另一个小孔在纸门上留下的痕迹，唐卫轩向着屋外的院落深处走去，很快又在院墙上找到了另一枚幽黑色弩箭。

不过，在院子里仔细寻觅了半晌，唐卫轩却始终没有发现弩机中那第三支弩箭的踪影。

第三支弩箭，到底去哪里了？

而在一旁同样苦寻无果、手足无措的程本举，看着唐卫轩站在院子中，正望着屋内陷入沉思，忍不住催问道：

"唐兄，怎么样，找到什么有用的线索了吗？"

唐卫轩却只是摇摇头，似乎还有很多疑点没有想通。

但程本举此刻心急火燎，早已没了耐心，又急切地继续问道：

"那，依你看，恩儋他总应该还活着吧？首辅家的公子跟着咱们追查诏书，咱们两个毫发未伤，但他却死于非命这可不是闹着玩儿的！"

这一次，唐卫轩总算点了点头：

"应该还活着。"

程本举刚打算松一口气，可唐卫轩却立即道：

"他也命在旦夕，怕是活不了多久了。"

"这……唐兄你是如何知道的？"

看着忐忑不安的程本举，唐卫轩做出了自己的分析：

"程兄，你看——屋内榻榻米上有墨迹，掉落的笔头也是黑的，这说明，在对方闯入之前，石川幸子已然醒来，而那暗道图也已经开始在画了。"

程本举点点头，却又露出了忧虑之色：

"不错。但那岂不是说，暗道图有可能已经画好并落入对方之手了？"

"如果那暗道图都已画好，黑衣忍者在得到已完成的总图之后，还有必要留着石川幸子的性命吗？又何须费力将其掳走？"

"石川幸子被掳走，说明暗道图至少还没画完！"程本举恍然大悟道，"可对方又为何当时不对恩儋就在此下毒手呢？"

而随着唐卫轩苦笑了一下，回身瞅了眼屋内，程本举就已明白了过来：

"哦，我明白了！看来，那叫石川的小妮子还挺有情有义的。一定是她见赵恩儋有性命之危，所以以死相逼！对方也怕一旦杀了赵恩儋后，本就在世间再无牵挂的她咬舌自尽，反而会前功尽弃。索性将恩儋一并掳走，作为要挟石川幸子的重要人质。"

唐卫轩点点头，但如果自己的猜想无误，那黑衣忍者在掳走两人后的当务之急，应是利用石川幸子知晓的内城暗道先逃出城去。而一旦对方顺利逃到安全地带，再迫使石川幸子画好了暗道图，届时，恐怕无论是掌握暗道图的石川幸子，还是用以

第十章 中计

要挟其画图的赵恩儋，都将失去最后的利用价值，反而成为对方暴露身份的风险与负担，必定性命难保。

不多时，随着一阵急促的脚步声，已惊闻这一消息的杨方亨、沈惟敬与小西行长都已匆匆赶至，还带来了大量的人马，但当众人目瞪口呆地看着院子中一片狼藉以及空空如也的木屋时，皆是面面相觑，一筹莫展。

在心急如焚地听罢唐卫轩方才的一番分析后，杨方亨和小西行长等人的神色也没有丝毫的好转。眼看距离天明仅剩半个时辰，东边天际随时可能发白，追回诏书的希望却越来越渺茫，一个时辰前原本还抱着一线希望的杨方亨，此刻脸色一片惨白，嘴唇也已渐渐发青。

尤其是在知晓了堂堂大明首辅家的孙子赵恩儋同样下落不明、生死未卜后，本就承受了一晚重压煎熬，如今眼见赔了夫人又折兵的杨方亨，自觉回朝之后更加难以交代，不由得方寸大乱，心中更是暗暗想道，说不定自己曾怀疑泄露了诏书所在的内鬼，根本就不在使团之内，而是一路护送使团而来、如今又离奇失踪的那名小西家侍卫！因此，怒急攻心之下，直接将矛头瞄向了日本一方的议和奉行——小西行长。

义愤填膺中，杨方亨怒而指责小西行长管束下属不严，竟丝毫未曾察觉自家的侍卫中已然出了奸细，致使计划泄露、功亏一篑，反被贼人所乘。

而小西行长开始还无言以对，但是想到已经到手的石川幸子以及日本近畿一带的暗道图也都不翼而飞，本就又急又恼，也逐渐失去了冷静，再也忍受不住杨方亨的片面指责。冷冷地提出，自己可是早就反对之前的诱敌之计，这才导致了如今被敌方乘虚而入。甚至，在其恼羞成怒之余，小西行长连赵恩儋也一并冷嘲起来：身为堂堂大明锦衣卫却连石川幸子也无法保护，而且从现场来看，怕是滴血未流就束手就擒，被人轻松掳走。不是武功太差，就是贪生怕死，甚至，有可能是兼而有之……

随着言辞中的火药味越来越浓，好在有沈惟敬从中努力打着圆场，双方才不至于剑拔弩张的地步。

而看着院内一干人对眼下的局势无计可施，只是相互推诿责任，唐卫轩已视若无睹地转过身去，眼不见心为净，顾不得去计较这些口舌之争，而是再次独自来到了屋门外的侧缘门廊前，试图重演当时的一幕，看看能否解开心中仍存的疑惑——

凝视着纸门上留下的两个小孔，应是恩儋借着月光见纸门上出现敌人的身影后，用润物弩射向对方后所留。但这两支弩箭却均被对方躲开。那第三支弩箭既然未在纸门上留下痕迹，应当是纸门已被拉开后，再射向敌人的。而若从这个方向上射出，如果又是落空，为何院落中找不到第三支弩箭？

若是并未射空，弩箭留在了对方的身上，为何门廊上与屋内都没有一丁点儿的血迹？

以这个距离射中，甲胄都几乎失去了作用，况且印象中那黑衣忍者根本未着重甲，只要中了一弩，不可能一点儿血迹也不留下。

唐卫轩正百思不得其解之际，心力交瘁的沈惟敬忽然凑了上来，低声问道：

"卫轩……啊，不，唐百户，难道真的找不到其他线索了？以沈某观之，赵公子也是绝顶聪慧之人，堪与当初的唐大人相提而论，绝不会束于被擒。即便眼看大势已去，应该也会给我们留下什么重要的线索才对。"

一旁的程本举立刻插话道：

"沈大人，刚刚整个院落我们几乎找遍了，可并未见恩儋留下的任何线索啊。"

无奈地叹了口气，沈惟敬继续道：

"如果真的找不回诏书，只怕万事休矣！哪怕，哪怕此刻只有一丝可能，也希望唐大人你们二位莫要轻易放弃希望。不如试想一下，如果唐大人你身处恩儋的境地，当时又会怎样做呢？"

如果我是赵恩儋的话，在那种情况下……

沈惟敬的话像是提醒了唐卫轩，自己似乎主要从黑衣忍者的位置去分析当时的状况，而如果自己是赵恩儋的话——

一瞬间，方才留下的诸多线索与不解之处，似乎正在逐渐汇聚在一起，慢慢穿成一条线：

画了一半的暗道图……

不见踪影的最后一支弩箭……

纸门外咄咄逼人即将闯入的黑衣忍者……

如果知道自己人终会回到这里，发现这里的惨状……

那么，恩儋……不，是我的话，到底该怎么做才好？

忽然，唐卫轩猛地想到了什么，带着一丝期待，一个箭步又一次冲入了屋内——

还不待屋外众人注意到他的这一不寻常举动，仅仅片刻后，便听唐卫轩在屋内仰天长笑道：

第十章 | 中计

"哈哈哈哈，果然如此！干得好！恩儃！我刚刚怎么就没想到呢？！"

闻听此言，前一刻还在院中吵得面红耳赤的杨方亨与小西行长立刻停口，与沈惟敬、程本举和小西樱子一道，也忙不迭地随即冲入了屋内，但举目四顾，除了笔墨砚台的满地狼藉，根本不见任何有用之物，更不明白唐卫轩到底发现了什么。直到唐卫轩用手指了指头顶的屋梁，众人纷纷抬头，瞠目结舌之余，紧接着便均流露出惊喜交加的表情：

任谁也万万没有想到，就在那屋梁之上，竟然有一幅似是画了一半的暗道图，正被一支幽黑色的弩箭，牢牢地钉在屋梁之上！

第十一章 · 淀川

"在这里！"

就在天边已然发白之际，一阵急促的脚步声中，根据赵恩儋用弩箭留在房梁上的一半暗道图的指引，小西樱子与唐卫轩率领着一众人马，终于找到了内城之中暗道的隐蔽入口。

拨开暗道入口处遮掩的杂草，由一名小西家侍卫打头阵，后续依次是唐卫轩、小西樱子、程本举以及其他侍卫，众人举着火把，相继弯腰进入漆黑的暗道之中。

奈何这暗道甚为狭窄，宽度仅容一人通行，不少地方甚至要侧身才能勉强通过，不仅两侧的岩壁上长满了青苔，地上也是坑洼不平，行进颇为费力。看这暗道中的情形，似是好一阵都未有人用过，但是用火把照亮地面后，见到所留的些许新泥，却印证了不久前刚刚有人经过的事实。

"没错，他们就是从这条暗道走的。继续追！"

眼看再次咬上了对手的尾巴，众人都是欣喜若狂，脚下的步速也不由得加快了不少。而随着暗道越走越深，足足走了半炷香的工夫后，却依然不见出口，火把却是越来越弱，同时暗道内的湿气也是越来越重，闷得人有些喘不过气来，唐卫轩甚至开始暗暗怀疑，这暗道是否根本没有尽头，或者通往什么不为人知的地下密室？毕竟，那张仅画了不到一半的暗道图上，只画出了这条暗道的城内出入口，却还未来得及画出将通向哪里。

第十一章 | 淀川

正在忖思之际，突然，只见走在前头的那名小西家侍卫在走过一个拐弯处后，竟猛地停下了脚步，身体也随之就是一滞。

紧跟在其后的唐卫轩以为终于到了出口，那侍卫却慢慢转回了身来，昏暗的火光映照下，只见其表情扭曲，胸口处则赫然插着一支苦无，刚好射入了心口处，已然断气。

"快灭掉火把！小心暗器！"

猛然意识到危险的唐卫轩一边告知身后的小西樱子命人尽皆灭掉火把，一边箭步而出，登时便扶住了即将倒下的那名小西家侍卫，将其尸体作为临时的盾牌，自己则躲在其后，架起这具躯体，继续快步向前摩挲着移动。

而就在这时，暗道前面的不远处，随即传来一声断断续续而又十分模糊的声音：

"嗯嗯……唐……唐大人……我们在……嗯……"

这是赵恩儋的声音！赵恩儋果然还活着！

不过，听着这戛然而止的声音，像是本就塞住了嘴巴的赵恩儋刚刚又被钝器狠狠地敲击了一下，登时便没了声响。

而后，便是一阵似是同样被塞住嘴巴的凄凄之声，像是女子的抗拒与嘤嘤哭声，与一阵焦躁不安的倭语呵斥。

"就在前面，十五步外！"

根据不远处的声音，唐卫轩刚刚判断出前方一行人的大致距离，便随即感到了挡在身前的侍卫尸体又是接连两下颤动，显然是又被前方射来的什么暗器击中。不过，却并未伤到唐卫轩分毫。

紧紧将自己的身体缩在用尸体架起的肉盾之后，唐卫轩继续快步向前。好在这暗道极为狭窄，死去侍卫的尸体，刚好可以封堵住对方射来的所有暗器，不留任何死角。因此唐卫轩逐渐放下心来，一边侧耳不断估量着前方脚步动静的距离，一边加快脚步，追赶着仅剩十余步外的敌人。

而这之后，也许是料到了唐卫轩用尸体作为盾牌根本无隙可乘，又或者是前面的对手已用光了暗器，紧跟着接连追击了二十余步的距离，前方的敌人再未释放暗器阻拦。

不过，唐卫轩却不敢有丝毫的大意，若是双方易位而处，自己是决计不会任由这么一支人马紧紧咬在身后的。毕竟，也只有在这难以施展开的狭窄暗道之中，才有可能有效阻击后续的追兵，一旦出了暗道，来到地势空旷之地，追兵的人数优势就可以彻底体现出来，而对被追的一方则大为不利。因此，前面越是风平浪静，仿佛一马平川，唐卫轩心中反而更是加倍小心、步步为营。

　　眼看前面又将是一个拐角，生怕对方有埋伏的唐卫轩屏气凝神，小心翼翼地靠近了拐角处，却没有急着拐过去，反而试探性地将腰间的绣春刀轻轻解下，然后从身前尸体的腋下缓缓递了出去，甚至轻轻磕碰了下旁边的岩壁。若是拐角后有人埋伏，昏暗中极可能会诱使对方立时发动突袭，不过，刀鞘伸出后，拐角的另一侧却依旧是什么动静也没有。

　　但这份出奇的平静，反倒令唐卫轩更加感到隐隐的不安。就像是暴风雨来临前的宁静，仿佛随时酝酿着巨大的危险。

　　忽然，只听拐角后更远的地方，传来一阵奇怪的声响，似是什么东西在地面上慢慢滚动的细碎声音……

　　是前面之人脚下不慎碰到了碎石继而导致的石块滚动声？侧耳倾听中，似乎又不太像。

　　正当唐卫轩不明所以之际，只觉脖颈后一阵冰凉，似是有人伸手触到了自己的后颈！

　　"不好——！"

　　唐卫轩心中一紧，正惊异于敌人何时绕到了自己的身后之时——

　　"危险！"

　　身后忽然传来的却是小西樱子的警觉叫喊，但还不待唐卫轩转身去看，那脖颈后的伸手之人竟猛地一把抓住了自己的衣甲后领，继而不顾一切地奋力向后猛拉——

　　与此同时，正待扭头的唐卫轩突然发现，原本漆黑的拐角处另一侧，似有一丝微弱的火光在影影绰绰中逐渐靠向自己所在的拐角处，随即便是越来越清晰的另一种细微声响：

　　嘶嘶——

　　霎时间，唐卫轩脸色煞白，而身体也早已失去了重心，任由身后之人将自己直接拉倒在冰冷的地上。

　　而就在唐卫轩屁股着地的一瞬间，只听轰隆———声巨响！

　　只觉前方一股热浪袭来，唐卫轩本能地将身前的侍卫尸体举得更高，耳畔则尽是轰鸣之声，不绝于耳。头昏脑胀中，唐卫轩只觉天旋地转、地动山摇，岩洞顶更是不断噼里啪啦地掉落着大小的石块……

嗡——

足足过了片刻,唐卫轩脑海中的嗡鸣声依然不止,眼前也根本看不清楚,但地面的颤动总算停止了下来,而身上除了掉落一些石块与灰尘,倒并未有什么大碍,浑浑噩噩的唐卫轩还未回过神来,便觉自己被人将上半身拉了起来,而拉起自己的那双冰冷之手,似乎正是刚刚千钧一发之际将自己拽离了致命爆炸的同一人。背靠岩壁硬挺着支撑起身体,唐卫轩终于站立起来,但还是头昏脑胀的他一时也认不出眼前之人到底是谁,不过,鼻翼间忽然嗅到了一股仿若紧贴在面前的恬淡清香,随即不由自主地深吸了一口——

漆黑之中,贴面传来的这股令人心旷神怡的香气,除了小西樱子外,还能是何人?

而紧跟着,便感到又有一阵劲风袭来——

啪——!

随着一声脆响,脸颊瞬间吃痛的唐卫轩一时有些蒙,但也顿时清醒了不少。

面前之人则压低了声音,冷冷丢下一句:

"醒了?就别发出声音,速速跟上!"

而后,小西樱子便踏着地上那具早已被炸烂的侍卫尸体,侧身径直越过了自己。昏暗之中,只见前方一个婀娜的身影闪动,已悄无声息地紧紧沿着暗道追了上去。

程本举这时也跌跌撞撞地跟了上来,低声道:

"唐兄,没事吧?妈的,方才吓死我了。好在这岩壁足够结实,只是震落了不少碎石,没有直接塌了。不然,咱爷们儿今儿可就都活埋在这儿了。"

说着,程本举扶住了唐卫轩,两人一前一后地再度开始了新的追击。

这一回,前面的道路倒是顺畅了不少,小西樱子在这等漆黑环境下的步伐,倒是比之前在最前面的唐卫轩敏捷得多,连续几个拐角后,竟已几乎看不到她的身影。不过,这暗道并无岔路,想来也绝不会走丢。

就这样,又追了片刻的工夫,不知为何,空气中又开始潮湿了起来,而前方不远处也再次传来了一阵阵奇怪的声响。似是有人悲鸣,又似是有东西滚动,更隐隐像是低沉的万马奔腾,令人不知所措,直到向前又走出了七八步,那声音越来越清晰,才终于听得出,竟是浪花拍岸的水声!

唐卫轩与程本举心下一惊,知是出口将至,脚下再度加速,却在下一处拐角,遇到了正犹豫不前的小西樱子。

见两人及后续侍卫已然跟上,小西樱子做了个噤声的手势,又伸手示意唐卫轩过来一瞧,随着小西樱子的指引,唐卫轩见到远处八九步远的地方,正是暗道的出口。不仅有汩汩的水流正在上下起伏地冲刷着狭窄的出口,而且出口处似还有一块巨石遮蔽,但纵是如此,外面也已能见到淡淡的昏暗光亮,想必是已过了日出时分。但最为引人注目的,却是在那出口的地方,竟然还直挺挺地挡着一个似人非人的黑影,仿佛卡在了狭窄的出口处,一动不动!

嗖——的一声,小西樱子甩手对着那黑影便是一支手里剑,只是,洞口的黑影却仅轻轻一颤,显然是手里剑已然命中,但黑影却丝毫没有任何活着的迹象。

小西樱子摊了摊手,看样子刚刚已然不是第一支射出的手里剑了,但却都是一样的结果。

尽管担心对方又有什么诡计或埋伏,但是眼看敌人已成功逃出了暗道,更担心那模糊的黑影会不会就是已然遇害的赵恩儋,咬了咬牙,唐卫轩索性以绣春刀护在身前,一步步靠了上去。

直至走到了近处,唐卫轩才勉强看清,这的确是一具已然断气的尸体。但好在,既非赵恩儋,也不是石川幸子。不过,此人的死状却有些凄惨,四肢竟被人向后折断成极不自然的形状,用来死死地卡在了狭窄的洞口处。

唐卫轩伸手一摸死者的脖颈,虽无脉搏,但还尚有余温,显然刚死不久。借着洞外的些微光亮观其服饰,乃是小西家的侍卫打扮。如此看来,此人估计就是那名幕后主使埋入小西家的暗桩了,在膳司房的盐坛中故意藏入硝石、扰乱视线,又在获悉诱敌计划后为黑衣忍者通风报信,致使石川幸子与赵恩儋被劫。而今,却见此人双眼未闭,目光中还充满惊讶与恐惧。恐怕这暗桩至死也未想到,临近逃出生天之际,已然失去了利用价值的自己会被卸磨杀驴,直接灭口,尸体还被摆成此等怪异之状卡住出口,用以迷惑、拖延追兵。

这时,程本举也已赶了上来,皱着眉头瞅了眼洞口那奇形怪状的尸体,暗骂一句:

"妈的!故弄玄虚!"

随即,程本举便一脚将卡在出口处的这具尸体硬生生踹开。这时再细看那尸体的致命伤,果然是在背后心口有一处深深刺痕,乃是被人从背后一刀穿心。想必,又是那使黑色短刀的黑衣忍者的杰作。

走出洞口,蹚着脚下起伏涨落的水流,一行人终于走出了暗道,却忽然发现,

第十一章 淀川

此时，外面竟已下起了小雨。尽管日头大概已然从天边升起，但却被遮挡在阴云密布之后，因而光线有些微弱，不过，总比夜里看得清楚，更比方才伸手几乎不见五指的暗道之中强得太多。待小心翼翼地绕过了洞口的巨石，视野顿时豁然开朗，虽然夜幕尚未完全消散，天色依旧是晦暗不明，但也足以看清这暗道出口处的世界——

不过，此刻横在众人眼前的，却并非想象中的大海，而是一条川流不息的河流！

小西樱子惊讶地左右张望着，又打量了一番河流对岸的景色，喃喃道：

"这……这是大阪城西北的淀川！"

作为贯通日本近畿一带的主要河流之一，淀川发源自东北方向约百里之外的日本第一大湖琵琶湖，向西南而流，并将沿河的京都、大阪、堺港，乃至堺港之外的大阪湾，经水路连为一体。

听罢小西樱子的简单介绍，又看着来往于河流上的大小船只，程本举不禁赞叹，当初那凿此暗道之人，真的是考虑周全。不仅选了此隐蔽之处、水位高涨之时可以掩盖住暗道的出入口，在大阪城内窃取大量的金银财宝后，也可在此直接装载于船只之上，转眼就能运到沿河的任意地点，让追捕之人再也难以寻觅，可谓用心精巧，不愧是一代巨盗。

不过，此刻，小西樱子等人也遇到了同样的难题，洞口处勉强可以立足的咫尺之地，早已没了敌人的踪影，想必是已上了附近的某只小船，自水路而逃。但借着雨丝中微弱的晨曦望去，河流上漂浮着的大小船只之中，似乎都有不少影影绰绰的身形在晃动，但隔着雨帘，根本难以分辨，对方到底是在哪艘船上。更不知其到底是逆流而上去往京都，还是顺流而下直达堺港。

正在手足无措之时，平稳的河流上忽而漂过来一具陌生的尸体，像是日本船夫的打扮，但很快就随着水流继续向着入海的西南方漂去。惊讶之余，细眉紧皱的小西樱子却似如获至宝般，目光坚定地移向通往京都的上游方向，终于再度露出了微笑……

哗啦、哗啦——

滴答、滴答……

耳畔荡漾着潺潺的流水声，同时伴随着时急时慢的滴水声，仿佛遮蔽了其他一切念想，令人陷入深深的沉睡之中，不忍醒来。

"唐兄……？"

忽然，似乎有人朝自己叫了一句，但是闭着眼睛的唐卫轩却只觉得，整个身体似乎都在不停地摇摇晃晃之中，一切似幻似真，即便听到了自己的名字，浑身的疲惫与酸楚也使其迟迟不愿意自睡梦中醒来。

"唐兄……醒醒，该换你了！"

忽然，唐卫轩肩膀处被人轻拍了几下，立即本能地握紧了腰间的刀柄，但在分辨出是程本举的声音后，这才长舒了一口气，强撑着睁开了尚有些迷糊的双眼，一边慢慢回过神来，一边挣扎着爬起了身子。

"喏，那小船还在前面划着，一直都没跟丢。"

面前的程本举疲惫地抬手指了指淀川之上、漂在前方不远处的一只小船，依然在逆流而上、向着东北方向的京都而去。唐卫轩这才越发清醒了过来，点点头，和程本举换了位置，来到船头，隔着细细的雨帘，继续遥望着那不远处的另一艘小船。

而随即进入狭小船舱的程本举，则来到船舷旁唐卫轩刚刚的位置上，大大咧咧地躺倒，不多时，便已传出了呼呼的鼾声，似乎打雷也不会将其从睡梦中惊醒。唐卫轩苦笑着看了眼同样体乏无力的程本举，又望了眼另一侧船舷边正蜷缩成一团、倚靠着船舷、席地坐睡的小西樱子。只见其两臂抱着收紧的小腿，将额头抵在蜷起并拢的膝盖上，任几滴晶莹的水珠顺着发丝慢慢滑落，却毫无觉察地昏昏而睡，想必也早已是疲惫至极。

本就不大的船舱正中，则有一个更显促狭的火炉，勉强可供舱内之人烤火取暖之用。尽管船只有些狭小，但此等条件在蒙蒙细雨中却已属难得。毕竟，唐卫轩也深知，自己此刻并非在这淀川之上游山玩水，而是在继续追踪那盗去大明诏书的黑衣忍者，想到这一夜的披荆斩棘、险象环生，也不知阴晦的前方尚有多少凶险在等着自己，于三人而言，这稍得歇息的片刻宁静，实在是弥足珍贵。

这时，唐卫轩渐渐回想起来，撑船的船夫也是着实技术高超，就在小西樱子招呼其划近、接上三人上船逆流追击后不久，便很快追上了前方不远处另一艘形迹可疑的船只。根据小西樱子向船夫的询问，不远处那通常本应两人所撑的稍大船只，此刻却仅有一名船夫，另一名消失不见的船夫，正好与之前在暗道洞口外漂过的那具船夫尸体相吻合。再仔细观察剩余一名船夫的撑船动作，也似乎透着由衷的紧张与恐惧。虽看不到对方舱中的情形，但想必黑衣忍者劫持着赵恩儋与石川幸子二人所乘的，就是此船无疑。

只是，终于再度追近目标之后，三人都顿感困倦。经过昨夜的奔波追查，几乎

第十一章 | 淀川

从未合眼的三人实际都已极度疲惫，又兼外衣与鞋靴被雨水和河水打湿，因此在商定好先保持距离、悄悄跟踪在后的策略后，便在舱内燃起船家的火炉，一边取暖，一边轮流歇息，勉强得以小憩。如此，既不用贸然打草惊蛇，也能先凑合着睡上个囫囵觉。但同时，三人商定，始终安排至少一人留守船头，盯紧百步之外黑衣忍者所乘的那只船，以防跟丢与临时之变。

其他原本随着一同进入暗道的小西家侍卫，则早已在三人上船时便奉小西樱子之命原路返回，去向小西行长汇报，请求其立刻派兵从陆路沿淀川往京都方向赶去，以备后续的增援。

回忆着自己睡下前的这些事，又抬头看了眼淫雨霏霏的灰暗天空，也不知现在已是什么时辰，唐卫轩只得一边在船头紧盯着前面那一直逆流而上的小船动向，一边又忽然回想起之前曾与程本举讨论过的两个疑点。

其中之一，是自己早已怀疑过幕后黑手的目的究竟是什么。为何舍易求难，不像福岛正则那样的主战派一样、选择趁乱当场刺杀杨方亨，而是费尽心力地偏要带走那封大明诏书？难道就不怕使团和小西家的人一路追查，暴露了身份？远远望着前方的那艘小船，唐卫轩依旧是不得其解。

另外，则是程本举曾与自己私下提过的，小西行长似乎和沈惟敬有什么暗地里的阴谋，向杨方亨与自己等一干锦衣卫隐瞒着。如今再度回想起来，有了之前程本举的提醒，之前在别院木屋的房梁上取下暗道图、打算按图索骥继续追踪之时，唐卫轩这次总算刻意观察，小西行长的面容间的确有一闪而过的犹豫。只是其欲言又止后，仅暗暗看了旁边的沈惟敬一眼，但终究是什么也没有说。不过如此一来，程本举的怀疑，兴许真的并非无风起浪了。可是，小西行长希望隐瞒的又是什么？自己和程本举追查诏书，又有什么好担心泄露的？关于这一点，唐卫轩也是始终颇为费解。

正想着，唐卫轩忽然感到了腹中一阵饥饿，自昨晚的接风晚宴算起，已不知多久都没吃过东西，之前往来奔波还不觉得，此刻独坐船头，渐渐便觉得饥饿难耐、四肢无力，甚至头晕眼花起来。

仿佛是看穿了自己的心思，船尾的船夫忽然招呼了几声，同时指了指前面停靠在岸边的几只渔船，但随即发觉身穿异国服饰的唐卫轩似乎不懂倭语，便又做起了吃东西的动作。

与此同时，随着小船在河中稍稍偏离了原本的航线，向着岸边那几只渔船靠近过去，唐卫轩逐渐闻到了一阵淡淡的饭香。看来，那几只小船上可能有充饥的食物，船夫是在建议过去垫垫肚子。

不过，前面的那另一只船是否会跟丢？这是唐卫轩此刻最为担心的。

正踌躇间，船舱内忽然响起一个声音：

"他奶奶的，好香啊！是什么东西？"

原来，闻到这股诱人的食物香气，同样早已饥肠辘辘的程本举竟直接醒转过来，随即有了精神，立刻翻身爬了起来，一出船舱便直朝那香气飘来的渔船张望，鼻子中不断"呼哧呼哧"地尽力吸着香气。

眼见如此，前面那黑衣忍者所乘的小船也距离并不太远，应该不会跟丢，唐卫轩于是默认了先前行靠至那几艘渔船近旁取得食物，而后再继续跟踪的打算。待凑近了一看，才发现是几个日本渔民在一艘船内升了个火盆烤鱼，而且还备了不少的饭团。

虽说谈不上丰盛，但奈何饥饿便是最好的作料，程本举立刻自来熟地和日本渔民们打了个招呼，来回比画着看能否来些吃的垫垫肚子。也许是渔民们经常遇到过往的船客求购食物，纵使言语不通，也立刻明白了程本举的意思，于是便笑盈盈地拿出了不少的饭团与烤鱼，准备递过来。

可是，就在程本举已禁不住口水直流之际，对面的一名渔民却未急着将食物递出，而是用食指和拇指摆成一个圆圈的形状。

一看那酷似铜钱形状的手势，加之眼下的场合，即便不懂倭语，程本举也登时反应了过来，无论大明还是日本，一手交钱、一手交货，这是放之四海而皆准的道理。

想来，金银之物作为钱币，也总是各国相通的吧。不过，一摸荷包，程本举脸上立刻泛出了几分羞涩之情，身上竟并未带任何碎银子，似乎仅有十来枚大明的铜钱而已，可大明的铜钱在这里怕是难以使用。看着程本举局促的样子，连荷包都未带的唐卫轩更是无可奈何，总不至于动手硬抢。既于理不合，也怕反而多生事端，打草惊蛇。

而肚子已忍不住叫出声的程本举，急切之间，甚至将手摸向了腰间的绣春刀，看样子，是犹豫着要不要用兵刃去换食物。不过，还不待唐卫轩制止此等荒唐行径，对方已直摇头，手中不断比着铜钱的手势，看样子对两人身上的兵刃丝毫不感兴趣。

眼看这两个大明人似乎并未带钱，几名渔民失落之余，正打算收回饭团和烤鱼，见此情形，本着死马当活马医的心态，程本举试着将荷包里的大明铜钱都抖了出来，

第十一章 | 淀川

可就在此刻，对方几名渔民原本落寞的神色间，却忽然纷纷放出了异样的光芒，兴高采烈地把饭团和烤鱼都用草绳做的袋子装好，主动递了过来，还热情地往里多塞了两个饭团。然后，便将程本举手掌中的十余枚大明铜钱立即拿了过去，口中甚至还欣喜地嘟囔着什么。

听对方的语气，反倒像是责怪二人本就有钱，又为何故弄玄虚不早点儿掏出来的意思……

若非亲眼所见，唐卫轩万没想到，大明的铜钱在海禁多年、不通往来的日本竟可如此畅通无阻。更没想到，区区几枚大明铜钱，不仅买到了为数不少的饭团与烤鱼，对方似乎还觉得占了便宜，实在是有些不可思议。

而似饿鬼投胎的程本举则丝毫不在意这些，既然饭已到手，岂有客气的道理，急不可耐地便握着一个饭团送进了口中。

就在这时，身后船舱中却忽然传来一个尖锐的声音，朝二人喝道：

"船怎么停了？！你们二人在做什么？！"

转身一看，原来是刚刚仍在昏睡的小西樱子此时也醒了过来，正细眉倒竖地质问着船头的两人。

程本举却冷哼一声，看了眼仍在视线内的前方小船，而后走回了船舱：

"急什么？前面的那艘船又没跟丢。我们自己花钱买东西吃，没抢没偷，有什么不可？空着肚子，过会儿和对方动起手来，还怎么拿得稳兵刃？"

程本举话说得如此，却似乎已完全忘记了，刚刚其还打算用腰间唯一的兵刃去换食物来着。而这时，小西樱子大概也是同样早已饿了一夜，一闻到程本举带回船舱的饭食香味，肚子也极不争气地咕咕叫了起来，登时脸色一红，不好再继续板着神情。

"哈哈哈，一路上吃了你们小西家备下的不少好酒好菜，这回就由程某做东还你个人情。"看着小西樱子的窘状，程本举得意地笑出了声，大大咧咧说道，"何况到时登了岸说不定还得靠你认路，就别客气了，反正这么多饭团，把船夫的分儿算上也足够。嗯……这鱼烤得还真挺香！"

一边说着，程本举已狼吞虎咽地吃下了一个饭团，回到船舱，给船夫也热情地递了一个饭团后，一边招呼唐卫轩和小西樱子赶紧趁热取用，自己则又掏出个烤鱼，大快朵颐了起来。

小西樱子悻悻地接过了唐卫轩伸手递来的一个饭团，没再多说什么，只是催促船夫立刻继续赶船，别被前面的另一艘船甩开得太远。与此同时，其目光却紧紧地回头盯向了另外几只小船上正在分钱的那几名渔民，面色异常冷峻。

同时，回过神来，又见唐卫轩似乎仍在为刚刚日本渔民接过大明铜钱后喜上眉梢的一幕而心生感慨，小西樱子的眉头不由得微微皱起，不经意间，目光中甚至闪过了一丝冷酷的寒意与戒备之色：

小西大人所一直担心的事情，该不会，真的会被……

那暗含杀意的寒光一闪而过后，随之而来的，则是深深的忧虑。只见小西樱子不动声色地紧紧盯着若有所思的唐卫轩，暗自忖思道：

如果被发现的话……自己……又该如何是好……？

"小西大人，你就别再多虑了。"

这时，在馆驿隔壁别院的木屋内，一直等到辰时，小西行长才终于接到小西樱子派回侍卫们的禀告。而本就烦躁不安的小西行长得知诏书依然未曾夺回后，更显焦头烂额，来回踱着步子，表情中写满了焦躁与不安，以至于对沈惟敬在旁的劝慰之言，也只是以苦笑作为回答。

杨方亨此刻已回了馆驿歇息，静候消息。面对着木屋内仅剩的沈惟敬一人，小西行长也不再有所隐瞒，开口道：

"沈大人，我早前就曾多次暗示，这么放任下去，只怕诏书未必能寻回，娄子却可能会越捅越大！诏书里隐藏的秘密早晚会被你们使团中的锦衣卫察觉！"

"这个……沈某并非没有想到，但是追查诏书是当务之急，小西大人，或许你真的是多虑了。"

沈惟敬的语气依旧平稳，纵使得知诏书已被沿着淀川带往了京都方向，却仍然镇定自若。

而小西行长见此，只能没好气地摇了摇头，忧心忡忡道：

"多虑了？沈大人，你到底是真糊涂还是装糊涂？那姓程的愣头愣脑，在下倒是觉得不必担心，但那姓唐的却心思缜密，行事又雷厉风行，总是出人意料，实在不可不防。如今他们已然到了城外追查，顺着淀川越漂越远，虽然有樱子跟着，但鬼知道接下来又会接触些何人何事?！若他真的在一路上察觉到什么，沈大人，你说到时该如何是好?！"

沈惟敬沉吟不语，捋了捋自己的胡子，转而反问起了小西行长：

"那小西大人接下来的意思是？"

"若是一切都顺利无事的话，自然是我多虑了。但若是真的被那姓唐的觉察到诏书中的秘密……"只见小西行长阴冷一笑，拳头紧紧握起，目光中杀意毕露，"哼哼……这里可不是他当年能侥幸逃脱的平壤城！"

"不可！"

谁知，沈惟敬竟再度公然反对，力争道：

"唐卫轩此人非比寻常，只怕小西大人你暗下毒手，反而会弄巧成拙。还请听沈某一句，一动不如一静，若非万不得已，还是不要轻举妄动为好。"

"沈大人，你何故要袒护此人？依我看，那唐卫轩性情怪异、目空一切，他可未必把沈大人你放在心上。沈大人难道忘了，昨夜宴会比武之时，他不就压根儿不买您的账，反而将良言相劝当作耳旁风了吗？！"

面对小西行长的质问，沈惟敬却只是一阵苦笑，顿了顿后，像是想起了多年的往事，悠然说道：

"沈某活了大半辈子，已是即将入土的年龄了。有些时候，反倒倾向于相信自己的直觉，也更愿意任性地赌上一把！此番议和之事是如此，对那唐卫轩的信任亦是如此。关于此人，小西大人你只知其一，却不知其二。还记得当初战事刚起，在下首次奉命赴平壤城与小西大人相见、商讨议和之时，行前，驻扎义州的明军之中皆以为沈某那次前去乃是羊入虎口、注定送死而已，以至于无人敢陪同护送。唯有曾在平壤失败时死里逃生的唐卫轩欣然领命，愿意陪沈某再入虎穴、赴平壤议和。至今算来，也已过去好几年了，可这家伙还是这么个怪脾气，行事特立独行。不过，唯有沈某知道，其性情看似难以捉摸，也与日本势不两立，但实则自有其做事的准则。小西大人有所不知，说来也是可笑，自回京后，唐卫轩便被朝廷以'通倭'之罪投入了诏狱，在大牢之中遭了三年的无妄之灾。虽已在不久前被释放出狱，但心中恐怕对大明朝廷充满了愤恨之情。因此，沈某其实一直在盘算着，若此人能为我们所用……"

听到这话，小西行长脸上忽而阴晴不定起来，似乎有些动容，忍不住喃喃道：

"还有这么回事？！难怪沈大人你……平心而论，唐卫轩的确是个难得的人才。虽然曾经为敌、十分棘手，但如果真能如沈大人所言，他肯与我们站在一侧……而且，依我观察，樱子对此人也……呵呵……"

表情间难得露出一丝会心的笑容后，小西行长又沉吟了半晌，似是下了决心，终于开口道：

"既然沈大人如此说，或许……这笔生意倒也值得一试！"

沈惟敬欣慰地点点头，进一步试着说道：

"沈某甚至还有个想法，何不将我们的真正计划与之和盘托出，沈某有信心……"

"不可！"

瞬间，只见小西行长脸色唰地一变，似乎一涉及向他人告知两人之间的那个秘密，便变得极为紧张与慎重。顿了顿后，大概也是觉察到自己刚刚的失态，小西行长再度换上了一副不置可否的表情，继而背过了身去，拉开纸门，默默地朝着霏霏雨帘中的京都方向眺望：

"此事……再议吧！如沈大人刚刚所说，还是先寻回诏书最为要紧。沈大人安心，在下这就回府立刻调拨兵马，赶往京都支援樱子。至于唐卫轩之事……"

踌躇了片刻后，小西行长脸上掠过一丝阴冷，仿佛心意已定，决然道：

"在下自有安排！"

言罢，小西行长的身影便已走出了木屋，只留下屋内独坐的沈惟敬，暗暗叹了口气。

而大阪内城中的沈惟敬此刻尚不知道的是，小西行长的担心似乎无不道理。几乎与此同时，小西樱子面对着唐卫轩略有察觉的苗头，正暗暗多了几分警惕。

不过，眼下在这淀川之上，最为要紧的还是追回诏书。随着载有三人的小船渐去渐远，身后高耸的大阪城天守阁已然消失在雨幕之中，而京都却在前面咫尺之遥。

已填饱肚子也恢复了体力的唐卫轩三人，忽然间发现，不远处跟踪已久的那艘小船，竟然开始向岸边一处无人浅滩靠近，似乎准备靠船登岸。三人立刻躲入船舱，以防追踪在后的行迹被那黑衣忍者发现。

而就在不远处的船只靠岸之后，一个似曾相识的身影随即走出了船舱，抬手望去，正是追踪已久的那名黑衣忍者。紧接着，前方船上那原本就战战兢兢的倒霉船夫，也走到了生命的尽头，尽管见其在船尾连连后退甚至磕头求饶，可终归也逃脱不了被一刀结果后径直落入水中的悲惨结局。同时，黑衣忍者又转身自船舱中押出了另外两个身影，隔着雨帘虽看不太清，但似乎正是被其掳走的赵恩儋与石川幸子二人。

尚且在世的两人被黑衣忍者威逼着跳下船，一步三回头地登上河岸。不过，这两人却并未发现其后不远处的某艘不显眼小船之上，正悄悄跟踪着的唐卫轩三人，

第十一章 淀川

只能在无尽的失落中相互扶持着一步步走上河堤,不知下船之后的命运又将如何。

这时,河堤上忽然出现了另外几个人影,皆是行商小贩的打扮,像是偶然途经的数名结伴客商。一见有人经过,赵恩儋与石川幸子如同抓住了救命稻草般,不顾一切地立刻狂奔过去,似乎是想向其求援。而就在下一刻,随即便出现了令人绝望的一幕:这几名日本商贩竟丝毫不顾两人的求救,反而整齐划一地向着两人身后的黑衣忍者恭敬行礼。原来,这几名扮作商贩之人与那黑衣忍者本就是一伙的,早已在此等候多时了。而在躬身行礼之后,这几名似是黑衣忍者手下的商贩,便轻易地将奋力挣扎的二人再度控制,远远看那几人驾轻就熟的身手,想必也绝非寻常商人,而是由忍者假扮的冒牌货。身上的商旅打扮,也不过是为了掩人耳目的伪装罢了。

几名商贩装扮的忍者在押着赵恩儋二人上了河堤后,便走出了视野之外,唯有那瘦削的黑衣忍者却仍站在原地,而后,竟猛地回转身来,死死地盯着唐卫轩三人所在的小船,足足凝视了数息之久……

"别躲了,速速靠岸。我们早已被发现了。"

见对方似乎早已洞察了自己三人在后面紧追不舍,唐卫轩叹了口气,索性也走出了船舱,不躲不避。小西樱子无奈之余,只得悻悻地命令船夫移船靠岸,准备跟着登岸。

而就在这时,远处站在河堤上向着此处回望的那名黑衣忍者,隐约间,仿佛也不动声色地微微一笑,随即,只见其身影闪动,而后便不见了踪影,似是随着那些商贩打扮的忍者一同去了。

待三人上岸后赶至河堤之时,却只见泥泞的土路之上,还留着几行清晰的脚印,顺着这些足印望去,竟似是径直通向了不远处的一座庄严佛寺。这时三人才抬头注意到,那寺中竟还矗立着一座浑厚拙朴的五重高塔,甚是壮观宏伟。

也不知这寺庙与高塔已有多少年的历史,望着那佛寺中的古朴高塔,唐卫轩只觉得,细雨纷飞中,仿佛耳畔便隐隐听到了如真似幻的阵阵诵经念佛之声,令人身心涤荡。而佛塔之下的寺院内,却似乎都是些东倒西歪的破败屋宇,显然是刚刚经历过一场浩劫。

不过,程本举却根本顾不得这些,俯身察看了地上的足印确是刚刚所留,立刻喃喃道:

"妈的,那前面难道是座佛寺?刚刚那些家伙,看这些脚印的方向,该不会是躲进那座寺庙中仅存的高塔里了吧?"

一旁的小西樱子则举目望着那雨帘中的高塔，摸出了腰后所藏带的那柄匕首，一边摩挲着锋利的刀刃，一边低声道：

"不错，前面正是京都赫赫有名的东寺。而那座高塔，则是寺庙中据说已有数百年之久的五重塔。既然他们躲入了塔中，看样子，这佛家清净之地，怕是很快要有一场血光之灾了……"

第十二章 · 五重塔

细雨之下，五重塔的入口处，正站着两名魁梧的守卫。

只不过，这两人的目光中，都透着几分彻骨的寒意，如同警惕的豺狼一般竖起耳朵，充满警惕与不安地扫视着四周，扮作商贩的衣袍之下，更像是暗藏着什么兵刃凶器，在阴晦的天空下，更添肃杀之气。

而在这偌大的东寺之内，此时也早已无多少留守的寺内僧侣。大概是因不久前的伏见大地震之故，年久失修的东寺内，不少建筑都已坍塌，即便是仍立着的几处屋宇，也皆是墙壁开裂、房顶漏雨的残破之状。使得原本在此的大多数东寺僧人或已云游而去，或已另寻附近其他寺庙暂避，只剩几名或聋或哑、体弱多病的年老僧侣留守寺中，纵是有不明来历之人闯入，也根本无力阻拦，只能躲在仅存的残垣断壁之中，默默念经，不愿沾染这尘世间的任何是非。

泥泞的地面上，忽然由寺门处走进了一位男子，腰挂刀刃，似是在察看了一番地面上数道新近所留的脚印后，便跟着脚印的痕迹，缓步向着五重塔这边径直而来。两名守塔之人立即提高了戒备，尤其看对方身上的服饰，与方才被押入塔中的那名明国少年极为相似，想必同样是来自明国之人。见状，两名商贩打扮的忍者不敢大意，立刻掏出了衣袍下所藏的苦无，紧盯着走近的陌生人，一面回身吹响口哨、似是向塔内之人发出警示，一面一左一右地守在五重塔唯一入口的两侧，做好了以防那明国之人暴起进攻的准备。

只见，走入东寺之内的明国男子却孤身一人，在细雨中踏着靴下的淤泥，沿着院中泥地上留下的大串脚印，旁若无人地越走越近，腰间所挂的刀刃却迟迟没有拔出，只是镇定自若地迈步向着五重塔而来，直到距离两人仅有十步之外，才终于停下了脚步。隔着如同珠帘般的细细雨幕，两名守护入口的忍者这时才看清了对方的容貌——

那是一张略显粗犷的脸庞，一看便知是个不太好对付的硬手。而其在雨中一副镇定自若的样子，更加让人摸不到虚实，只感觉来者不善。

两名守门忍者随即深吸一口气，在雨声中屏气凝神，握紧了手中的苦无，静待对方率先出手，拼死也要守住此处入口。

不过，令人有些意外的是，那明国男子却板着一张面孔，在顿了足足片刻之后，终于一本正经地开口说道：

"尔等听好！吾乃来自大明的忍者，速速退开！否则性命不保。"

听不懂汉话的两名守卫对视了一眼，显然都没明白那明国男子所用之语，只能按照日本的习惯，理解为决斗前的自报家门。但两人依旧是面无表情地紧紧守着五重塔的唯一入口，既没有答话也没有任何的退让，只是稍稍抬了下手中的苦无，示意对方尽管出手。

扫了这二人一眼后，明国男子像是感到了几分遗憾般，微微叹了口气，摇着头喃喃道：

"这么说来，是尔等逼程某出手了。那就睁大了你们的狗眼，瞧一瞧大明的忍者是怎样给你们露一手的！"

说罢，只见其一副绰绰有余、深藏不露的气势，原本垂在身侧的两臂猛地一抬——

入口处的两名守卫顿时浑身一紧，身体打了个哆嗦。

"嘿嘿，怕了吧！程某可不似你们日本的忍者，只会藏头露尾，不是猫在房梁上窃听，就是鬼鬼祟祟地偷袭！作为来自大明的忍者，今天在你们二人临死之前，就给你们见识见识真正的忍者秘术！"

只听程本举一边游刃有余地慢慢说着，一边似太极状摆动着双臂，在面前缓缓转动起来，像是控制着某种无形而又强大的神秘力量。

两名守卫却看得一头雾水，既不明白程本举到底在说些什么，也搞不明白对方不拔刀是在搞什么名堂。细细观察之下，这明国人既有些像是装腔作势，却又似乎

第十二章 | 五重塔

暗藏玄机，让人不敢轻举妄动，只得继续原地防御，看程本举到底葫芦里卖的是什么药。

程本举则忽然将两手收回在胸前，掌心猛地合十，随即用两手在胸前有板有眼地比画起了各种奇形怪状的手势，口中更是一板一眼地振振有词道：

"哈！火焰之术！"

"嘿！水龙之术！"

"呼！风卷残云！"

"呵！土漫金山！"

……

每念一句，程本举手中就相应地变换一个对应的手势，像煞有介事的样子，令两名守卫更加目不转睛地盯着他的每个动作，生怕一不留神，这阴阳怪气的家伙就猛然使出什么杀招，以至于大气也不敢喘。

不过，眼看程本举只是一味地在胸前来回比画着，但迟迟什么也没有发生，越来越像是虚张声势。而就在两名守卫渐渐有些生疑之时，程本举竟然又向前迈出了一步！两人的注意力不得不继续紧紧盯在念念有词的程本举身上。可胡闹了这么一通，却越看越觉得，这程本举根本就是个不正常的疯子，在这里故弄玄虚而已，根本没有什么真本事，但就在这对峙的气氛逐渐有些尴尬之际，头上已累得有些冒汗的程本举，终于大喝一声：

"嘿！"

随后双手再度牢牢合十，同时深吸一口气，略带诡异地看了眼两人后，笑着说道：

"不错嘛，没想到你们的定力还不赖。刚刚的秘术居然对你们丝毫无效，既然这样，好吧，下面就看我最后一招：穿心剑之术——！哈——！"

就在两人已逐渐不以为意之时，谁知，背后的心口处竟忽然觉得一阵寒意，几乎就在同时，两柄利刃已分别将两人自后向前穿胸而过，扎了个透心凉——

呆呆地低头看着胸口处已刺透身体的刀尖，又被缓缓抽回了背后，两名守卫的目光逐渐浑浊，临死之际，只听方才那明国男子笑着说道：

"嘿嘿！怎么样，程某没骗你们吧？"

听罢，两名守卫便同时栽倒在地，彻底断气。

程本举则长舒一口气，一边走了上来，一边朝着入口一侧刚刚绕道摸至守卫们背后下手的唐卫轩苦笑道：

"妈的，这都能行，他们竟然真被唬住了！呼——不过也幸亏你们终于动了手，再拖下去，我可实在编不下去了！"

唐卫轩想到刚才程本举吸引对方注意力的滑稽模样，不禁笑着摇了摇头，淡淡地说道：

"什么'土漫金山'，那叫'水漫金山'。"

"哈哈，又有什么区别？反正这俩贼人也都听不懂。"程本举耸耸肩不屑道。

而入口另外一侧，正擦拭着匕首上血迹的小西樱子，则冷冷地白了程本举一眼：刚才程本举虽然出色地吸引了两名守卫的注意，给两人创造了背后下手的时机，但个别几句的话里话外，显然像是在影射自己之前在馆驿议事厅的那一幕。不过，反正看程本举也不顺眼，小西樱子没再理会这明里暗里总和自己针锋相对的家伙，用目光示意了下唐卫轩后，便身形一闪、率先进入了五重塔内的第一层——

打眼望去，在这五重塔内的第一层内，除了四根似是贯通到塔顶的支撑立柱，与贴着塔壁所建的木制楼梯外，再就是堆放在四下里墙根处的一些大小包裹与木盒，上面散落着几册佛经样的书卷。看样子，似是寺内大量房屋倒塌后，僧人们只得先将部分经书暂且堆放在此，也借以稳固五重塔的底层基座。除此之外，这第一层内便没有什么其他的摆设，显得古朴至简。虽然左右两侧各有一扇小窗、透进了塔外的些许光线，但是依旧昏暗，稍远之处便根本看不太清。不过，倒也无须费力寻找，通向第二层的木制楼梯，就在入口处的近旁。急于找到石川幸子下落的小西樱子于是仅匆匆扫了这塔内底层一眼见，不似还有其他敌人后，便率先拾级而上，急匆匆踏着楼梯向第二层奔去。

可刚刚行至一半，只听"啪——"的一声脆响，小西樱子便觉脚下接触的一块楼梯木板竟根本吃不上力，一踏之下竟登时从中间应声折断！

小西樱子身体猛地一沉，刚想顺势抓住前面的一阶楼梯木板稳住身形，可谁知，手掌一碰——

"啪——"

那紧接着的第二块木板居然也如出一辙般应声而断！

这显然是有人刚刚在两级楼梯上暗中切开了一半木板，但又并未完全切断。如此一来，只要一有人毫无防备地踏上，便会断为两截，一脚踏空。

只见，失去了重心支点的小西樱子眼看着便从半层处上摔落下来，虽然从这个

第十二章 | 五重塔

高度摔落也可安全落地，但是出于多年的经验，又或者是敏锐的直觉，下落中的小西樱子毫不犹豫地猛然拔出匕首，电光石火之间，紧跟着便狠狠地将锋刃戳入了右侧的塔壁之内，而本就轻盈的身体也借助右手紧紧攀住的匕首，立时停止了下落，悬在了楼梯下的半空之中……

待小西樱子余光一扫，脚下数寸之处的光线死角处，果然集中散布着大量的铁蒺藜，倘若冒失落地，必定扎中脚掌。

与此同时，自第一层的阴暗角落里，空气中也赫然传来了利器破空而出的尖锐声响！

千钧一发之际，刚刚停止下落的小西樱子腰身一挺，脚尖带动双腿，整个轻盈的躯体顺势向前荡了起来，将原本竖直的身躯在一瞬间荡成了几乎与地面平行，就在这时，只听刚刚身体竖直垂下的位置上：

"当！当！当！"

那是利器射入塔墙时发出的接连三声脆响！

甚至无须回头去看，从声音上小西樱子也能肯定，在自己身后定是竖着排布的一连三枚手里剑，刚好对应自己前一刻身体垂下时的几处要害部位。但此刻危机仍未解除，小西樱子顺势右手一松，虽然暂时放弃了自己的随身匕首，但为防身体荡回去后将会划破后背，触碰到敌人可能喂过毒的暗器，小西樱子腹部猛然一收，将双腿继续抬高，硬是用脚钩住了继续往上一级的楼梯。还好，这次钩住的楼梯木板，并未被敌人提前动过手脚，而后缩身倒着回旋了半圈后，小西樱子终于躲开了致命暗器的威胁，尽管最终落在一旁的样子略显狼狈，但刚刚若非及时荡身躲闪，早已被那一连射出的三枚手里剑夺去性命甚至直接钉死在了那踏空木板下的落地位置。

"妈的！居然还有人埋伏在这第一层！"

此时，走入塔内的程本举也已发现了敌人的偷袭。果如其所说，这出其不意的偷袭倒是颇合日本忍者的一贯风格，在这五重塔第一层的尽头之处，竟然还藏着一个鬼祟的黑影，眼看暗算不成、行迹败露，干脆便从阴暗处走了出来，随即拔出一柄半长不短的忍者短刀，向三人发起了挑战。

"哟嗬！打算以一敌三？小子，有种！"

这回，程本举先是仔细查看了一下本就不大的第一层各处角落，确认只剩对方一个敌人而已，不禁握住了腰间的刀柄，向完全处于人数劣势的对手调侃起来。

但就在其准备合力展开围攻之时，身旁却传来了唐卫轩的声音：

"且慢，还是一个一个上比较好。"

"我说，唐兄，这可不是该讲究什么不能以多欺少规矩的时候！"

听到此言，程本举有些不满地看了眼唐卫轩，像是不认识对方一般，没好气地说道。毕竟，在昔日刀光剑影的朝鲜战场上，这位同袍兼上司，可从没有过如此愚蠢的决定。

仁慈与道义，从来都只是胜利者的特权。

战场之上，你死我活，即便拼尽全力，有时也恐怕不能万无一失地取得胜利。而唯有取得胜利者，才有资格讲这些仁义道德，譬如通过刀下留情、网开一面，好再为自己的胜利锦上添花，在捷报文书与千秋史册上，将这功绩渲染得更辉煌一些。但若是失败，战败者便只有任人宰割的份儿，能有怎样的下场，完全被捏在对方的手心里。

因此，程本举不禁有些不解，一向在战场之上无数次亲身经历并深谙此理的唐卫轩，又怎么忽然会有此言？但当扭头看到唐卫轩正在仔细地观察，甚至是摩挲着塔内的几根立柱与墙壁时，程本举终于若有所悟。

经唐卫轩这么一提醒，同样准备直接围攻对方的小西樱子，这时也反应过来唐卫轩话中真正的含义：

塔内的空间本就不够宽敞，且经过前不久的那场地震之后，虽然这座高塔仍然矗立，却实则早已千疮百孔、累累伤痕，不仅墙壁与天花板上多有开裂之处，甚至是近拳头大小的窟窿，几根最重要的支撑立柱看起来也都已不甚牢固。一旦在这相对狭小的空间内展开围攻，生死相搏之际万一用力过猛，一时不慎、碰撞上这几根立柱，只怕这本就在地震中破损严重的高塔，也会跟着一同颤动、摇晃起来。而若是几个要紧处的支柱再受重创，甚至整座高塔都有随时轰然倒塌的危险。对于希望将赵恩儋、石川幸子两人活着救回的三人来说，这是必须要避免的。

同时，照这样来想，对方除了塔外留了两人戒备外，其余每层大概也最多只布置一人把守，想必也是怕多人混战之时高塔倒塌，双方若在倒塌的五重塔内同归于尽，对黑衣忍者一伙而言，大概也是同样得不偿失、一无所获。

看来，就如同闯关一般，若是为首的那名黑衣忍者将赵恩儋与石川幸子裹挟至塔顶最高一层，唐卫轩三人就不得不一层层地干掉每层的守卫者，才能将赵恩儋与石川幸子两人活着带出塔去。

沉默中，三人似是均想明白了这个道理，程本举随即率先迈出了一步，道：

第十二章 | 五重塔

"也罢，那咱们就干脆一人一层地闯吧！这第一层，就瞧程某的了！"

在一阵乒乒乓乓的兵刃相碰声中，转瞬间，程本举已与对手交战了三个来回。

不过，双方似乎都只是在试探，均未拿出真正的看家本事。在朝鲜战场上九死一生的程本举深知，倭人向来打法狠辣，无论是对敌人甚至自身的性命，往往都不怎么在乎，相比于战胜的荣耀与战败的耻辱，生死似乎根本无足轻重。因此，程本举一面借助兵器之长不断地试探进攻，但又始终浅尝辄止、攻中有守，以防对方狗急跳墙、以命相搏，拼个鱼死网破。

而对面的敌方忍者，仿佛也有着同样的考虑，不断摸索着程本举大开大合的战场招式，只是一味地招架与闪躲，偶尔会试着假装反击，但只要观察到程本举立刻收刀回防，便迅即缩了回去。

一来二去，慢慢摸清楚对方的底细之后，两人的动作都不由得加快了几分，大概是忧心赵恩儋的安危，见对方总是招架与闪躲，程本举的刀法愈加凌厉，虎虎生风中，力道也不免加重了几分，好几次兵器相碰，对方都被震得连退几步，只能依靠灵活的闪动，绕着几根立柱，来回闪避。渐渐地，程本举的挥砍更加迅猛，似乎是显示出了其心中的急躁，以至于刀法都隐隐有几分凌乱。

随着程本举一刀猛然劈下，却落空之后，整个身体也不免迟钝了几分，一时来不及收刀，而对方在闪躲中等待的，就是这个破绽！

只见对手从怀中忽然摸出了一包黑乎乎的东西，挥臂径直甩向了躲闪不及的程本举，虽然程本举本能地匆忙横刀格挡，但那东西却在触碰到刀刃之后，不似想象中的利刃暗器，反而软绵绵，紧接着"噗——"的一声，便四散开来。

里面装的竟都是满目弥漫的粉尘，瞬间便迷入了程本举瞪大的双眼，直感到眼中一阵火辣辣的疼痛，一时根本难以睁开眼睛……

"他妈的，卑鄙！"

程本举一面连连后退，一面慌乱地左右挥刀，谨防敌人趁机偷袭，可就在此时，却忽听得身体一侧有一股阴风猛然逼近，竟是那忍者在抛出暗器后便早已绕至侧面而后冲了上来——

"糟了！"

此时程本举再也来不及侧身闪躲或格挡，就在其以为命丧此地之时，忽听耳畔一阵刀风呼啸而过——

"当——！"

一声刺耳的金属碰撞声中，火花四溅，竟是唐卫轩出刀将这致命一击拦了下来。

一直在旁暗暗观察着战局的唐卫轩，早已看出程本举被对方的一味躲闪搅得心烦意乱，逐渐露出破绽，便已做好了出手的准备，一见形势危急，立刻果断出手，总算及时救下了程本举。

紧接着，在那被唐卫轩生生拦下的对手脸上，惊讶与恼怒之色还未来得及消退，半空中便传来了似是两道暗器破空而来的尖锐声响！对面忍者简直不敢相信自己的耳朵，连忙摆脱了唐卫轩，向后跃去，准备背靠墙壁防御躲闪，但半空中射来的暗器却似乎早已算准了其退后的落地位置，根本来不及再次闪躲，几乎就在其落地的同时，只听——

"噗——！"

"噗——！"

随着两声略有些低沉的响动，唐卫轩定睛一看，对手竟已被两枚手里剑分别穿透了两肩下的左右锁骨，鲜血淋漓中，已然动弹不得，被牢牢地钉在了墙壁之上。再一细看，那两枚手里剑，分明便是之前其在阴暗处偷袭小西樱子时所用的暗器！

而这时，小西樱子则不紧不慢地缓步走了上来，手中还握着对手之前射出的最后一枚手里剑，脸上泛起冷艳的笑容与悠然的目光，仿佛在欣赏着自己的猎物一般，直到走至对方忍者的面前，晃了晃尚未出手的那最后一枚手里剑，用倭语柔声道：

"还有这最后一枚，现在也一并还你……"

说罢，便眼也不眨地信手一挥，用手中本属于对方的手里剑，直接划开了那忍者的咽喉……

"厌……离……秒……土……欣……求……"

在含糊的默念声中，钉在墙上又被划开咽喉的第一层守卫忍者，尚未说完，便已不甘地彻底断气命绝。

"他临死时说的是什么？"

看着那已无生气的尸体，唐卫轩一面扶住气喘吁吁的程本举，一面向着小西樱子问道。

小西樱子却将手中那夺去对手性命的手里剑塞回了对方的怀中，"物归原主"后，回身朝着唐卫轩淡然一笑道：

"自作孽，不可活。"

说罢，便径自回到楼梯处，拔出了自己的那支锋利匕首，一边等着唐卫轩扶程本举去塔外借雨水清理眼睛,一边加倍小心地逐级沿着楼梯向上,以防再有什么敌方布下的陷阱。

好在,对手大概仅仅在那两级木阶上做了手脚,其他木阶依然保持着原样。不多时,三人便顺利来到了塔内的第二层。

果如之前的推测,这一层也同样仅守着一名敌方忍者。而这次的对手,非但不躲不藏,反而如同诵读佛经的僧侣一般,淡定自若地盘腿打坐在对面通向下一层的楼梯台阶前,两手合十,双目微闭,与刚刚来到二层的三人呈对角位置,隔着十余步,一动不动地像是已然入定了一般。

大约是听到了三人已至二层的脚步声,这第二层的忍者微微叹了口气,而后从身侧竟取出了一个木鱼,像是皈依佛门的俗家弟子一般,开始有模有样地缓缓敲打起来:

"咚——咚——咚——咚——"

望着对方气定神闲的样子,仿佛真的是位处乱不惊的得道高人一般,令人备感疑惑。忽然,塔外猛地传来一声惊雷:

"轰隆——!"

透过一旁的小窗,看到塔外的风雨交加中,开始了一阵阵的电闪雷鸣。狂风大作中,连这"震后余生"的五重塔似乎都有些微微的摇晃,兴许什么时候便在摇摇欲坠中轰然倒塌也说不定。见状,小西樱子再也等不住,紧握匕首,打起十二分精神,就在这雷嗔电怒的忽明忽暗中,一步步向着对面的打坐忍者走去。

只见其锐利的目光中,哪管对方是得道高人还是什么歹毒之徒,时间紧迫,神挡杀神,佛挡杀佛!

而随着小西樱子的一步步趋近,对方却依然自顾自敲着木鱼,直到小西樱子已走到该层的正中位置时,只听木鱼声戛然而止——

"咚——!"

紧跟着,便见那打坐的忍者两臂挥动,电光石火间,两枚十字剑已呼啸甩出!

"妈的,果然这些家伙还是只会偷袭!"

在身后程本举骂骂咧咧的声音中,小西樱子早已做好了应对对方突袭的防备,立刻换作了原地防御的姿势,准备挡下飞掷而来的那两枚十字剑。可定睛一看,却立时皱起了眉头:

那两支十字剑竟然并非朝着自己所在的位置而来,而是朝斜上的方向,一左一右地射向了该层的天花板!

还不待小西樱子明白过来,随着两枚十字剑像是轻飘飘切断了什么绳索一般——

"呼啦——!"

一面织得密密麻麻的渔网,已自天花板上重重坠落下来,小西樱子尚未来得及躲闪,便已几乎要被罩于网下。不过,小西樱子倒也并不慌张,自信此等陷阱根本难不住自己,挥刃便砍向了那从天而降的渔网。

谁知,仅仅下一刻,小西樱子便难以置信地瞪大了眼睛,那渔网之上竟似布满某种奇异的黏液,不仅刀刃一触即被粘住,威力大减,加之精钢所造钢丝坚韧异常,根本难以破网而出,而且落下的渔网很快便缠住了网内的小西樱子,黏稠的网线一旦粘到身上,一时间更是难以挣脱、举步维艰。

眼看小西樱子已被渔网困住、动弹不得,难有还手之力,饶是一直与其势如水火的程本举也知唇亡齿寒的道理,立即与唐卫轩一道上前支援。可还没待迈出几步,只见那打坐的忍者再次甩出了两支十字剑——

旋即天花板上再度响起几声"呼啦——"响动,两人抬头一看,登时便又有两面渔网径直甩下!

稍有不同的是,这次落下的两张渔网各有一侧还挂在了天花板上,所以落下的一侧只是自上而下迎面甩来,唐卫轩与程本举二人只得暂时退却,虽未被渔网所困,但两根立柱间通向小西樱子的前路也已被渔网阻断。

还未待二人从左右两侧绕路而前,另外两张渔网也已被对方忍者用十字剑射断了原本固定位置的绳线,将左右两侧立柱与塔壁间的通路也如法炮制地彻底隔断。如此一来,面对着竖在眼前如同蛛网一般的四道渔网,不仅塔内第二层已被彻底分成了渔网内外的两部分,也将一时束手无策的唐卫轩二人与被困的小西樱子阻隔开来。

见此情形,程本举挥刀便砍,谁知锋利的绣春刀竟对这渔网无可奈何,一连猛砍了数刀,也未能将其划出一道像样的开口。

情急之下,唐卫轩举起左臂,用袖中所藏劲弩,隔着渔网,冷不丁射向了十步外盘腿而坐的敌方忍者。可是,随着弩箭疾射而出,却只见面前的渔网随即猛地一挣,而后便在不断的前后摇晃中,逐渐恢复了原样,依旧稳稳地拦在了面前。远处的敌人仍然毫发未伤。

定睛一看，原来那刚刚射出的弩箭，仅有弩尖勉强射透了渔网上的密集网格，尾部同为精钢所制的箭羽却再也无力继续穿透细密的渔网，只能晃晃悠悠地无力挂在渔网之上。

　　这时，已被渔网网在地上，只能勉强保持着蹲坐之姿的小西樱子，大声提醒道：

　　"没用的！看来这是某种特制的渔网，刀枪箭弩都难以伤其分毫。须用火烧尽网上的黏液，方有可能破网而出！"

　　闻听此言，唐卫轩与程本举二人都是一愣，无奈之下，连忙掏出随身带的火石打火，可刚刚被雨淋过，一时又如何打得着火。

　　与此同时，敌方忍者已不紧不慢地站起了身来，看样子是准备对被困的小西樱子下手。

　　程本举却忽然不解地问道：

　　"唐兄，这渔网如此坚韧，劈砍皆难以奏效，那贼人若想对网内之人下手，怕是也没那么容易吧？"

　　可话音刚落，那站起身来的敌方忍者便从背后取出了一根极为细长的短剑，好似一根巨大的钢针！

　　望着对方取出的那根细长短剑，唐卫轩三人都不禁倒吸一口冷气，如此诡异的兵刃，若是平时正面搏杀，怕是一旦与其他利刃触碰，便将一击必断、毫无用武之处。可若用来刺渔网之中难以动弹的被困之人，却是再好不过的最佳利器，刚好可以穿过那同样极为细密的渔网。

　　此时的小西樱子也慌了神般，转而在身下的尺寸之地间手忙脚乱地拼命凿着脚下的木板。

　　不知是因为年久失修，还是不久前地震的缘故，这第二层的木质地板上也如塔壁一样，不乏一些裂缝甚至近乎拳头大小的窟窿，看样子，小西樱子眼见敌方手持那骇人的细长短剑步步逼近，如同已丧失了理智一般，不再用匕首在渔网上做徒劳的努力，反而企图凿开脚下的木板，跳到下一层、借以逃生。但这地板虽是木质，可毕竟破裂有限，一时之间又怎么可能被轻易凿穿？

　　眨眼间的工夫，敌方忍者已走到了小西樱子的跟前，阴冷一笑后，举剑便刺——

　　不过，这一剑却是刺了个空。原来，小西樱子猛地奋力一闪，在这千钧一发之际，赶在细剑刺下之前，身形闪动随即缩着滚到了一旁，暂时躲过了致命的一剑。

　　而随着小西樱子的滚动躲闪，那渔网也将其包裹得更加严实，不仅刚刚还能挥动刀刃的胳膊已几乎被渔网粘住，就连两腿也已被渔网束缚，再也难以自由躲闪。

因此，冷眼看着仅仅逃出了两步远便被渔网缠在地上、几乎动弹不得的小西樱子，敌方忍者只是不屑地一哼，稍稍转了下身，朝前迈出了一步，就再次来到了网中"猎物"的跟前。

"等等！"

小西樱子眼见性命难保，也不再贴着地面退后，仿佛是已有临终的觉悟一般，躺在地面之上，向着步步紧逼的敌人低声问道：

"临死之前，可否告知，你到底是谁的手下？"

而雷声隆隆中，提着细剑、缓缓来到跟前的敌人却什么也没有说。随着一道闪电的亮光忽而掠过其面容之间，映照出一双布满杀气的冷眼，对方的目光中早已没有丝毫的怜悯与犹豫，只有举起屠刀前的倨傲与轻蔑。

可小西樱子似乎仍然死不瞑目一般，两眼继续紧盯着对方，追问道：

"告诉我！你们的目的到底是什么？！"

无声的回答中，依旧沉默的敌人已高高举起细剑，塔外雷奔云谲，生死已在最后一线。

只听对方忍者终于开口，用沙哑的阴冷嗓音低声道：

"去死吧。"

眼见那尖锐的细剑即将刺向自己毫无反抗之力的身躯，而数步之外的唐卫轩与程本举二人隔着坚韧的渔网，也是远水难救近火，生死关头，小西樱子却只是微微叹了口气，而后换了副表情，抬头看着那即将取自己性命的对手，狡黠地淡淡一笑道："我也是这么想的。"

望着小西樱子嘴角露出的一丝诡异笑容，绝非猎物临死前应该有的表情，那手持细剑的忍者不禁皱了皱眉头。而更加难以理解的是，垂死之际的小西樱子既没有求饶也不再挣扎，尽管明知单薄的身躯根本阻挡不了那锋利的短剑，却还是缩起身体做出了类似防御的动作。

就在此时，塔外的隆隆雷声与雨声恰巧也小了一些，持剑忍者耳朵猛然一颤，仿佛是隐约听到了什么原本被雷声掩盖的细微声响，回身一看——

在方才小西樱子曾努力打算凿穿地板的窟窿处，之前的坑洼居然已不见，取而代之的，竟是一块黑乎乎的凸起之物！

像是有什么球状之物塞住了那里原本的窟窿，而且，侧耳细听，那塞在了窟窿处的黑乎乎凸起之物，似乎还冒着"嘶嘶——"的声响……

细听之下，只见那忍者的脸色瞬间煞白。

"轰——！"

随之而来的一声不大不小的爆炸，距离爆炸点最近的敌方忍者登时遍体鳞伤，被巨大的冲击力瞬间掀翻在地，就连整个第二层的脚下地面也随之一颤！

但好在这地板还算结实，并未导致该层木板甚至整座五重塔的坍塌。渔网下的小西樱子也仅仅是被爆炸中的个别碎屑擦破了点儿外衣，不远处隔着渔网的唐卫轩与程本举两人，就更是毫发未伤，但却对眼前的一幕感到颇为惊异。

不仅是那敌方忍者未曾察觉，就连唐卫轩二人也是刚刚才反应过来，原来小西樱子之前装作慌张地凿着地面，目的根本不是脱身逃生，而是为了提前将随身的火药弹藏在那坑洼的窟窿处，并将引线的一侧藏在视线外的火药弹下方。甚至，在不断吸引对方注意力，并暗暗引导其停在最佳位置上的同时，还不忘顺便套一下对方的底细。

只是，虽然借助埋设的火药弹瞬间逆转了局势，但从对方的口中却是一无所获。此时，小西樱子已彻底腾出手来，费了好一番力气，终于挣开了那恼人的渔网。起身后，小西樱子先是瞄了一眼天花板上其他渔网的固定处，信手接连甩出两枚手里剑——

原本横在唐卫轩二人面前的渔网便应声而落。

程本举对于眼前的一幕仍目瞪口呆，而唐卫轩则随即捡起了掉落在地的一张渔网，顺手将这柔中带刚的坚韧之物卷起揣入怀中，似是打算日后带回去仔细研究。

小西樱子却没有过多理会一旁的唐卫轩两人，摩挲了一下手中匕首的刀刃，便径直走到了已被炸得奄奄一息的敌方忍者面前。

"嘿嘿……"

谁知，那已被炸成重伤的敌方忍者却冷笑起来，面对着小西樱子手中的利刃，血肉模糊的脸上全无惧色，带着诅咒一般的阴森语气，用倭语低声道：

"只要入了此塔，你们就绝不可能活着走出去。既然中了你的诡计，在下索性就先走一步，到阴间等着你们了。嘿嘿嘿嘿……你们谁也别想活着走出这座——"

此人话还没说完，小西樱子已俯下身子，将锋利的匕首对准了敌方忍者的心口处，在尚未咽气的对方耳畔，用冷漠的语气简单回复道：

"去死吧！"

说着，便将匕首一寸一寸缓慢地推入了对方的心口处，直到仅剩刀柄……

度过了第二层的危机，当三人沿着楼梯闯到五重塔内的第三层时，都更多了几分提防与小心。却没有想到，这紧接着的第三层，远比想象中更加充满诡异的氛围。

方才闯过的前两层，虽然昏暗，但依靠左右两扇小窗的光线却也至少勉强可视一二，而这五重塔的第三层内，不知为何，两扇小窗似乎都已被封闭起来。没有了塔外的光线照明，这整层就几乎是伸手不见五指之地，谁也不知在那稍远的漆黑之中，到底藏有怎样狡诈的对手与歹毒的陷阱机关。

待三人站定，正准备用打火石引燃布料、借以照明之时，不远处的黑暗之中，却忽然率先传来了一阵"吱呀呀——"的怪异响动，令人汗毛倒竖。

就在下一刻，只见一个凶神恶煞般的"恶鬼"正手举两柄钢刀，从黑暗处径直冲了过来！

站在左右两侧的小西樱子与程本举两人惊诧之余、立即一左一右地侧身闪避，唐卫轩则连退两步，横刀阻拦。面对"恶鬼"的左右抢刀，唐卫轩接连格挡下来，但且战且退中，已退至墙壁处，眼看避无可避。而就在这时，面前的"恶鬼"却忽地在唐卫轩面前停顿下来，借着其动作停滞的这一空隙，三人才终于稍稍看清：

原来，这"恶鬼"竟是一个木偶傀儡，在前面覆了一张骇人的恶鬼面具而已。作为其"躯干"的木桩上另外连接了两根插有长刀的木质"手臂"，似是有什么机关操控着，使得可以如人一般来回挥臂抢刀。虽然这木偶傀儡的动作相对僵硬单调，但在黑暗之中，忽而闪现冲出，真假难辨下，恍惚中便如真的恶鬼举刀袭来一般。纵是见惯了鲜血杀戮的唐卫轩三人，也是心惊不已。若是胆小之人迎面遇到，怕是即便不肝胆俱裂，也会当场被吓得两腿瘫软，登时命丧刀下。

而这时，眼看唐卫轩已接连挡住了其迎头的两刀进攻，"恶鬼"木偶不知为何，竟然停将了下来，三人正待稍松一口气，却听在这"恶鬼"的"身体"内又是一阵"吱呀——"的诡异响动。

"嗖——！"

"嗖——！"

紧随其后的，便是两支自木偶身上猝然射出的箭矢，冷不丁地向着已躲至左右两侧的小西樱子与程本举二人分别射去！

转瞬之间，小西樱子挥舞匕首，挡开了射来的暗箭。可猝不及防之中，程本举却一时来不及挥刀，只能匆忙侧身躲闪，那箭矢几乎擦着其耳畔，有惊无险地被避了过去。

虽然侥幸躲开了利箭，但是程本举脚下更加不稳，慌不迭地又连退数步，正以为多少安全些时，却忽然感到背后一阵阴风猛然袭来！

凭着多年的战场本能，程本举立即脖子一缩，便觉头顶一阵刀风掠过，竟是又有人在自己背后挥刀偷袭。程本举大怒，回身便朝着那刀刃掠过的方位反手一击——

只听"咔嚓——"一声，程本举手中的绣春刀像是劈中了躲在其身后的对手一般。但从手心传来的劲道上，程本举却是心中一沉，根据多年战场经验，这绝非刀刃砍中人体时应有的手感。

就在此时，远处的小西樱子终于点着了一块微弱的火绒，随手向着第三层正中位置的半空丢去。借着这微弱的光芒，第三层的真面目展现在三人的面前，令人大吃一惊：

在这面积不大的塔内第三层中，竟然还有近十个奇形怪状的"恶鬼"木偶，每一个都酷似人形，前覆面具。尤其是那面具上一双双杀气腾腾的恶毒"眼睛"，正各自冷冷盯着踏足这片"死地"的三人，在这些傀儡木偶一言不发的沉默中，直令人脊背发凉。而这一层的天花板，则更是破烂不堪，比下面两层多了不少的巨大窟窿与裂缝，甚至令人怀疑，再上面的第四层还能否站得住人。千疮百孔的天花板下，幽暗的火绒光线更显鬼魅，再加上这些阴森森的"恶鬼"傀儡，仿佛三人真的来到了传说中的阿鼻地狱。

当程本举回头朝着刚才劈过之处一看时，更是不由得倒吸一口冷气，那竟也是一张凶狠的恶鬼面具，同样是覆在一个傀儡木偶身上，而自己的刀锋，就是刚好卡在了作为那木偶躯干的木桩之上，只是，并未将那比碗口还粗的结实木桩一刀斩断，反而将刀刃死死地卡在了那木偶的身上。

"吱呀呀——"

还没等程本举拔出手中的绣春刀，又有数个傀儡木偶同时展开了攻势，朝着一左一右的程本举与小西樱子两人横冲了过去。仔细看去，每个傀儡木偶的形状虽看似大同小异，但实则刀刃挥舞的方向角度乃至功能都大不一样。面对数个傀儡木偶"配合得当"的围攻，已手无寸铁的程本举率先败下阵来，很快便已被三个傀儡木偶围了当中，几乎动弹不得。而另一侧的小西樱子也不慎被一个木偶从背后偷袭，被其死死地抱住腰身，再无躲闪的余地。眼看两人皆身陷绝境、难逃一劫，唐卫轩却依然立在原地,并未贸然出手,似乎还在不断于黑暗中寻找着真正敌人的位置。

可转瞬之间,在被困的小西樱子与程本举的面前,已各有一个傀儡木偶举着不断转动的回旋弯刀,正一寸寸地向着二人的咽喉逼近。

仿佛是为了让受困者在临死之前也能充分感受到这精心布置的"地狱"恐怖,控制着这些傀儡木偶的幕后忍者,竟特意选择了这极为缓慢的死亡方式。虽仍不知对手究竟藏于何处,但大概猜得出,想必其正在暗处玩味地欣赏着"猎物"们垂死前恐惧与痛苦交织的绝望神情。同时,这慢慢逼近的死亡压迫,不仅折磨着引颈待戮、无力挣扎的两人,也使得尚未出手的唐卫轩面对着一个左右两难的取舍困境:

生死关头,分身乏术的唐卫轩几乎不可能同时搭救两人。如果只能二者择其一,自己究竟该救谁?

第十三章 · 取舍
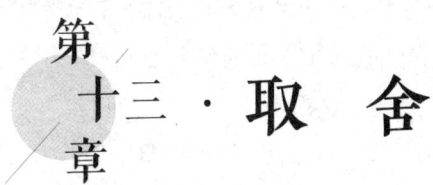

到底该救谁？

在关乎二人性命的千钧一发之际，这难以取舍的艰难决定不仅困扰着正陷入两难的唐卫轩，生死只在一线间的程本举与小西樱子，也似乎同样意识到了这个严峻的问题。而此时的唐卫轩，竟然还站在阴影里一动不动，仿佛仍在犹豫着自己到底该先救谁。

"唐兄，你还愣着做什么？！鱼与鸭掌不可兼得！你要再不下定决心，那就鱼与鸭掌都得不到了！还不快先拉自家弟兄一把？！"

眼见锋利的旋转刀刃一寸寸逼近自己的咽喉，程本举忍不住大喊起来，提醒着仍在犹豫的唐卫轩。

而另一侧同样处在生死边缘的小西樱子，却朱唇紧闭竟倔强地一句话没有说，只是淡淡地看着唐卫轩，静静地等候其做出最终的选择。

"嗖——！"

随着挥臂自袖中猛地甩出一支弩箭，在原地站立良久的唐卫轩终于出手了！

可那弩箭射去的方向，竟然是直奔程本举所处的位置——

眼看弩箭是朝着自己而来，程本举登时脸色煞白。一时不解，这位多年的同袍此举到底是何意？就算不来搭救自己，也犯不着突施冷箭非要置自己于死地吧？！

但那弩箭却仅仅与程本举擦肩而过，随着"咚——"的一声响，程本举只感到一阵猛烈的风雨直入塔内！

扭头一看，唐卫轩弩箭所瞄准的地方，竟是在其身后不远处的那扇小窗。随着弩箭巨大的劲道，原本被封闭起来的小窗瞬间洞开，刹那间，不仅有一道来自塔外的昏暗光线立时投入了塔内，就连塔外的雨水也被狂风一并裹带了进来。

与此同时，尽管程本举仍然不解其意，被困在另一侧的小西樱子却似乎明白了什么，虽然身体难以动弹，但依旧估量着斜后方另一扇小窗的位置，抬手便甩出了一支手里剑——

眨眼间，自半空中转了个弯的手里剑，随即打破了第三层的另外一扇小窗。呼啸而入的劲风同样卷着无数的雨滴，很快便打湿了小窗周围的一片区域，也带入了更多的光线。

而唐卫轩如鹰隼一般的目光，也在此刻于塔内不断地扫视着，猛然间，像是终于发现了什么，忽而便快速奔向了小西樱子所处的位置。

"唐兄？！你……你竟然真的见色忘友？！"

唐卫轩的这一最终抉择，简直令程本举难以置信，不禁失声喊道。而就在程本举以为唐卫轩见色忘友、置自己于不顾之际，面对着小西樱子所在的方位，唐卫轩竟再度射出了袖中润物弩的最后一支弩箭——

这莫名其妙的一幕，更令程本举目瞪口呆，不知所以。但旋即像是想到了什么：

莫不是，唐卫轩在借助光线，判断敌人的位置到底在哪里？！

不过，颓然扫视了一圈所有的角落，程本举却依旧看不到敌方忍者的任何踪迹。但不甘之余，程本举立即再度突发奇想：

莫非，那该死的敌方忍者同样扮作了"恶鬼"，就藏身在这众多的傀儡木偶之中？！

"啪——！"

这时，唐卫轩射出的最后一支弩箭已径直插入了一具"恶鬼"的心口处。仿佛唐卫轩果如程本举所猜测的那样，在寻找着伪装在傀儡木偶中的唯一"真身"。但令程本举瞬间心灰意冷的是，弩箭射中时发出的声响分明是射入了木头，而绝非扮作"恶鬼"的敌方忍者的血肉之躯。

就在程本举大失所望、自觉死期将至之时，昏暗中根本看不到表情变化的唐卫轩，脚下的步伐却根本未减，反而开始了最后几步的迅猛加速！

"噔噔噔！"

第十三章 | 取舍

在唐卫轩矫健的步伐中，塔外忽有雷电闪过，一道明亮的光线掠过唐卫轩的脸庞，令程本举倒吸一口冷气：那是在杀伐果断的战场上似曾相识的冷峻面容。程本举心中只觉咯噔一下，料想唐卫轩此刻必是杀意已决！

每回见其这副表情之时，刀刃出鞘之际，必定饱饮鲜血、夺命方归。可却依然不知，那敌人究竟到底在何处。

就在此时，只见唐卫轩纵身一跃，一脚朝着那已射入木偶的弩箭尾部猛地一踏，借着这股力道，已跃在半空中的唐卫轩整个身子随即继续腾空而起——

高高跃起的身躯，竟径直冲向了头顶的天花板而去！

在程本举不可思议的注视下，只见唐卫轩右肘高高抬起，挟着全身的力量，猛地砸向了上方天花板的一道巨大的裂缝！

"砰——"的一声脆响，腾空跃起的唐卫轩居然摧枯拉朽一般，径直撞破了木制的天花板破裂之处。整个身子也跟着巨大的力道，一跃而上到了塔内的第四层。

还不待程本举搞清楚唐卫轩这到底是搞的什么名堂，便只听见上面一层传来的拔刀出鞘声响，以及继而传来的一声惨叫：

"唰——"

"啊——！"

几乎与此同时，屋内前一刻还咄咄逼人的傀儡木偶们，都像是瞬间被抽去灵魂一般，登时戛然而止。

"吱呀呀呀……"

在无力的生硬响动中，第三层所有的"恶鬼"都停下了僵硬的动作。

眼看那几乎已贴到喉咙处的刀刃终于在最后半寸前停了下来，程本举仿佛是已经死过了一次般，猛地放松之下，失魂落魄得再没有半点儿力气，差点儿瘫倒在地。

小西樱子此时也终于得以挣脱了背后傀儡木偶的禁锢，随即面色复杂地朝着天花板抬头观察：

只见，几滴猩红的鲜血，已经从上一层的木板缝隙处缓缓滴落下来……

借着昏暗的光线，回过神来的程本举经仔细检查才终于发现，在所有傀儡木偶的关节处，原来都连接有大量的坚韧丝线。只不过，这些丝线太过纤细，在毫无亮光的塔内几乎不可能察觉，即便是打开了两扇小窗，肉眼依旧难辨。只是，他望着个别细丝之上沾有的一些水迹，似乎正是方才破窗后被塔外刮入的雨滴打湿，这才终于能够借助沾在细丝上的晶莹水滴，勉强看得清，这些细丝最终汇聚的方向——

正是方才上一层惨叫声传来的位置。

抬头望着天花板上大大小小、或新或旧的裂缝与窟窿，程本举若有所思后方才恍然大悟道：

"原来是这样！那操作这些该死傀儡的幕后家伙，竟然根本就不在第三层！妈的，实在是狡猾！"

而这时，"呼——"的一声响动，唐卫轩的身影已再次从刚刚撞破的天花板处跳落下来。

稳稳落地后，唐卫轩看了眼已双双安然无恙的小西樱子与程本举，之后便借着窗外吹入的雨水，简单擦拭了一下刀刃上的血迹，准备收刀入鞘。

而望见其冷峻目光扫过面前的程本举，想到刚刚自己所说的话，脸上不禁有些发红。尴尬之余，程本举正打算解释一下时，却听唐卫轩已平静如常地开口道：

"程兄，应该是'鱼与熊掌不可兼得'。"

面对着唐卫轩在落地后淡淡说出的这第一句话，程本举却一头雾水：

"……啥？"

"你之前讲的'鱼与鸭掌不可兼得'，应该是'鱼与熊掌不可兼得'才对。"

没好气地看着屡屡引用都错误百出的程本举，唐卫轩苦笑着摇了摇头，随即"唰——"的一声，利落地收刀入鞘。

另一旁的小西樱子则没有说什么，只是扑打了下身上的尘垢与雨水，而后意味深长地多看了几眼面前的这位锦衣卫百户，对于方才面临生死一线时唐卫轩所做的最终抉择，小西樱子的心中也不知在想些什么。

而随着惊险地闯过了第三层，危机暂时解除，三人再度整装进发。待沿着楼梯来到塔内第四层时，空荡荡的第四层内，便只剩下一名倒地的忍者尸体，手掌中还握着不少杂乱的丝线。

看样子，正是刚刚躲在此处、利用两层之间的大量窟窿裂缝与手中丝线伏击三人的罪魁祸首。此刻，这人却倒在血泊之中，已被方才破壁而入的唐卫轩一刀结果。除了此人之外，第四层看来也再无其他敌人守卫。

不过，比起倒在地上的这具血腥尸体，以及破破烂烂、千疮百孔的地板外，更令三人触目惊心的，乃是牢牢绑在四根立柱上方的一包包物件。

透过空气中隐隐传来的硫黄气味，几乎可以笃定，那十有八九是敌人备下的一包包火药。看样子，一旦见状不妙，第五层仅剩的敌人很可能会选择拼个鱼死网破、同归于尽。而短时间内，要想将对方精心布置的如此多火药全部处理干净，也恐非易事。

见此情形，程本举登时面露难色，虽然这五重塔的最后一层俨然已近在咫尺，却似乎也同时陷入了一个几乎无解的死局，令人束手无策。

思虑中的唐卫轩凝视着第四层立柱上方的这些火药，又走到一旁的小窗边，对着塔外的风雨交加，不知在想些什么。终于，仿佛是下定了决心一般，唐卫轩扭过头来，对着一旁的程本举及小西樱子二人低声言道：

"这接下来的第五层，由唐某独自上去。"

闻听此言，程本举登时惊得张大了嘴：

"独自上去，你难道疯了不成？！"

而一旁的小西樱子，也面露忧色，目光复杂地盯着唐卫轩，无言中，似乎也不太认同唐卫轩独自赴险的决定。

且不说最上一层还不知有几名敌人，但最起码，始终未见踪影的那名黑衣忍者想必就在上面。即便仅剩其一人，凭那黑衣忍者的身手，当初在地牢外三人联手围攻、尚不能轻易取胜，如今唐卫轩独自迎敌，恐怕更加凶多吉少。纵使侥幸得胜，不但要顾及赵恩儋甚至石川幸子的安危，也绝不可能在对方引燃四层这些火药后得以全身而退。

不过，唐卫轩却只是淡然一笑，走回到二人近前，于塔外的雷声轰鸣中，对两人小声地道出了自己的计划……

听罢之后，小西樱子细眉微皱、随即狡黠地一笑，默默地看着唐卫轩，并未反对，但也不知在心里作何评价。而程本举则忍不住咽了口唾沫，随后更是吐了吐舌头，由衷地感慨道：

"唐兄，我看你还真的是疯了！不过，似乎也没别的更好的办法了。"

……

此刻，隆隆的雷声中，五重塔的最高层上，黑衣忍者正握着那柄涂满黑漆的短刀，背靠塔墙、倚在窗畔，眼睛时而看向面前几乎将要燃尽的一炷残香，时而紧紧盯着地上正在绘制的一张暗道总图，像是趁着这会儿的空闲，不断地在脑海中默记着每一条暗道的走向与出入口位置，甚至是暗道内的各处陷阱机关，偶尔还会伸手不自觉摸一下脖颈的位置，紧一紧脖子上缠绕的护颈缎带。

而其掌中刀尖所指的，正是鼻青脸肿的赵恩儋。看起来，赵恩儋没少在不时的反抗中吃苦头。不远处，则是胆战心惊的石川幸子，正跪坐在地上，画着那张囊括日本近畿一带所有秘密暗道的总图。时不时地，石川幸子会满含牵挂地扭头望一眼身处刀下的赵恩儋，但更令其忧心的，则是黑衣忍者面前那炷将要燃尽的残香……

记得黑衣忍者曾说过，一旦此香燃尽，就是这一行忍者再度起程之时，若届时暗道总图未能画完，则赵恩儋性命不保。忧心于赵恩儋安危的石川幸子无奈，只得依从，但同样担心即便画完此图、两人的性命怕是也一样走到了尽头。因此，只能恰好赶在此香燃尽的最后一刻才刚好画完，期待着这段时间里能有什么奇迹发生、救下两人。可随着时间逐渐消逝，获救的希望已然愈加渺茫。

而就在此时，通向下面第四层的楼梯上，忽然传来了一阵缓慢而又沉稳的声响，像是有人正在上楼而来。听到这声音，黑衣忍者猛然警觉，眉头微皱，像是不敢相信这陌生的脚步声。

但是一旁的石川幸子却以为这是残香即将燃尽、守卫在下面几层的忍者上来请示再度起程。眼看已到了最后诀别时刻，曾经在刑场之上也能铁石心肠的石川幸子，此时却不禁流下了不甘的泪水，任其打湿了面前正在画着的暗道总图。

与此同时，原本一言不发、躺倒在地的赵恩儋忽然一个激灵，直起了身来，两眼之间瞬间闪烁着光芒，喜出望外地喊道：

"唐大人？！"

虽不通汉话，但石川幸子一样能从其激动的语气中听出希望之音。随之抬头望去，竟见一名似曾相识的大明锦衣卫，已信步来到了第五层，昂首而立。惊喜交加中，石川幸子情不自禁，几乎喜极而泣。

而同样紧紧盯着这位不速之客的黑衣忍者，表情却有些复杂：不仅有几分出乎意料的惊讶，似乎还不敢相信，唐卫轩一行居然真的能够一连闯过五重塔内自己精心布置的重重防卫，并且郑重地重新仔细打量了一番这名眼前的锦衣卫百户，隐隐显出一丝欣赏的神色，对其竟敢独自前来迎战自己的这份勇气，甚至还流露出几分钦佩之情。

不过，唐卫轩却只是立在楼梯处，并未贸然靠近，在大致扫了一眼这最高一层内的情况，确认除了黑衣忍者外再无其他敌人后，随即朗声喝道：

"站在那右侧窗前的贼人听着！如今只剩你最后一人而已，还不乖乖束手就擒？！"

也不知那黑衣忍者是否听得懂汉话，但面对着气势汹汹的唐卫轩，对方仅仅摆

第十三章 | 取舍

出了一个对战的姿势，而后，随着其喉咙前围绕脖子的护颈缎带微微颤动，唐卫轩终于听到了对方蒙住的面容下所说的第一句话。那是一个稍显苍老的嘶哑声音：

"尽管来吧。"

听到对方的迎战话语，尽管唐卫轩并不懂倭语，但是对方的动作与姿势已然说明了一切。不过，更令唐卫轩暗暗吃惊的，乃是对方的嗓音，竟似一名年岁不低的苍老长者。恐怕少说也有五十岁的年纪，甚至更加年长。怪不得其可以作为塔内这一干忍者的头领。不过，回想当初在地牢外的交手，唐卫轩却不敢对其有丝毫的大意，若再考虑到此人曾在大阪城内将计就计，诱使小西家一干人马与那主战派大名福岛正则手下在城外拼得两败俱伤，并借着调虎离山的空隙劫走赵恩儋两人的高明手段，此人无论武艺还是谋略，都绝不容自己小觑。

因此，唐卫轩缓缓拔出了刀刃，横刀而立，一时并未急于进攻。

任塔外电闪雷鸣、风雨交加，身处五重塔顶的两人已剑拔弩张、生死对决似乎一触即发。不过，一时之间，却谁也没有贸然先动手，都在隆隆雷声中静静寻找着对手的破绽。

而就在两人对峙之时，唐卫轩忽然看了眼一旁的赵恩儋，低声开口道：

"恩儋，你速带着石川幸子躲到远处的角落，避免被波及。"

"诺！"

望着唐卫轩一脸郑重的提醒，赵恩儋似乎明白了什么，立刻小心翼翼地站起身来，一方面不想轻易惊动那黑衣忍者，同时以目光示意胆战心惊的石川幸子随自己一同避开这两人的决斗。似懂非懂的石川幸子正打算跟着其暂且躲到一旁的角落，但是一眼瞥到了地面上那张几乎已然画就的暗道总图。望着这份其父石川五右卫门的毕生心血，石川幸子本能地打算伸手将其捡起。可就在这时，黑衣忍者猛然间身形闪动，暴起发难，斜刺里便朝着石川幸子伸向地上总图的胳膊劈砍过去！

几乎与此同时，唐卫轩也一个箭步逼近上来，挥刀直取黑衣忍者的心口要害——

"当——"的一声脆响中，只见火星四迸！

黑衣忍者竟已迅速收刀而回，稳稳地挡住了唐卫轩的突袭。紧跟着，便是接连数刀的迅猛反攻——

寒光闪动间，几乎看不见黑衣忍者的刀势，只听得劈空而过之声接连呼啸而过，纵是唐卫轩身手不凡，但独自面对如此快如闪电般的接连进攻，也仅能凭着战场上练就的本能架刀格挡，被逼得连连后退。

而刚刚险些赔上一条胳膊的石川幸子，则总算是冒死捡回了那张地图，而后便被赵恩儋立即拉着躲避到了一旁。

这时，只见那黑衣忍者虚晃一刀，逼得唐卫轩再次横刀防御，而其身形却再度快速闪动，鬼魅一般的步伐竟已然悄悄退回了原处，余光却扫向了角落中的石川幸子与其手中的那张暗道总图，随即面露凶光，正待趁着唐卫轩无力阻拦的空隙前去夺图——

就在下一刻，黑衣忍者的身体却猛地一滞！

紧跟着，只见其屏气凝神，仿佛侧耳细听着什么声响，同时迅速俯下身子，手掌掌心贴住脚下的地面，而后甚至轻轻敲击了一下所站的地板——

顷刻间，黑衣忍者原本沉稳的目光顿时冷峻起来，狠狠地瞪向了不远处独自一人来到五层的唐卫轩，随即轻蔑地一哼，如同已然看破什么诡计一般，冷笑着感叹道：

"好一招妙计啊。"

黑衣忍者话音未落——

"轰隆——！"

只听一声巨响，黑衣忍者身下的地板竟突然发生了爆炸！几人的脚下也是猛地一颤，仿佛天摇地晃，整座五重塔都在剧烈地抖动一般。

赵恩儋护着石川幸子，在角落里缩紧了身子，避免被爆炸波及。唐卫轩则在不远处一边横刀护身、扶稳墙壁，同时目光透过爆炸中腾起的阵阵烟雾，不断搜寻着黑衣忍者的踪迹。

虽然刚刚自己的计划竟在最后一刻被对方提前看破，但是千钧一发之际，唐卫轩料想，对方根本无暇躲避，在刚刚其脚下的爆炸中必定非死即残。

可当烟雾渐渐消散之后，唐卫轩却愣在了原处——

方才对手所站的位置处，已被炸得面目全非，裂开了一个近一丈见方的大洞。可那黑衣忍者，却已然不见了踪影！甚至，连一点儿血迹也没有留下。

唐卫轩简直不敢相信自己的眼睛，方才身在四层的程本举根据自己上楼后故意高声给出的提示，应该是已然将四层原本的部分火药，直接移到了自己话中所暗指的黑衣忍者位置下方。刚刚的爆炸，便是程本举点燃引线后、将移至对手所站地板下的火药成功引爆的结果。而自己也将对手几乎完美地尽量牵制在了起始位置的附近。除了最后一刻前，楼下的动静似乎被那黑衣忍者所察觉外，整个计划的执行可谓是超乎意料地顺利。

第十三章 | 取舍

可眼前凭空消失的黑衣忍者，却又令唐卫轩感到难以置信，不禁再次打起了十二分的警惕。但无论天花板还是炸开的大洞之下，都根本不见对方的踪影。

难道，那深藏不露的黑衣忍者真的是神出鬼没的鬼魅化身不成？

就在这时，小窗外竟忽然传来了诡异的动静——

莫非？

唐卫轩猛然想到了什么，立刻戒备着靠到了小窗边，定睛一看：

黑衣忍者竟已站在小窗外两丈余远的五重塔宽阔屋檐之上！

似是方才的爆炸之中，几乎是在同时，其便以迅雷不及掩耳之势闪身至一旁的小窗外，避开了爆炸的波及。此刻，黑衣忍者则正立在窗外雨中的巨大屋檐上，背对着唐卫轩所在的小窗，一步步向着屋檐的边缘处挪动靠近。方才的诡异动静，正是其脚下踩着的屋檐瓦片所发出的。

而这时，那黑衣忍者已迅速掏出了一支苦无，将其狠狠插在了硕大屋檐上的牢靠之处。然后，更是猛地甩出了另一支苦无——

只见，甩出苦无的尾端圆环上，还系着一根看起来相当结实的绳子。待甩出的苦无稳稳插入塔下不远处的一棵大树树干后，黑衣忍者熟练地紧了紧手中留下的绳子另一端，确认足够结实后，又将绳子尾端绑在了刚刚固定在屋檐的苦无之上。如此一来，一根从五重塔的五层屋檐直通塔下树干的简易绳索，便快速完成了。

忽然，一道雷电在阴云密布的空中劈过，而那黑衣忍者竟又回过了身来，在这临别之际，朝着小窗处的唐卫轩回头张望了一眼，并轻拍了下怀有大明诏书的胸前位置。在黑衣忍者背后横空劈过的闪电，正映照着其面容间挑衅一般的诡异神情。隆隆雷声中，唐卫轩仿若能听到对方嘴角流露出的阴笑。

难道，对方是想带着诏书继续逃走？！

不忍功亏一篑、任对手再度逃之夭夭的唐卫轩正待跃窗而出、冒险追上屋檐，此时，身后却传来赵恩儋的惊呼：

"不好！唐大人，我们快撤！贼人要炸毁整座高塔！"

什么？！

唐卫轩急忙回转过身，诧异中略带不解地望着赵恩儋。而赵恩儋与石川幸子则用惊恐的目光望着一处不起眼的角落，扭过头去的唐卫轩这才发现：

不知是何时，那黑衣忍者竟然已不声不响地点燃了引线！

眼看着那条冒着细小火花的隐蔽引线已顺着墙根处的缝隙燃到了地板之下，想必四层的火药即将被点燃。

不过，唐卫轩依旧镇定，考虑到刚刚四层天花板一角的火药引爆时的威力，远远少于自己的预计，仅仅炸出了个大洞。因此，唐卫轩立刻得出判断，纵使四层的其他火药一同引爆，也不过是炸塌整个第五层而已，下面三层却应该仍是安全的，也就是说……

用余光看了眼窗外已准备借助绳索而逃的黑衣忍者，唐卫轩正打算让赵恩儋即刻带着石川幸子到墙根或者三层躲避，而自己则跃窗而出，阻止正待逃走的黑衣忍者。可赵恩儋似乎看穿了唐卫轩的想法，一边扶着石川幸子赶到了楼梯口，一边大声解释道：

"唐大人，不可！大人来时难道没有发现一楼的大量火药吗？！他们放置在四层的不过是少量火药，借以迷惑视线，一层的塔基处才是他们堆放的大量火药！那引线怕是也直通一层的！再不走就来不及了！"

唐卫轩登时愣住了。

难道说，一层那些看似装有佛经的包裹与木盒？！

这时，唐卫轩还未来得及反应，却听下方三层已传来了程本举的连连惊呼：

"我去他娘的！这引线果然燃到三层了！而且分作数股，根本来不及一一斩断。恩儋说得对，这帮龟孙真的是打算把整座塔都炸掉！四层那些看来不过是故弄玄虚的障眼法！"

随后，便是一阵"噔噔噔"飞速移动的脚步声，似是程本举边喊边从三层忙不迭地急忙冲向一层的出口，逃离这座随时可能倒塌的五重塔。

一听引线已燃到了三层，赵恩儋随即大惊失色，赶紧拉住了欲奔下楼的石川幸子，一时进退两难。按照目前的引线燃烧速度，三人恐怕还未赶到一层，一层的火药就已被引爆！可留在第五层，高塔轰然倒塌之际，也绝无生还可能，结果同样是坐以待毙。

就在这分神之际，那窗外屋檐上的黑衣忍者已顺着直通塔下树干的绳索，敏捷地纵身滑了下去，并在落地的前一刻，于半空中猛然一荡，转身抽出了那柄黑色短刀，利落地一刀砍断了借以滑下逃生的绳索！

如此一来，这条自五层直通地面的逃生之路，也被彻底断绝。

落地后的黑衣忍者，则有些趔趄地躲入了一旁的破败屋宇之中。这时，唐卫轩才忽然发现，对方似乎也并非全身而退，腿部像是在方才的爆炸中也受了些轻伤，走起路来显得一瘸一拐，地面上甚至还有隐约的斑斑血迹。

但此时尚还顾不上那逃离的黑衣忍者，眼看别无出路，赵恩儋正打算继续向一层出口冲去，决意赌上一把、奋力一搏，却被唐卫轩一把按住了肩膀，果决地说道：

"慢！我们走这边。"

赵恩儋一怔，不明白唐卫轩所说何意。如今困于这五重塔顶层，除了向下的楼梯之外，哪里还有能去之处？

可下一刻，唐卫轩便已率先来到了另一侧的小窗前，猫身钻出了窗外，如同刚才的黑衣忍者一样，小心翼翼地踩着脚下的屋檐瓦片，行走在塔外的风雨交加中。

出于对唐卫轩的信任，同时也已别无选择，赵恩儋索性狠下了心，紧接着便与石川幸子一道钻出了小窗，颤颤巍巍地跟在唐卫轩的身后。

但举目四望，除了脚下湿滑的宽阔屋檐外，哪里还有什么脱身之路？

就在这时，两道黑影忽然自塔下飞速射来——

只听"当、当"两声，竟是两支手里剑！已齐刷刷地嵌入了三人近处的塔身外壁之上。而在手里剑的正中圆环处，还绑着两根细线，似乎正是拆自之前第二层守卫忍者的那种独特渔网。

顺着细线的延伸方向朝塔下望去，原来是小西樱子已按约定的计划，借助其所携带的最后两枚手里剑，以两根细线搭起了直通塔下的"通道"。

唐卫轩立即用刀柄进一步将两支手里剑固定得更牢靠一些，生怕其支撑不住足够的重量。而后，便开始卷起自己的外袍，并示意赵恩儋与石川幸子也同自己一样，脱下外袍再将其卷成结实的粗条状。之后，便可将卷起的外袍套在两根细线之上，身子悬挂在细线下方、手握套住细线的外袍，顺势向下滑去。

可是，看着这十余丈的骇人高度，以及那两条略显单薄的细细渔线，赵恩儋与石川幸子显然一时还有些难以接受，如此冒险的逃生方法。何况，细线的尽头处乃是一处残破的房屋，即便渔线和外袍都能撑到落地之时尚未断裂，但两人却无那黑衣忍者人一般的敏捷伸手，任身体这样一路滑下去、势必会径直撞上那面渔线末端的屋墙，恐怕后果同样不堪设想。这时，却见唐卫轩指了指两根渔线轨迹所经的一处池塘，嘱咐道：

"记住，待快到那处池塘之时，便即刻提前松手！"

赵恩儋这才恍然大悟，而石川幸子一见唐卫轩所指的池塘，也立即明白了其用意。

原来，早在程本举吸引塔外守卫、自己从旁绕至塔后之时，唐卫轩就注意到了那足够深的池塘，加上这一日的风雨，池塘中的水更是早已溢满。这个异想天开的计划虽称不上是万无一失，但只要顺势滑下再落入池塘，加上渔线多少抵消掉的力道，性命应当无虞。

眼看时间已经所剩无几，最轻的石川幸子坚定地看了眼赵恩儋后，一咬牙，便依此法悬挂着身体，第一个径直滑向了塔下——

石川幸子不愧是日本昔日大盗的女儿，时机把握得几乎分毫不差，刚好在即将经过池塘之时，两手果断松开了紧握的外袍，随即便以一个熟练的入水姿势，准确地落入了池塘之中。只见水面上扑腾了几下水花之后，石川幸子便完好无损地从池塘中冒出了头来，尽管浑身湿透、冻得瑟瑟发抖，但仍掩饰不住惊喜交加的激动心情，刚刚爬出池塘，便关切地朝着仍在塔上的赵恩儋来回挥手，示意其也立即如法炮制、尽早脱离险境。

紧接着，赵恩儋也顺着两条细线滑了下来，眼看同样行将来到池塘跟前。可就在这时，一根细线竟再也无法支撑，突然断裂了开来！

"啊——！"

随着赵恩儋的一声惊呼，其整个身体更是骤然失去了重心。尽管仅剩的一根细线仍在勉强支撑着，赵恩儋的身体却在不断地偏离原本的下落轨迹。眼看就要完全偏离池塘的位置，这样下去，只会重重地跌落在地，非死即残！情急之下，赵恩儋只得立即撒手，尽量在半空中调整自己的重心，几乎与此同时，第二根独木难支的细线也在此刻应声而断！

"扑通——！"

最终，几乎是擦着池塘的边缘处，赵恩儋总算是勉勉强强地落入了池塘水中，没有直接落地、摔成肉泥。但当石川幸子急切地将其从水中救出时，仓促落水的赵恩儋似是已不省人事。直到连吐了好几口池水后，才稍稍有了几分生气。见此，石川幸子忍不住潸然泪下，哽咽着紧紧扶起神志不清的赵恩儋，到一旁的断墙下歇息避雨、细心照看。

一旁的小西樱子，却忍不住将忧心忡忡的目光，看向了高高的塔顶——

阴霾的雨幕下，只见半空中那两根上下摆动、无处所依的细长断线，正在风中无奈地摇摆，凌乱地飘荡……

而五重塔高耸宽阔的屋檐上，此刻仍站着一个形单影只的锦衣卫身影，独立在高塔之巅。只见，又是一道闪电横空劈过，如同催促般随之而来的阵阵雷声中，仿佛映出了一张冷峻的面孔，正凝望着风雨之中这偌大的京都，所剩不多的时间依旧在不断地流逝，而其脚下，却已无任何去处。

"轰隆——！"

这时，还不待唐卫轩及早做出决定，只听一声震耳欲聋的爆炸声，已自五重塔的底部轰然传来！随之，塔下便腾起了大量的烟尘，底层内一时火光冲天。而滚滚烟尘中摇摇欲坠的五重塔，更是在颤颤巍巍中，左摇右摆，行将倒塌。

小西樱子愕然地看着眼前的这一幕，攥紧了手心，身体竟微微颤抖起来，只见其目不转睛地盯着塔顶屋檐上的方位。只是，在烟尘直上中，方才独立在风雨中的那个身影已然模糊，只能在影影绰绰中，依稀看到其似乎仍滞留在屋檐之上。

随着一声接一声的爆炸，整座五重塔颤动得越发剧烈，无数的瓦片、砖石滚落而下，在地面上砸出一个个坑洼。小西樱子只得无奈缓步而退，可眼看面前的五重塔已是倒塌在即，却依旧不见唐卫轩逃离的身影。

直到整座五重塔在一连串爆炸中彻底失去了支撑，这座足有十五六丈的五重高塔在历经了地震的浩劫后又连遭火药重创，终于无可阻挡地轰然倒塌——

大地为之颤动、尘土漫天飞扬，昔日的百年高塔，转眼间便化为了一片废墟。小西樱子呆呆地望着眼前无数的破石烂瓦与残墙断壁，抿紧了嘴唇，不断地在残垣断壁间用目光寻觅着，却独独不见那个期待中的身影出现。

随着尘埃渐渐落下，空气中已然几无声响，宛若默哀的静谧雨声中，尽是令人窒息的绝望。

就在这时，一只手臂忽然自废墟之中猛然伸了出来——

小西樱子只觉身体一颤，立时定睛一看，虽然那手臂的袖子上满是泥垢尘土，但却正是锦衣卫的服饰无疑！

不知为何，这一刻，小西樱子只感到一阵眩晕之感，几乎难以站立。摇头苦笑中，似是在嘲弄着自己，却仍旧忍不住露出一丝欣慰的喜悦。

可，就在下一刻……

"妈的，呸！呸！呸！逃出来居然还能把老子的胳膊给砸中了！真他娘的倒霉！"

一个熟悉的声音从伸出手臂的地方传了出来。只是，却并非预想中的那个人。

只见程本举费力推开了身上压着的碎石与砖瓦，灰头土脸地从废墟中钻了出来，左臂好像还在高塔倒塌中不慎受了伤，正骂骂咧咧地朝着小西樱子所站的位置踉跄走来。

"太好了，恩儋和那叫石川的小妮子都没事！唐兄的疯主意还真成了！"

走到近前，程本举一见小西樱子身后不远处的赵恩儋与石川幸子均安然无恙，立刻长舒了一口气，哈哈大笑道。但随即就不顾胳膊上的伤势，急匆匆地对着面前的小西樱子问道：

"咱们还愣着干什么？程某刚刚在经过二层时，见那该死的黑衣忍者好像也滑下来了。他娘的，害得老子这么惨，咱们赶紧去追，应该还来得及！对了，唐兄呢？"

可面前的小西樱子却身体僵硬，面色煞白，缓缓地别过了脸去，沉重地低下了头，并没有回答。

虽然小西樱子和程本举两人一向性格不合、经常爱搭不理，可这一次不同于以往，程本举似乎也觉察到了，气氛有些不太对劲。

扫视了一圈周遭，程本举终于意识到了什么，看着后面仍昏迷不醒的赵恩儋与低头不语的石川幸子，忍不住咽了口唾沫，猛然回转过身，一边焦急地在面前的废墟中来回扫视着，一边喃喃自语道：

"不可能！这不可能！"

但在扫视无果，眼见希望越来越渺茫时，程本举只能用奋力的嘶吼，企图压制住心底不断涌出的一个念头，似乎这样就能多少阻止那心中的担忧成为无可否认的现实：

"不可能！那家伙是属猫的！有九条命！现在少说应该还有三四条命才对！这绝不可能！"

但，这越来越缺少底气的吼声，换来的却只是面前废墟那毫无回应的漫漫雨声，仿佛生命流淌逝去的挽歌。

忽然间，石川幸子冷不丁惊叫了一声，同时诧异地瞪大了双眼，难以置信般颤巍巍地指向了高空中的某个方向，众人猛然抬头望去，这才发现，半空之中，竟兜着一面鼓起的外袍，正在乘风而落，在风雨中摇摇晃晃地上下起伏。

那是？！

定睛一看，果然，斗篷下的熟悉身影，正是高塔倒塌后一时不见踪影的唐卫轩！其竟将卷起的外袍重新展开，将其中两角各绑在脚踝处，同时两手死死握紧另外两角，借四肢撑开整个外袍，借助风力，起起伏伏地飘荡而下！

可是，望着这不可思议的一幕，虽然众人皆喜出望外，但也不禁纳闷，以外袍的布料材质，恐怕不足以兜住一人的重量，顷刻间便会将撑开的外袍吹得破破烂烂，随即径直摔落在地。

而再仔细一瞧，这才渐渐明白过来。原来，唐卫轩竟然将之前在塔内第二层顺手收入怀中的渔网，套在了外袍的再外一层，一并绑紧。如此一来，被风鼓起的外袍有了表层细密而又坚韧的渔网作为骨架支撑，立时便结实耐用了许多。虽然这一招可谓极为冒险，但是在万般无奈之下，唐卫轩竟能急中生智立时想出此策，也算是胆识过人。而在五重塔摇摇晃晃的危急关头能冷静地准备完毕，于倒塌前的最后一刻顺风一跃，既是个人的胆识与机智，但也有不少运气的成分，多亏了老天相助。但无论如何，总算是让原本面无血色的几人终于松了口气。

不过，此时的唐卫轩，却完全没有感到丝毫的放松，反而是提心吊胆。空中紊乱的气流直吹得其腹中一阵翻江倒海，待好不容易控制住了平稳的下落，但只消一阵突起的狂风，便又将其高高吹出了数丈远，只觉天旋地转，又要重新努力调整下落的方向与速度。而在这提心吊胆的紧要关头，只要稍稍平稳下来，时刻未忘肩头重担的唐卫轩便会立即环顾四周，努力找寻着那黑衣忍者的踪迹。根据脑海中的印象，唐卫轩在空中竟猛然瞅见，就在方才黑衣忍者躲入的破屋内，忽然走出了一位头戴斗笠、行色匆匆的日本僧人。

不过，这僧人对于屋外刚刚倒塌的五重塔，却是看也未看，反而稍稍压低了斗笠的外檐，不动声色，径自向着寺门方向慢悠悠地走去。

"哈哈哈哈，唐兄，有你的！我就知道你肯定死不了！没想到你还能飞到天上去！"

这时，地面上程本举欣喜若狂的一番大喊大叫，似乎吸引了那僧人的主意，只见其停下身子回眸望去的一刹那，竟无意间扫过了飘荡在半空中的唐卫轩的身影。

只这相互对视的仅仅一瞬间，两人均是一惊！

自那化身僧侣之人破旧斗笠下射来的，正是黑衣忍者两道饱含杀气的阴森目光！唐卫轩只感到背后登时泛起一阵彻骨的寒意，随即便是一个冷战。

一时间，唐卫轩仿佛猛然想起，昨日使团自堺港抵达大阪前的大街之上，也曾有过似曾相识的奇异感觉。当时，便是因本能察觉到暗中危险的迫近，才忽然打了一个如出一辙的冷战。而那黑衣忍者此时所穿戴的斗笠与僧袍，也与彼时大街旁的人群中，那两个一高一矮、阴气沉沉的日本僧侣几乎一模一样。

此刻，唐卫轩不禁更加确信，恐怕那时对方便已早早盯上了自己。不，应该是早已盯上了自己保管的大明诏书。如果昨晚城内火药爆炸之时，自己并非身在场内比武，而是微醺着坐于场下，混乱之中，说不定也如同那两名锦衣卫手下一样，早已成了对方的刀下之鬼！

这时，似乎是感受到了唐卫轩目光中的怒火，那扮作一介僧人的黑衣忍者却仅是重新盖下了斗笠，头也不回加快了脚步，有些踉跄地继续匆匆向着寺门赶去。

唐卫轩本想带动背后的外袍，径直落向黑衣忍者逃去的方向，但怎奈那外袍虽有渔网套在外面，却难抵风力的不断吹打，虽一直幸运地支撑到现在，但也早就千疮百孔，落下的速度越来越快，已根本不受唐卫轩的控制——

终于，唐卫轩猝然摔落，有些狼狈地跌倒在地。

而程本举连忙激动地跑上前来，扶起唐卫轩，正准备如释重负地再发一阵感慨，却被匆忙爬起的唐卫轩挥手制止，对方反而指着寺门外的方向，气喘吁吁地正色道：

"快！诏书！一起去追诏书！头戴破烂斗笠、披着黑色僧……僧袍的那个，就是方才逃走的家伙！"

闻听此言，程本举与小西樱子也立时回过了神来，深知若再被对方跑掉，要想再次追上其尾巴，可就难于登天了，立即拉起刚刚落地的唐卫轩，三下五除二地割断其身后的外袍累赘，疲惫不堪地展开了继续的追击。

动作最为敏捷的小西樱子仍是冲在最前，很快便找到了那破败屋宇前黑衣忍者方才留下的脚印，而后按图索骥地紧紧追了上去。不过，谁知，在寺门前脚印拐了个弯后，黑衣忍者却似乎根本并未走出东寺，而是绕到了寺庙的一处冷僻角落，最终，脚印消失在了一个被茂密树丛遮蔽着的隐秘破洞前。

"又是暗道？！"

望着那破洞内一片漆黑，似乎都对之前的暗道追踪心有余悸，正待硬着头皮强闯之时，却听洞内忽然响起一阵巨大的怪声，好像是有什么重物落下的声响。待唐卫轩一马当先、奋不顾身地冲入暗道之时，这才愕然发现，那是一块似被刚刚放下的巨石，已赫然横在了暗道之中。

不甘心的唐卫轩用尽力气，上前推了两下，巨石却几乎纹丝不动。看样子，这是黑衣忍者故意放下的巨石机关，不仅拦住了三人的去路，也彻底堵死了地道的此处入口，使其再无后顾之忧。

"咣——！"

只见唐卫轩颓然地一拳狠狠砸在面前的巨石之上，几缕血丝顺着拳头缓缓流下。

从大阪城内追至淀川，又顺着淀川追到这京都的东寺，一层层闯过五重塔内的重重机关、道道陷阱，到头来，却在五重塔轰然倒塌后，又一次让那黑衣忍者带着大明诏书逃之夭夭了。

望着眼前的巨石，不甘与无奈，失望与愤怒，交织在唐卫轩的心中。急火攻心之下，再加上自淀川登岸后在五重塔历经连番惊险，早先在船内恢复的少许体力，也早已再度消耗殆尽，此时的唐卫轩只觉一股气血直冲脑门，登时便晕晕沉沉地感到脚下一软，不由得昏迷了过去。

第十四章 · 独处

当唐卫轩再次苏醒之时，感觉自己正躺在柔软的被褥之上，鼻翼间更是闻到一缕日本榻榻米的淡淡草香，待慢慢睁开眼睛，果然正是身处一所日式房间之中。而守在自己一旁的，居然是喜出望外的赵恩儋。

"此……此乃何处？"

唐卫轩疑惑地问道，同时机警地抓过身旁所放的绣春刀，打算立即坐起身来。赵恩儋连忙帮其扶坐起来。不过，赵恩儋的右脚似乎也在之前跌入池中时受了些轻伤，动作显得稍有些笨拙，同时向戒备中的唐卫轩解释道：

"启禀大人，我们仍在京都。此处乃是小西家在京都的别宅，应是安全的。程大人正在由那位女忍者安排郎中治伤包扎，稍后就会过来。石川幸子则累晕了过去，正在别间歇息。"

"嗯……"

唐卫轩稍稍松了口气，揉了揉昏沉沉的脑袋，而后又忽然想起了什么，立刻问道：

"对了！诏书和那黑衣忍者呢？！"

"这……"

赵恩儋有些窘迫的脸色，已然说明了一切。

唐卫轩皱着眉头，脑海中也渐渐回想起五重塔倒塌后的那一幕幕场景。在暗道入口的巨石前被挡住去路后，体力透支的自己就晕了过去，迷迷糊糊之中，唐卫轩

第十四章 独处

似乎尚能隐约记起：

当自己被程本举架出暗道洞口后不多时，马上便有一队来势汹汹的日本骑兵被爆炸倒塌的五重塔吸引了过来，那些骑兵背后旗帜上所画的正是小西家的家纹。

而后……

唐卫轩这时忽然感到脑袋一阵胀裂般的剧痛，但仍在努力回想着：

小西家的骑兵们似乎不但接上了自己与程本举、赵恩儋、石川幸子等一干人，而且模糊的印象中，甚至隐约记得，伏在马背上的自己，好像还看到一名小西家侍卫避开了众人，将一封信函郑重交到了小西樱子的手上。而读过信的小西樱子，更是朝着自己所在的方位，随即投来了目光复杂的一瞥——

那眼神……

唐卫轩继续闭着眼睛，纵使头痛欲裂，却忍不住仍在努力将脑海中那些本就模糊不清而又支离破碎的记忆碎片拼凑在一起。

恍惚间，小西樱子投来的目光似乎带着几丝难得一见的温柔与妩媚，而就在下一刻其视线中又仿佛透着阴森的杀气，竟直接化身成了那个头戴斗笠、身穿僧袍的黑衣忍者！熟悉的破旧斗笠下，射来两道凌厉的阴冷目光，犹如化作了直刺而来的利刃，只一瞬，便令人不寒而栗，好似已然被刺中了心口一般！

猛然间，唐卫轩终于睁开了双眼，顿时便重新落回到现实之中，脊背却仍有些发凉。

不过，那些已然有些紊乱的记忆似乎已在脑海中相互混杂在了一起，也不知一切只是无端的幻想，还是的确曾发生过的事实，令人根本分不清真假，头痛欲裂之余，只感到身心俱疲的唐卫轩只得暂时放弃了回忆。

而这时，身边的赵恩儋竟然跪伏在榻榻米上，正躬身向着唐卫轩郑重谢罪道：

"恩儋多谢大人冒死相救之恩！此番全怪卑职无能，既没能在城中护住石川幸子，自己也被贼人所擒，有损天朝与锦衣卫的颜面。如今那暗道总图也已落入敌手，卑职护图不力……"

"等等！"

唐卫轩忽然打断了赵恩儋，诧异而又疑惑地问道：

"怎么，那暗道总图已不在我们手中？！"

印象中，五重塔顶层的争夺中，石川幸子明明已捡起了那张暗道总图，怎么赵恩儋说又落入了敌手呢？

"在……在我们手中……但是……"

赵恩儋局促地顿了顿,解释道:

"但是,那贼人狡诈阴险,早在五重塔顶、幸子画图之时,他就一直在旁认真观看、暗自默记。总图虽然尚在我等手中,但卑职料定,那逃走的贼首早已将其基本默记在了脑海之中。"

闻听此言,唐卫轩只觉心中一紧,立即追问道:

"如此说来,贼人逃走的那处暗道,以及那入口内的巨石机关……?"

"是。包括那巨石机关的放落方法,都是暗道总图上一一画出标记的……只有熟记总图之人,才有可能……"

还不待赵恩儋说完,唐卫轩长叹一声,忍不住合上了双眼,自感大势已去。

暗道总图若已被那黑衣忍者牢牢熟记,便可神不知鬼不觉地借由暗道迅速逃出小西家人马的搜捕,如同鱼入大海,几乎再也不可能找到其行踪了。

眼看唐卫轩一副怅然若失的表情,赵恩儋再次自惭形秽地谢罪道:

"卑职罪无可恕,还请大人不吝责罚!"

睁开眼,看着饱含愧疚的赵恩儋,唐卫轩只是苦笑了一下,随后便打起几分精神,语气平和地说道:

"不,恩儋。你已然做得很好。最初的诱敌失策,反被调虎离山,主要是我谋划失当之过。何况,这次能够再次追上你们的踪迹,全赖你急中生智,用弩箭留在别院屋梁上那画到一半的暗道图。算起来,不仅无过而应有功才对。"

听到自家上司如此说,赵恩儋有些诧异地慢慢直起身子,反倒不太好意思地挠了挠头:

"当时情况万分紧急。情急之下,趁着对方尚未闯入之时,卑职不得已出此下策,先将最重要的暗道图射到了房梁上,以备不测。"

"随机应变,孺子可教。"

唐卫轩微笑着点点头,随即又不甘心地转而问道:

"对了,说说你自被那贼人所掳之后,这一路之上,可注意到什么有用的线索?"

赵恩儋仔细回想了一下,似乎并没有什么重要的发现,于是干脆将唐卫轩留下润物弩后,自己所经历的一切,直到五重塔顶层的完整经过,都事无巨细地叙述了一遍。

通过赵恩儋的讲述,关于小西家侍卫有暗桩泄密的猜想首先得到了印证,挟持

第十四章 | 独处

着赵恩儋与石川幸子的,的确不止黑衣忍者一人,还有一名小西家的侍卫作为内应。所以才能轻而易举地拿下当时留在别院内外的剩余守卫。

忽然,一边回忆一边讲述的赵恩儋,猛地想起了什么似的:

"啊,卑职想起来了!那黑衣忍者确有一个非常奇怪的地方,也不知道是否藏有什么玄机?!"

"什么地方?"

唐卫轩顿时打起十二分精神,只听赵恩儋努力回想着,慢慢讲道:

"当时,就在卑职趁着屋外的混乱,将尚未完成的暗道草图先射到房梁上后,紧闭的白色纸门上很快就映出了那黑衣忍者的阴影。于是卑职转而对着其身形轮廓,连射两弩。可惜,都没有射中。但却听到了,那黑衣忍者似是发出了"嗯"的一声吃痛低吟,而且也由纸门上的影子亲眼看到,第二弩似乎是射落了其脖颈间的什么东西。随即,纸门上又映出了那黑衣忍者马上俯身捡拾起某物的样子,待其重新将一物绑在脖子上后,方才猝然拉开了纸门,闯入屋内。当时,也正是趁着其捡拾的宝贵空隙,卑职才有时间摘下臂上的弩机,将其完好地丢到屋内不起眼的角落之中,给大人留作提示。"

听到这里,唐卫轩皱了皱眉:

"如此说来,所谓奇怪的地方,就是那黑衣忍者被弩箭射落的颈间之物?"

根据五重塔顶的回忆,唐卫轩脑海中也慢慢浮现出那黑衣忍者的样子,似乎其脖颈间的确缠着用作护颈的一层层缎带。可小西樱子颈间也缠此物,大概是日本忍者普遍装配之物,并无什么奇怪之处。果然,只见赵恩儋摇了摇头:

"不,不是那护颈的缎带。卑职想指的,是那护颈缎带之下,很可能有其隐藏着的某样东西。"

"缎带之下?"

面对着困惑的唐卫轩,只听赵恩儋继续回忆着讲道:

"是的。起初卑职也没有怎么留意这点。可是后来,在逃出暗道、来到河边时,那黑衣忍者便卸磨杀驴,从背后出手、刺死了小西家的内应侍卫。而那侍卫在抵抗时,猛地向身后扯住了其脖子上的缎带。虽然内应侍卫很快就断了气,并没有将缎带拽下来,但似乎是扯松了一些,就在卑职和幸子被逼上一艘招呼过来的小船时,那缎带竟然径自滑了下来,露出了黑衣忍者的脖颈。那时,卑职正好站在其面前,回头时才注意到,其露出的脖子一侧,隐约有一道浅浅的伤痕,渗出了少许的殷红血迹,大概正是被之前的弩箭所擦伤。但是，就在那个时候，站在黑衣忍者身后的其中一名船夫，像是不小心看到了其脖颈后面的什么东西，随即露出了一副先是好奇继而惊讶的怪异表情。而那黑衣忍者则立刻略显紧张地迅速扎紧了缎带，将脖颈重新彻底缠盖住，之后，在其转过身去、注意到身后船夫的奇异表情时，像是被发现了什么秘密一样，随即一刀就划开了船夫的喉咙，那船夫身子一斜便倒入了河水之中。"

直到此刻，听完赵恩儋的这段讲述，唐卫轩才终于明白过来。看来，那黑衣忍者的脖颈后面，也许真的有什么古怪，甚至，是可能会暴露其身份的重要线索，因此才不惜在本应隐蔽行踪的逃亡路上，当场杀掉那个可能看到了什么的船夫。现在仔细回想起来，即便是其在扮作僧侣后，脖颈间似乎也缠着一些布带，确实略显突兀。

不过，在其脖颈之后，到底会藏有什么？很可惜，赵恩儋最后也没有看到。但如果其曾见到过的话，也许同样早已被提前杀掉灭口了。

但这毕竟是如今仅剩的线索，不甘就此放弃的唐卫轩努力回想着与那黑衣忍者交手的短暂记忆，不禁陷入了沉思。

就在这时，屋外却忽然传来一阵急促的脚步声，随即纸门便被一把拉开——

原来，屋外的风雨已经停了，似是午后的申时光景。而站在门外的，正是程本举。

只不过，其胳膊上此时已缠满了布条绷带，看来左臂的伤势的确较为严重。

一见唐卫轩已然转醒，程本举立刻奔进屋内，又惊又喜道：

"你居然这么快就醒来了？！"

但是，看唐卫轩和赵恩儋的样子便知，两人正在为不知下落的诏书和那黑衣忍者的行踪愁眉不展。而程本举竟神秘兮兮地低声道：

"告知你们一个好消息！那日本妮子说，她可能已经猜出，那黑衣忍者带着诏书接下来会去哪儿了！"

什么？！

目瞪口呆之中，小西樱子不知何时已悄无声息地站在了门外，随即悠然走入了屋内，却面无表情地低声纠正道：

"不，只是又找到了一条重要的线索而已。"

说罢，只听小西樱子用倭语吩咐了一声，屋外立刻躬身进来一名侍卫，将一顶斗笠与一件僧袍放在了屋内榻榻米上后，便又退了出去、关上了拉门。

"怎么，莫非这就是那黑衣忍者……？"

望着眼前似曾相识的僧袍与斗笠，唐卫轩瞪大了双眼，急忙问道。但小西樱子却摇了摇头：

"并不是那黑衣忍者的。这是我后来沿着脚印寻了回去，从那黑衣忍者落地后曾躲藏换装的破屋里另外找到的。"

望着镇定自若、似乎已胸有成竹的小西樱子，其口中所说的重要线索，看来就在这套看似寻常甚至还有些破旧的僧袍身上。

几人正待其继续说明，但小西樱子却像是卖起了关子，有些突兀地转变了话题：

"不过，在此之前，我想先传达一下由侍卫自大阪城送来的小西大人的命令。命我即刻将程、赵二位大人与昏迷中的石川幸子一道，派兵护送回大阪城内的使团馆驿，不得有误。车马我已命人备下，待石川幸子转醒后，便可出发。"

"这是什么意思？"程本举一听，当即便有些不太乐意，质问道。

"没有什么意思。"小西樱子不冷不热地回答道，"恕我直言，以二位目前的带伤状况，继续留在这里，对接下来的追查恐怕也毫无用处。况且，接下来的行动必须更加隐秘，根本不用这么多的人手。即便二位没有受伤，人一多，也容易不慎暴露踪迹、打草惊蛇。"

"那我们走了，岂不就只留下唐大人一人在此？"

赵恩儋不无担心地问道，小西樱子却微微一笑：

"小西大人给我的命令中未提及唐大人，如果唐大人愿意一同返回大阪，我们也绝不阻拦。依我个人之见，小西大人的本意应是打算请各位一并回大阪，将后面的追查完全交付于我的。但或许是考虑到，贵国的杨大人与沈大人会有异议，定会要求至少有唐大人在此协同追查，所以才特意没有提及唐大人的安排吧。"

程本举暗自撇了撇嘴，虽然没有说什么，但也心知小西樱子的这番分析估计八九不离十。

这时，只见小西樱子又看了眼唐卫轩，正色道：

"唐大人，樱子愿赌上性命、完成使命，定会追回贵国诏书。唐大人如果现在脱身，其实也还来得及。若是与我一同继续追查下去，距离暗中的幕后敌人越近，恐怕也将愈加凶险、有性命之虞。还请三思而后行。"

唐卫轩却只是轻轻一笑，微微欠身道：

"追回诏书原是唐某分内之责，能继续得蒙小西姑娘鼎力相助唐某万分感激。说起小西大人的这番好意，倒也正合我意。唐某这两位受伤的弟兄，还有石川幸子，就拜托小西姑娘派兵护送了。务必使其平安返回大明使团馆驿。"

小西樱子凝视着毫无退意的唐卫轩，面容间表面看去仍是沉静如水，没有半点儿涟漪，但如同水底时常会有暗流涌动一般，沉静的表情下，却似乎还暗藏着喜忧参半的复杂心情。

不过，唐卫轩倒没有考虑太多，而是在答应了关于程、赵二人的安排后，立即将话题转移到眼下最紧迫的追查线索上，切回正题道：

"既如此，那么这斗笠僧袍以及小西姑娘刚刚所指的重要线索究竟是……"

见小西樱子好像还没回过神来，仍在默默踌躇着什么，程本举有些不耐烦地随即催促道：

"喂，我说，还藏着掖着做什么？我们不都答应撤回大阪了吗？就想走前再听听下面追查的线索，就算帮不上忙，至少也能让我们多少放心些不是？"

像是终于醒过神来的小西樱子顿了顿，这才重新理清了思路，指了指旁边那件僧袍与那顶斗笠，开口揭晓了三人等候已久的答案：

"与这件僧袍和这顶斗笠一同被发现的，还有那屋子里其他几套大小不一的残破僧袍和斗笠。在我返回时，大多都被烧得残破不全，似是对方曾打算放火烧掉。但幸运的是，那屋子的残垣断壁透风漏雨，在其匆匆逃走后烧了没多久就被雨水浇灭了火苗，这便是其中最为完整的一套。而我仔细数过，屋子里一共剩下了六套僧袍，再加上那逃走的黑衣忍者所穿的，起初屋子里面应早早备下了七套僧袍与斗笠。"

七套？

听小西樱子像是在强调这个数字，程本举随即联想到了什么，迅速在一旁掐指算了起来：

"不对啊，咱们在五重塔一共解决了五个忍者，再加上逃走的贼首，应该一共六个人才对。为何会备有七套？"

"程大人，你似乎忘了大阪城内的地牢附近，那个小腿受伤后自焚了的黑衣人……"

这时，心思灵敏的赵恩儋立即提醒道，程本举登时明白了过来：

"哦，对！还有那个家伙！等等，这么说来……"

看几人都已猜测到了什么，小西樱子继续道：

"如今再静下心来回想一下，五重塔内那些藏于一层的火药、二层的渔网机关、三层的大量傀儡木偶，三位觉得，难道都是对方在淀川旁接应之后临时布置的？包括那另外几名忍者接应等候的靠船地点，其实不仅挨着淀川河道，也靠近一旁直通

第十四章 │ 独处

大阪城的官道。再加上这七套足够敌方忍者每人换装而逃的破旧僧袍与斗笠。可以断定,他们早就在大阪城内下手之初,便已拟订好了一个脱逃计划。将地震之后的东寺五重塔,作为了撤退中途的接应落脚地。所以提前设好了机关,以备不测,阻拦可能尾随而至的个别追踪者。"

深感此番推测颇有几分道理的程本举,这时又忍不住插话道:

"嗯,只是,他们恐怕也没想到,那些阴险卑鄙的机关陷阱倒是都没浪费,却也没有多大作用。留给其他几人更换的斗笠与僧袍,也算是白准备了!"

小西樱子却未理会程本举,而是又一次指了指那件带过来的僧袍,断言道:

"如此一来,反倒可以借由这僧袍大胆推测,他们原本打算换装后带着诏书去往的下一处地点,兴许就是这京都之中的某一座寺庙!"

听到这里,赵恩儋眼中也透出了激动与兴奋,接口道:

"嗯,确实有道理。这样说来,只要派人即刻去盯着京都所有的大小寺院……"

小西樱子却只是苦笑了一下,摇了摇头:

"赵公子可知道京都共有多少寺庙?有言道'京都一百零八寺',实际数目虽然可能有所偏差,但也至少有几十座之多。时间既紧,出入寺庙的香客、僧侣又极为繁杂,这么多的寺庙,如何盯得过来?"

闻听此言,赵恩儋不禁语塞,也没了主意,屋内一时鸦雀无声。

"敢问小西姑娘,那接下来,你打算如何继续追查?"终于,许久未曾开口的唐卫轩开口问道。

小西樱子却并未直接回答,而是不声不响地转身取过了那套僧袍与斗笠,先将斗笠径直戴在了唐卫轩的头上,随后又拿着僧袍在唐卫轩的胸前比量了一下尺寸大小,继而意味深长地狡黠一笑,完全换了个口吻道:

"不知唐大人是否有兴致,陪本姑娘逛一下这京都的异国市井?"

半个时辰后,小西家的京都别宅大门前,备好了的马车与随行的一干侍卫,行将出发,准备护送两名锦衣卫和石川幸子返回大阪的使团馆驿。

临别之际,程本举却正与一名"日本僧人"在旁窃窃私语着什么。而这头戴斗笠、身披僧袍的"日本僧人",原来,正是由唐卫轩按照小西樱子的计划、用方才那套僧袍临时假扮的。

此刻的唐卫轩,已从头到脚都是日本僧侣的装束:硕大的斗笠,不仅遮住了其

211

面容与颇为显眼的大明中土式样的发髻，身上的宽大僧袍，也遮住了袍下的锦衣卫衣甲，肩上再挂着一个破旧的素布包裹，确是像极了一名日本的云游僧人，几乎没有丝毫的破绽。若非站在面前仔细辨别，任谁也想不到，这实际上乃是一名来自万里之外的大明锦衣卫。

只见，程本举瞧了瞧四下无人注意，这才对唐卫轩压低声音道：

"唐兄，虽然觉得你肯定不会答应，可还是想再劝你一句，不如跟我们一同返回大阪，将追查诏书之事交给小西行长的人便是。事到如今，我们已经尽力，又何必再继续蹚这危机四伏、越陷越深的浑水？程某还是有种不祥的预感。"

可唐卫轩仿佛心意已决，果然如其所料并未答应。程本举微微叹了口气，继续说道：

"希望是我多心了，可有一事我还尚未告知。暗道被那巨石所挡、你昏迷过去后，小西行长派侍卫带来的那封书信，我当时身在不远处，无意间留意了一下，只觉得那封信里面所写的，可能并没有小西樱子说的那样简单，仅仅只是护送我们几人返回而已。"

闻听此言，唐卫轩皱了皱眉，继续静静听程本举说道：

"那时我从不远处暗暗注意到，小西樱子看完信后，脸色瞬间就变得有些不太对劲。大概是她也已疲惫至极，又或者信里写的事情同样大大出乎她的意料，以至于都未对脸上的表情加以掩饰。还记得大阪城时我就有过的直觉吗？我总觉得，一直对我们有所隐瞒的小西家这帮人，如今支开了我和恩儋，接下来，会不会对唐兄你有所不利？"

唐卫轩听程本举这样一说，立刻意识到，莫非，记忆中小西樱子在接到其主公小西行长的命令后，朝自己投来的那意味深长的一眸，并非幻象，而是确有其事？！

看着若有所思的唐卫轩，程本举有些担忧地再度提醒道：

"总之，即便你决意留下继续追查，接下来与那深藏不露的日本妮子独自相处，也务必要小心为上，以防其在背后冷不丁捅上一刀！"

唐卫轩虽若有所思地点了点头，不过表情之间，却似乎觉得，目前负责议和之事的小西行长已与大明使团荣辱与共，纵使确有什么隐瞒之事，但应该不至于暗下毒手。

见此，程本举微微叹了口气，一番欲言又止后，终于面有难色地忍不住说道：

"唉——唐兄，今非昔比，当初在朝鲜战场的密林时，她虽未以怨报德、在背后突施冷箭，可物是人非，这次却未必！"

只觉脑中"嗡——"的一下，一听程本举提及当初朝鲜战场上自己曾放走小西樱子的那处密林，唐卫轩这才意识到，程本举原来一直都记得此事！同时也早就认出了，小西樱子正是唐卫轩放走的那名日本女忍者。只不过，程本举故作不知、自始至终都在装糊涂罢了。

注意到唐卫轩的诧异反应，程本举似乎有些暗暗后悔，不该一时不慎脱口而出，最后，略显尴尬间，程本举只得拱了拱手，拜别道：

"愿唐兄你早些寻回诏书、平安无事地凯旋！"

说罢，便转身而去，与赵恩儋和石川幸子一干人，在一队小西家兵马的护送下，渐渐消失在了远处的街角。

身披僧袍、独剩一人的唐卫轩，望着余晖中即将下山的落日，一时不知在沉思些什么。

而就在这时，身后忽然传来一阵木屐的清脆声响，同时伴着悠悠的浓重香气。

唐卫轩回去看去，登时一愣：

只见，小西樱子已换上了一身秀美的华丽和服，如同陪伴贵客的艺伎一般，面涂厚厚的脂粉，高高的秀发上缀着精致的发簪与名贵的饰物，一眸一笑的举手投足间，尽显水波荡漾的柔美姿态，仿佛在肃杀萧瑟的寂寥深秋，纤纤玉指轻抚而过，便可撩拨出生机勃勃的盎然生机。

望着妩媚间笑语盈盈、正含情脉脉看向自己的小西樱子，已如同换了一个人般，全然不见了之前的潇洒干练与腾腾杀气，唐卫轩一时有些缓不过神来。

而小西樱子则走上前来，轻轻依偎在眼前这名"日本僧人"的臂膀一侧，不声不响地，便携着唐卫轩一同走出了小西家的别宅，双双向着不远处繁华的京都市井走去——

很快，随着天色渐晚，街道两侧华灯初上，两人已从小西家的别宅，慢慢步入了满是路人的街巷之中。

一路上，唐卫轩好容易才渐渐舒缓了紧张，为了不暴露身份，也学着日本僧人的样子，压低了斗笠，一边数着手中临时找来的佛珠手串，一边与小西樱子一同缓步而行。

不过，唐卫轩本打算低调行事的遮掩却似乎有些徒劳。眼见一个美丽的艺伎与一个朴素的僧侣并肩而行，立刻便招来了街上路人的各种目光。或惊讶，或困惑，而更多的则是好奇。

但好在，这样一来，倒是的确无人注意唐卫轩的真正身份，只是呆呆地看着这极不搭配的两人，指指点点间，禁不住议论纷纷。

无奈之下，唐卫轩只得时不时紧压斗笠，犹如芒刺在背般，备感局促。而小西樱子却像是视若无睹一般，继续旁若无人地拉着唐卫轩，行走在街市之间，招摇而过。

两人就这样漫无目的地一路游逛，吸引着众多的目光与几乎无处不在的纷纷议论，穿梭于京都的寺庙神社、商铺酒家、市井小巷之间，眼看夜幕已至，整座街头巷尾都已升起了大大小小的万家灯火，唐卫轩却始终不知二人到底是要去往哪里。似乎，小西樱子并没有明确的目的地，只是不断地往热闹繁华之处而去，也不知其究竟目的何在。

正走着，唐卫轩忽然注意到，迎面走来了几名日本的僧侣。望着对方身上的僧袍，唐卫轩忽然想到了什么。于是，趁着下一处街口恰好可以拐入一处僻静小巷的机会，唐卫轩压低声音，对着小西樱子说道：

"我们去那巷子中。"

听到唐卫轩所言的小西樱子，随即学着艺伎的样子，十分自然地微微颔首，极具风情地轻轻掩口一笑，处处透着温柔的优美动作间，全然不似那杀人不眨眼的狠辣女忍者。而后，便跟着唐卫轩，在身后无数或欣羡，或嫉妒，或鄙夷的目光与议论中，悠然转入了那条僻静的小巷。

在这并无他人的冷清巷子中，不再有那些令人烦躁的窃窃私语，相互说话倒也方便了许多。这时，唐卫轩终于忍不住问道：

"我们这是究竟要去哪儿？"

谁知，小西樱子却笑而不语，似乎乐在其中，还没有玩儿够一般，早已全然忘记了身负的追查使命。

想到仍不知所终的诏书，唐卫轩却是心急如焚，十分郑重甚至略带愠色地再一次低声质问道：

"已然入夜，时间紧迫，敢问，我们这么做，到底意义何在？！"

这回，小西樱子终于轻启艳丽的朱唇，用如沐春风般的细语，慢条斯理地柔声答道：

"唐大人，你怎知，这样做，就没有意义……？时候一到，自然，会与你知晓的……"

随即，还给了唐卫轩一个透着狡黠的微笑，柔声劝道：

"人生苦短，世事茫茫。今晚过后，若是生死两隔，岂不更应怜取眼前的宝贵光阴，品味这美妙的时刻？"

但，对追查一事心中没底的唐卫轩，却完全没有品味当下的悠闲心思，转而换到了刚刚看见几名日本僧侣时忽然想到的问题上：

"唐某刚刚想到一事。我们如今是以僧袍作为线索，可此刻身上的这件僧袍，就不会是那东寺僧人之物？会不会，与贼人数目相等的七套僧袍，不过是个巧合罢了。其换上的僧袍也根本就不是提前备下，而是临时在那屋内凑巧翻找出来的？"

听到唐卫轩突然提出的质疑，小西樱子却妩媚地翘了下嘴角，嬉笑道：

"呵呵呵呵，唐大人，你所言极是。原本，的确也有这种可能，但是，刚刚走了这么一遭，却又可以排除这种可能了。"

一番话，说得唐卫轩只觉莫名其妙，但听小西樱子话中的语气，又不似故作高深，反而真的像是胸有成竹一般，透着绝对的自信。唐卫轩只好继续忍耐。

不过，很快，小西樱子竟又主动开口道：

"唐大人，我也刚刚想到一事，非常想请教一下。"

"何事？"

小西樱子微微抬头，似乎是在回想着什么，随即好奇地问道：

"今日在五重塔内的第三层时，樱子曾与程大人同时受困，均危在旦夕。那个时候，为何，你并未急着先去救程大人？"

听小西樱子竟冷不丁提到这件事，唐卫轩不由得愣了一下，显然大大出乎其意料，一时不知该怎么回答。而小西樱子却在浅浅看了眼唐卫轩后，一边回想着当时的情况，一边继续分析道：

"毕竟，虽然最终找到了那操纵傀儡木偶的忍者所在位置。但若一时没有找到呢？可就是谁也无法救下。而若抢先去救其中一人，按照当时的情形，至少还能确保救下一人。说实话，当时的一瞬间，我本以为，唐大人定是会去先救自己的多年同袍程大人的……"

一边说着，唐卫轩似乎感觉到了一旁小西樱子投来的温存目光，与此同时，小西樱子仿佛靠得自己也更近了一些。而在深吸一口气顿了顿后，唐卫轩只是苦笑了一下，稍稍移开了些身子，在沉吟中似是而非地答道：

"嗯,程兄当时想必也是这样想的……"

小西樱子却似乎不太满意这个回答,进一步追问道:

"那,你又是如何想的……?"

不知是不是错觉,一时间,在这小巷内透着温存与诗意的灯火中,似乎空气内也散发着愈加暧昧的气息,而许久的宁静中,凝视着唐卫轩的小西樱子,在两人的若即若离之间,却并未等到任何的回答。

终于,小西樱子的目光重新朝向了前方,面带轻松地莞尔一笑道:

"哈哈,莫要在意,不过是逗你玩的。罢了,不如,我们还是更换一个问题吧。"

一听此话,唐卫轩仿佛如释重负,长舒了一口。随即,便听小西樱子意味深长地柔声问道:

"那,程大人临行之前,都和你说了些什么?"

这——

顷刻间,唐卫轩立时心中一紧,前一刻的暧昧氛围也瞬间在胸中消散殆尽,转而便是风起云涌、山雨欲来。

唐卫轩强自镇定,转头看了眼正紧盯着前路的小西樱子,淡淡地答道:

"哦,程兄说他从恩儋那里也找到了一个线索,临走时说与唐某的。也不知道是否有用。"

"哦,是吗?"

小西樱子同样波澜不惊地平淡说道,面朝前方、目不斜视。

于是,唐卫轩干脆便将赵恩儋曾与其说的、关于黑衣忍者颈后可能藏有什么机密的前后经过,一一告知了小西樱子。

而小西樱子一面认真地听着,不时会点点头,隐约间,仿佛又恢复了几分往日作为女忍者身份时的干练神色。同时,小西樱子似乎也终于弄明白了,当时在淀川之上,那黑衣忍者怎会急着杀掉一名船夫,既减慢了船速,也无意间暴露了其驶往上游的行踪。

不过,从这段叙述中,小西樱子能想到的,好像也仅此而已,再无其他别的重要发现。或许,其颈后只是一处独特的伤疤罢了。杀人灭口,可能也不过是以防小西家派兵排查搜捕、专门查看每个路人的颈后,进而暴露其藏在人群中的隐秘身份。

至于程本举在临行前避开众人,和唐卫轩单独所说的是否真的是这件事,小西樱子看上去好像也并未多加怀疑。

第十四章 | 独处

而这时，二人在不知不觉中，已走出了方才这条幽暗僻静的小巷。但当再次来到稍显热闹、张灯结彩的街道之上后，小西樱子却已然没有了继续游逛的兴致，转而在街道上扭头找寻了一下，轻声道：

"且容我找一处暂且栖身之所，再与你细细道来。"

随后，便不由分说地引着唐卫轩，径直来到了一间像是旅店的门前。

而站在门外，粗粗打量了一眼这家旅店的招牌，唐卫轩总觉得，这好像并非一间普通的旅店客栈。站在店门之外，甚至都能感觉到一股湿热之气似乎正从店内拂面而来。

恰在此时，旅店的木门被忽然拉开，走出了一对儿头发明显还湿漉漉的男女。这两名男女一出门，却见一名僧人与一名艺伎正打算并肩入内，不禁呆立了半晌，面面相觑间，随即"扑哧"一笑，而后便心照不宣般笑着快步走开了。

见此情景，又望见那跑开两人湿润的头发，与身上仿若微微腾起的热气，唐卫轩心中不由得惊讶而又疑惑：

难道这里，乃是一处……

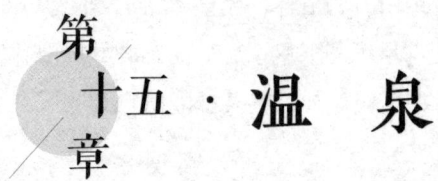

第十五章 · 温 泉

"欢迎客官！"

随着唐卫轩和小西樱子迈入店门，一股淡淡的温热湿气，与旅店掌柜恭敬而又热情的招呼声，便一同扑面而来。

不过，这中年掌柜看向二人的目光，起初也如他人一样，满面堆砌的笑容中，略带着几分诧异与好奇。而在小西樱子轻言了几句后，旅店老板只微微一愣，随即便心领神会一般，再次恢复了如沐春风的微笑，连连点头中，未问一句多余闲话，只是恭恭敬敬地引着二人，来到了店内的一处清净雅间内。

在从小西樱子手中接过一小块银子后，掌柜便在大喜过望的躬身道谢中，颇为识趣地静静合门而去了。独剩唐卫轩与小西樱子二人留在客房屋内。

大致扫了一眼这间别致的日式雅间，一尘不染的榻榻米上少有摆设，极为朴素，而又略显促狭。屋内仅有一扇小窗，似乎窗外即是一座别有洞天的小巧庭院，而室内的两侧，则是可以拉拽的纸门。

还没等心存戒备的唐卫轩仔细检查一番两侧纸门，一旁的小西樱子忽而轻声道：

"糟了，刚刚竟忘嘱咐其准备酒菜。不及盼咐，只怕要饿着肚子等上半个时辰才会来问。唐大人稍候片刻，我去去便回。"

说罢，便转身出了门，同时，又抛给了唐卫轩一个柔美的微笑：

第十五章 | 温泉

"我们亥时便要出发。时间紧迫，唐大人不妨先行一洗轻尘，酒食佳肴稍后就到。"

闻听此言，似乎小西樱子早已安排好了后面的一切，唐卫轩还未来得及细问，小西樱子已缓缓合上了拉门，款款的身影也顺着屋外走廊随即消失在了拉门之外。

独剩一人的唐卫轩，先小心翼翼地查看了左右两侧的拉门。其中一侧的拉门后，乃是叠放整齐的被褥等物，还有两件浴袍似的衣物，好像和刚刚走出店门的那两名青年男女所穿的一模一样。除此之外，别无他物。不过，心有余悸的唐卫轩还是又仔细检查了一番，确信其内并无陷阱机关与暗道密室后，方才合上了这侧的拉门，转过身，便又走向了另外一侧：

另一侧的拉门打开后，则是一间略感湿热、水汽弥漫的别室，看来，正如唐卫轩最初的猜测一样，此处乃是一家温泉旅店。

不过，出乎唐卫轩意料的是，占据了屋内大半的，竟是一个横约两尺、长度却足有约莫四米的池子。且这浴池一半建在屋内，而另一半则已延伸至幽静小巧的庭院之中，浴者足可躺在位于屋檐外的露天池中，一边惬意地倚靠在光滑透亮、全部由石头垒筑围起的浴池边缘，一边悠然地仰望天际、欣赏优美的夜色，实在是别有一番情调。

而屋内的另外一部分空间，似是供客人在入浴前先行清洗身体之处，待身上的尘垢洗净，脏水便可顺着一旁的暗渠另外流出，丝毫不会沾染池内之水。屋外的池水尽头处，则连着一条不断有水流落入的明渠，又在室外浴池的缺口处不时将溢出的池中水流放出，一入一出既保持了水温，也使得池中活水循环不绝，可谓精巧别致的设计。

这虽不是唐卫轩头一回见到这等日本温泉，却比之前使团路上所体验过的大温泉更为私密，也别有一番雅致的独特味道。

对于刚刚饱受无数风吹雨淋、与几番生死搏杀的唐卫轩而言，眼下，除了一顿丰盛的饭菜佳肴外，再没有比舒舒服服地泡上一会儿温泉，更令人感到惬意之事了。

想到刚刚小西樱子离去前让自己先行一洗轻尘，话中所指，大概是两人男女不便，所以分开轮流入浴之意，再加上还须商议今晚的具体目标与详细计划，时间也的确紧迫，于是，唐卫轩不再拘束，合上了别室的拉门，又大致检查了别室内并无机关陷阱后，径直褪去了身上的衣物。在池外利落地清洗一番后，唐卫轩便赤身迈入了热气腾腾的温泉水池之中，在汩汩水花间划开及腰的温水，一直走到庭院内的露天之处，寻了个幽静角落，背靠在同样已有些温热的石垒外缘上，身体缓缓地全部沉入水下，直至池面没至脖颈——

就在全身浸入水中的这一瞬间，唐卫轩只觉得周身毛孔都感到说不出的畅快与舒坦，足足积攒了两日一夜的疲惫之感，竟不可思议地在顷刻之间一扫而光。沉浸在这难得的温泉浴之中，唐卫轩情不自禁缓缓地合上了双眼，似乎正在暗暗沉思着什么。

而当唐卫轩再次慢慢睁开眼睛时，忽然发现，就在斜对着浴池的一侧墙上，好像还挂着一卷挂轴，上有一画。唐卫轩升起几分好奇，睁大双眼，仔细瞧去，这才粗略看清，那竟是一幅仕女出浴图。

画中似是一位刚刚出浴的娇羞仕女，吹弹可破的细嫩肌肤之上，几无衣物，来遮蔽其温香软玉般的娇弱胴体。加之这屋内略带朦胧的雾气，更是将画中侍女出水芙蓉般的娇艳欲滴之态，衬托得恰到好处，另添一种回眸一笑百媚生的风姿与神韵。

望着那凝练而又大胆的笔触，仿若在清雅与狎亵之间保持着微妙的均衡，既让人动辄想入非非、顷刻间血脉贲张，又似乎隐隐带着几分静若幽莲般的深邃脱俗、令人心旷神怡。

而再看那画的卷轴——

嗯？！

除了颜色外，大小形状倒是和那曾由自己保管的册封诏书，颇有几分相似。

唐卫轩望着那挂在墙壁上的画轴，正有些出神之际，却忽然听到，屋内另一端本应闭合的拉门，似乎正被缓缓拉开……

猛地站起身，唐卫轩紧紧盯住拉门声传来的方向，但隔着重重雾气，根本看不清拉门处的状况，伴着汩汩的水流声，只听得窸窸窣窣的一阵隐约响动。随后，甚至听不到入水之声，但池面之上，却已泛出了一圈圈的碧波涟漪，由远及近，从雾气之中缓缓荡来。

恍惚中，一个模糊的身形渐渐自雾气中划着池水越靠越近，而那身形的两手之中，各举着仿佛兵器之物。望着这一幕，屏气凝神的唐卫轩已做好了最坏的打算与暗中防备，可就在这时，那身影已走出了水雾，竟是裹着一件薄袍的小西樱子。其手中所端着的，则是两个木盘而已。

见状，唐卫轩总算松了口气，但转而望着越走越近的小西樱子，脸上也随即满是诧异：

只见其一头秀发已高高束起，露出了秀长白皙的脖子，虽然有件薄袍裹在身上，但早已湿透、贴紧了肌肤，反而更加凸显出其曼妙的玲珑曲线。当视线移到胸前两团微微隆起之处时，自觉有些失礼的唐卫轩立即移开了自己的目光，长吸一口气，定了定神。

而小西樱子似乎也在穿过薄雾后，发现了立在及腰水中、略显尴尬的唐卫轩，却只是淡淡一笑，继续荡开水面，迈着无声无息的水下脚步，来到了唐卫轩的近前。此时，小西樱子早先扮作艺伎时涂抹的脂粉皆已不见，不知为何，比起之前那浓妆艳抹的样子，唐卫轩反倒觉得眼前的素颜看着更为顺眼。而如此近的距离下，加之水汽的蒸腾，那股独特的恬淡体香也随之扑鼻而来，更觉沁人心脾、如痴如醉，若是寻常之人，定然心驰神往，难以自持。而小西樱子在将一个木盘轻轻分别放在唐卫轩触手可及的一侧后，便又迅速转身而去，走到了相距半尺余的另一角，将剩下一个木盘也放了下来。随即，小西樱子正待顺手宽衣、解下浴袍，但似乎是察觉到了唐卫轩的局促，莞尔一笑间，又慢慢背过了身去，隔着淡淡的水雾，背对着唐卫轩，款款地解下了浴袍。随着浴袍徐徐褪下，皎洁的月光中，展现在唐卫轩面前的，是小西樱子凝脂般雪白的后背，与细软轻柔的柳腰……

唐卫轩直感到身体腰部以下情不自禁的变化，为遮蔽水面下自己的失态，不待蛟龙出水，立即趁势坐回了水中。而与此同时，小西樱子也将身体慢慢沉入水中直至脖颈处后，才回过身来，倚靠在了浴池外壁上，面朝唐卫轩。

依然显得有些拘谨的唐卫轩忍不住将视线移开，这时，却恰好看到不远处的那幅挂轴上，画中美貌的侍女仿佛也显露出几分调笑之意，正欲拒还迎般直勾勾盯着自己……

"唐大人。"

这时，小西樱子的声音终于打破了空气中的尴尬，也收回了唐卫轩有些分心的注意，只见其用目光示意了唐卫轩身侧那只木盘上所摆之物，柔声说道：

"这是我令店家刚刚准备的酒食，请慢慢品用。"

"多谢。"

唐卫轩调整了一下自己，也不客气，道声谢后，便先取过盘中一个小巧的糕点，垫一垫饥饿的肚子，而这糕点的味道也的确不错。

见唐卫轩吃得津津有味，小西樱子也伸出纤纤玉臂，取过了自己身侧木盘上的精致酒杯，端着酒杯问道：

"此间的良辰美景，唐大人可还满意？"

唐卫轩举头四顾，再次扫视了一圈后，也取过了自己盘上的酒杯，由衷答道：

"清雅别致，美不胜收，小西姑娘实在是费心了。"

正待举杯共饮，小西樱子却接着道：

"那……是否已美到令人流连忘返、乐不思蜀的境界？"

感到小西樱子的话中似乎另有他意，唐卫轩正待送至嘴边的酒杯不禁顿了顿，一时并未回答。小西樱子见此，微微一笑，便又自顾自转而说道：

"不过，这里最妙的，还是别无他人。有些不足为外人道的事情，还是在这里谈最为方便。"

"唐某也正有此意。那么，那盗走诏书的黑衣忍者……"

依然心系于小西樱子未曾告知的几个线索，唐卫轩立即放回了未饮的酒杯，精神百倍。可小西樱子却直视着唐卫轩，正色道：

"不，是比追查诏书和那黑衣忍者更为重要的事情。"

"姑娘有话，不妨直言。"

见小西樱子一脸正色，隐约预感到了什么的唐卫轩，也郑重其事地言道。

"既如此，那我就直言了。"

小西樱子顿了一顿，似乎是下定了决心一般，紧紧地盯着唐卫轩的眼睛：

"若今夜一切顺利，成功夺回诏书，待议和完毕、大功告成之日，唐大人可否愿意，留在鄙国？"

一时间，唐卫轩愣住了，从未想过，小西樱子绕了一圈，原来想说的竟会是这样一件事，也似乎立刻明白了什么。可还不待唐卫轩开口，小西樱子又说道：

"莫不是，唐大人宁愿冒着回朝后再度被投入诏狱的风险，也不愿意接受我方的好意？前番不过是战场上的一念之仁，便因而蒙受了三年牢狱之灾。此番追查被窃诏书，唐大人与我小西家纠葛更深，就不怕有心之人再度以此大做文章吗？"

看着默不作声的唐卫轩，皱紧的眉头间仿佛是想起了诏狱地牢内那不见天日的三年光阴，似是心有所动，小西樱子继续言道：

"如果是因为有所顾虑，此番夺回诏书之后，大可请小西大人为唐大人安排一场'假死'，只说夺回诏书途中为贼人所害，以保全忠义之名。"

听到这极为体贴的建言，唐卫轩却忽然笑了起来，忍不住感慨道：

"居然能为唐某想得如此周到……"

但随即，唐卫轩话锋一转，悠然说道：

"看来，找理由支开程本举和赵恩儋，又特意选了这避人耳目的温泉旅店，并不只是为了便于追查诏书、单独告知其他线索，而是为了私下谈论这件事？"

小西樱子点点头，干脆的回答中，倒像是没有丝毫的隐瞒：

"是。"

"如此说来，这番盛情美意，是来自你家小西大人的意思？"

"是的。的确是小西大人的意思。不过，并不只是他一个人的意思。"

听到这句回答，猛然间，唐卫轩的脑海中便浮现出昨夜晚宴的主位上，那个以活人为射靶，并不时拍手称快、哈哈大笑的狞笑之人，眉头顿时皱得更紧了一些。

而这时，小西樱子却用细柔温婉的声音道：

"也是……我的意思。"

面对正意味深长凝视着自己的小西樱子，前一刻还一脸严肃的唐卫轩不禁略显局促，而小西樱子的语气也自此缓和了不少，长吸了一口气，慢慢倚靠在背后的石壁上，悠然道：

"其实，在看到小西大人信中要我劝说唐大人留在日本、加入小西家时，我也有些出乎意料。但仔细想想，对于唐大人而言，这又何尝不是一条好的出路？还望三思，早做决断。"

原来那封信……

唐卫轩若有所思中，似是理清了关于那封小西行长寄来密信的事情，而后，也仰面背倚身后石壁，由衷言道：

"不错。唐某对大明朝廷，是有着诸多的不满，甚至是怨恨。但是……"

一边说着，唐卫轩缓缓将视线移回，却看见小西樱子正满含期待地凝视着自己，望着对方的目光，不知为何，唐卫轩竟迟疑了片刻，一时不知该如何开口。顿了半晌后，唐卫轩索性再次端起了一旁那小巧玲珑的酒杯，望着此间景致，稍稍沉思了片刻后，面容间渐渐带上了一缕未饮先醉的微醺惬意，竟忽然没来由地吟起了诗句：

"晚来烟雨知几度，醉卧京都叶正秋。樱红泉暖氲星汉……"

头三句，唐卫轩悠然低吟，却在停顿后，遥望着夜空中明亮的银河，略显恍惚的神情中，忽而变得凛然，以至于说出最后一句时，竟隐隐透出几分自我豪迈之情：

"日月同辉驻云轩。"

小西樱子眨了眨眼睛，只是疑惑地问道：

"这是……谁的诗？"

"唐某刚刚自作的。"

看着像是变了个人的唐卫轩，又试着在心中默默念了一遍唐卫轩所说的四句诗，沉默了一阵后，小西樱子忽然感到几分疑惑：

"没想到，唐大人既能舞刀弄枪、临阵应变，还有吟诗作赋的状元之才。只不过，倒似乎是泡这温泉泡得有些糊涂了，时节已入秋，樱花早已落尽，又哪里有什么'樱红'呢？"

谁知，唐卫轩泯然一笑，竟看向了眼前的小西樱子。见其像是立即明白了什么，面色顿时有些涨红，唐卫轩却又移开了目光，随口道：

"是啊，唐某的确是糊涂了。信口而作，这诗就如同唐某这人一样，既不工整，也不押韵，更不合理，流传出去可能也不过是贻笑大方，或转身便会被忘却在尘埃角落之中。只是，抛却了大多的束缚与顾虑，这样反倒活得畅快，任性自由。而且，这立意嘛……自认也算不错吧，哈哈哈哈……"

思量着唐卫轩的这番话，又见唐卫轩一反平时的冷静，竟逐渐显露出几分癫狂之态，小西樱子不禁皱起了眉头，也不知其所说的"抛却了束缚与顾虑"，到底指的是答应了此事，还是……？

这时，似乎心中感慨丛生的唐卫轩又看向了杯中酒，苦笑着摇了摇头，浑浑噩噩地接连说道：

"明月几时有？把酒问青天。人生苦短，世事茫茫。大丈夫立于世间，当有所为，有所不为。"

听到唐卫轩自顾自嘟囔着什么高深之言，小西樱子越发流露出不解神色，正待询问，却见唐卫轩忽然反问道：

"小西姑娘，你可知，即便曾有多少次退路，唐某却为何偏偏要来蹚这趟浑水？"

看着用陌生眼光重新打量起自己的小西樱子，唐卫轩只淡淡地自问自答道：

"自反而缩，虽千万人，吾往矣。"

说罢，杯中酒已仰头一饮而尽，直烧得唐卫轩嗓子眼火辣辣地疼。

记得当初大阪城内的地牢外，唐卫轩就曾如此说过一模一样的话，此刻再度听到这莫名其妙的深奥之言，小西樱子越发有些困惑，不解这唐卫轩所言究竟是何意。对于小西家的盛情邀请，仿佛已给出了答复，却又似是而非、令人迷惑。这么说来，终究是婉言拒绝了？

第十五章 | 温泉

如果是这样的话——

可惜。实在是可惜。

小西樱子正感到几分深深的失望，甚至隐约还带着几分惋惜，而这时，唐卫轩已然恢复了之前的一贯常态，仿佛刚刚的事情未发生过一样，平静地看向了小西樱子，重新将话引回到正题上：

"好了，泡了这么一阵温泉，既已解乏，现在更无他人，时间紧迫，也该聊一聊，那带着诏书的黑衣忍者，究竟去往何处了吧？"

看着唐卫轩再度坚定的目光，小西樱子虽难掩面间失落，但也暂且不再提及延请唐卫轩留在日本之事，略有些不甘地微微叹了口气后，回答道：

"不急，亥时尚早，且待我慢慢与你说来。"

说着，小西樱子调整一下坐姿，迅即恢复了往日那干练洒脱的女忍者神态：

"首先，还是那最为关键的僧袍。来时的路上，你不是怀疑过，那僧袍是否为东寺僧人之物吗？"

"不错。可你却似乎断定了，那绝非东寺僧人之物，而是黑衣忍者一行提前备下的。何以得此判断？"

面对着唐卫轩的不解与好奇，小西樱子似是想到了什么，脸上又浮现出了之前艺伎般的优雅举止，缓缓捋了下鬓间的发丝，调笑道：

"很简单。就在你我之前并肩携游之时，从周围的议论声中，我便得到了答案。"

一番话，说得唐卫轩如坠云雾、不解其意。而小西樱子却不紧不慢地提示道：

"唐大人，贵国佛门教众同样不少，应该和日本一样，也有着不同的山门宗派之别吧？"

经小西樱子如此一点拨，唐卫轩灵光一现，似乎终于找到了一点儿方向。

"不错，我正是在周围路人的闲言碎语中，才最终确信了这点。你这一身僧袍，原来乃是属于法华宗的僧服。而那五重塔所在的东寺，自数百年前弘法大师空海自大唐学习佛经、渡海归国，开创了日本的真言宗以来，便一直都是真言宗的道场。又怎么会如此凑巧，刚好在那破屋内放着如此多其他宗派的僧袍呢？难道，不觉蹊跷吗？"

"也就是说……"

唐卫轩正待说下去，小西樱子却微微一笑，不慌不忙地打断道：

"莫急。这温泉泡久了也伤身子。你我且先更衣，待回屋内，借助幸子所绘的暗道图，咱们再作细谈。"

说罢，小西樱子已在水中再次裹上了那件薄袍，站起身来，向着拉门处在水中悠然走去。

见小西樱子打算出水更衣，唐卫轩并没有立即跟上，似乎是打算耐心等小西樱子隔着雾气更衣完毕、回到隔壁主室后，自己再起身更衣。不过，趁着小西樱子转过身的这会儿工夫，唐卫轩的目光间闪过一丝压抑已久的戒备，不经意间，又瞄了一眼之前曾注意过的那幅仕女出浴图，忽然问道：

"小西姑娘……"

正披着薄袍即将迈入雾气中的小西樱子嫣然一笑，回过头来，却听唐卫轩并非看着自己，而是有些出神地盯着墙上的一幅挂画，问道：

"敢问，那墙上的画，值多少钱？"

小西樱子脸上露出了几分疑惑，扭头扫了眼那幅仕女出浴图，随口答道：

"店家能随意挂在如此潮湿环境中的画，应当最多值一贯铜钱吧？"

"嗯……这样啊。"

唐卫轩若有所思，而后继续追问道：

"一贯……大明铜钱？"

小西樱子的目光顿时一凛，警惕地看了眼唐卫轩，像是犹豫了一下后，终究是点了点头。

不过，唐卫轩也未再多问什么，直到小西樱子更衣完毕，率先回到了隔壁主室，这才起身出浴更衣，一并换回了随身包裹中自己原本的那套锦衣卫衣甲、小臂上置好了润物弩。同时，趁着小西樱子不在，唐卫轩从自己的随身包裹中还另外摸出了一块价值两贯铜钱的二两银锭。

很快，唐卫轩也衣冠齐整地拉开纸门回到了主室，顺手合上了背后的拉门，准备与小西樱子继续细谈。

而这个时候，别室墙壁上那幅绘有出浴仕女图的地方，已然空空如也。只在原本挂画的位置下，一块二两的银锭，静静地留在了那里。

"小西大人……？小西大人……？"

几乎与此同时，大阪内城的小西宅邸密室内，小西行长与沈惟敬二人正相对而坐。只见，小西行长慢慢垂下手中刚刚收到的一封信函，面容间阴晴不定，似是有喜有忧，沈惟敬连叫了两声，这才反应了过来。不过，小西行长却并未将手中的信函交予面前的沈惟敬阅览，而是缓了缓神后，幽幽地说道：

"赵公子及石川幸子都已被救出，那个姓程的锦衣卫受了伤，但都无大碍。目前，护送他们三人的车马很快就会抵达使团馆驿了。"

"诏书呢？……还有，唐卫轩如何了？"

面对着沈惟敬的询问，小西行长依旧一反常态地没有出示信函，反而将信收了起来，同时把自淀川到五重塔的经过，与如今小西樱子与唐卫轩正单独留在京都、将根据僧袍线索继续追查的事情，都大致讲了一遍。

沈惟敬听罢，看了看小西行长，没有多说什么，忖思了一阵后，忽然问道：

"小西大人，眼看即将真相大白，依你之见，这次变故的幕后黑手，究竟会是谁？"

小西行长苦笑了一下，道：

"自打出事开始，我就一直在想此事。不过，潜在的对手、敌人太多，很多大名都有可能。虽说，我心中也不是没有几个最为可疑的人选。但是，一来没有十足的把握，确认到底会是谁。二来，手中也没有证据，贸然问罪，只恐适得其反。"

"也好。看来，为今之计，仍是只能等诏书的消息了。议和完成之前，也最好不要再生什么事端才好。"

沈惟敬话音未落，小西行长却恨恨地说道：

"哼，不过，无论是谁，敢挡我们的路，存心想坏我们的大事，我定会要他付出代价！"

"只怕，没有这么容易。听你适才所言，那盗去诏书的忍者狠辣诡谲、身手不凡，竟在五重塔上再次让其逃出生天，恐怕其背后的主谋，也绝非寻常之辈。"

沈惟敬皱着眉头，言谈之间依然主张以和为贵，不希望将事情闹得更大。

"嗯，那个忍者被困在城内时，居然还能游刃有余地和我们故布疑阵、想借以引发我和主战派那群莽夫的进一步矛盾。呵呵，不过，樱子来信中既言道，已基本推测出幕后之人的藏身之所，今晚，想必就会要他好看！"

见小西行长报复心切，沈惟敬再度劝道：

"贵国大名之间的争端，沈某本不应插嘴。但后日就是册封大典，只要能寻回诏书，还是建议小西大人以大局为重，顺利完成议和为先，实在不宜再兴事端。一旦又起干戈，只怕会误了两国议和的大计与你我的计划。"

谁知，小西行长似乎仍旧一意孤行，只阴冷一笑，意味深长地回答道：

"沈大人放心，我自有分寸。就以彼之道、还施彼身，让他自己引火烧身，我们则可以毫不费力地坐收渔利……"

沈惟敬听到这里，觉得小西行长似乎对于报复这名暗中破坏议和的对手，另有其打算，但也并未和自己明言，正犹豫着到底是否该询问一下，却听小西行长抬头皱了皱眉，继续说道：

"只是，希望樱子不要让我失望。"

看样子，小西行长心中似乎也有些拿捏不定，沈惟敬随即笑着宽慰道：

"沈某觉得，以樱子姑娘的身手，定可不负所托。何况，还有唐卫轩相助，应当不会再次失手了。也许明日日升之时，诏书便可平安归来。"

这一回，小西行长并未接话，只是暗自估量着什么。看着有些阴郁的小西行长，沈惟敬也像是忽然想到了什么，眉头微微一皱，欲言又止之际，小西行长却忽而开口道：

"车马应该已近馆驿，时间差不多了。沈大人，作为副使，你差不多也该动身回馆驿，到杨大人那里，准备又一场毫无意义的商议了。请转告杨大人，少安毋躁，后日册封典礼，定当如期举行。"

说罢，小西行长便已径自起身而去，只留下屋内眉头渐紧的沈惟敬，隐隐升起了一丝不好的预感。

……

而在此时的京都方面——

主室内，小西樱子已点起几处烛火，取出了两张图纸，铺展在屋内正中的榻榻米上。

唐卫轩凑近一看，其中一张，正是石川幸子所绘的那张秘密暗道总图，上面或横或纵的许多条秘密暗道，广泛分布在日本近畿的大阪、京都一带，当真是几乎无处不到。难怪，那开凿出这许多条密道的石川五右卫门，会被誉为神出鬼没的一代巨盗了。

不过，唐卫轩唯一有些疑惑的是，大多数暗道虽然沿途都有多处出口，但相互之间却没有任何连通。即便是纵横交错的暗道之间，似乎也刻意挖在了不同的深度，使之互无关联。这就有些奇怪了，若是将所有暗道彻底连为一体，各条暗道相互贯通，岂不更加方便？

第十五章 | 温泉

带着这个疑惑,再继续细看,正如赵恩儋之前所说,不仅暗道的每一处出入口都有所标注,相应的防备机关也都在图上记录得极为周详,令人叹为观止。回想白昼时,唐卫轩还曾经试图推开东寺密道入口内的巨石、继续追击,但如今看到图中所绘暗道内的层层布防陷阱,若想在机关重重的暗道内捉住那身手不凡的黑衣忍者,恐怕也只是妄想。

而另一张图纸,唐卫轩则从未见过。仔细一瞧,才发觉这好像正是日本京都的详细地图。纵横交错的主要干道、各处府邸衙门、寺庙神社、酒馆青楼,大多都已在此图中一一标明。

看着这两张图,唐卫轩瞬间明白了小西樱子的意思,以这两图对照着来看,便可极大地弥补那张暗道总图对出入口周边环境记录不足的缺陷。若比照着京都地图将暗道绘入其中,暗道所经的每一处出入口,以及附近的各处设施、建筑地名等,都更加一目了然。即便是对于唐卫轩这样并不熟悉京都的人而言,也可一眼明了。

这时,同样已穿戴整齐、一身忍者打扮的小西樱子,首先指向了那张石川幸子所绘的暗道总图,低声言道:

"如你所见,石川五右卫门的这张暗道总图,设计倒是极为缜密。由数条纵横分布的暗道组成,但每条暗道却几乎都自成一体,并不与其他暗道相通。想必,是预防一旦某处入口被发现后,其所连通的暗道也就全部暴露、无法再使用了。如此分割、相互独立,就保证了整个暗道体系的相对安全,一旦有变足可弃卒保车,最多只有其中一条暗道从此废弃不用,其他的仍可照常放心使用。"

一瞬间,唐卫轩方才的疑惑便被解开,原本自己只是在"兵捉贼"的角色中,习惯了从"兵"的视角去考虑,而忽略了作为"贼"的考虑思路。又听小西樱子继续道:

"而每条暗道中,同时有着大量的沿途出入口。这样,在保证安全的同时,又能尽可能地让每条密道都发挥出最大的功效,提高了灵活性。像我们在大阪内城所发现的那条暗道,只有一内一外两个出入口的,只是极少数而已。大部分暗道,比如那黑衣忍者在东寺逃脱时所选的暗道,根据石川幸子此图所绘,一路朝东北方向延伸,竟还有六处出入口。"

一边说着,小西樱子用一支不知何时备下的毛笔,蘸着手边的红色墨汁,将这条密道在京都地图中简要地画了出来。同时,还指出了另一个有些奇怪的地方:

"更值得寻味的是,在某些区域内,甚至还会有数条不同的暗道都在附近留有秘密出入口。例如那五重塔所在的东寺附近，实际上，就有三条各自独立的暗道的隐蔽入口。但是，那黑衣忍者负伤逃走时所选的暗道却很蹊跷。明明还有其余两条暗道也在东寺附近，有一条的出入口距离其落地的位置反而更近，另一条则有更多的沿途出入口，这两条暗道的入口处也各有应对追敌的阻拦机关，显然都更加方便其顺利逃走。可提前熟记下暗道的黑衣忍者，却独独选择了最后的第三条暗道。回想当初那人的脚印，好像一路之上也未曾有过丝毫的犹豫，乃是直奔第三条暗道而去的。唐大人，你觉得，这是为何？"

唐卫轩的目光在两张图纸间不断扫视着，发现的确如小西樱子所言，东寺的附近还有另外两条暗道的入口，但是他们通往的方向却与最后黑衣忍者所选的那条大相径庭，于是这回，唐卫轩将自己设身处地摆在了一个"贼"的视角下，很快得出了结论：

"要说这三条密道有什么不同，虽然都自东寺附近出发，但是却分别向着不同的方向延伸。以唐某之见，那黑衣忍者腿上有伤，一旦在人群中露面，不免增加了暴露的可能。因此，从长远计，最为稳妥的方法，便是选一条可以直通，或至少是接近自己最终目的地的暗道，尽量避免其后还要来到地面上时，被追兵发现的可能。"

小西樱子点点头，同意道：

"唐大人所言极是。当我在小西家京都别宅中对照着看过两图后，就有了同样的断定。那贼人所逃往之处，定是位于这条暗道某一处出口的附近！"

说着，小西樱子已将刚刚那条红色暗道其余六处出口的方圆一里之内，都画上了醒目的红色圆圈，作为缩小后的目标范围。同时，一边扫视着红圈内所涉设施建筑的名称，一边做着进一步的排除：

"再依据那黑衣忍者所备下的僧袍，推测其目的地乃是一间寺庙的话，那么，这三个方圆一里内并无寺庙的出口，便可不必考虑了……"

随之，三个刚刚画好的圆圈就被划掉排除了。

"而最后的一个关键，也是借相伴携游时刚刚得到的重要线索，这身僧袍乃是属于法华宗的僧袍。因此，为避免进入其他寺庙时惹人怀疑，其最终目的地，很有可能便是法华宗的一处庙宇。而剩余三处出口附近的四所寺庙，属于法华宗的……"

在聚精会神地扫过了其中三所别派寺庙并将其一一划掉排除后，小西樱子的红色笔触，终于停在了最后一所尚未排除的寺庙名称上——

但不知为何，望着那地图中标注出的寺名，小西樱子竟似乎露出了几分诧异的目光,仿佛触动了什么一般,不禁皱起了眉头。

"如此说来,那贼人定是将册封诏书带往了此处的……"

这时,唐卫轩已激动地取过旁边的一支蜡烛,将烛火举至小西樱子停下的笔触旁——

紧盯着幽幽烛光下所映照出的寺名,只听唐卫轩喃喃地念出了三个字:

"本能寺?!"

"是的。竟没想到……"

小西樱子表情复杂地点了点头,而后,又带着几分感慨,用日语幽幽地说道:

"敌人在本能寺。"

第十六章 · 本能寺

亥时三刻,借着夜幕的掩护,唐卫轩与小西樱子已悄悄来到了京都本能寺的附近,在不远处小心翼翼地观察着这所寺庙的动静。

而待二人赶到之时,本能寺的寺门早已关闭。门外既无人把守,门内似乎也是一片平静,就如同寻常的佛寺一般。偶尔响起的几声乌鸦叫鸣,更使得清朗月色下的本能寺略显幽寂。

仔细观察了一阵,至少从表面来看,唐卫轩并没有发觉什么异常之处。大概唯一的区别就是,眼前的这所本能寺似乎少了几分沧桑与古旧之感,就好像这座寺庙的年代并不怎么久远,刚刚建成十几年而已。

不过,不论这间本能寺的新旧,恐怕任谁也想不到,在这看似平静无奇的寺院之内,竟然会藏匿着一封影响着大明、日本乃至朝鲜命运的册封诏书。

等待了一会儿,仍不见有什么异常,唐卫轩和小西樱子两人以目光互相示意后,便准备潜入寺中,一探究竟。再度检查了已重新装好弩箭的润物弩、绣春刀等一应随身武器,甚至暗自摸了下衣甲怀里,而后,唐卫轩便紧紧跟在小西樱子的后面,选了冷僻的一角,在寺外墙下屏气凝声地听了一阵,随即二人便纵身越墙而入,一前一后分别落在了寺内地面之上。

落地后的二人环视四周,所处的角落竟刚好是一处宽敞而又雅致的庭院,不但有假山、树林,还有一处池塘,水塘旁古朴的惊鹿竹筒在滴满水后即会翻倒,水落池中，发出咕咕的水鸣。除此之外，不见一个人影。

寺中一座座屋舍鳞次栉比，二人正待继续潜入查找诏书下落，但就在这时，寺内平静的空气忽然被一阵由远及近的甲胄声响所打破——

"哗哗、哗哗……"

随之而来的，还有越来越近的脚步之声，像是沿着屋舍外的侧院门廊，正向此处不断逼近——

唐卫轩与小西樱子二人只对视了一眼，便立即默契地双双退到了庭院中的假山之后。无意之间，竟然发现，在这假山的背面，还有一处较为隐蔽的幽暗洞穴，于是二人干脆移步到了洞穴内藏身。不过，率先进入洞穴的唐卫轩却很快发现，这洞穴并不深，只要有人来到假山背后，还是可能会被人一眼发现。但一时也无别处可躲，两人只好先将就着在此藏身。后进洞的小西樱子在外，先进洞的唐卫轩在内。

就在二人几乎是身体相互紧贴着、于促狭的洞穴内藏好之时，那阵越来越清晰的脚步声也已经来到了庭院前面，二人屏气凝神、侧耳倾听之际，忽然，脚步声竟猛地停了下来——

"等等！"

随着一声倭语的喝令，唐卫轩与小西樱子都是心头猛然一紧——

难道，是二人暴露了踪迹？

一瞬间，借着昏暗的光线，唐卫轩似乎看到了身前小西樱子那修长的脖颈处，略微的颤动。

紧跟着，不远处的脚步声听上去明显是走下了屋舍前的门廊，已分散着来到了庭院之中。谁也不知下一刻，那些家伙是否就会搜查到假山之后。

这个时候，随着肩膀的起伏，小西樱子那白皙的鼻翼，翕动得也稍稍急促了一些，似是已做好了被发现后的最坏准备。唐卫轩感觉到，紧贴身前的小西樱子慢慢弯下腰去，伸手握向了那柄绑在腿上的惯用匕首……

而随着小西樱子身子微动，其柔美的秀发也轻轻划过了唐卫轩的面颊，令人微微有些发痒，那发丝间散发着的诱人芳香，更是瞬间扑面而来。

与此同时，握好匕首再次直起身子的小西樱子，却忽然感到，就在起身之时，自己的背后好似不小心顶到了什么。竟像是，来自身后的某种棒状硬物……

一瞬间，想到了什么的小西樱子登时脸色绯红，原本已饱含杀意的目光中，竟也显露出几分局促与羞涩，不免有些尴尬，搞不懂身后的唐卫轩，怎么偏偏会在这个时候……

　　这时，原本在其侧后的唐卫轩似乎也感觉到了刚刚的触碰，与小西樱子此刻的微妙反应，随即稍稍错开身体，侧身换位到了小西樱子的身前，不仅用身体挡在了洞口，也将小西樱子护在了自己的身后。

　　随着时间一分一秒地过去，假山外的脚步声终究是没有来到假山之后，而是在庭院内大致搜索了一番后，大概没有发现什么，便又渐去渐远了。

　　唐卫轩顿感松了口气，正待走出促狭的洞穴再度查看，却忽然被身后的小西樱子一把搂住了他的腰部，身体一僵，正有些不知所措之际，小西樱子的身子已然紧贴住唐卫轩的背部，温声细语道：

　　"若今后我们不再为敌，就像这样，该有多好。"

　　幽暗的洞穴中，一时间，仿若桃花盛开的世外仙境。唐卫轩似乎也感受到了身后的无限柔情，甚至不由自主地开始沉浸在这醉人的香气弥漫之中。但是，像是猛然想起了什么的唐卫轩，却忽然定了定神，模糊的表情间，不知在想些什么。沉默中，直到一阵清风吹来，迷人的香气淡薄了一些，唐卫轩深吸一口气，这才用仅能彼此听到的声音，低语道：

　　"我们现在，不也并非敌人吗？"

　　听到这个回答，小西樱子似乎并不满意，随即旧事重提道：

　　"关于之前温泉时提到的留在日本之事，难道，你就真的……"

　　正说着，一个窸窣的脚步声忽然打断了小西樱子的细语。

　　原以为，那些巡逻而过的武士都已走开，二人谁也未曾料到，在脚步声已渐去渐远之后，竟然又会受到这突如其来的打扰，立时面色都是一凛。

　　随着脚步身越来越近，而且正一步步向着假山背后的洞穴处走来，唐卫轩悄然按住了手臂上润物弩的发射机关，直到一个日本武士的身影出现在了假山背后的视野之内。

　　只听"嗖——"的一声，一支幽黑色的弩箭，已径直射穿了那日本武士的喉间——

　　……

　　"那件事，你真的不打算再考虑一下？"

　　待干净利落地解决了这名倒霉的日本武士，同时也并未惊动寺内的其他守卫，有惊无险地度过又一个危机的唐卫轩刚刚松口气，小西樱子却又接着方才洞内的话，继续低声追问道。

第十六章 | 本能寺

而唐卫轩却头也不回，淡淡答道：

"事不宜迟，找到诏书要紧。"

说着，一并顺手合上了那日本武士似乎仍死不瞑目的圆瞪双眼。复杂的面容间，也不知唐卫轩脑海里正在默默思考着什么。

就在这时，小西樱子盯着脚下的那名死去武士，倒像是猛然想到了什么线索，立刻俯下身去，将那尸体翻了过来，查看起了死去武士的胸前甲胄。

而这一看，小西樱子竟登时倒吸一口凉气，足足沉默了好一阵后，这才低声说道：

"唐大人，你是否还记得，在大阪内城遇袭的别院内，那个奄奄一息的守卫？"

明显感觉到小西樱子语气之中非同寻常的郑重意味，唐卫轩也立刻回想起了当初石川幸子和赵公子被掳走后，自己和小西樱子、程本举匆匆赶回时，使团馆驿旁的那所别院内，满地尸首间，就只剩下一名奄奄一息的守卫。而且，记得在其临死之前，还勉强吐出了两个倭语音节。

难道说？！

"那守卫临死前所说的'みつ'，我好像终于知道，是什么意思了。"

果然不出所料，小西樱子似乎有了重要的发现，也许，她已然知晓了这幕后的黑手究竟是谁。见状，唐卫轩随即也俯下身子，等候着小西樱子揭晓答案。

"我曾说过，'みつ'的发音在倭语里可以代表'三'的意思，如今看来，他想说的第一个字的确是'三'，但是那时我却犯了一个错误，误以为守卫所说的是某个大名的名字。如今，我才忽然明白，他所指的根本不是人名。而是——"

说着，小西樱子用目光向唐卫轩示意了下那死去武士胸前的一个标记……

"这是……家纹？！"

唐卫轩仔细盯着那甲胄上的家纹，似曾相识一般，但又一时想不起，自己究竟是在何处见过这样的家纹。毕竟，自从抵达大阪城后，所见各式家纹千奇百怪，除了对当初曾在朝鲜战场上对阵时所见过的几家大名家纹稍有印象，其他的怎可能一一清晰记得。不过，这眼前家纹的图案，倒的确是由三片像是葵花叶子的叶片、在一个圆圈内共同组成的，确实与"三"相合。只是，唐卫轩并不清楚，这家纹到底叫作什么。

"这个家纹，就叫作'三叶葵'。"

终于，小西樱子面色凝重地道出了答案，不仅如此，还揭示了这家纹背后更为关键的信息：

"而这'三叶葵'家纹所代表的，正是太阁殿下的家臣之中实力最强的一位日本大名——德川家康。"

"三叶葵……德川家康?!"

仿佛触动了记忆的发条，唐卫轩终于回想起了，前夜的接风晚宴上，最后一场自己上台比武之时，那与己对阵的赤甲武士，胸前好像也绘着一个相似的家纹。仔细想来，那应该就是一模一样的三片葵叶。

记忆在这时不断地延伸。仍是那一晚的席间，在对面的日本众大名席位中，同样有一个矮墩墩的家伙，身上好像也同样绘有这"三叶葵"的家纹。而其所坐的位置，刚好就是在杨方亨对面的首席，看样子，这人的确是丰臣秀吉一众属下中，最为举足轻重的实力人物。进一步的回忆中，在当时日本众大名争论比射活人的主意之际，丰臣秀吉好像还曾特意询问过这个家伙的意见。

只是，当时其不动声色的样子，实在不足以给人留下一个深刻的印象。难道说，此番盗取大明册封诏书的幕后黑手，就是那个曾在席间始终喜怒不形于色的德川家康？

与此同时，望着眼前死去武士胸口的家纹，唐卫轩又猛然生出了一个新的疑问：

"等等！你说那守卫临死前所说的两个音节，其实代表的是这个家纹'三叶葵'。可是，他又是如何判断出行凶之人所属的大名，还是说，他曾看到了行凶者身上的所带有的'三叶葵'家纹？"

"你难道忘了，赵公子所提及的，那黑衣忍者的颈后了吗？"

经小西樱子如此一说，唐卫轩脑海中立时回想起赵恩儋所讲述的一幕幕场景——

的确，若是当时屋内赵恩儋冷不丁射出的弩箭恰好射落了其护颈缎带，而在月光下露出了黑衣忍者一直掩饰在颈后的位置。

而就在其颈后的位置上，正是"三叶葵"！

可转念一想，唐卫轩又皱起了眉头，疑惑地追问道：

"难道说，那黑衣忍者的颈后会印有其家主'三叶葵'的家纹？身为忍者，难道不应隐藏身份？若是纹有如此明显的徽记，一旦失手被擒或身死，岂不是直接暴露了自己与家主？"

见唐卫轩问到了最难以想通的此处，小西樱子也紧皱着眉头将信将疑地说道：

"正因为同样怀疑这一点，所以，看到这'三叶葵'后，我也才犹豫了好久。

按理说，的确没有忍者会这样做。而这，也可能是最为糟糕的地方。"

凝视着小西樱子面容间暗暗的担忧，唐卫轩直感到一头雾水，耐着性子，好奇地听其继续地讲述：

"其实，我也只是当年曾听授业的恩师无意间提起过，有这样一个关于伊贺忍者的传说。如果一名忍者在上百次任务中都从未失手，并且从未受伤，便有资格将可能会暴露身份的徽记文到身上，作为其进一步挑战自我的最高修行。文在身上的家纹，既代表了对效忠家主的绝对忠诚，也彰显着绝不会失手的超然自信，更意味着每次行动时，都要加倍小心、事无巨细，用更为严苛的标准来要求自己。因为身负随时可能会暴露身份的家纹，就必须在每一步计划与行动中，都保持时刻的冷静，容不得任何闪失。据说，正是由于这份巨大的压力，背负着家纹的忍者才能时时鞭策、提醒自己，不断刻苦修行、超越自我，反而使其忍术精进，最终成为真正传说中的绝世忍者。同时，这也绝非忍者可以擅作主张的选择，毕竟，忍者的首要原则，便是忠诚与服从，宁肯舍弃一切也要誓死为主公而战，服从主公的命令、保护主公的秘密。因此，即便具有了这样的资格，也只有在得到了所效忠家主的同意后，才有可能这样做。而这也意味着，该忍者已得到了家主的绝对信任。因此，对于忍者而言，也称得是一种无上的荣誉。"

这时，一味沉浸在讲述中的小西樱子，似乎也意识到了自己有些偏题，又从关于忍者忠诚与荣耀的话题上，转了回来：

"当然，这也仅仅是个传说而已，从未有人见过，更几乎没有哪个忍者会将这传说当真。我也曾一直以为，那仅仅是因为当年我向师父抱怨，这与生俱来的体香总是令我在训练中随时可能暴露行踪，甚至曾准备自暴自弃时，师父为了勉励我更应刻苦修行，而编出的谎言。但是，现在看来，那守卫临死前的遗言，赵公子的回忆，还有这摆在眼前的武士家纹……或许，那名忍术几乎已臻化境的黑衣忍者，真的这样做了，也说不定……"

见小西樱子脸上透着几分感慨与敬畏的神情，唐卫轩却并未大惊小怪，只是淡淡道：

"你们日本忍者之事唐某并不清楚。的确，那黑衣家伙也可谓身手了得，堪称神出鬼没。不过，这一回，不也一样是负伤后匆忙而逃？而这次盗取诏书的幕后黑手，若真的是你所说的那个德川家康，或许，事情也绝不只是单纯破坏议和那么简单了。走吧，这表面平静的寺庙里居然还有巡逻的武士，看来，无论如何，我们确实找对了地方。而大明诏书，也应该就在这本能寺中！"

听罢此言，小西樱子扭头看了眼势在必得的唐卫轩，像是又想起了什么，阴晴不定的目光中，再度犹豫了起来，而后，竟径直起身拦住了正欲继续行动的唐卫轩：

"慢！"

看着面前拦住自己去路的小西樱子，唐卫轩不解地皱起了眉头：

"……小西姑娘，这是何意？唐某不明白。"

而小西樱子凝视着唐卫轩，顿了顿后，低声道：

"是的。唐大人，你不明白，你的确什么都不明白。你根本不明白那敢把家纹刻在后颈的忍者意味着什么，也不明白那个德川家康到底是什么人，更不明白，再往前走，会有多么危险。"

听到这话，唐卫轩的眉头不禁皱得更紧了一些，凝视着面露紧张、欲言又止的小西樱子，调侃着反问道：

"那么，按照小西姑娘的意思，难道说，我们该就此止步，放弃继续追查诏书了？"

小西樱子抿紧了嘴唇，没有回答，却依旧满脸郑重，片刻后，竟有些突兀地再次问道：

"唐大人，你到底能否答应我留在日本、加入我们小西家？现在，我就要听到你的最终回答。"

与不依不饶的小西樱子对视了片刻，唐卫轩仍旧保持着沉默，正打算侧身绕过小西樱子，谁知小西樱子移步再次挡在了身前，咄咄逼人：

"现在。"

两人就这样对峙着，等待中，不知为何，唐卫轩却依旧不言。

最终，小西樱子长叹一口气，垂下了头去，终于让开了道路，任由唐卫轩擦身而过，而当其再度抬起头时，目光已如同初次相逢时的冷峻。

随后，小西樱子不再多言，迅速重整了精神，跟在唐卫轩的身后，两人一道悄无声息地潜入了屋舍之中。

与此同时，随着距离那一直追查了一日两夜的真相越来越近，与之相伴的致命危险，似乎也在步步逼近……

很快，两人深入寺中，一边躲避着偶尔可见的武士护卫，一边先选无人的房舍进行秘密搜索。

而正在一间僻静的空屋内,还未及检查之时,沿着屋外的侧缘门廊上,忽然隐隐传来几人的脚步声。

眼见有被发现的危险,小西樱子立即甩出一根细细的锁链,挂在屋梁之上,而后便轻盈地迅速攀上了屋梁。唐卫轩则立即拉开一侧的纸门,躲入了纸门后的壁柜之内,刚好赶在脚步声到达屋外拉门前,轻声合上了壁柜的纸门。

与此同时,门外传来了倭语的低声交谈,听上去,隐约像是一共三四个人,虽然随着说话声逐渐清晰,但是说的俱是日语,唐卫轩一句也听不明白,而屋梁上的小西樱子,却听得真真切切:

"没想到,号称'鬼半藏'的服部大人,居然也会有受伤的时候。"

"据说是被明国的锦衣卫所伤,真是难以置信。"

"不过,去的人一个也没能活着回来,就只有'鬼半藏'独身而退,也算得上是了不起了。"

"是啊。就是不晓得,那明国的锦衣卫真能有这么厉害?有机会,真想和他们当场比试比试。"

"哼,明国锦衣卫有什么厉害?虽然侥幸伤到了我们的'鬼半藏',但主公所要的东西不也一样顺利带回来了?要我说,还是小西行长和那些明国锦衣卫根本没用!现在估计也在哭天抢地地干着急吧。"

"哈哈哈,这话不错。看来,还是'鬼半藏'厉害,名不虚传,也给那嚣张的'猴子'一点儿颜色瞧瞧。"

说话间,随着屋门被拉开,一缕烛光立刻映照进来,屋内顿时被照亮了不少。

四名武士依次进入了屋内,身上虽无甲胄,但却个个腰挂佩刀,似是日本大名的贴身侍卫,而胸前或身后,也都是同样的"三叶葵"家纹。

待将一柄烛台放置在屋内主位一侧后,只听一人说道:

"那么,我们两人就在此守着此物,等候主公驾到。"

说着,两名武士便一左一右地端坐在了榻榻米上,而另外两个武士则拉门走出了屋外,答应道:

"好,我们这就去叫醒主公通禀此事,马上回来。"

言罢,出门而去的两名武士已合上屋门,脚步渐去渐远。屋内就只剩下端坐着的两名武士留守,并且,还将一样东西从怀里小心翼翼地取了出来,郑重地摆在了屋内主位的坐席之前。这之后，两名武士便一声不吭，像是安静地等候着一位大人物的到来。

而借着烛火的映照，躲在屋梁之上的小西樱子翻身一瞧，屋内主位坐席前所摆放之物，正是那装有大明诏书的金丝锦袋！

想到这一路之上舍生忘死、苦苦追查的诏书，竟然就这样再度出现在了眼前，真是踏破铁鞋无觅处，得来全不费工夫。历经了那么多次功亏一篑的失败，这一回，运气像是总算回到了自己这边。

但就在这时，一名较为年轻的武士鼻子猛地抽动了两下，像是嗅到了什么怪异的气息，正有些疑惑地向屋内四处扭头扫视着。而就在其正准备抬头而看时，一道轻飘飘的黑色倩影已悄然落下——

"噗——！"

只听一记沉闷的声响，那年轻武士的后背已被从天而降的小西樱子狠狠刺了一刀，登时伏倒在地，气若游丝。

不过，小西樱子还不待落地停稳，一旁的另一名中年武士却已立刻冲了上来，不及出刀，便直接狠狠一脚，先将尚未停稳的小西樱子重重地踹至了墙角——

重击之下，未及提防的小西樱子当即吐了口鲜血，捂着吃痛的肚子，蜷缩在角落之中。

"唰——"的一声，不等小西樱子反击，那中年武士已趁势拔出了腰间的刀刃，准备彻底制服这吃了自己重重一击的黑衣女忍者。而在其身后，伏倒在地的年轻武士，则挣扎着爬向屋门处，准备用力拉开纸门、呼喊其他寺内守卫前来支援，谁知，刚刚爬到门边，抬起的手臂尚未触到纸门，年轻武士便只觉后心处猛地一凉！

无声无息的出刀声中，一柄钢刀已自后心穿透了其身躯，而后，只见其背后刺入的长刀刀刃被持刀者轻轻一转，年轻武士面部登时扭曲了一下，紧跟着便彻底断了气。

整个过程干净利落，甚至并未惊动一旁正专心对付小西樱子的另一名中年武士，而待唐卫轩轻轻抽回刀刃，准备再度以雷霆之势结果那中年武士之时，未曾想，中年武士却像是瞬间察觉到了背后的凶险一般，赶在唐卫轩刀锋落下前的最后一刻，竟敏捷地闪到了一旁，回身便是一刀——

"当——"

好在，唐卫轩立即收刀回防，两柄来自大明与日本的刀刃相格在了一起，火星四溅。

而待中年武士回过身来,看清挡下自己这一刀的唐卫轩时,见眼前站着的,竟是一名明国锦衣卫,立时脸色煞白,大吃一惊。但随即反应了过来,凶狠地朝着唐卫轩再度展开了进攻——

奈何,在这促狭的屋内,刀刃的施展有些受限,两人的白刃战很快演变成了贴身的肉搏,扭打在了一处,但眼看一旁的小西樱子已缓过了力气、站起身来,即将落入劣势的中年武士深知仅凭一己之力怕是难以取胜,正待呼喊救援,却在这分神之际,又被唐卫轩从身后伸手一把捂住了嘴巴,叫喊不得。

唐卫轩本想趁势直接扭断其脖子,未想,此人也是精通近身格斗之术,提前一步便用胳膊顶住了关键的位置,使得唐卫轩一时根本无法将其脖子直接扭断,只能暂时钳制住对手而已。两人于是再度在榻榻米上僵持了起来。

而此时,终于从方才重重一脚中缓过劲来的小西樱子,擦净了嘴角的血迹,却并未先来相助唐卫轩,而是正准备去抢夺屋内正中那装有诏书的金丝锦袋——

眼看所护之物即将被夺走,中年武士竟像是猛然使出了一身蛮力,硬生生挣脱了唐卫轩自背后的束缚,嘶吼着便作势要去护住诏书。小西樱子本能地连忙后撤防御,可就在下一刻,那武士却又陡然转身,弃了近在咫尺的金丝锦袋,出乎意料地一把拉开了旁边屋门的一条缝,反身一个箭步,便冲到了屋外的门廊之上——

只见其长吸一口气,正待大声呼喊救兵的千钧一发之际,一柄锋利的刀尖,却已刺穿了其身后的纸门,顺势捅入其后背,并径直穿透了胸口……

刚刚发出的呼喊声,顷刻间戛然而止。

而这中年武士的身躯,也随着背后的刀刃抽了回去,颓然地瘫坐在门廊之上,贴着身后的纸门,缓缓垂下了头颅,再无一丝气息。

一场胆战心惊的搏杀就这样骤然爆发,又在眨眼之间迅速结束,还不待屋内的二人喘上口气,屋外不远处的拐角处,却又再度传来了一阵脚步声响。听上去,像是远处的守卫听到了方才那戛然而止的诡异叫喊,因而正顺着门廊赶来查看这边究竟出了什么状况。

"噔噔噔……"

只听脚步声由远及近,随时都可能会转过不远处的拐角,看到此处屋门外那武士的死状。眼看一场恶战难以避免,唐卫轩尚未完全放下的心,不由得再度提到了嗓子眼儿。

从纸门上抽回绣春刀的唐卫轩一时别无他策，正打算带上诏书然后握刀拼杀出去，这时，小西樱子却伸手制止了唐卫轩。

"噔噔噔……"

听到脚步声已越来越近，甚至连正准备收起的金丝锦袋也顾不上，小西樱子只得先搁下装有诏书的锦袋，赶在脚步声接近前，抢上一步，一边小心翼翼地合上拉门，一边调整着拉门外死者的姿势，让尸体再度扬起头来，尽量保持着倚靠之门的端坐姿势，使得尸体刚好遮蔽住背后纸门上的刀锋与血迹。而后，小西樱子又抽出匕首，透过纸门一刀刺穿了那死去武士的后脑，并用匕首固定住其头颅的位置，又瞄准其腋下部位，用一只细长的手臂果断捅穿了纸门，在门后轻轻扶住了那武士的一只胳膊。

"噔噔噔……"

这时，脚步声最终转过了拐角，闻声赶来的几名武士护卫已看到，昏暗的月光下，主公贴身侍卫之一的中年武士，其身影正笔直地端坐在屋门外门廊之上。

相互疑惑地对视了一眼，这些赶来的守卫正待迈步上前，进一步确认刚刚到底出了什么事，却忽然间看到，那守在纸门前的武士朝着众人所在的方向稍稍侧了下头，虽因身处背对月光的位置看不清其表情神态，但显然是已注意到了冒冒失失赶来的几人。守卫们的脚步立即一顿，随后，中年武士更是不耐烦地朝着这边挥了挥手臂，像是在驱赶几人，示意其速速退下。

而在那武士的背后像是其正在守护的屋内，此时还有隐隐的烛光闪动，像是有人就在屋内，正商议着什么机密要事。

似是联想到了什么，碰了一鼻子灰的几人随即彻底停下了靠近的脚步，纷纷躬身低头，唯唯诺诺地连连后退，不敢再靠近一步，生怕打扰了屋内的谈话。就这样，几名护卫迅速告退，一直低着头退回到拐角处，而后才又直起身子，各自回到了原本负责守卫的位置。

听到屋外的脚步声渐去渐远，似是已化险为夷，小西樱子这才慢慢抽回了控制那死去武士尸体动作的匕首与手臂，擦了把额头上的细汗，为躲过一劫而长舒一口气。

而待小西樱子回过头时，唐卫轩也像是已然确认过金丝锦袋中的诏书，刚刚将手从袋中伸出，随后勒紧了装有诏书的锦袋口子，朝着小西樱子点点头道：

"已查验过目，确是真的诏书！"

小西樱子见诏书到手，紧盯着那金丝锦袋，正要开口：

"这诏书……不如就由我来……"

可唐卫轩直接便将那装有诏书的金丝锦袋收入了其怀中，站起身来，似乎已做好了立即撤退的准备。

看着已被唐卫轩收入怀中的金丝锦袋，小西樱子还打算说什么，唐卫轩却已径直言道：

"诏书既已到手，事不宜迟。我们还是从这边原路返回。"

说罢，唐卫轩便已轻轻拉开了屋门，沿着来时的路，悄无声息地向着那寺内一角的庭院方向疾步而行。

见状，小西樱子犹豫了一下后，似乎有所不甘，但也只得紧紧跟上。

一路躲避着偶尔可见的巡逻武士，唐卫轩与小西樱子一前一后，很快便又回到了庭院中那座曾躲避过的假山前。

月色下的庭院，依然静谧如初，徐徐微风而过，吹得一旁林间哗哗作响。二人扫视四周，见不到一个人影。看来，只要借着院墙旁的假山，两人便可悄无声息地轻松翻至寺外，带着夺回的册封诏书，安全撤离本能寺。

回想此番行动，虽然也偶有波折，但短短时间内便成功夺回诏书，实在是大大出乎唐卫轩和小西樱子最初的预料，与之前大阪城中和东寺五重塔时相比，更可谓一帆风顺。见附近似已没有什么危险，两人对视了一眼，手中的兵刃也都各自收了起来，方便接下来的越墙而出。

不过，不知为何，收起兵刃的唐卫轩和小西樱子二人脸上，却都找不到丝毫的放松。

再度摸了摸收起金丝锦袋的怀中位置，唐卫轩一步当先，已攀至假山之上，正待纵身跃到院墙时，朝着假山背后无意间的一瞥，竟立时引起了唐卫轩的警觉：

假山背面的隐蔽处，那具曾被自己弩箭穿喉的武士尸体摆放的位置，竟与方才离开时稍稍有些不同！

莫非是曾被人移动过？！

一瞬间，唐卫轩直觉浑身汗毛倒竖，再回首望向这无声无息的庭院，不由得感到一阵诡异。

而就在这时，一旁的林间忽然响起几声细微的响动。

"不好！"

"嗖！嗖！"

几乎与唐卫轩的惊呼同时，两支利箭已从林间飞速射来！

好在唐卫轩提前有了警觉，千钧一发之际，提前侧身躲避，一支利箭有惊无险地与其擦身而过。

躲过一劫的唐卫轩见行踪已然败露，此地更不宜久留，趁着埋伏于林间的敌人尚未搭箭再射的空隙，便顺势跃至与假山相隔半丈外的院墙之上，顷刻间便可跳到墙外，带着已经到手的诏书，逃离此地。

但是，就在此刻，身后的墙内却忽然传来"扑通"一声响！

唐卫轩猛地回头，愕然发现，方才的另一支利箭，竟不偏不倚刚好射中了猝不及防的小西樱子……

中了一箭的小西樱子登时身子一斜，虽然咬紧牙关并未发出任何的声响，但身子已然重重地跌落在地，倒在了院内的墙根之下。

借着月光，唐卫轩定睛一看，那箭矢竟几乎射穿了小西樱子的右臂，牢牢地插在其胳膊上，殷红的鲜血正顺着箭杆从伤口处汩汩流淌。而小西樱子的额头上则冒着豆大的汗珠，显然是异常痛苦。只见其颤抖的右手中握着那柄惯用的匕首，却根本已使不出力气，只得换用左手接过右掌中的匕首，正准备先劈断箭杆，再拔出箭头，可就在这个时候，不远处的林间，再次传来了响动。

只是，这一次，并非夺命而来的破空箭矢，而是一声锋利长刀的出鞘之音：

"唰！"

这一声清脆的出鞘声响，仿佛瞬间斩断了庭院之中的安详与幽静，而那名刀出鞘后特有的余音飘荡，更是在空气中不断回响，拨动着听者的心弦，似乎死神的恐怖呼吸步步逼近。

唐卫轩转过头去，果然，先前似是早已埋伏多时的三名日本武士，正充满戒备地走出了一旁的林间。

其中的为首者，一身醒目的赤甲，手中倭刀已然出鞘，闪动着慑人的寒光。其身后的另外两名武士，则各持弓箭，冷冷地瞄准立于墙头的唐卫轩，拉弓半开引而不发。

三名武士的脚步不紧不慢，却在不断向着小西樱子和唐卫轩走来。此时，身中一箭的小西樱子虽勉强砍断了箭杆却已根本来不及仔细处理伤口，即便咬牙站起身来，面对着步步紧逼、全副武装的三名敌方武士，在其刀锋与箭矢之下，也根本难有越墙而出的逃生机会。

随着双方距离越来越近，尽管光线晦暗，但那为首的赤甲武士已逐渐看清了墙头之上唐卫轩的面容与衣甲，只见其脚步竟微微一顿，显然是在看清唐卫轩所穿锦衣卫衣甲之后，愣了一下，遂皱紧眉头，对明国锦衣卫竟能找到此处而由衷地感到惊讶，不过，紧接着，不知何故，其嘴角处竟又露出了诡异的微笑。

而这个时候，似乎是怕唐卫轩趁机逃走，赤甲武士身旁的另外两名拉弓武士，已将搭好箭矢的弓弦暗暗拉满，对准了唐卫轩。

谁知，就在下一刻，赤甲武士像是察觉到身后两人的细微动作，竟立刻发出了一声怒喝。拉弓的两名武士似是有些不解，但随即只得无奈地慢慢放下弓箭，而后，在赤甲武士的叱责下，不仅将弓箭丢到了地上，更匪夷所思地向后退了两步，有些不甘心地握着腰间的刀柄，冷冷地侍立在两旁。

喝退了两名手下的赤甲武士，这时，又将目光盯向了墙头的唐卫轩，冷笑道：

"这一次，你也打算不战而逃吗？"

虽然听不懂倭语，也没有小西樱子的翻译，但是，看着那仿佛认识自己的赤甲武士，唐卫轩眉头一皱，仔细望着那身披赤甲的人影，还有其赤色甲胄上的"三叶葵"标记，忽然间，记忆被唤起，唐卫轩不由得倒吸一口冷气：

此人，不正是那晚接风宴上、爆炸发生之前，与自己尚未决出胜负的第三场比武对手吗？

两人此前尚未结束对决，竟又在此处狭路相逢，真是命运的捉弄。

与此同时，好像是感觉到唐卫轩也同样认出了自己，赤甲武士笑意更浓，先是看了眼倒在墙根处的小西樱子，刀尖慢慢指向了已毫无抵抗之力的受伤女忍者，仰头向着唐卫轩，不屑地问道：

"是准备舍弃这个女人自己逃走？"

也不管唐卫轩是否听懂，赤甲武士继续抬起刀刃，转而将刀尖又指向了唐卫轩，傲慢地接着问道：

"还是回来同本大爷一决胜负？"

唐卫轩立于墙头，纵使不懂倭语，对方盛气凌人的动作与口气，也已说明了一切。

是战？还是走？

冷眼凝视着那正指向自己、挑衅中带有激将意味的刀尖，唐卫轩很清楚对方的用意。

若此刻趁着其他寺内护卫赶来之前，及时抽身而走，虽然放弃了小西樱子，却可以确保自己的安全、护送诏书平安返回。

若是跳回墙内，则可能是诏书与两人都一同陷入万劫不复的深渊。

而此时，墙下的小西樱子也无力地仰起头来，望向了立于院墙上、进退两难的唐卫轩。只见小西樱子握了握左手的匕首，痛苦的神情间，似乎正准备张口说些什么，却忽然发现，唐卫轩的目光也投向了自己——

四目相对间，小西樱子那凝视着唐卫轩的目光中，仿佛包含着太多种纠缠不清的复杂意味：

有犹豫、有期待、有不舍、有规劝、有催促、有无奈、有失落……

甚至，还有一丝难以解释的释然与轻松。

而最终，小西樱子颓然地收回了目光，像是已有了最终的觉悟，终归是什么也没有说。

随即，目光中几乎只剩下决绝的小西樱子，再度握紧了左手的匕首。剩余的力气，虽然无法战胜眼前的三名强敌，但是用来自我了断，应该还是绰绰有余的。

"还没有决定吗？"

这时，那赤甲武士已是暴躁难耐，怒视着尚未决断的唐卫轩，忍不住低吼起来。同时，更是将刀刃再次指向了受伤不起的小西樱子，威逼之意一目了然。

眼看已到必须抉择之时，只见，唐卫轩手执佩刀，深吸一口气，仰天默默一声长叹——

皎洁的月光瞬间洒满了其昂起的面庞，同时也照亮了目光中最后忍痛下定的决心。

随着叹息声落下，隐约间，小西樱子仿佛听到了唐卫轩自墙头的喃喃自语：

"……对不起……"

第十七章 · 抉择

对不起？！

虽然唐卫轩的自言自语说得模糊不清、断断续续，但在其喃喃自语中听清"对不起"的一瞬间，小西樱子的身子仍是不由得微微一颤。

嘴角边升起一丝笑意，面容间却已如死灰。

尽管，这是其已预见的结果，并且，也是眼下最为理智的决定，但是当亲耳听到唐卫轩说出"对不起"三字时，那心底的最后一丝幻想，才最终随之彻底湮灭。胳膊上所传来的钻心疼痛，这时，似乎也已感觉不到了。

随即，"噔"的一声，墙头传来一人跃墙而下的响动，像是唐卫轩已落向了院墙之外——

小西樱子却已然心无波澜，不再去看墙头唐卫轩消失的背影，只是平静地攥紧了手中的刀刃，神情间再无半分犹豫与眷恋，像是准备径自挥刀直刺自己的心口，做个干净的了断。

而就在这时，随着墙头的几粒尘埃扑簌而下，一个矫健的身影竟从天而降，赫然落在了小西樱子的面前！

只见其两脚稳稳地踏在地上，径自挺直了腰身，将自己与对面的三名德川家武士隔在了两边——

你？！

小西樱子出神地看着这一跃而下、凛然挡在自己身前的背影，一时几乎愣在了原处，手中的匕首也不由得渐渐松开。尽管看不到其正对赤甲武士的面容此刻会是怎样的神情，但月光下映照着的挺拔身影，却是那身熟悉而又陌生的大明锦衣卫衣甲。

直到片刻之后，渐渐回过神来的小西樱子，才从口中吐出了几个字：

"你……你为何……还要回来？"

尽管此话的语气之中，充满了责备、遗憾与不解，但不知为何，小西樱子那本已面无血色的脸上，却不禁多了一丝红润，表情中，也掩饰不住一缕暗暗的喜悦与欣慰。

一跃而下、再度回到院墙之内的唐卫轩却既未回答也没有回头。只是横过自己的佩刀，举在身前，一个声音凛然传来：

"大明锦衣卫——唐卫轩。请吧！"

这一刻，唐卫轩的神态举止，竟不似身处凶险万分的虎穴龙潭，反而一如当夜欣然登场比试时的英姿飒爽。

而眼看唐卫轩居然真的去而复返，再度跃回到院墙之内，赤甲武士三人也俱是一愣，甚至慑于其气势，不由得各自退后了半步。虽然心中一直暗暗盼着那明国锦衣卫自投罗网，但当唐卫轩真的一跃而下至三人面前、镇定自若地横刀应战之时，还是大大出乎了在场所有人的预料，一时缓不过神来。

但很快，原本退到右侧的其中一名武士，已逐渐露出了狞笑，似乎是窃喜于对手的鲁莽，竟如此愚蠢地回来送死，实在正中下怀，随即小心翼翼地慢慢上前，拾起了方才丢弃的弓箭。

而与此同时，左侧的另一名武士，则仍站在原地，有些不解地望着死到临头还毫无惧色的唐卫轩，忍不住对其刮目相看，似乎已暗暗升起几分钦佩。

谁知，就在这时，赤甲武士似是察觉到了其中一名手下捡起弓箭的小动作，一声怒喝，再次喝止了其偷偷摸摸的擅自行动，斥责之中，好像还对另外一名手下武士给出了新的命令。

不待唐卫轩弄清赤甲武士在说些什么，身后的小西樱子稍稍松了口气，低声为其解释道：

"看来，你可以专心对敌，暂时不用担心他们去喊救兵，或者三人齐上了。"

唐卫轩微微一笑，看样子，这赤甲武士倒是不打算以多欺少，只希望堂堂正正

第十七章 | 抉择

地决出两人此前尚未决出的胜负。

果然，眼看着那名刚刚拾起弓箭的武士尚未直起腰来，便在惊讶与羞愧之余，悻悻地将弓箭再次弃于地上，不太情愿地又退回到方才稍远的位置上。

见对方既不打算暗放冷箭，也的确没有任何呼喊其他守卫的迹象，唐卫轩没有多说什么，索性慢慢卷起了自己的左袖，从胳膊上卸下了自己的随身暗器润物弩，轻轻丢在了一旁的地上。

望见这一幕的赤甲武士似乎亦有所动容，由衷地点了点头，但随之而来的发展，却有些出乎唐卫轩的预计：

赤甲武士自己居然也退到了一旁，将中间与唐卫轩展开对决的位置，让给了右侧那名一动未动的手下武士。

怎么，是先派自己的手下来打头阵？

唐卫轩正想着，只见，那名手握刀柄、方才一动不动的日本武士，已迈着脚步，来到了唐卫轩的正面。

唐卫轩粗略一看，在对方稍显稚嫩的面容间，充满了跃跃欲试的兴奋，像是被赋予了极大的荣耀，面对着这能与明国锦衣卫一较高下的难得机会，脸上难掩欣喜与期待。

待其站定，摆出了交手的姿势，开始目不转睛地凝视着自己，唐卫轩却仍是一动不动，暗暗观察着这位临时顶替的对手。看对方握刀临敌的架势，像是出身日本的武者世家，自幼便曾苦练刀法。只是，从其两眼之中透出的目光中，其真正的临阵经验，怕是并无多少，就像是——

唐卫轩忽然想到了自己手下的赵恩儋，不由得苦笑着暗自摇了摇头。

同样是身手不凡的年轻武者，但和赵恩儋一样，眼前的这名德川家年轻武士，恐怕并未上过真正横尸遍野的残酷战场。因此，面对着极可能是头一次真刀真枪的生死决斗，才会带着那难以掩饰的兴奋，与身体细微处所透出的一丝丝紧张吧。

曾经，唐卫轩依稀记得，自己也曾是和面前的年轻武者，或赵恩儋一般的模样。而如今，却几乎已记不清，自那之后，自己已从死人堆里走出了多少次……

初心犹在，物是人非。

而此时，对面的年轻武士却已有些不耐烦，见唐卫轩仅仅在上下打量着自己，却迟迟未摆出迎战的姿势，简直是对自己的轻视，于是，不免有些动怒与焦躁，两眼之中也多了几分凶光，恶狠狠地盯着唐卫轩，准备先发制人、主动出击。

望着对面泛起怒容甚至已有些心浮气躁的年轻武士，唐卫轩心中却暗自轻笑，依旧用平静的目光淡淡地看着对方，一动未动地安然站在原地。

"你个浑蛋，别小看我！"

面对着唐卫轩的怠慢与示弱，年轻武士的脸部抽搐了几下，似乎再也无法忍受对方的轻慢，一声怒吼中，将手中的倭刀高高举起，随即便径直冲向了唐卫轩——

看这架势，是打算倾尽全身之力，以迅雷不及掩耳之势，将唐卫轩一斩为二、一泄心头之愤！

而唐卫轩，却依旧一动未动，只是暗暗握紧了手中的刀柄，两眼却紧紧盯住了对方脚下的步伐，深吸一口气——

"唰——！"

"唰——！"

就在两人相距最后一步之时，两道寒光几乎同时一闪而过。

一瞬间，庭院中的空气像是已凝结了一般，唯有两声尖锐的破空而过之声，余音绕耳，悠悠回荡在幽静的庭院之中。

时间，仿佛静止了下来。

片刻后，望着双双挥刀、错身而过的两人，在旁观战的另一名武士有些急不可耐地瞪大了眼睛，伸长了脖子，紧紧盯着出刀之后便一动不动的两个人，忐忑不安地等待着最后结果的揭晓。

不过，那赤甲武士与小西樱子，却似乎已各自显露出不同的表情：

只见，小西樱子轻轻地长舒一口气，嘴角处不易察觉地露出了一丝微笑。而赤甲武士脸上，则蒙上了一层阴云，面色凝重地默默叹了口气，暗自摇了摇头。

"哗啦。"

忽然，一旁水池的惊鹿竹筒发出了响声，终于打破了这如同静止的时间。

因为刚刚接满了水，竹筒径自倾倒下来，将筒中装满的清水一股脑泻入了池中，发出哗啦啦的入水之声。

也几乎是与此同时，片刻前还生龙活虎、跃跃欲试的那名年轻武士，也如惊鹿竹筒一般，"扑通"一声，直挺挺地倒在了地上。

而后，随着唐卫轩收刀回鞘，又是"啪嗒"一声。

那是一旁水池边的竹筒再度高高仰起的声响，一滴滴地继续承接着水流。

不过，那倒下的年轻武士却并未像那竹筒一般再度立起，而是伏在冰冷的地面

第十七章 | 抉择

上，彻底没有了动静。

只见，月光之下，自其脖颈处滚滚而出的殷红鲜血，已浸染了身下冷冰冰的泥土。年轻武士的手中虽仍紧握着刀柄，但眼中憧憬着胜利与荣耀的目光，却渐渐变得无神、浑浊，直到瞳孔完全扩大，消散掉最后一丝生气。

这场本就毫无悬念的前哨之战，似乎胜负已分。

望着一回合之内便丢掉了性命的同伴，另一名手下武士表情顿时有些绷不住了，尤其看着收放自如、轻松取胜的唐卫轩，忍不住又退后了半步，诧异中带着惊恐，后怕中暗含庆幸。

虽说对于武士而言，对决之中也算是死得其所，但望着年轻武士倒在地上的冰冷尸体，面对着唐卫轩一刀毙敌、高深莫测的身手，出于求生的本能，其不免又退后了半步，似乎已做好了最坏的打算……

但就在其正打算再度捡起那丢掉的弓箭，或者回身厉声大喊救兵时，却见赤甲武士已不慌不忙地走上前去，准备好了与唐卫轩的正式对决。

望着赤甲武士镇定自若的沉稳背影与志在必得的从容步伐，仿佛根本没有受到先败一阵的影响，反而从刚刚年轻武士用性命换来的经验中，更平添了几分自信与把握。

见此情形，那满含惊恐的手下武士一时不再退却，但是眉头却皱得更紧，大气也不出一声，只是高度戒备、冷冷地看着赤甲武士与唐卫轩接下来的正式对决。

而此时，已准备好一决雌雄的唐卫轩和赤甲武士两人，都没有精力去顾及一旁面露疑惧的那另一名武士。第二场真正的生死对决，随着二人各自站定，已是箭在弦上、一触即发。

只是，这一次，唐卫轩的态度已截然不同，面容神色几乎判若两人，非但没有因为第一场的轻松获胜而沾沾自喜、自信满满，反而更加谨慎小心、全神贯注，不敢有丝毫分心。

随着生死之战即将展开，唐卫轩先是稍稍后撤到刚刚的位置，与赤甲武士拉开了一定的距离，同时始终不动声色地盯紧对方的一举一动，心下似是已做好了随时应对的最高戒备。

而赤甲武士见唐卫轩后撤了两步，却也并未轻举妄动，站定之后，便摆出了如同前夜一般、似曾相识的进攻姿势。举手投足间的气势就已能看出，其与方才那心浮气躁的年轻武士，高下立判，根本不可同日而语。

只见，静谧的庭院中，赤甲武士慢慢地举起手中的那把武士刀，月光之下，修长的刀刃映照着闪闪的寒光。而随着刀身被缓缓抬起、高举过头顶——

夺命刀未出，凛然声已至。

仅是其缓缓举刀而起的这一动作，空气中竟然便已微微荡漾起那刀刃划空而过之声，低鸣不已，摄人心魄。

再看那月光下的刀身，刀姿剽悍，细看之下，刀刃与刀面的边界处，洒满了银沙般的颗粒状纹样，组成了形成白雾一般若隐若现的线条，先前曾在朝鲜战场上多次与倭军交手的唐卫轩多少能够认出，那似乎便是倭刀特有的"沸"纹。

不过，不同于唐卫轩对倭刀一知半解的程度，在其身后的小西樱子一望见赤甲武士手中的那柄倭刀，心中登时便暗暗捏了一把汗——

此刀不仅刀姿剽悍、曲度优雅，更兼刀身上难得一见的惊涛骇浪水波刃纹，通明锃亮，绝非寻常之物，而是千里挑一的当世名刀。

不仅如此，在月光的反射下，刀身之上清晰可见的刃纹与地肌，足见这柄倭刀定是时时上油打粉、精心保养，方能有此光亮。而优美的刀身上竟见不到一处刮伤，更是足见持刀者每次出刀与收鞘时的细致入微、一丝不苟，非常人可以做到。

屡经战阵的小西樱子心中明白，其实再锋利、名贵的武具也并不可怕，最为关键的，还是持刀之人。而从惯用的武具之上，更可一窥用刀者的性情与风格，作为临战时的重要参考。

自己原以为，这赤甲武士不过一介头脑简单的粗鄙武夫，纵使刀法刚猛，若性情暴戾，以唐卫轩的身手，只要稍稍拖延一阵，对方便会自乱阵脚、刀势凌乱、破绽百出。但如今看来，从那精心养护的刀身上，却足见这赤甲武士实则粗中有细、心思缜密。不仅握有名刀在手，目睹手下一刀毙命也仍心无波澜，这样专注细致、用心如一的对手，才是最难以对付的。

而随着继续想下去，小西樱子的表情则更是愈加凝重起来。从之前的那两支冷箭来看，这赤甲武士先是在假山背侧发现了手下的尸体，却并没有声张，而是暗中设下埋伏；又在与唐卫轩对决之前，即便明知那年轻武士绝非唐卫轩的对手，却依然让其先与唐卫轩过招，借其性命一探对手的深浅与招式……

这一刻，见终于亲自出手的赤甲武士不动如山、稳如磐石一般，小西樱子似乎忘记了自己的伤势，望向唐卫轩背影的目光中，也不由得流露出关切与担忧。

如果形势不利，那——

第十七章 | 抉择

一边忧心忡忡地想着，小西樱子又像是忽然发现了什么，眼中立刻透射出异样的光芒，随即便将视线移到了一旁的地面之上。

此刻，随着一阵清风拂过，渐渐恢复了幽静的庭院中，即将一决生死的唐卫轩和赤甲武士二人，均已调整好了呼吸，就如同回到了彼时众人瞩目的比武台上，心无旁骛地密切寻找着对方的破绽，时刻准备以迅雷不及掩耳之势，一刀毙敌。

在这交锋前令人几乎窒息的寂静中，赤甲武士一呼一吸间始终不敢有任何大意，那紧握刀刃的粗壮双臂，与支撑身体的双腿，似乎都蕴含着蓄势待发的巨大力量。而赤甲武士整个人，则犹如正凝视着猎物的一只猛虎，一动不动的平静之下，随时准备露出狰狞的血盆大口，恶狠狠地扑向眼前的猎物，用利爪将其撕个粉碎！

唐卫轩则同样不敢有丝毫怠慢，自己和小西樱子两人的生死，以及大明诏书，乃至大明与日本的议和前途，此刻都系于一身，因而足足打起了十二分的精神，如同雕像一般的纹丝不动中，手掌紧紧握住绣春刀的刀柄，全神贯注间，静静寻觅着最佳的时机。

而小西樱子与在旁观战的另一名武士，也已屏气凝神，忐忑地在这暴风雨来临前的最后宁静中，绷紧了神经，眼睛眨都不眨地注视着中间的两人。

"呀——呀——！"

突然之间，不知哪里的乌鸦在夜里忽然叫了两声，顷刻间，打破了庭院中的平静。

声音未落，唐卫轩与赤甲武士已几乎同时发力，猛然冲向了迎面的对手——

皎洁的月光下，就如同在迎接大明使团的接风晚宴上，于双方无数文武官员的注视中，只见二人即将交锋相错之际，两道夺目的刀光凛然闪过！

电光石火间，只听两声沉闷的动静，那似乎是刀刃划破甲胄时发出的声响！

与此同时，两人已各自错身而过，但各自的身体也为之一滞。

目不转睛盯着唐卫轩的小西樱子，心中猛然一紧，惊讶地发现，刚刚站定的唐卫轩随即身子一斜、猝然扶住了自己的肋下部位，似是刚刚的交锋中不慎挨了那赤甲武士一刀。

虽然有贴身软甲护体，却也无济于事。好在，伤口好像并不太深，未伤及内脏与要害，但殷红的鲜血仍很快将肋下部位染红了一片，勉强站定身体的唐卫轩只得暂时轻轻扶住伤口，尽管伤势不太重，可气息却逐渐有些不太均匀了。

而赤甲武士的情况，也同样不容乐观，方才交锋之时，稍稍后出刀的唐卫轩在极为勉强的临机躲闪中，转手挥刀，砍中了其肩胛之处。只是，因有甲胄防护，切口并不深，但也令其皮开肉绽、受了些轻伤。

只见，冰冷的月光下，骇人的血肉自赤甲武士的甲胄破损处若隐若现，鲜血流淌不止，沿着甲胄缓缓流淌落地。而更令人心惊胆战的，乃是其手中所握的那柄倭刀。只见，其手中所握倭刀，在饮过血后，此刻似乎更显阴邪妖冶。人如其刀，对于肩胛处的创伤，赤甲武士同样似是不觉一般，脸上反倒显露出几近癫狂的兴奋之色，胸口不断地起伏中，呼吸越发地粗重与猛烈，但却不为受伤所致，反倒更像是难以抑制心中澎湃的激动之情。

一回合战罢，面对暂处下风的唐卫轩，赤甲武士没有留给其多少喘息之机，略一停顿后，又紧跟着大喝一声，而其脸上原本就已十分可怖的眼睛也瞬间瞪大了一圈，再添几分凶神恶煞般的杀戮之气！

随之而来的，便是一道咄咄逼人的寒光！再度劈头盖脸地朝着唐卫轩挥砍而来。

"唰——"

随着一道刀光呼啸而过，这一回，唐卫轩竟然撤后了一步，并未与之争锋。

表面看上去，唐卫轩似是已无还手之力，只能步步后退，就像是慑于对方身上的恶鬼之气，连反击的勇气都没有了。只能勉强硬撑，与赤甲武士往来周旋。

赤甲武士于是又接连挥出数刀，而唐卫轩面对着咄咄逼人、杀气腾腾的对手，却再也没有冒险出手，似乎心中并无一击毙敌的把握，只得一退再退。

又是几回合战过，在旁观战的小西樱子与另一名武士，也不由得看出了些端倪。

通过之前派手下用性命换来的宝贵借鉴，这赤甲武士此刻倾力挥出的每一刀，不仅快如闪电、锐不可当，且皆是暗暗瞄准了唐卫轩出刀时难以兼顾的薄弱部位，就连其脚下的步伐与身形，也是极其地稳健，几乎未露什么明显的破绽。

唐卫轩恐怕也并非不想反击，而是即便反击、怕是也根本讨不到多少好处。方才第一回合的结果，似乎也证实了这一点。若轻率反击，最好的结果也不过是两败俱伤，显然唐卫轩还不想把性命葬送在这里。因而只得暂且周旋，不断寻找着赤甲武士可能的破绽。

很快，唐卫轩的目光就渐渐锁定在了一个部位，也是那赤甲武士上半身几乎唯一未有甲胄防护之处——其颈部的咽喉位置。

赤甲武士的力量显然略胜于自己，甚至速度也在伯仲之间，若拼死一击，唯有斩至此处，可确保将其一刀毙命，就和方才对付那年轻武士一样。唯一的区别是，方才的年轻武士浑身上下满是破绽，瞄准咽喉不过是希望更好地保护自己的刀刃。

第十七章 | 抉择

而这一次，唐卫轩却是做好了自己有可能同样中刀的准备，打算与对方拼个一死一伤，当然，还要看自己是否能侥幸硬扛下对方的夺命一刀。

对于唐卫轩心中所想，紧盯着其一举一动的赤甲武士像是早已看透，却毫不在乎，数番往来之后，更是很快便将且战且退的唐卫轩逼至了池塘边的角落之中。看样子，唐卫轩已无路可走，脚跟更是抵在了身后的池边石垒上，若再后退一步，便会跌入池塘之中，更无反击的机会。

如同上天已预见到了唐卫轩的最终命运，此时，一片乌云遮蔽了月光，庭院中愈加昏暗下来。

而眼看对手已躲无可躲、必将背水一战，被迫与自己一决胜负，赤甲武士的脸上逐渐狰狞起来，对于眼前这唾手可得的胜利，已是志在必得，甚至，略显狂傲地卖了个破绽，挺了挺自己的脖颈，似是有意让唐卫轩尽可来砍自己的咽喉！

就在这时，唐卫轩果然脚下猛地一蹬，两眼之中迸发出视死如归般的决心，毫不犹豫地便提刀反扑了上来，用生命作为赌注，与其决一死战！

面对着准备挥刀直奔自己咽喉而来的对手，赤甲武士却微微一笑，像是正中其下怀，瞬间横起刀刃，几乎将全身的力量，都借助双臂贯入到了手中的刀刃之上，以一身势不可挡的巨大蛮力，势大力沉地横向劈出了那快如闪电的倭刀！

但对于唐卫轩目光死死盯住的自己咽喉，赤甲武士却似乎根本不以为意。

一旁的手下武士一见其出手，登时便明白了赤甲武士的打算。

战场之上，这名手下武士已无数次目睹，不知有多少对手死在了这一刀之下。毕竟，大多数始终处于劣势的对手，一见其主动露出破绽，登时便会抓住这一闪而过的宝贵机会，手疾眼快地出刀反击，即便拼个两败俱伤，对于已处于绝境的对手而言，也并不吃亏。可最终的结果，却往往是希望落空，令其瞠目结舌。

这一次，那吃了熊心豹胆的锦衣卫想必也是同样的下场！其恐怕根本还不晓得，赤甲武士所挥出的这一刀，足可劈山断石，神鬼莫当！一刀而下，足以先一步便将唐卫轩连人带刀一并拦腰斩为两截！而其瞄准着咽喉的刀刃，届时当场断为两截，又如何还能伤得到赤甲武士一根毫毛？

赤甲武士昔日数不清的手下败将，大都是惨死在这势不可挡的刀锋之下，而唐卫轩似乎也不会例外。

不但自己会被拦腰斩断，惨死于刀下，手中的刀刃却根本碰不到赤甲武士咽喉的分毫，只能不甘地倒在血泊之中，含恨而终。

只是,那信心满满、阅历丰富的一旁观战武士,此时却并不知道,这一回,他只猜对了一半。

眨眼间,随着小西樱子与旁观武士各自屏气敛声、目不转睛地注视着,唐卫轩与赤甲武士两人已各自挥出了刀刃——

最终的胜负即将见分晓。

但两人的刀势都实在太快,加之乌云遮月,昏暗之下,又隔着一定距离,更是看不清楚。

不过,电光石火间,在旁观战的二人都同时听到了,空气中传来"嗤啦——"一声响……

对于屡经战阵的二人而言,这声音实在再熟悉不过了:

这,正是刀刃硬生生劈开甲胄、切入血肉时才会发出的独特声响!

"唐……唐君?!"

"哈哈哈,那不知深浅的明国锦衣卫,谁叫你自投罗网,活该被砍成了两截!"

伴随着这刀刃划开甲胄与血肉的沉闷声响,两人正各自暗想着,但是仅仅下一刻,不远处的池塘内,又紧接着传来了"咚——"的一声轻响,似是有什么东西落入了水面。

那在旁观战的武士冷眼一扫,原以为必是唐卫轩那被断为两半的半截残刀,可定睛一看,这才发现,那竟是被削去了一半的半顶大明乌纱冠……

嗯?!

这落入池水中的半顶乌纱冠,不正是那明国锦衣卫头上之物吗?

难道说,其被砍的不是腰腹,而是头颅?可那显然是切入血肉之躯的声响,又是怎么回事?!

疑惑之中,观战武士下意识地再次看向了赤甲武士与唐卫轩的位置——

瞬间,其便愣在了原地……

不知为何,唐卫轩竟仍活生生地站在不远处,保持着出刀后的姿势,只不过,整个身子却是半缩着腰,已与赤甲武士错身而过,各自背对。而其早先所戴的那顶乌纱冠,甚至连同头顶扎起的发髻,都已被整齐地削去了一半。

此时,随着唐卫轩缓缓直起身来,头顶原本被发簪所扎起的头发,似乎是刚刚反应过来,轻飘飘地散落了下来。这一刻,恰好那遮蔽明月的乌云再度飘开,一缕月光洒落下来，映照在收刀而立的唐卫轩身上。只见，其披头散发，双眼圆瞪，不仅眼中充斥着无数的血丝，脸上也溅满了不知何处而来的鲜血，手中所握的绣春刀更是在不断沾染着殷红的血迹，猛然望去，整个人仿若已化身成自地狱而来的凶神恶鬼一般，令人胆战心惊、望而却步。

而就在这时，原本已站定、一动不动的赤甲武士，却忽然捂住了自己的侧腹部，只听"哗——"的一声，赤甲武士的腹部竟忽然如同割破了的西瓜一样，向外喷射着道道的红色血液！

"咚——！"

随即，那赤甲武士已颓然地跪倒在地。

"咣当——"一声清脆响声中，就连那柄其视若性命的绝世名刀，也已猝然落地。

借着月光，在旁观战的武士这才注意到，赤甲武士的腹部已被割开了一个硕大的豁口，即使其仍在费力捂住致命的伤口，却无论如何也止不住汩汩而出的鲜血，甚至血肉模糊的肠子此时都已流了出来。

观战的武士这才明白过来，唐卫轩的确没有伤到赤甲武士的咽喉分毫，因为其根本没有就砍向赤甲武士的咽喉。而是在最后一刻，附身弯腰，于电光石火之间，几乎是擦着自己的头皮，躲开了那势大力沉的夺命一刀，同时改变了刀势，径直一刀，干净利索地切开了赤甲武士的甲胄，以及其毫无防备的腹部……

很快，失血过多的赤甲武士，勉强直起的上半身也已摇摇晃晃，虽然其仍在徒劳地企图站起来，却再也做不到了。

最终，面对眼前的一汪池水，与池中皎洁的一轮明月，有所觉悟的赤甲武士，终于喃喃地嘀咕道：

"无念……"

而后，便一头栽倒在池边，再也一动不动了。

面对着唐卫轩的惊险取胜，小西樱子喜极而泣，任由泪水滑落脸颊，却一时什么也说不出来。

但很快，小西樱子注意到，唐卫轩赢得也并不轻松，决出胜负后，其一只手便始终捂住自己的侧腹部，显然是原本肋下的那处创口也因此进一步裂开，仍在渗出的血水已然浸透了唐卫轩侧腹的衣甲。

如果这时候，那最后的一名武士趁火打劫……

可待转过头去，小西樱子才发现自己纯属多虑了。

仅剩的最后一名武士，望着不远处唐卫轩骇人的样子，就仿佛是看着魔鬼妖怪一般，眼中满是惊惧之色，浑身止不住地颤抖。但奈何，身体却像是已不受控制一般，竟无论如何也拔不动腿。

"哗啦……"

忽然，一旁水池的惊鹿再次发出了响声，将竹筒内盛满的水倾倒而出，也像是终于解开了最后一名武士身上的定身魔咒。

终于从惊恐中回过神来的最后一名武士，此时头也不回，拔腿就走，想去呼喊救兵，但依然盘桓在心中的恐惧，却使得其一声也叫不出来。

就在此时——

"嗖——"

空气中忽然有一支弩箭破空而过！

随着"噗——"的一声，那逃走的武士猛地身体一晃，立时跌倒在地。可转眼间，却又趔趔趄趄地爬了起来，手脚并用地继续夺路而逃……

多少缓过些力气的唐卫轩这才发现，是小西樱子，不知何时，不仅处理好了其胳膊上的伤口，更是悄悄捡起了自己丢在地上的润物弩，射了那逃走的武士一弩。只可惜，一向百发百中的小西樱子，这一弩却只射在其肩膀上，并未致命。

不过，润物弩中的三支弩箭此时应该还剩最后一发，但是，瞄了一阵那越逃越远的武士背影，小西樱子最终仍是没有射出弩箭。

"事不宜迟，我们速速离开此地。"

看着一步步蹒跚走来的唐卫轩，小西樱子扭过头来，对着唐卫轩低声道。

虽然看不太清墙下小西樱子此时的表情，但这句话，却是说得斩钉截铁。而后，小西樱子更是不再多言，活动了下自己受伤的右臂，强撑起身体，率先攀上了那座假山，随即跃上了院墙。看其身形虽然迟缓了不少，受伤的右臂用起来似乎也有些吃力，但比此刻唐卫轩的情况，却是强了不少。

唐卫轩这时也紧随其后，拖着受伤的身躯，攀上假山。待要跃至院墙之上时，眼看其身形不稳，小西樱子便伸过来一只手臂，似是借出胳膊，默契地拉唐卫轩一把。

大战刚过的唐卫轩未及多想，本能地伸出手臂去迎，可就在这时，小西樱子瞬间抓住了唐卫轩的手臂，却并未将其拉上院墙，而是以迅雷不及掩耳之势，伸手至唐卫轩的身前，飞快地掏走了唐卫轩怀中的那个金丝锦袋！

正在唐卫轩愣神之际，再度抬头去看小西樱子之时，却见，那尚余最后一支弩

第十七章 | 抉择

箭的润物弩，竟已对准了自己的胸口……

月光下，将金丝锦袋连同袋内诏书收入怀中的小西樱子，此刻的面容竟如明月一般惨然，白净的肌肤下隐隐带着一丝哀伤，颤抖着的手臂，握着冷冷的润物弩。

而锋利的弩尖，则正对着面前的唐卫轩，这名片刻之前刚刚跃下院墙、将自己护在身后的大明锦衣卫身上……

一瞬间，时间仿佛静止了下来。

面对着随时一动手指、便可取自己性命的小西樱子，唐卫轩身体一滞，缓缓收回了方才伸出的手臂，面容间却仿佛并没有太多的惊讶，就像……

就像是早已预见到了这一刻似的。

只是，其似乎也没有料到，这一刻会在此时此地，突然而至。

唐卫轩看向小西樱子的目光中，仿佛还带着一丝期待。

望着突然对自己翻脸出手、但却迟迟没有下定决心、痛下毒手的小西樱子，唐卫轩既没有被背叛的恼怒，也没有任何的哀求，甚至见不到丝毫的抱怨，呼吸甚至依然均匀，只是平静地看着小西樱子，就像是在等候着其最后的抉择。

一如一炷香前，自己曾在墙头做出的抉择。

一片沉寂中，小西樱子似是想起了不久前彼此位置颠倒时，唐卫轩断断续续的话语中，所说的"对不起"三字。这时，静静流淌的月光下，小西樱子的面容逐渐黯淡下来，缓缓地避开了唐卫轩的对视目光，恍惚间——

"对不起。"

不知为何，小西樱子竟头一次使用了唐卫轩根本听不懂的倭语，只听小西樱子口中轻声却十分清晰地低语道：

"这是小西大人的命令。"

还不待唐卫轩听懂小西樱子所说倭语的意思，只觉胸口处猛地一凉——

"扑通——"

一声沉闷的声响中，被自己的润物弩弩箭穿胸而过的唐卫轩，已重重地摔落在院墙之内的地面上——

与其一同跌落的，还有那支已全部射空的润物弩，以及恰好滴落在其面颊上的一滴水珠……

跌落在地的唐卫轩仰面朝天，淡淡地凝视着方才小西樱子的位置。

方才从空中落至自己面颊的水珠，难道，会是一滴眼泪吗？

此刻的唐卫轩，意识逐渐模糊，更没有任何力气去确认自己面颊上的水珠究竟是什么，甚至其到底是否存在。

不过，可以肯定的是，院墙之上已空空如也，再也不见任何的人影。

此时，一阵微风拂来，空空荡荡的墙内，更是陷入了一片死寂之中，再也嗅不到那缕既熟悉又有些陌生的恬淡幽香。

仿佛，一切都是一场梦。而此刻，便是梦醒时分。

濒死之际的唐卫轩，忽然想到了什么，费力地伸出手臂，摸向了怀中的一处位置，同时，不由得暗暗叹了口气，露出了一丝惨然的苦笑。

也不知，此时的唐卫轩，是在为自己以往的抉择感到无比悔恨，还是在感慨、怅惘些什么别的东西。而后，唐卫轩只听到一阵急促的脚步声由远及近，似是寺中的大队守卫们正在急急赶来，可自己却根本连站起来的力气都没有了。

在这最后一刻，唐卫轩只能徒劳地护住了自己的怀中位置，而后，便彻底昏死了过去……

第十八章 · 虚实

卯时三刻，夜色将尽。

对于大阪城内的大明使团众人而言，这又是煎熬的一夜。

尽管，傍晚时分，赵恩儋的安全返回让正使杨方亨及不少文武官员多少松了口气，但是杳无音信的册封诏书，却依然下落未明。

当夜的馆驿议事厅商讨中，即便赵恩儋在众文武面前信誓旦旦地保证，其上司锦衣卫百户唐卫轩一定可以不辱使命带回诏书，但是，环坐厅内的众人却无人能有如此信心。特别是在见到一同返回的程本举，在角落中那一言不发、略显焦虑的样子后，无论年轻气盛的赵恩儋将昨日一路上的传奇经历说得如何天花乱坠，众人口头上虽也应和着相互打气，但这种心理宽慰也不过是流于表面而已。心照不宣的相互对视中，几乎所有人，依旧对唐卫轩能否带回诏书，感到忧心忡忡。

而其中最为担惊受怕的，自然非正使杨方亨莫属。

尤其是在得知唐卫轩与小西樱子二人当夜将单独行动时，杨方亨的面色几乎惨白，紧紧抿住嘴唇，长时间陷入了沉默，任下属们各自发表高见，自己却一改往日的风格，丝毫未加点评，整个过程都仿佛充耳未闻一般。但即便表面上依然一副镇定自若的样子，心中的愁云却是越聚越浓，只怕那早有"通倭"嫌疑的唐卫轩就此一去不回，真的与日本彻底勾结。而作为委派唐卫轩追查诏书下落的使团正使，到时，除了遗失诏书外，自己的罪责不免又要再加一重。

愁眉不展间，一夜的商讨与等待也是毫无头绪与进展。

时间匆匆而过，在疲惫与焦虑中、高谈阔论了一整夜各种奇思妙想的使团众文武，最终也只得悻悻而散。

出了议事厅，众人各回房间，但却有一人依旧精神矍铄，未回房休息，而是不动声色地离开了馆驿，前往小西行长的府邸而去。此人正是使团副使——沈惟敬。

一夜的商讨中，沈惟敬几乎始终缄默不语，心里却十分清楚，既然没有京都方向传来的任何切实消息，所有商讨都不过是纸上谈兵，毫无意义。

而按照沈惟敬盘算，一夜过后，唐卫轩与小西樱子所在的京都方面也该传来最新消息了。果然，待抵达小西行长的府邸、在密室中见到了同样几乎一夜未眠的小西行长后，两人寒暄未毕，便有侍卫前来禀告，小西樱子已然归来的消息。

"快——！让樱子直接速来密室！"

闻听这一消息的小西行长登时两眼放光，一扫满脸的困倦与疲惫，深知自己这名得意手下作风的小西行长很清楚，若未夺回诏书，完成使命，小西樱子绝不会亲自回到大阪。因此，此番归来，定会是自己期盼已久的好消息。

听闻小西樱子已然返回，一旁的沈惟敬也不由得面露欣喜，不过，听到侍卫只报告了小西樱子归来，却不知唐卫轩的状况，心中又不免有些疑惑。

很快，小西樱子迈步走入了密室，什么也未说，只是无声地从怀里取出了那包令人望眼欲穿的金丝锦袋，递予了小西行长。

见这装有册封诏书的金丝锦袋终于平安归来，除了锦袋上沾有一丝血迹外，几乎毫发未伤，小西行长大喜过望，心中那悬空已久的巨石终于得以暂时放下了。

"不愧是樱子！干得好，干得好！"

欣喜若狂地接过了小西樱子带回的金丝锦袋，小西行长一边喃喃自语着，一边将金丝锦袋小心翼翼地捧在手上，视若自家性命般，隔着锦袋仔细摩挲着锦袋内那历经艰险、失而复得的册封诏书，几乎喜极而泣。

而在一旁的沈惟敬，同样长舒一口气的同时，却在无意间察觉到，一贯雷厉风行的小西樱子，此时的状态，似乎有些迥异：

自打走入密室，小西樱子便一言未发，始终低垂着头，与平日里那个神采奕奕、始终游刃有余的女忍者简直判若两人。不仅平日里的杀气与干练不见了踪影，甚至，在这本就昏暗的密室内，其浑身上下，竟透着一股难以言表的落寞之感。就连头上束起的秀发也是极为草率，似是无心打理、略显狼狈。若非其递上了装有诏书的金

第十八章 | 虚实

丝锦袋,从这副失魂落魄的样子上,甚至会让人误以为,昨夜的行动一定是功亏一篑了。

不过,怎么只有小西樱子一人归来,却不见唐卫轩的身影?难道说……

这时,盘桓在沈惟敬心中的疑问还未来得及出口,小西行长已率先开口问道:

"对了,此番盗去诏书的究竟是……"

"是内府大人。"

小西行长话音未落,垂首的小西樱子已迅速给出了回答。只是,比起幕后黑手的身份,小西樱子此时那冷若冰霜的声音,更让沈惟敬感到惊异。

"内府大人?德川家康?!可恶,竟然真是这个老狐狸!"

而在小西行长诧异的自言自语中,似乎并未觉察到小西樱子那冰冷而又落寞的语气,只是对于盗去诏书的幕后黑手的身份略感惊讶。但很快,逐渐理清了思绪的小西行长,好像终于注意到了小西樱子此刻不同往日的状态,顿了顿后,先是不动声色地看了眼眉头微皱的沈惟敬,而后有些惋惜地问道:

"那个……唐卫轩……看来,始终还是不肯答应加入我们了!"

这一回,不知为何,小西樱子并未回答,只是缓缓地点了下头。

"这么说来,你已按照我信中的指令,将那唐卫轩除掉后,也一并留在了幕后黑手那里?"

在一旁沈惟敬惊骇的表情中,始终未曾抬起头的小西樱子在片刻的犹豫后,最终重重地点了点头。

"干得好。辛苦你了,樱子。"

一边勉励着看上去落寞的小西樱子,小西行长一边转过了头来,对着尚蒙在鼓中的沈惟敬言道:

"沈大人,对不住了。我知道,你一直反对向唐卫轩下手。可按照樱子的汇报,在前往京都的路上,唐卫轩似乎已多少觉察到咱们诏书中的秘密。虽然未必了解得多深,但为长远计,我实在不能留着这个隐患。所以,才暗中向樱子下令……"

"唐卫轩他根本一无所知!"

谁知,沈惟敬听到此处,已是暴怒而起,整个人气得浑身发抖,指着小西行长,怒喝道:

"小西大人,除掉唐卫轩完全是多此一举!你这是公报私仇!莫不是,你还在记恨当初平壤之战时与唐卫轩的旧账?"

面对着沈惟敬的诘问，小西行长却神色淡然，直视着沈惟敬的眼睛，平静地说道：

"非也。小西行长绝非因为当年平壤城的私怨，而对其下手。"

说罢，小西行长顿了顿，看了看怒气冲天的沈惟敬，又看了眼一旁始终低垂着头的小西樱子，略带遗憾地叹了口气后，继续说道：

"唉，就连樱子都能忍痛下手……沈大人，如你一般聪慧过人，又为何不能理解我的苦衷呢？我愿意蹚这趟浑水，甚至欺骗了对我有知遇之恩的太阁殿下，虽然其中也有我个人的私利在内，但此番所为的，更是整个日本！也没人比我更清楚，其中所要承担的风险，究竟有多大！一旦有个闪失，秘密泄露，恐怕我一人的性命都不足以应对太阁殿下的雷霆之怒。因此，为了我小西家上下所有家臣、手下的前途与性命，身为家主，我绝不能允许有任何的闪失！哪怕只是一丝的可能！况且，看在唐卫轩出色的能力和你沈大人的面子上，我已让樱子在动手前给他开出了极为优厚的条件，与最为诚挚的邀请，我想，樱子一定已经代我转达到了。只是希望他可以加入我们小西家，留在日本。这样一来，无论他对诏书中的秘密到底掌握了多少，也都不会影响我们的计划顺利进行。甚至在使团回国后，由我坦诚相告其中的玄机，也未尝不可。可是，他唐卫轩呢？我料想，定是不识抬举，一根冥顽不化的死脑筋，始终也不肯加入我们。我虽不在当场，但也能猜得出大概，若不是万不得已，始终未能得到其加入我们、留在日本的承诺，樱子……唉，想必也绝不会对其下毒手的……按照贵国的话说，正所谓先礼后兵，对唐卫轩，我小西行长已是仁至义尽。至于尸体嘛，既然已经决定了要除掉他，就不如将其尸体也一并留在幕后之人那里，我稍后便去禀告太阁殿下，有锦衣卫的尸体死在他所居之处，也算是又一件铁证，我倒要看看，险些坏了我大事的德川家康，到时又该在太阁殿下的震怒前如何辩解？！"

看着目光坚定、一意孤行的小西行长，沈惟敬虽余怒未消，但木已成舟，只得长叹了一口气，苦涩地说道：

"小西大人的这番用心，沈某多少能理解。可……唉——只怕，如此安排，说不定会弄巧成拙，反而坏了你我的大事……"

"哈哈哈哈，沈大人怕是多虑了，这怎么会呢……"

小西行长志得意满地大笑起来，一边说着，一边打开了那个金丝锦袋，从里面将那诏书卷轴摸了出来，缓缓展开：

"你瞧，册封诏书都完好无损地回到了咱们手上，又怎么可能出意外……"

第十八章 | 虚实

而就在此刻，小西行长的话音竟戛然而止，只见，其正愣愣地盯着半展开的诏书内容，展开卷轴的手臂却不由自主地微微颤抖了起来……

沈惟敬发觉有异，正待上前查看，这时，满脸颓然的小西行长手中一松，那诏书便径自掉落在地，卷轴在地上慢慢滚动，将其中的内容完全展现在了沈惟敬的眼前……

登时，沈惟敬也是难以置信地瞪大了双眼，呆若木鸡。

这形状、大小都与册封诏书极为相似的卷轴，打开之后，展现在眼前的，竟然并非那封盖有大明皇帝宝玺的册封诏书，而是——

一幅日本画风的仕女出浴图。

"这？！"

脸色煞白的沈惟敬望着眼前的图卷，一时有些缓不过神来。明明是如假包换的金丝锦袋，里面所装的本应是大明皇帝的册封诏书，但是，为何此刻却变成一幅日本的仕女图？

面无血色的小西行长，则只是盯着面前展开的仕女出浴图，在惊骇中愣愣地发呆——

此刻，画中所绘那名出浴仕女出水芙蓉般的回眸一笑，仿佛正像是对小西行长机关算尽一场空的无尽嘲笑……

而小西樱子也在觉察气氛有异后，第一次抬起头来，当看到眼前这幅似曾相识的仕女出浴图时，同样惊得目瞪口呆，一时说不出话来：

这……这不正是温泉旅店别间内挂在墙上的那幅图吗？！

自离开本能寺后，大脑便几乎完全空白、一路不停狂奔而回的小西樱子，直到此刻，也从未想到去查看一下，那金丝锦袋中的卷轴，究竟是不是真的诏书。

难道说？！

霎时间，小西樱子的脑海中猛然闪过一幅幅画面：

昨夜泡温泉时，唐卫轩不经意间问及墙上这幅仕女出浴图值多少钱。

本能寺的假山山洞中，弯腰后直起身时，背后无意间触碰到的，那个不合时宜的奇怪棒状物。

还有最后自己狠下心来射出弩箭时，唐卫轩那道不怒不恼、意味深长的目光。

一瞬间，小西樱子像是终于明白了什么！

只是，为时已晚。

"唐卫轩这个浑蛋！可恶——！他背叛了我们！居然还有如此虚实莫测的诡计！这家伙简直比德川家康那个老狐狸还要狡诈！可恶——！"

待从小西樱子处了解了之前温泉独处时曾见过此画后，小西行长终于明白了过来，原以为是中了德川家康的计，不想却是被自己下令干掉的唐卫轩摆了一道，不禁怒火中烧，来回踱着步子，几乎是歇斯底里般咬牙切齿地接连吼道。

沈惟敬此时却渐渐冷静下来，根据小西樱子的叙述，仔细分析了一下情况。的确，以目前的情况看，恐怕十有八九是唐卫轩在温泉旅店时，趁小西樱子不注意，暗暗备下了这幅仕女图，作为与册封诏书大小形状都极为类似的顶替卷轴。而后，再另找时机，偷梁换柱。说不定，就是小西樱子叙述之中，趁着其操控纸门外那名武士的尸体、打发掉其他赶来的护卫的时候，唐卫轩便已将其与真正的册封诏书暗中对调，偷天换日、以假代真。

想到这里，沈惟敬不禁长叹一声，无奈地露出了一丝苦笑，忍不住低声道：

"这个唐卫轩……好一个虚虚实实……"

在唐卫轩的移花接木下，事情竟真被自己的预感不幸言中，自以为万无一失的小西行长因为自己的一意孤行，反而弄巧成拙、功亏一篑……

不过，事已至此，这些都已不重要了。眼下最为重要的事情，只有一件——

真正的诏书，此刻究竟在哪里？

而这个问题的答案，却似乎只有已经死掉的唐卫轩，最清楚了。

"那个……"

这时，小西樱子忽然垂着头，有些犹豫地低声说道：

"或许……唐君，嗯，唐卫轩……他……他还没有死……"

"什么——？！"

闻听此言，小西行长猛然停下了焦躁的踱步，诧异地抬起头来，紧紧盯着小西樱子。

"那支弩箭……可能……稍稍偏离了其心口半寸……"

"你？！难不成，你是故意的？"

此时，小西行长的声音由惊异变得阴沉，若真的如小西樱子所说，这还是其第一次没有彻底地执行自己的命令。以至于小西行长看向垂首的小西樱子时，仿佛已不认识这名由自己抚养长大的义女，同时也是其最为信任的手下一般，责备中还隐隐含着几分难以置信的口吻。

"咳咳……"

这个时候，面对有些尴尬的氛围，沈惟敬不失时机地轻咳了几声：

"小西大人，眼下似乎不是计较这些的时候。听樱子姑娘的意思，虽然射了唐卫轩一弩箭，但差了心口半寸。况其一向命大，说不定，唐卫轩此刻仍然在世……"

小西行长目光复杂地瞥了始终沉默的小西樱子一眼，似乎在沈惟敬的提醒下也意识到了目前的轻重缓急，缓缓吸了一口气，收回视线，愁云满面地点头应道：

"嗯，看来，如今也只有死马当活马医了。只能指望唐卫轩那小子福大命大，中了一弩后，依然能带着诏书逃出生天。沈大人，那依你高见，以及对唐卫轩的了解，一旦他真的尚在人世，逃出那本能寺后，又会去往哪里呢？"

沈惟敬略一沉思，随即得出结论：

"除了回到大阪城的使团馆驿，将诏书交予杨方亨，我想，他也没有其他路可选了。"

"好吧。若是这样，我这就秘密派兵拦截。算德川那老狐狸走运，这次先夺回诏书，再和他算盗去诏书的账！"

怒不可遏地叫嚣了一句后，小西行长又猛然想起了什么，紧皱眉头，看了眼小西樱子：

"对了，德川家康那老狐狸，应该还没来得及看到诏书里的内容吧？"

见小西樱子摇了摇头，小西行长面色稍缓，而后一挥胳膊，正准备如往常的习惯一般，直接将拦截唐卫轩、夺回诏书的任务交予小西樱子去执行，但话到嘴边，却仿佛迟疑了一下。随后，小西行长转而叫入了另一名侍卫，对其下令道：

"速调一支人马，秘密封锁京都通往大阪的道路，拦截一名明国的锦衣卫。一旦发现其踪迹，务必要夺回他身上的册封诏书。至于其本人嘛……"

小西行长冷冷地扫了眼低垂着头的小西樱子，而后，斩钉截铁地命令道：

"格杀勿论！"

"是！"

侍卫高声领命后正准备前去执行，这时，小西行长却又像是想到了什么，暂时止住了奉命而去的侍卫，不易察觉地暗暗叹了口气，随即换了种语气，对一旁依然沉默不语的小西樱子吩咐道：

"樱子，这一回，还是由你带队统领。不过，莫要再让我失望。"

一旁的沈惟敬这时注意到，小西樱子的肩膀似乎微微颤动了一下，虽稍稍抬起头，但只低声答应了一声。也不知为何，其并未像往日那般，欣然领命，甚至，都未曾正视一眼小西行长。

这一幕，沈惟敬看在眼里，表情微微有变。似乎，正是因为那此刻生死未卜的唐卫轩，这对昔日配合默契、信任有加的主仆二人，竟出现了前所未有的裂痕……

"小西大人……"

这时，沈惟敬收回了看向小西樱子的目光，再次转向了小西行长，但话尚未出口，就被小西行长抬手拦下，不容置疑地拒绝道：

"沈大人，我知道你想说什么。但是我心意已决，何况咱们已然和唐卫轩翻脸，更不可能留得他的性命，坏我大事。请勿复多言！这回，无论谁求情，我也必须将其灭口，斩草除根！"

谁知，沈惟敬面对态度坚决的小西行长，却只是淡淡一笑，平静地说道：

"小西大人误会了。沈某是想一同前去，待取回诏书后，当场便亲眼验看一番，以免再出什么差错。"

大概是顾忌唐卫轩再搞什么花招，而在场之人除了沈惟敬，也几乎无人见过那诏书内容究竟是什么样子，小西行长略一沉思，便当即点头应允：

"这样也好！那就有劳沈大人了。来人，为沈大人特备车马随行。"

不多时，秘密调集的一队小西家人马已整装待发，依然是由小西樱子率领。但是，对锦衣卫唐卫轩务必格杀勿论的命令，却已传达至队伍中的每一个士卒，不容任何人另徇私情。

同在队伍中的沈惟敬，看了眼一旁的小西樱子，或许是一连两夜都未曾好好休息，原本精神抖擞的婀娜身形，此刻已略显憔悴。而此时，小西樱子却旁若无人般，只是呆呆地望着东方升起的那轮血色朝阳，紧紧抿住的朱唇间，始终沉默不语，也不知在想些什么。而借着朝霞的映照，细细观察，沈惟敬这才发现，小西樱子的面容间，竟似有泪痕。只是，沈惟敬却不知，究竟是为了其昨夜没有痛下杀手，因而失去了主公小西行长的信任后所感到的悔恨，还是因为别的什么原因……

沉思了一阵后，沈惟敬靠到了小西樱子的身旁，特意换为了仅能彼此听懂的汉话，压低声音，悄悄问道：

"樱子姑娘，唐卫轩……他，真的还活着？"

听到沈惟敬的询问，小西樱子单薄的臂膀似是不由自主地微微颤动了一下，而人却仿佛根本没有听见般，未加理会，只是面无表情地转过了身子，朝向了已然集结完毕的一众人马。只见，其目光中透着一股彻骨的寒意，一一掠过朝阳下每一名士卒的脸庞，似乎又恢复了那昔日女忍者杀伐果决的狠辣与无情，随后，只听其冷冷下令道：

"出发。"

京都，本能寺。

伴着浅浅的木鱼声响，唐卫轩已不知昏迷了多久。

"额——"

忽然，随着胸口处的一阵剧烈绞痛，唐卫轩呻吟着终于醒来，慢慢睁开了双眼。

尽管脑海中一阵混乱，醒来的唐卫轩依然捂着自己胸前的创口，努力强撑起了上半身。环顾四周，借着四周几盏幽暗的烛光，唐卫轩随即惊讶地发现，竟与上回苏醒时一样，自己正躺在一处日式风格房间的被褥之上。

只不过，这回陪在身边的，并非同伴赵恩儋，而是分布于屋内四角、跪坐着的四名日本武士，他们正冷冰冰地分别凝视着自己。每名武士都紧紧握着腰间的刀鞘，仿佛一刻也不敢有任何松懈。并且，四人的衣甲上所绘的，也并非小西家的家纹，而是，那昨夜如梦魇一般的——

三叶葵。

此刻，耳畔不时传来的木鱼声响，似乎也在提醒着唐卫轩，其依然身陷本能寺之中……

"唰——"

意识到自己正身处危险境地的唐卫轩，本能地伸手去抓腰间的兵刃，可腰间却早已空空如也，随后唐卫轩又忐忑地立即摸向自己的怀中，这才低头发现，自己的上半身已然赤裸，哪里还有曾藏于怀中的真正诏书的影子……

但是，更让唐卫轩惊讶的是，自己随身的兵刃、诏书，甚至是上半身衣物都已不见了踪影，可是胸口与肋下的昨夜创口处，却都已被精心包扎了起来，甚至，还能闻到伤口处一股难闻的药膏味道……

这到底是——？！

倒吸一口冷气的唐卫轩再次环顾四周，看着杀气腾腾望向自己的四名日本武士，见自己转醒过来后，却没有采取任何的行动，一时有些迷惑。

就在这个时候，一侧的纸门忽然被拉开，一个看起来有些文弱的日本人走了进来，一见唐卫轩清醒过来，随即吩咐下人取来了唐卫轩的衣甲，送到了其面前。

不解其意的唐卫轩见自己的衣甲已被简单地打理一新，心中虽然生疑，却也没有拒绝对方的好意，径自换上了锦衣卫的原本衣甲。不过，绣春刀与册封诏书果然不在其内，想必，定是已让这些日本人搜了去。

同时，趁着纸门拉开的机会，唐卫轩趁机张望了一眼门外的状况，却无奈地发现，纸门后并非室外，而是依然在屋宇下的室内走廊，看不到任何日光，也不知此刻究竟是昼夜几时。不过，倒也有所发现，在这屋内的一面墙上，居然挂着一幅硕大的日本总图，也不知平时有人待在这屋子里，研究这日本总图做什么。

随后，下人已收起了榻榻米上的床铺，又端来一个摆有饭菜的木案，小心翼翼地摆放在了唐卫轩的面前。

"这是我家主公特备的粗食淡饭，请阁下享用。"

这时，那有些文弱的日本人竟开口说出了汉话，原来是名通译。尽管其汉话有些生硬，倒也足以做基本的沟通。

唐卫轩仍是满腹狐疑，但还是先坐了下来，也不客气，抓起筷子，便打算先填饱肚子再说。可忽然之间，唐卫轩手中的筷子却又迟疑着停在了半空中。

见状，那名对面而坐的日本通译皱了皱眉头，问道：

"怎么，久闻唐百户英勇之名、如雷贯耳。难不成，还怕我们在这饭菜里下毒不成？"

谁知，唐卫轩却淡淡一笑，似乎并非在担心饭菜里面有毒。倘若真的要取自己的性命，对方根本无须多此一举。而其停箸犹豫的原因，乃是面前所摆的饭菜，实在是有些出乎意料——

只见，小小的木案上，仅有三样饭菜：一大碗米饭，一小碟青菜，还有一碗烛光映照下浑浊不堪的味噌汤。

而就是这唯一分量比较足的大碗米饭，凑近了仔细一看，居然也是一半麦饭混着一半糙米。回想当初，就是自己曾在诏狱里吃过的牢饭，似乎也比眼前丰盛一点儿。

唐卫轩实在没有想到，对方表面上礼数周全，但是为自己备下的饭菜，却如此简陋，刚刚所说的"粗食淡饭"，竟非谦逊之词。

看来，说到底，还是将自己当作囚犯了……

不过，毕竟肚子咕咕作响，略一迟疑后，唐卫轩也不再计较。有吃的，总比饿着肚子强。即便落到对方手里已是死到临头，也好过做个饿死鬼。随后，便大快朵

第十八章 | 虚实

颐了起来。

这时,那通译大概也察觉到了唐卫轩刚刚犹豫的原因,微微一笑着补充道:

"粗食淡饭,实在是怠慢了大明贵客了。不过,我家主公平时吃的,也是这个。"

哦?!

唐卫轩顿了顿,看了眼面前的通译:

"你是说,德川家……嗯,你家德川大人,平时吃的也是这般饭食?"

虽说昨晚刀光剑影、互为死敌,但想到对方此时至少言辞上始终未失礼数,还替昏迷的自己治了伤,某种意义上说,也算是救了自己一命。因此,本欲脱口而出其本名德川家康的唐卫轩,转而换了个稍显正式的称呼。

"正是。"

通译显然对唐卫轩临时改的敬称十分满意,提及自家主公时,也带着由衷的崇敬之情,但同时又有些惊讶,随即试探着问道:

"怎么,唐大人昨晚潜入寺中,就已知道寺中所居的乃是我家主公德川大人?"

唐卫轩装作忙着进食,没有直接回答,但脸上的表情已等同于默认。

通译当下板起了面孔,责问道:

"既然知道昨夜此处乃是我日本的内大臣德川大人暂居之所,为何不请自来、杀人越货?唐大人贵为大明上宾,何故做出此等有违礼数的蛮横之举?"

唐卫轩却只冷冷一笑,稍停了手中的碗筷,眼皮也不抬地反问道:

"德川大人又何故派忍者潜入接风晚宴,杀我大明锦衣卫,窃去我大明皇帝册封诏书?唐某奉命取回本属于使团之物,有何不妥?"

一边说着,唐卫轩又暗暗瞥了通译一眼,压低了声音:

"况且,你家德川大人身为贵国太阁殿下的手下家臣,此举莫非也是瞒着太阁擅自所为?身为家臣,有违其主之命,德川大人如此意图破坏两国议和,就不怕太阁的责罚?"

一番话,说得日本通译一时无言以对,但脸上的表情中,却像是极为惊讶。似乎其原本了解得也并不多,如今却不慎从唐卫轩这里知道了些自己本不该知道的机密之事,思虑之下,反而逐渐显露出惧色,再也不敢开口多问,生怕知晓到更多危及自身性命的天大秘密。

好在,唐卫轩看了其一眼后,又继续忙于吃饭,也并没有再多说。

不过,从对通译反应的观察中,唐卫轩大概也摸清了一些自己想了解的东西。

同时，方才顺口提及"有违其主之命"这几个字时，似乎有什么瞬间闪过了脑海，唐卫轩的面色竟也不由得阴沉了下来。

室内的气氛一时沉寂了下来，不知为何，唐卫轩也已无心再用饭，轻轻放下了碗筷，将那碗略咸的味噌汤如同烈酒一般，仰头一饮而尽，随后重重地放回了木案上。两眼中的复杂目光，让人猜不透其此刻到底正在想些什么。

而就在这时，唐卫轩身后的门外走廊上，传来了一阵由远及近的脚步声。唐卫轩原以为是方才的下人前来收去木案与碗筷，谁想，屋内四角的武士登时浑身一凛，个个板直了腰杆，面色更是极为庄重。那通译更是赶忙收拾了下木案，将其移到一旁，而后赶紧躬身退至一侧，跪伏在地，一动不动。

直到此刻，唐卫轩也觉察到自走廊上传来的脚步声，似乎有些非比寻常。几日来，曾听到的脚步声大多比较轻，有些下人的脚步甚至略显急促，而此时从屋外传来的脚步声，却是缓慢而稳健，来人像是慢条斯理、不急不躁一般，走到了屋门前。

由于唐卫轩此刻是背对屋门而坐，只听得背后拉门缓缓而开，角落里的武士立刻恭恭敬敬地俯身下拜，唐卫轩料想定是有大人物到场。因此，反倒不动如山一般，静坐原地，听着那脚步声迈入屋内，一步步地自身后走到了面前——

这时，借着屋内的烛光，唐卫轩终于看清了来人：只见，一名身材微微有些发福的日本中年男子，不紧不慢地坐到了自己的对面位置，其身后，便是那张巨大的日本全图。

唐卫轩暗暗观察到此人略显朴素的衣着服饰，似乎其身份并非多么华贵，但是，直到其坐定，旁边的武士与通译才敢缓缓起身，从这一点上判断，面前之人，恐怕也绝非等闲之辈。

此刻，唐卫轩与其面对面相互对视，对方和颜悦色地正打量着唐卫轩，与此同时，其身上像是有种慑人的无形气场，不由得令唐卫轩感到几分拘谨。唐卫轩不禁越发有些怀疑，这眼前看起来平易近人而又暗含锋芒的中年人，难道就是此番盗取诏书的幕后之人——

德川家康？

看其相貌，似乎和前夜接风晚宴上与杨方亨相对而坐的那个日本大名，身形有些相似，但彼时其身穿大明官袍，又相隔较远，此刻换了日本服饰，唐卫轩一时也有些难以判断，只好先静观其变。

看唐卫轩始终正襟危坐、镇定自若，面前的中年人终于笑着开了口，借由旁边

第十八章 | 虚实

的通译，微微颔首躬身，感叹道：

"唐百户不愧是大明天朝的锦衣卫，胆大心细竟能追查诏书至此处，昨夜又连损我德川家数名侍卫，武勇令人钦佩。本人便是德川家康，前夜大阪内城一别，此刻又能与唐百户如此智勇双全之士单独相会，甚感喜悦。昨夜手下们的不敬之举，还请唐百户海涵。不知唐百户身上的伤势，眼下可还好？"

听闻对方自报家门，正是日本太阁丰臣秀吉手下实力最强的大名德川家康，尽管已有了一定心理准备，但唐卫轩依旧略感吃惊。而更让其惊讶的是，极为客气友善的言语间，对方甚至等于已承认，那封大明册封诏书正是由其夺走的，而没有丝毫打算隐瞒遮掩的意思。

顿了顿后，唐卫轩迅速整理了思路，稍稍躬身还礼，也十分客气地回答道：

"深夜叨扰，不胜冒昧。但唐某使命在身，又恐打扰了德川大人的清梦，只好自行取回本属大明使团之物。其间遇有阻拦失手伤人，原非本意。承蒙德川大人为唐某治伤，亦十分感谢。"

"唐百户不必客气。看唐百户精神尚好，也就安心了。"

德川家康和善地笑了笑，仿佛昨晚双方的刀光剑影、激烈厮杀都不曾发生过一样。唐卫轩的脑海中却不敢有丝毫松懈，飞快地思考着，该如何试着向德川家康趁机要回诏书。虽然希望渺茫，甚至知晓了其盗取诏书秘密的自己可能也无法活着离开，但还是打算努力一试。可就在这时，德川家康已再次开口道：

"唐百户既已转醒，有一事，正好想请教一下……"

这次，还不及通译转译成汉话，德川家康已从袖子中取出了一件东西——一幅明黄色的绢布卷轴。

一瞬间，唐卫轩瞪大了眼睛：

这不正是自己几番辗转、历经生死而为的那封册封诏书吗？！

不仅如此，德川家康还径直将这诏书双手递给了唐卫轩，并示意其展开察看。

唐卫轩紧紧握着手中这失而复得的册封诏书，简直不敢相信自己的眼睛，但还是立即展开了卷轴，仔细查看了其中的内容，验证确是真正的册封诏书无疑！

还不待唐卫轩弄清楚德川家康到底葫芦里卖的什么药，却听德川家康冷不丁地再度问道：

"敢问唐百户，这封诏书，可是篡改过的伪造之物？"

这一回，唐卫轩更是有些怀疑自己是不是听错了，待和通译确认翻译无误后，不禁皱紧眉头，暗自犯起了嘀咕：

为何德川家康会怀疑自己手中的这封诏书会是假的？

是又一个阴谋？还是对自己的试探？

数个疑问盘桓在唐卫轩的心中，但见德川家康一脸的认真，唐卫轩又一次仔仔细细地查看了一遍诏书。无论是诏书的质地、笔迹，乃至内容，都根本不像伪造之物。虽然唐卫轩之前保管时只是大致浏览过一回，并不能一字不差地通篇记住，但意思却是与之前自己从大明京城带走的诏书并无差异。况且，就算笔迹内容可以模仿照抄，诏书左端末尾处所盖的玉玺印记，可是货真价实，乃是用京城大内所藏的"广运之宝"加盖。这玉玺的印记，旁人又如何能够轻易伪造？

于是，再三端详后，唐卫轩又思虑了一番，恐怕即便自己说此物为假，对方也未必能答应放自己带着这封"假诏书"平安离开，甚至有可能直接一把火将这"假诏书"烧掉，反而弄巧成拙，得不偿失。因此，左右思量后，唐卫轩还是决定赌上一把，如实回答：

"德川大人，这的确是真的诏书。其他或许可以仿造篡改，但这大明皇家气派的'广运之宝'玺印，却无法伪造。"

"原来如此。"

德川家康看着表情郑重、语气诚恳的唐卫轩，意味深长地笑了笑，悠悠说道。而后，德川家康对着一头雾水的唐卫轩，更是说出了令其无比震惊的一番话：

"若是诏书并非伪造，那就是小西行长胆大包天了。这一手瞒天过海，不仅欺瞒了你、我，还有贵国的大明皇帝陛下、朝廷百官，以及鄙国的太阁殿下、众位大名，甚至是两国的黎民百姓……咱们所有人，居然都被他给骗了……"

第十九章 · 忍 道

听到这里,唐卫轩猛地吸了口凉气,诧异地盯着眼前的德川家康,眉头紧皱。

"看样子,唐大人此刻仍蒙在鼓里啊……嗯,也难怪了,若非亲眼验看了这份诏书里的内容,本人此刻恐怕也一样,仍被小西行长玩弄于股掌之中。"

晃动的幽暗烛光中,对面的德川家康眉头轻轻一挑,如此说道。

唐卫轩更加好奇,看来,程本举与自己对小西行长暗中另有阴谋的猜测,并非子虚乌有,只是,没有想到的是,其竟然连日本一干大名甚至丰臣秀吉本人也一并瞒过了。望着眼前这其貌不扬的德川家康,唐卫轩暗暗感到几分惊异,对于如此重要的军国大事,德川家康此刻却依旧保持着不紧不慢的态度,轻描淡写的语气中,就像是一切都尽在掌控之中。

与此同时,德川家康却用目光示意着唐卫轩手中的诏书,循循善诱道:

"敢问唐大人,这封诏书中,贵国皇帝陛下的议和约定,具体是哪三条?"

唐卫轩再度扫了眼诏书,迅速找到了其中最为关键的几句话:

"……具见恭谨,朕故特取藤原如安来京,令文武群臣会集阙廷,译审始末,并订原约三事:自今釜山倭众尽数退回,不敢复留一人;既封之后,不敢别求贡市,以启事端;不敢再犯朝鲜,以失邻好……封尔平秀吉为日本国王,锡以金印,加以冠服。"

简单地说,大明的议和条件一共三条:

一、尚滞留在朝鲜釜山的日本军队须尽数撤走。

二、册封丰臣秀吉为日本国王。

三、日本不得再进犯大明属国朝鲜。

凝视着诏书中所列的这三条,唐卫轩的大脑飞速地转动,一时弄不清小西行长到底欺瞒的是什么阴谋,却不想,德川家康似乎看透了其心思,再次提示道:

"其实,诏书中的这三条,太阁殿下与我等也大致知晓。只是,小西行长与我等所说的,其中一条,出了些许偏差。而在看到这份真正的大明皇帝的诏书后,才得以终于发现,小西行长的瞒天过海之计。"

"些许偏差?"

"是的。那就是——大明不仅册封太阁殿下,同时也会恩准两国间的贡市。"

一听到"贡市"二字,唐卫轩立刻再次看回了诏书,盯紧了这样一句话:

"既封之后,不敢别求贡市,以启事端。"

看来,德川家康所说的偏差,正是诏书中的这一条。诏书中虽恩赐册封,但却特别强调,令日本不准再提及贡市之事。

看及此处,唐卫轩不禁陷入沉思。

所谓"贡"与"市",代指的分别是"朝贡"与"互市"。二者皆非大明开国后独创,而是中原王朝自古便有的对待番邦属国之策。

朝贡,即异族番邦遣使朝觐中原王朝的皇帝,表示顺从,并进献礼物特产等。而事实上,中原王朝对其回赠的礼物,往往薄来厚往,是其进献贡品所值的数十乃至数百倍。以至于万国争相来朝,大明为此特别规定,藩属各国或一年一贡,或三年一贡,甚至十年一贡的限制。

互市,则是中原王朝在指定地点,允许定期与异国商人进行相互贸易,互通各自有无,例如茶马交易。

另外,与"贡""市"相辅的,还有"封"。即册封异族或番邦首领为王,代表将其纳入了以中原王朝为尊的宗藩朝贡体系。

自古以来,"封""贡""市",相辅相成,共同构建起了中原王朝与周边各小国远邦的宗藩关系:番邦接受中原王朝的册封,表示臣服与顺从;定期遣使朝贡,觐见皇帝进献礼物的同时,也可获得相应的赏赐、回赠;加之边境上的相互贸易,番邦便可与地大物博的中原王朝互通有无,补充所需。

因此,看到这里所写的"贡市"二字,唐卫轩便像是恍然大悟一般:如今大明与日本的议和，倒像是颇与当年大明与蒙古"隆庆议和"相似的感觉。

蒙古草原颇为贫瘠，常年若无贡市，从中原补充其必需的盐米、布帛、茶叶、药材、器皿等，根本难以自给自足。因此，嘉靖年间，北方的蒙古俺答汗就曾为求"贡市"，而多次南下犯边，突破长城，烧杀掳掠，在袭扰大明的同时，也不忘数次遣使北京，希望大明皇帝尽早恩准开通"贡市"。

到了先帝隆庆年间，隆庆皇帝册封俺答汗为"顺义王"，俺答汗随即归顺大明，同时大明允其朝贡、开设互市，自此长城一线边患骤减，称为"隆庆议和"。

回想着约三十年前"隆庆议和"的旧事，唐卫轩渐渐似有所悟。莫非，丰臣秀吉也是想效仿当年蒙古的俺答汗，获得册封的同时，得到大明对于贡市的准许？

不过，随即，一丝疑问又攀上了唐卫轩的心头：

日本为何非要向大明请求贡市？

蒙古不惜兴兵进犯，不断挑起战事，究其原因，是其所在的草原上除了草场与羊马外，可谓荒凉贫瘠；中原所产的盐米、布帛、茶叶、药材、器皿等，草原各部落大都无法自行出产。

但是，日本却大为不同，情况实际上与大明属国朝鲜类似，虽远不及大明地大物博，却远胜于蒙古草原，物产尽管稍显贫乏，但也够其自给自足、繁衍生息。可以说，除了达官显贵的奢靡之需外，根本没有必要依赖于大明的布帛、茶叶、药材、器皿等物。

并且，更令人费解的是，即便德川家康所言为真，小西行长刻意向丰臣秀吉及日本众大名隐瞒诏书中"不准贡市"这一点的目的，又实在令人有些费解。毕竟，这也算是类似"欺君"之罪，就不怕一旦事情败露，为其自身与整个小西家一门都惹来杀身之祸？

一系列的疑问下，对于眼前德川家康本就持有戒心的唐卫轩，心中并不太能接受对方的说法。或许，是其与小西行长有隙，想借刀杀人，假自己之手陷害其政敌小西行长，也犹未可知。

可忽然之间，脑海中再次浮现出的几个情形，又令唐卫轩将信将疑起来：

首先，是在淀川的渔船之上，程本举曾用大明铜钱顺利购得食物的情形。而在此之后，追查诏书的一路上，每每自己有意无意提及大明铜钱之时，小西樱子便总显得有些不自然的神情。

这不禁提醒了唐卫轩：朝贡之时，大明赐予属国番邦的赏赐中，往往就包括着大量的大明铜钱！

想到这里，唐卫轩又隐隐感觉，自己已渐渐触及了背后阴谋的边缘，但是，却又依然缺少了些什么。

大明铜钱、朝贡赏赐、贡市贸易……

在日本颇受欢迎的大明铜钱，小西樱子那对于自己问及大明铜钱时紧张兮兮的表情，小西行长向日本众大名谎称得到大明恩准却在诏书中实则被拒绝的贡市……

另外，以日本的狼子野心，唐卫轩之前也曾暗自存有怀疑，区区一个"日本国王"的册封头衔，就足以满足那丰臣秀吉的野心？恐怕其所求，并不仅限于此。

莫非，德川家康所言，确有其事？！

如此往复联想之下，一条条线索都好像透着一丝隐藏在迷雾下的阴谋味道，并且，这尚未解开的惊天秘密，似乎又和大明铜钱与朝贡互市，有着千丝万缕的联系。可是，其中令人费解的疑点仍是颇多。

而此刻，对面的德川家康却是一言未发，只是不动声色地静静而坐，意味深长地凝视着陷入沉思的唐卫轩，任其在脑海中自行展开联想。

终于，唐卫轩暂且停下了思考，警惕地看了眼面前的德川家康，带着几分怀疑的口吻，反问道：

"若德川大人所言非虚，如此大事，小西行长恐怕再有本事，也难以瞒得过所有人，贵国如此多的重臣，怎会轻易被其瞒过、此前毫无察觉？况且，唐某记得，当初日本曾遣使者至北京，那使者想必已了解到大明在诏书中的这三个条件，自然也包括册封而不贡市的这一条，彼时贵国的使者可是信誓旦旦地全盘答应了下来。这，又该如何解释？"

面对唐卫轩提出的质疑，德川家康有些无奈地苦笑了一下，低声道：

"以我推测，小西行长不仅胆大包天，而且心思缜密。在这场'瞒天过海'的大戏中，更非在演'独角戏'。想必，他还有一位重要的搭档。如果没有猜错的话，此人，便是贵国使团的副使沈大人。"

沈惟敬？！

那个神秘兮兮并且时常与小西行长过从甚密的干瘦老头？

面对唐卫轩半信半疑的表情，德川家康继续道：

"之前我等信以为真，并非仅凭小西行长的一面之词。而是因为此番杨方亨大人率使团抵达之前，沈惟敬就曾作为贵国使者，先一步到达日本，在太阁及众大名面前，信誓旦旦地宣称，大明皇帝与朝廷已答应了朝贡互市的要求。而且，因言语不通，双方沟通也几乎均依赖于通晓两国语言的小西行长与沈惟敬两人，自然给了他们相互欺瞒的空隙。至于那名曾派到北京的使者内藤如安，唐大人看来还所有不知吧？其实，他本就是小西行长的麾下家臣……"

说到这里，德川家康便不再多言，而唐卫轩也瞬间明白了过来。当初的那日本使者若是小西行长的家臣，自然和与小西行长勾结的沈惟敬也早已串通一气，以使者的身份成功蒙蔽住了朝廷众臣。纵使有人心存怀疑，另选沈惟敬之外的他人转译，与其当面对质相问，从日本使者那里得到的，也必定是小西行长早已交代好的答复，对于大明的条件，毫无讨价还价地全盘接受。

德川家康滴水不漏的这一回答，可谓解决了唐卫轩的一半疑问。

仔细想来，朝廷内部当初也早已有人对主持议和之事的沈惟敬疑心重重，但奈何那日本使者对答如流，与沈惟敬所说分毫不差，证实了日本的确已全盘接受了大明包括"册封但不许贡市"在内的所有议和条件，面对言之凿凿、信誓旦旦的日本使者，大明君臣这才打消了怀疑。但即便这样，此番大明使团一路之上，杨方亨对与小西行长过从甚密的沈惟敬也是戒心重重，直到见日本上下确是礼数备至，才渐渐不疑有他。可不曾想，还是被其与小西行长给骗了。

不过，唐卫轩仍有另一半疑问未解。

那便是，若德川家康所言为真，小西行长与沈惟敬二人可谓玩得好一手虚虚实实！包括丰臣秀吉在内的日本上下，都以为大明已恩准了贡市请求；而大明方面，则认为日本已答应了不再提及贡市之事。

看似双方都达到了目的、各自圆满，可如此对两国上下隐藏欺瞒，即便议和表面成功，纸里却终究包不住火，早晚会在不久的将来露出破绽。

而在这出欺上瞒下、左右逢源的议和大戏中，这二人冒着天大的风险，却似乎并没有什么实在的好处。那么，其如此瞒天过海的目的，究竟又是什么呢？

在这场已是真假难分、虚实莫测的议和中，唐卫轩只觉得越发想不明白……

"唐大人……"

安静中，看着陷入沉思的唐卫轩，已许久未开口的德川家康，忽然言道：

"您若带此诏书即刻回到大阪，不知将欲何为？"

听到德川家康冷不丁如此问，让醒来后便已做好生死准备的唐卫轩，倒吸一口凉气。

唐卫轩万万没有想到，对方真的会放自己离开？！

而且，听德川家康的意思，还是将这封大明诏书，也一并奉还？！

一时间，看着表情诚恳的对方，唐卫轩却实在难以相信，德川家康真的会如此轻易地放走自己。不过，面对这难以拒绝的宝贵机会，唐卫轩还是迅速镇定了心神，整理思路后，忽而似有所悟，于是，郑重回答道：

"自然是将诏书完璧归赵，交予我大明使团正使杨大人。"

而得到这个回答的德川家康，却只是微微笑着，像是在心中仍盘算着什么，并未接话。唐卫轩看了眼深藏不露的德川家康，只得又道：

"至于诏书中所言贡市一事，与小西行长与沈惟敬背地里可能欺上瞒下的蹊跷之处，唐某也自当一并奏报于杨大人知晓。"

听到这里，德川家康狡黠地一笑，这才方道：

"哈哈，唐大人果然是赤胆忠肝，一片拳拳护国之心。"

唐卫轩听着对方的赞扬，脸上却无喜色，准备起身，拱手淡淡道：

"既如此，承蒙德川大人款待，唐某伤势也已然无碍，不妨就此告辞。"

"唉，唐大人何必如此着急？"

谁知，德川家康却像是并未尽兴一般，言语间尚不肯立刻放人，悠然道：

"人这一生，就有如负重致远，切不可急躁。何况，你身上带的，乃是决定大明与日本，乃至朝鲜三国命运的诏书，怎能如此焦急难耐？"

唐卫轩哪里有空听其讲这些人生道理，皱起眉头，只想及早脱身再说，于是反问道：

"德川大人，您刚刚说由唐某带走诏书、返回大阪，此话可非戏言？"

德川家康点了点头，掷地有声道：

"自然绝非戏言。贵国有句话怎么说来着，哦，君子一言，驷马难追。"

但还不待唐卫轩立即追问，德川家康却又话锋随即一转：

"只不过，唐大人起程之前，还有三件事情。"

一听对方还有其他条件，唐卫轩不免暗自叹了口气。看来想走绝非那么容易，对方果然不会白白放自己带着诏书离开。但此刻性命握在他人掌中，唐卫轩只好静下心来，接着听下去，同时暗暗提高了戒备，生怕其也和那小西行长一样，提出类似迫使自己留下投靠的无理要求。

可是，德川家康却像是看透了其心思般，笑着说道：

"唐大人无须担心，这前两件事，只是在下实在百思不得其解，心存好奇之心，想向唐大人要个答案而已。头一件嘛……"

此时，德川家康有意无意地扫了眼唐卫轩胸前的那处伤口，好奇地问道：

"据手下禀报，原本大明诏书是装在一件金丝锦袋之中的。前夜晚宴之时，在下也曾有幸见过。可是，当我德川家的侍卫们发现奄奄一息的唐大人时，金丝锦袋已不翼而飞了。实在是匪夷所思。据说，今夜与唐大人同来的，似乎还有一位女忍者，令唐大人不惜重回险地、奋勇相救。而唐大人身上最为致命的胸前箭伤，却好像并非我德川家侍卫所为。若将这些联系在一起……难道说，那金丝锦袋，是被唐大人的那名女忍者同伴带走了，却将唐大人丢在此处等死？甚至，那穿胸而过、险些要了阁下性命的箭伤，莫非？！"

听着德川家康最后点到为止的叙述，唐卫轩脑海中不禁闪现出小西樱子用弩箭指向自己的那一幕，就像是胸口的旧伤复发一样，忍不住捂住了胸前的伤口，表情也变得极为复杂。

不过，唐卫轩似乎也很明白，德川家康表面上说是个人好奇，但听其所述，眼前这矮矮胖胖、其貌不扬的家伙，恐怕早已将此中经过猜得八九不离十，只是，此刻通过观察自己的表情变化，进一步验证其猜测而已。

果然，见唐卫轩面色阴沉，沉默不语，德川家康也颇为体谅地不再多问，只是意味深长地说道：

"其实，那小西行长乃商贩出身，本就是唯利是图的不义之人。其手下忍者自然也是如出一辙，不可信任。唐大人当吃一堑长一智，若今后时刻记得这个教训，也算是没有白中这一箭了。"

听到对方这近乎直白的提醒，唐卫轩像是心领神会一般，回答道：

"多谢德川大人良言。小西行长指使手下谋害之仇，唐某自然不敢轻忘。"

德川家康满意地点点头，顿了顿后，随即再度问道：

"而第二件事嘛，就是全对唐大人的敬佩了。在下实在想不明白，为何金丝锦袋被那小西家的女忍者夺走了，而真正的诏书，却是留在唐大人你的怀里呢？"

唐卫轩皱了下眉头，提及此事，所涉细节太多，既不知该从何说起，也不想与其多言，于是，略一沉思后，索性简短地答道：

"兵者，诡道也。"

听到这个回答,德川家康显然愣了下,继而又像是想到了什么一样,沉思了片刻后,竟低吟道:

"故能而示之不能,用而示之不用,近而示之远,远而示之近,利而诱之,乱而取之,实而备之,强而避之,怒而挠之,卑而骄之,佚而劳之,亲而离之,攻其无备,出其不意,好一个'兵者,诡道也'!"

虽然其间有通译的翻译,但德川家康竟然可以将此背诵出来,见此情景,唐卫轩不得不再次对眼前的这个矮胖子刮目相看,诧异道:

"怎么,德川大人竟对《孙子兵法》如此熟悉?"

对方则仅是回以苦涩的一笑:

"和唐大人一样,差点儿要了自己命的东西,怎敢不牢记在心里?"

见唐卫轩仍不太明白,德川家康于是颇为感慨地补充道:

"唐大人有所不知,当年也曾有位日本大名,学了几句这《孙子兵法》,加以致用,便几乎未尝败绩。我德川家与其对阵之时,因在下一时冲动,不幸一败涂地,个人也险些丧命,以至于溃逃之时屎尿失禁,遂终生引以为戒。"

屎尿失禁?!

见对方毫无保留,讲得坦诚,尤其还有如此狼狈的细节,唐卫轩脑海中顿时浮现出栩栩如生的画面,不由得感到几分好笑,但随即意识到这样有些失礼,立刻收起了笑容。

谁知,对方却不以为意,悠然道:

"唐大人,你日后的路还长,终会明白:刻骨铭心的失败与耻辱,才是上天最好的恩赐。因为它不但留给你东山再起的机会,还时刻警醒你,不要重蹈覆辙。唐大人想必知道,在昔日中土,春秋时越国勾践曾卧薪尝胆,汉代的韩信则受胯下之辱,遥想当年那些英雄人物的代价,在下的教训固然惨重,但同样仍有东山再起的今日,更是从不断的自省中懂得了切忌意气用事,而应'藏器于身、待时而动'的道理,如今看来,倒也算是极为划得来了。"

听到这番话,唐卫轩不禁凛然,目光慎重地重新审视着面前这个矮矮的胖子。烛光下,其并不健硕的身形映照在背后的墙面上,却几乎遮盖住了白墙上整张日本地图……

空气中,一时别无声响,安静了足足好一阵,德川家康终于提到了其要说的最后一件事:

第十九章 | 忍道

"嗯，另外，还有最后一件事，要拜托唐大人。那便是，希望唐大人在离开日本前，不要与任何人提及在这本能寺里所发生的一切事情。德川家如今既已将诏书奉还，不想再与之牵扯过深。不知唐大人可否答应？"

听完德川家康的这最后一个条件，唐卫轩终于彻底放了心。对于这个条件自然也没有不答应的道理。甚至，即便德川家康不提这个条件，唐卫轩自问也很可能不会说出在本能寺里发生的这些波折。除了回身相救小西樱子之事外，与德川家康的这次单独交谈，若是实话实说，怕是也只会授人口实、徒增朝廷疑虑，难免又有人借题发挥、诬自己私下通敌。否则，又岂能带着诏书、从德川家康的手中全身而退？

与此同时，唐卫轩也听出了一些不同寻常的端倪：为何，德川家康要特别强调是在离开日本前？

想及此处，唐卫轩忍不住问道：

"那，若离开日本之后……"

德川家康微微一笑，竟说道：

"唐大人身为大明皇帝的锦衣卫，尽可将今日所见所闻上禀天听，同时使得大明皇帝陛下知晓，此前朝鲜交兵，我德川家的士卒并未踏足朝鲜的土地，这回盗取诏书，也是为了揭晓小西行长与沈惟敬欺瞒大明皇帝的阴谋。因此，才会将诏书完璧归赵、奉还唐大人。对于大明，德川家康并无不敬之心……"

惊异地瞥见烛光下，德川家康那覆盖了身后整张日本总图的黑色身影，唐卫轩忽然有种难以言状的感觉。但还不待其开口，德川家康已起身而去，在与唐卫轩擦肩而过时，轻声道：

"唐大人，回去大阪的路上，请多保重。"

随着纸门慢慢打开，德川家康已踏上了门外的走廊，而在门外恭候多时的一名下人，也将早已备好的绣春刀与润物弩都捧了进来。

眼看即将脱身，不知为何，唐卫轩的脸上却不见半分喜色与轻松，仿佛仍沉浸在片刻前的惊诧之中，只见其握紧诏书、猛地站起身，朝着德川家康离去的背影，几乎是脱口而出道：

"德川大人，难道说，你？！"

听到背后唐卫轩的声音，已迈出几步的德川家康最后一次回过头来——

昏暗的烛光中，只映照出其一半的脸庞，充满了平和之色。而其另一半隐藏在阴影中的面容，却模糊不清。但对于唐卫轩而言，那藏于另外半脸面中的，既像是一头阴影中窥探猎物的猛兽,又像是怀揣利器、静待时机的忍者,令人只觉得脊背微微发凉。

而这时,只听得德川家康意味深长地幽幽说道:

"兵者,诡道也。人生,忍道也。唐大人,你今后的路,也还长着呢……"

当唐卫轩走出本能寺时,这才发现,日头不但早已高高升起,而且逐渐西斜。自己在昏迷中竟已过去了足足七八个时辰。而明日便是九月初二,乃是预定举行册封仪式的日子,若不能赶在今晚将诏书带回使团馆驿,后果将不堪设想。

不过,德川家康倒是为其想得十分周到,早早让手下备下了一匹快马,供其骑上返程。

唐卫轩自然也不客气,跨上快马,揣好怀里的诏书,握紧缰绳,便径直沿着大道向西南的大阪方向奔去。

一路上,因为有伤在身,只要动作稍稍大一些,伤口便钻心地疼痛,唐卫轩只得保持着较慢的速度。与此同时,趁着路上的这会儿工夫,唐卫轩也在心中不断忖思着,本能寺中德川家康与自己所说的那些话。尽管千丝万缕的想法与猜测一时有如乱麻,但眼下最为紧要的,还是小西行长与沈惟敬暗中瞒天过海之事。

难不成,小西行长与沈惟敬二人,真的在贡市一事上有所隐瞒?

回想起程本举之前便曾对小西行长怀疑与揣测,唐卫轩虽然表面上始终不置可否,但此刻心中几乎已经笃信,这二人非但有所隐瞒,而且恐怕就是这诏书中的贡市之事无疑!

只要回到大阪城内的使团馆驿将此情况禀告杨方亨知晓,然后向丰臣秀吉或其他哪位日本大名当面对质,一问便知。

可很快,唐卫轩的马速却忽而减慢下来。

等等。

倘若真有此事,揭穿这二人欺上瞒下的阴谋之后,接下来,又该如何?是继续册封仪式、完成议和?还是……

唐卫轩不自觉地拉了拉手中的缰绳——

还是,战端重开?!

唐卫轩满脸阴郁,只觉得怀里的诏书似有千斤之重,想到战场上那些横尸遍野的情景,一时之间,竟有些踟蹰起来。

可下一刻，唐卫轩便再度挥鞭，重新加速——

不，自己的职责是带回失窃的册封诏书，再将小西行长与沈惟敬有所隐瞒之事禀告杨方亨知晓便可。至于接下来是战是和，这不是自己这名锦衣卫百户能决定的事情！为今之计，当是尽快将诏书带回，再将此事交予杨方亨来定夺。

不过，刚刚加速不久，唐卫轩又一次扯了扯缰绳，减下了马速——

可，杨方亨就有权决定是战是和吗？恐怕不仅是自己这个锦衣卫百户，就算是身为正使的杨方亨，也同样负不起这个责任。但若小西行长与沈惟敬隐瞒之事属实，杨方亨的决定，就将很可能在实际上决定着两国今后或战或和的命运。似乎，还是应趁着尚未回到大阪，自己先考虑周详才是。但是，若隐瞒不报，擅作主张，岂不是与沈惟敬等人同样犯了欺君之罪？此举万万不可！况且，就算不忍再见更多大明将士丧命疆场，这样虚假的议和，对于大明又有什么意义？岂不更对不起那些在朝鲜战场上死去的弟兄。

一边想着，唐卫轩夹紧马肚，又一次提高了速度——

就这样忽快忽慢，数次来回，胯下的快马不断喷着粗气、打着响鼻，已被折腾得够呛，不时叫上几声，似乎是在表示着对背上之人的不满。

而马背上心事重重的唐卫轩，却依旧毫无察觉，只觉得距离大阪越来越近，眼看即将迎来那充满未知，而又不得不面对的最终结果，心中反而充满了忐忑与不安。

与此同时，唐卫轩不禁又产生了数个疑问：

若德川家康所言属实，这恐怕还不是单纯的欺君卖国之罪。若是沈惟敬一心卖国，其便没有必要在大明不准贡市一事上，对日本丰臣秀吉与众大名也守口如瓶。况且，若说沈惟敬里通外国、出卖大明，犹如古代的汉奸逸佞，似乎也有些牵强。毕竟，这诏书中也找不到其任何的卖国行径，既无割地称臣更无和亲纳贡，只是册封丰臣秀吉为臣服大明的日本国王。何谈卖国？

更蹊跷的是，小西行长也与沈惟敬一唱一和，不仅对日本上下严密封锁了大明议和的真正条件，甚至在沈惟敬的配合下，用花言巧语蒙骗住了丰臣秀吉等一干重要人物。

而这，也是最让唐卫轩想不明白的地方，那便是——

他们两人的动机。

若是真的如德川家康所说，小西行长和沈惟敬勾结在一起，分别对丰臣秀吉和大明君臣隐瞒了议和的真相，那么，他们二人到底又为何要铤而走险这样做呢？

对他们而言，除了掉脑袋的风险外，究竟能有什么好处？

出身寒微、据说原本只是浙江嘉兴一市井之徒的沈惟敬也就罢了，小西行长身为日本大名，身兼一族的前途命运，就不怕被丰臣秀吉知道之后，受到严厉责罚，连累小西家一门遭殃吗？

想及此处，唐卫轩越发觉得，德川家康所说之事或许为真，但也绝不是事情的全部真相。在这背后，一定还隐藏着更大的图谋。唐卫轩忽然想起，德川家康评价小西行长的其中一句话，提到了"唯利是图"这四个字。虽然唐卫轩不知是否恰当，但可以肯定的是，至少应当"有利可图"，才值得有人为其甘冒风险。

这时，唐卫轩甚至已能隐隐预感到，小西行长与沈惟敬二人一定是有什么自己，甚至德川家康都尚不知道的图谋，而且必定所图不小，方才敢如此胆大包天地铤而走险！

想到这里，唐卫轩积郁已久的心，终于感到稍许的畅快，自己就像是刚刚触到了事情的真相，兴奋之余，也不待看清前路，便欲挥鞭再度加快马速。可就在此时，忽听"咴——"的一声马鸣，胯下的坐骑竟扬起前蹄，猛地停了下来！

这番急停，没有准备的唐卫轩险些跌落马背，待好不容易坐稳身形，方才愣在了当场，之前想得太过出神，居然丝毫没有发觉，在这通向大阪的道路之上，竟有一队全副武装的士卒设置了哨卡，拦在了自己的面前。

而在这些士卒背后小旗上所绘的，正是小西家的家纹。

不好！

顷刻间，唐卫轩终于回过了神来，但此时却似乎已然太迟了。

不及士卒们上前来扯缰绳，唐卫轩连忙拨转马头，正欲急退，可转过身来，却猛然发现，自己的后路早已被暗暗包抄而来的小西家士卒们切断，无数刀枪威逼之下，胯下坐骑只能徒然地踏着脚下的尘土，来回原地打转，根本无路可走。

与此同时，唐卫轩甚至注意到，就在不远的隐蔽处，甚至已有数支点燃了火绳的铁炮，暗暗瞄准了自己。看这阵势，这些家伙不仅早已在此严阵以待，只等着其自投罗网，而且，甚至都不准备抓活的、继续留着唐卫轩这个知道太多秘密的活口了！

望着那些默不作声地纷纷拔出刀刃，不断围拢过来的小西家士卒，身陷绝地的唐卫轩握紧缰绳，正待强行突围而出——

"砰——！"

第十九章 | 忍道

一声铁炮响过，唐卫轩胯下坐骑随即一声哀鸣，侧身翻倒在地。但好在唐卫轩反应敏捷，半空中早早跃下马背，一个趔趄，勉强站在了地上，否则必定已被压在了马身下，动弹不得。

眼看四周的小西家士卒面含杀气地步步紧逼、团团包围上来，个个都欲抢下唐卫轩的项上人头、回去请功领赏。

此刻，四面已无生路，周边更是几无救援，唐卫轩望着西面的夕阳，凄冷一笑，握住了自己腰间的绣春刀。看样子，纵使敌众我寡、力量悬殊，但是其仍打算奋力一搏，试图拼死杀出一条血路来。

而就在这时——

"等等！"

忽然间，一声熟悉的喝令，竟暂时止住了正欲下杀手的众人，而随着士卒们闪到两旁让出了一条通道，只见，一款轻飘飘的紫色身影，赫然出现在昏黄的余晖下，款款步至唐卫轩的面前。曼妙的婀娜身姿，冷艳的俊俏面容，眉目间隐隐透出几分难以掩饰的杀气——

"唐大人，别来无恙。"

望着站在自己面前的小西樱子，面无表情的问候，仿佛又回到了两日前，馆驿内再度相见时的情形。面容间透着冷漠与孤傲，语气中更是不掺杂一丝一毫的情感波澜。

只是，那个时候，以及之后的两日，两人仍是并肩而战甚至曾生死与共的同伴，而此刻，却是刀剑相向、冤家路窄的死敌。

两人相视之间，清风所过，尽是无言。

直到，小西樱子再度开口道：

"给他闪开一条路。"

只不过，这句话是用倭语说的，而且，话语的对象也并非唐卫轩。

闻听此言，一旁的几名侍卫微微一愣，立刻强调道：

"小西大人有令，绝不可放走此人。而且，只要死的，不要活的！"

"谁说要放他走？"

小西樱子阴冷的目光扫视了一圈，众士卒不由得各自后退了一步，而后只见其目光投向了不远处的一处山坡，不容置疑地命令道：

"你们留在此处，此人由我亲自解决。我要与他来场一对一的最后决斗。"

第二十章 · 无悔

夕阳下，芒草遍布的山坡后，唯有一棵歪斜的老树，孤立在一片寂寥的原野之中。

举目望去，在山坡与不远处的竹林之间，除了那棵仅剩两片枯叶的老树，便是无数长穗伏的菅芒花，迎着夕阳的光辉，如同一片近半人高的芒草海浪，随风波澜起伏，几乎望不到头。而在这片斜阳映照下的原野上，另有两个身影静静而立，在摇摆飘荡的芒草丛中，相距两丈之遥，一动不动地伫立在原地。

二人正相对无言，遥远处，竟忽而响起了一阵乐器声响，仿若长箫。原来是有居于附近的乡间老者，于这悠闲静谧的黄昏中，吹奏起了自唐代时流入日本的乐器尺八，声似中原之南箫，而又苍凉辽阔，融入了日本之风。

只闻得这箫声初起之时，忧伤缠绵，幽远恬静，如画细雨一般，令人梦碎牵肠。而整片芒草上的菅芒花，也在清风拂动下，像是伴着这乐声，不断起伏跌宕。甚至斜脖老树上那最后两片依依不舍的枯叶，也轻摇徜徉，沉浸在这凋零前、最后一刻的柔美之中。

"唰——！"

此时，小西樱子却无心去听这声传数里的空灵之音，已径直拔出了匕首，面无表情地望着相对而立的唐卫轩，等候着对手同样拔刀出鞘。不过，对面的唐卫轩仍旧一动不动，手握刀鞘，却始终未曾拔出刀刃。

无言的对峙中，忽然，只听远处箫声一抖，继而竟宛如青龙出水般，原本低沉恬静的声响，瞬间婉转高亢。

猛然间，小西樱子也似离弦之箭一般，裹着一身杀气，随着高亢的笛声，瞬间冲至唐卫轩的面前——

就如同这起伏跌宕的旋律，拨动着此间的草海荡漾，数息之间，箫声几起几落，唐卫轩步步退却，逐一躲过了小西樱子的连续两招。这时，小西樱子原本欺近的身形却向后一跃，而在后撤之际，又冷不丁甩出了一支十字剑，直奔唐卫轩胸口——

"当——！"

可下一刻，唐卫轩的绣春刀竟依旧未曾出鞘，只用刀鞘便将方才暗中击发的那枚十字剑，稳稳弹了开去。

重新退出一丈外的小西樱子冷冷盯着手握刀鞘的唐卫轩：

"你还在迟疑什么？！为何还不拔刀？！"

"唰——！"

话音方落，唐卫轩终于缓缓拔出了手中的绣春刀，横刀身前：

"方才相让三招，是答谢当初大阪城地下暗道中姑娘出手相救之恩。"

"……"

闻听此言，小西樱子绷紧的面容下，似有暗流涌动，但是表面却仍冷若冰霜，旋即再度展开了攻势——

只听，刀剑相格的激烈声响中，远处的尺八吹奏得也逐渐辽阔苍茫，与二人生死相搏所处的芒草原野，相映成辉。

夕阳下，低沉雄厚的空旷箫声，伴着呼啸而过的北风，荡漾在这片一决生死的原野之上，不知是否也牵动着原野中相互搏杀的二人心弦。

片刻间，又是连续十余招你来我往，待两人再次各自站定，均已有些气喘吁吁。那悠扬的箫声，也渐渐归于寂寥，在风声中若隐若现。

而此时，小西樱子气势未减，唐卫轩依然矗立的身形，却显得有些虚弱。锦衣卫的衣甲下，腰侧与胸口那几处尚未愈合的伤口，在这激烈的搏斗中，已然再度迸裂。纵使表面看不出来，但唐卫轩已能感觉得到，内甲之下，早已渗出了殷红的鲜血，伤口处稍一拉扯，便会带来一阵阵火辣辣的剧痛。

再这样耗下去的话……

不待唐卫轩多想，小西樱子的攻势随同着刀光剑影，又再度迫近——

身负旧伤的唐卫轩逐渐力不能支，随着伤口的剧痛不断传来，唐卫轩的额头上更是冒出了豆粒大小的冷汗。惨白的面色中,唐卫轩的防守捉襟见肘,愈加吃力,眼看已彻底落入下风,生死命悬一线。

而这个时候,仿佛看穿了唐卫轩已是强弩之末,随时可能毙命于自己的匕首之下,随着小西樱子快如闪电的一刀已掠过了唐卫轩的格挡,即将径直刺入唐卫轩的脖颈,一向狠辣果决的小西樱子,竟忽而收手,将几乎已抵在唐卫轩咽喉前的刀刃,猛地缩了回去——

唐卫轩虽暂且逃过一劫,此时却已筋疲力尽,随着小西樱子退后数步进攻暂缓,唐卫轩也踉跄着退到了那棵独立于原野之上的老树前,倚靠着背后的树干,一边捂住自己不断鲜血直流的伤口,一边大口喘着粗气。但即便倚着树干,唐卫轩此刻也唯有拄着刀身方可勉强站立,却再已无力反击。

看着就快支撑不住的唐卫轩,不知为何,小西樱子却未急着下杀手,忽而开口问道:

"昨晚,你明明根本不肯留在日本,却为何自始至终,一直都没有正面拒绝?"

静谧的原野间,无论是远处的尺八还是呼啸的狂风,此时皆归于沉寂,只余清风微拂,芒草们仍在不断起伏摇摆,像是一同等待着唐卫轩的回答。

"……"

而万籁俱寂中,回答小西樱子的,却是唐卫轩的沉默。

"因为你心中知道,如果直言相拒,或许,我就会提前一步在你背后下手,以绝后患。对不对?"

"……"

夕阳下,仍然是无言的回复。

"未至本能寺时,你就早已猜到了,小西大人可能会命令我在得到诏书后除掉你,顺便嫁祸给本能寺中的那幕后破坏议和之人,从而一石二鸟。所以,你才提前便备好了用来调包的那幅仕女图。是不是?"

"……"

风中,依然是沉默。

回答小西樱子的,似乎只有那棵老树上最后两片轻轻摇摆的枯叶,与唐卫轩仿佛永无尽头的沉默。

"回答我——!"

小西樱子瞪着满布血丝的双眼,举起了手中的匕首,情绪激动地厉声质问道。

这一回，唐卫轩终于不再缄默：

"是。"

最终得到了唐卫轩的亲口回答，小西樱子因为激动而不断起伏的胸脯，却并未平静下来，但是，其目光却从唐卫轩的身上移了开来，转而无神地望着倒映西山的晚霞：

"那你当时为何……为何在我中箭倒地后，还要回来救我……"

小西樱子的声音，此时竟凄然而又无力，几乎难以听清，究竟是对于唐卫轩又一次的质问，还是喃喃的自语。

这一次，唐卫轩足足沉吟了好一会儿，不知是在反省当初的一念之差，还是在斟酌眼前究竟该如何回答。最终，唐卫轩吸了一口气，面容间也仿佛恢复了几分血色，淡然道：

"自反而缩，虽千万人，吾往矣。"

闻听此言，小西樱子像是被瞬间点燃了一般，不由得怒火中烧。这已是唐卫轩第三次用这莫名其妙之言来搪塞自己，她双目怒视着唐卫轩，冷冷地不屑言道：

"收起你这套唬人的高深说辞！告诉我，究竟是为什么？！唐卫轩，你已死到临头，难道还是不肯说出真正的答案——？！"

"好吧。那就换种更加直白的说法……"唐卫轩淡然一笑，"唐某之所以会那样做，是因为——"

小西樱子这时死死地盯着唐卫轩，原本冷酷的面容间，竟像是在期待着什么，直到唐卫轩开口道：

"转身离去固然容易，但唐某却不想人生余下的日日夜夜里，都在心怀愧疚与自责中度过，不断悔恨着自己以往的胆怯，背弃了自己的内心。只要一闭上眼睛，便会想起那日自己懦弱的样子，对彼时的背弃自感羞愧不已……这，无关对错，只是从心而行罢了。"

听到这里，小西樱子似有动容，怒容渐消，不再径直出言反驳，而是静静地听下去。唐卫轩又长吸一口气，如同即将落下的夕阳，值此人生最后时刻，索性无拘无束地言道：

"说起来，何为对？何为错？又究竟该由谁人来断定对与错？唐某当年只因不忍杀戮妇孺，又无力生擒，故而只得放樱子姑娘你离去。唐某自问无罪却被小人进谗、以'通倭'罪名投入诏狱。在那其后几乎暗无天日的三年里，起初，唐某每天都会思考这个对与错的问题……"

唐卫轩凝视着面前的原野，萧瑟的北风中，竟悠悠自问道：

"是朝廷的审判，或他人的评价？"

唐卫轩忽而冷笑一声，凛然道：

"纵是顺着这些外意而行，若有违内心之道，最终也逃不过，心中挥之不去的自责，直到死去。只因人人心中，自有对错的评判。"

讲到此，唐卫轩虽然依旧捂着剧痛的伤口，却不再倚靠着身后的老树，斜阳下，不知何处来的力气，竟再度挺直了腰身：

"或许，遵从自己内心的抉择，最终也无人理解，但那不过是难以言说的孤独，或是对于事情结局的遗憾。而有违内心之后的悔恨，则是永远也无法弥补的缺失。如同明月缺了再也难圆的一角，照耀着每一个不眠的夜晚。恐怕即便至死，也将终生笼罩在充满自责与愧疚的悔恨之中……"

顿了顿后，唐卫轩继续淡然言道：

"这便是昨晚我在本能寺的院墙上犹豫时所想的。虽然对不起使团杨大人的所托，但扪心自问，也实在无法弃你而去。即便早知今日之境地，彼时的初心却依旧未改。故自反而缩，虽千万人，吾往矣……"

唐卫轩话音落后许久，小西樱子竟始终静默不语。若是早先，听到如此之论，小西樱子定会不屑一顾，甚至根本不待对方说完，便会忍不住将其一击毙命。可如今，却不知为何，小西樱子只是静静地立在当场，看着这名自己原以为可以轻易掌控，却又总是相差千里的锦衣卫百户，心中似有波澜。眼前的唐卫轩，既有着与自己相同的狠辣一面，比如对于自己向内鬼动用酷刑的默许；但在更多的方面，两人却又有着截然不同的准则。

尽管，唐卫轩的想法与理念自己并不能完全认同，可如今回想起当初种种，唐卫轩对于其坚持的信念却是在行动中矢志不渝地一以贯之。平心而论，倒是远胜过那些嘴上说着仁义道德、背地里却又行着苟且之事的凡夫俗子。

随着小西樱子陷入沉思，在这相对无言间，唐卫轩这时却又不禁默默叹了口气，苦笑着补充道：

"不过，现在看来，选择跃回墙内，又何尝不是在用自身带回诏书的使命来冒险？如今虽带回诏书，却也走到了穷途末路。当断不断，反受其乱。古人亦诚不我欺也……"

第二十章 | 无悔

听完唐卫轩坦诚心迹的这番话，小西樱子惨然一笑，追问道：

"这样说来，你最终还是悔恨当初了？"

"悔恨？非也。"

唐卫轩一脸释然地摇了摇头：

"有的，只是遗憾。也许，无论如何抉择，结果都是一样。即便重返彼时，大概依然会从心所欲，但求无愧于心、无悔于行……"

"无愧于心……无悔于行？"

小西樱子出神地立在原野之上，口中幽幽地念叨着，像是回想起了自从昨夜独自离开本能寺后，在回大阪的路上，内心一直所受的煎熬。大概，这便是唐卫轩所言的，若有违内心之道，最终也逃不过，心中挥之不去的自责与悔恨。

只因心中，自有评判。

无论多少褒奖与赏赐，也永远无法补偿那份心中的缺失，只因自己痛下毒手的对象，是……

小西樱子慢慢将目光移回到唐卫轩的身上，面对着身负重伤的眼前之人，不禁浮想起曾经的一幕幕，只觉得自己仿佛又回到了面临两难抉择的本能寺院墙之上。

而眼下，又该如何抉择？

小西樱子忽然缓缓地放低了刀刃，仰头发出一阵悲凉的苦笑：

"无愧于心，无悔于行……哈哈哈哈……"

这近似痴狂般的笑声中，既像是不屑与嘲弄，又像是隐隐暗藏着触动内心的感叹与悲伤，一边笑着，一边流下了两行清泪。直到笑声戛然而止，小西樱子凝重地看向眼前之人，凄然道：

"可是，你给过我遵从自己内心选择的机会吗——？！"

唐卫轩愣了愣，望着对面的小西樱子，竟一时无言以对。

相互沉默间，夕阳渐渐西垂，只余下最后一缕余晖，安静地铺洒在这原野之中。

逐渐昏暗的天空下，已到了夕阳落下的最后时刻。老树上的那最后两片枯叶，也已摇摇欲坠，即将迎来最终凋零的一刻。

小西樱子咬了咬牙，像是狠下心来，手中锋利的匕首慢慢抬起，似乎已无比痛苦地做出了最后的决定。而此情此景，竟与彼时的本能寺院墙之上如出一辙般，只听其轻轻念叨着什么，又是一句唐卫轩听不懂的相似倭语：

"对不起！"

话音未落，只见小西樱子看也不看，轻臂一挥，那柄匕首便已被其狠狠地掷出、直奔早已无力躲闪的唐卫轩迎面而去！

"噗——"的一声响中，锋利的匕首显然是已深深地刺入了什么。

而下一刻，一片枯叶幽然飘落，静静地躺在了树下的泥土里，终于走到了生命的终点。但似乎，也是新一轮的起点。

微微颤动的斜树下，是依旧立在原地的唐卫轩，而在其身后——

那柄泛着些许恬淡香气的匕首，已深深刺入了老树的树干之中，竟与唐卫轩擦肩而过……

"你走吧。"

小西樱子低垂着头，昏暗的光线下更加看不到其表情，只见其缓缓抬起手臂，指着不远处的一处竹林，低沉而又无力地说道：

"那边竹林中的小道上，有辆马车，可保你通过后续一路之上的哨卡。"

唐卫轩却仍然处于惊愕之中，一如当初看到唐卫轩从院墙上一跃而下、挡在自己身前时的小西樱子一样，足足愣了好一会儿，才确信对方竟然真的这样做了。

而正待唐卫轩看向小西樱子时，那紫色的身影已然背过了身去，只留下最后一句话：

"我们之间，从此恩怨两清了。"

唐卫轩看着小西樱子于原野芒草间茕茕孑立的背影，面容间像是凝聚着万千的感慨。唐卫轩想说些什么，却又不知该如何开口，更不忍去细想，小西樱子如此公然抗命、事后又该如何向其主公小西行长交代。

但是，时间紧迫，距离大阪仍有相当一段距离，容不得唐卫轩在此继续耽搁。想及此处，唐卫轩收刀入鞘，又不忍就此径自离去，可仅仅朝着小西樱子的方向刚刚迈出一步，却又骤然停了下来。

脚下虽是平坦的原野，但是，在这满布芒草的平地之上，两人的咫尺之距间，却像是存在着一道无形的鸿沟，始终难以跨越。

片刻后，随着一声消逝于风中的叹息，唐卫轩转身而去，毅然走向了不远处的竹林。

晚霞中，原野上只留下孑然一身、默默背立的小西樱子，与那老树枝头形单影只的最后一片枯叶独自相伴……

随着走入竹林，唐卫轩便已隐约看到了小西樱子所说的那辆马车，正静静停靠

第二十章 | 无悔

在竹林中的小道之上。

此刻，唐卫轩胸前的伤口虽然依旧隐隐作痛，却不禁泛起了一丝别样的触动。怀着心中流淌而过的一缕暖意，唐卫轩踌躇着，是否应当回头，再望一眼那竹林外的原野……

但稍稍犹豫后，忽然，一阵风起，竹林中皆是哗啦啦被风吹动的竹叶响动——

就在这苍翠缤纷的竹叶声中，既盖住了唐卫轩终究未曾回首的离去脚步，也遮住了其身后原野上那隐隐传来的落泪之声……

强撑着身子，唐卫轩终于一步步走出了竹林，蹒跚地来到了马车近前。

原以为车马中空无一人，却在这时，像是听到了唐卫轩走近的脚步声，从马车的另一侧，竟突然走出了两个身影。

唐卫轩心下一惊，正待有所防备，却忽然发现，这两人俱是大明衣装，看样子像是仆役的打扮，甚至，在这昏暗之中，对方二人的样貌，唐卫轩也感觉有些眼熟。

而就在这唐卫轩愣神的片刻，马车上的帘布随即被掀了开来，随即从车内探出了一个熟悉的面孔——

沈惟敬？！

堂堂大明使团副使，此刻竟然并未待在大阪城的馆驿之中，而是带着两名贴身仆役，跑到这郊外荒山野岭的竹林小道上，实在令人匪夷所思。

唐卫轩瞬间想到了德川家康不久前的告诫，目光中立刻提高了警惕，心中更是如临大敌一般、不敢有丝毫松懈。若传言为真，沈惟敬确与小西行长相互勾结，另有图谋，那自己落入沈惟敬之手和落到小西行长的手中，又有何分别？

想及此处，唐卫轩正打算果断后撤，可这时，沈惟敬已朝着左右小心翼翼地张望了几眼，而后便无声地招了招手。随即，不待身负重伤、行动不便的唐卫轩抽身而去，旁边的两名仆役就已快步走上前来，一左一右地立刻架住了跌跌跄跄、连站立都不太稳的唐卫轩，将其直接送入了马车车厢之内。

随即唐卫轩被不由分说地塞入马车，还不待彻底坐稳……

"啪——！"

只听一声清脆的马鞭鸣响，沈惟敬的两名仆役已跳上了车厢前的驾车位置，猛一挥鞭，车子便随即动了起来。

到了这步境地，唐卫轩索性决定，不躲也不逃。

一来，自己的伤口未愈，无论放手一搏还是跳车而走，恐怕都难有把握。二来，通往大阪的路途之上，定然还有小西家人马设下的哨卡。以自己目前的伤势，在这人生地不熟的日本，若想单靠自己、赶在今晚午夜前将怀中的大明诏书平安地带回使团，怕是难比登天。

这条路既然是小西樱子指的，唐卫轩索性就把最后的赌注，全部押在了这辆马车之上，期望其能载着自己，畅通无阻地顺利返回使团馆驿。

只是，令唐卫轩始终如鲠在喉的，乃是车厢内与自己相对而坐的，并非他人，正是这场真假莫测的两国议和的始作俑者——沈惟敬。

面对着这位同属大明使团的副使大人，唐卫轩此刻并未感到一刻的亲切与放松。光线暗淡的车厢内，两人相对而坐，却一时无言。沉默中，只听得到马车辘轳"吱呀呀"的滚动声响，犹如一往无前的命运车轮，载着同车共坐的二人，一同驶向未知的结局。

忽然间，沈惟敬终于开口道：

"樱子姑娘她……"

可话刚说了个开头，沈惟敬却又戛然而止，摇着头轻轻叹了口气：

"唉，罢了。"

说完，沈惟敬话锋一转，重又打起精神，兴致勃勃地寒暄道：

"卫轩，昨晚你彻夜未归，沈某可谓忧心如焚。原以为你已不幸命丧黄泉，却不承想，你居然能又一次全身而退。果然是吉人天相，实在可喜可贺！"

闻听此言，唐卫轩却暗自冷冷一笑，但好在车内本就没有多少光线，其细微的表情变化沈惟敬也未必觉察得到，只听得唐卫轩淡淡答道：

"幸赖沈大人及时接应。否则，唐某此刻恐怕已暴尸荒野、命丧他乡了。"

恰好此时马车碾过路上的石子，沈惟敬的身子微微一颤，也不知是因车内的颠簸，还是心中有鬼。不过，尽管看不太清唐卫轩的表情，沈惟敬却像是多少听出了其口吻中暗含的冷漠与戒备。略一沉思后，沈惟敬的语气少了些热络，压低声音，转而径直问道：

"卫轩，昨晚，可是那暂驻本能寺中的德川家康救下的你，今日又将你礼送而归的？"

唐卫轩犹豫了一下，不知是否该回应此事。如若回应，是该直言不讳还是编个什么借口。方才一路之上，自己也在为此而头疼，到底该如何解释，自己竟能带着诏书全身而退。可仓促之间，哪里能有什么好的说辞。

而此时，没有等到回答的沈惟敬却笑了笑，幽然道：

"你尽管放心，此事沈某对他人绝不会提及。况且，谁都有龙游浅水、虎落平阳之时，实在无须介意。今后若有旁人问起，就说受伤后恰遇好心的日本僧侣搭救，借此躲过一劫便是。"

听到此言，唐卫轩心情不禁变得有些复杂，同时暗自叹了口气。沈惟敬既已说到这个份儿上，显然已从小西樱子处知晓了本能寺中昨晚暂住的乃是德川家康，甚至对昨晚的经过也已了如指掌，料是瞒他不住。况且，还要靠其载着自己返回馆驿，就算沈惟敬暗中欺瞒了使团所有人，此刻至少也应虚与委蛇，等平安回到馆驿，再另做打算。想到这里，唐卫轩终于点了点头，承认道：

"是。"

"果然不出所料。容沈某再大胆一猜，德川家康不仅将你礼送出寺，还将大明诏书一并奉还，并且，还和你说了些……关于小西行长与沈某的……不为人知的秘密……呵呵，沈某可有猜错？"

看着对面轻捋胡须、娓娓道来的沈惟敬，像是早已洞穿了一切，唐卫轩深吸一口气，自知瞒不过老奸巨猾的沈惟敬，矢口否认只会适得其反，索性依然承认道：

"沈大人老谋深算，所猜分毫不差。"

只是，唐卫轩话中虽是赞扬之词，语气中却忍不住多少带着一丝暗讽的意味。

沈惟敬却像是没有听出话中的弦外之音，全然不以为意，声音继续抬高了一些，继而感慨道：

"好一个德川家康！呵呵，卫轩啊，你这是被人利用了，难道，还不自知？"

听完此言，唐卫轩却没有表现出丝毫的惊讶，对于德川家康此举背后的真实用意，似乎早就心知肚明：

"唐某岂能不知？没错，德川家康并非善类，此举更绝非出自单纯的好意，而是另有其目的所在。不过……"

片刻的沉默后，唐卫轩像是难耐心中积郁已久的困惑，竟下定了决心，打算冒险试探一下，沈惟敬究竟是否有所隐瞒，于是，只见其咬了咬牙，反问道：

"不过，至少唐某能一窥其暗藏的野心，而沈大人您与小西行长合演的这出瞒天过海，唐某却是完全没有看懂……"

听到唐卫轩如此回答，沈惟敬像是被噎得一时语塞，半天说不出话来，直到过了片刻，才低声缓缓言道：

"这么说来，你并非受其蛊惑、一时蒙蔽，而是对其所言，已然深信不疑了？"

见唐卫轩沉默不语，沈惟敬忽然有些惋惜地叹了口气，喃喃道：

"既如此……看来，也别无他法了……"

而沈惟敬话音刚落，几乎与此同时，马车也猛地停了下来——

随着车子骤然急停，身子剧烈一晃，唐卫轩心中也是顿时一紧！

莫非，沈惟敬是图穷匕见、终于撕下了和善的面具。说这话的意思，便是命手下停车后，趁着夜色，在此对自己下毒手？！

而这时，隔着车帘，马车之外，忽然有大量的火把闪动，并伴着为数不少的脚步声。同时，车帘上映照出一个个日本士卒晃动的身影，像是正在朝着马车慢慢围拢上来。

但是，与此同时，唐卫轩竟赫然发现，对面的沈惟敬居然也显得有些惊讶，像是同样没有想到，为何马车会突然停了下来，并且外面还遇到了如此多的日本人马。

唐卫轩立刻明白了过来：想必，是马车在回大阪城的路上，恰好再度遇到了沿路把守的小西家士卒设下的哨卡，这才因此停下。

不过，纵使外面围拢上来的小西家士卒并非沈惟敬的授意指使，这也不禁让唐卫轩将心脏提到了嗓子眼儿，若是沈惟敬此时稍稍发出一点儿动静……

已做好最坏打算的唐卫轩，手掌忍不住摸到了腰间的刀柄，随时准备做最后殊死一搏。可就在此刻，沈惟敬果然有所动作，只是，却并非呼喊外面的士卒捉拿唐卫轩，而是轻轻对唐卫轩做了个噤声的手势。

这？！

唐卫轩一时有些糊涂了。可还不待其反应过来，车厢外驾马的两名仆役似乎已亮明了身份，原本围上来的小西家士卒们立刻退让开来，看外面影影绰绰的火光，竟已纷纷闪到了道路两旁。看这情形，甚至毫不怀疑马车内的情况，便直接给予了放行。

随着马车再度起程，在道路两旁无数小西家人马的众目睽睽下，身处车厢内的唐卫轩就这样有惊无险地顺利穿过了戒备森严的哨卡，唐卫轩的心情这才逐渐平复。但是，疑惑却也越来越深。看着眼前的沈惟敬，唐卫轩越发觉得，事情似乎并非完全像是德川家康所说的那样简单。

若沈惟敬真的勾结了小西行长，并且在议和一事上欺瞒了大明朝廷，自己既然已从德川家康处得知了这个秘密，其又怎会将自己这个知情的活口送回杨方亨与使团众人的面前？岂不是立刻便会揭穿他们的议和底细？

难道说，沈惟敬并非在议和中捣鬼，所以才身正不怕影子斜，敢于护送自己平安返回？

可刚刚的一幕，又让唐卫轩更加确信，沈惟敬此人和小西家的关系，绝对非比寻常。从这个角度来看，似乎，又印证了两人相互暗中勾结的传言……

还是说，沈惟敬只因尚未察觉自己衣甲下伤口未愈，惧怕自己铤而走险，拼个鱼死网破，到时一并连累了他自己的性命，所以才行此缓兵之计？

并且，其刚刚最后所言的"别无他法"，又到底是什么意思？

一连串的疑问中，唐卫轩无论如何也有些想不明白。

而就在这时，沈惟敬从车厢一角取过了什么东西，只听"嚓——"的一声，其竟然用火绒点燃了车厢内的一支小蜡烛。原本阴森森的车厢内，一时明亮了不少。

"卫轩，此处别无他人，你我不如点上蜡烛说亮话。"

只见，沈惟敬收起火绒，正襟危坐，满面郑重地说道。看其神态，像是已下定了决心一般，脸上一副淡然的表情，甚至还带着几分释然。而后，直视着面有不解的唐卫轩，沈惟敬只用一句话，便使得唐卫轩之前所有的猜测与疑虑都变得再也无足轻重：

"这纸里，看来究竟是包不住火……"

听到沈惟敬竟亲口说出了这句话，唐卫轩顷刻间目瞪口呆，难掩自己的惊讶。倒不是因为其瞒天过海的欺瞒之事得到了证实，而是从没有想到，这话竟然会出自沈惟敬之口，向自己主动承认，确有其事。而面对满脸震惊的唐卫轩，沈惟敬却气定神闲地进一步言道：

"不错。你心中对议和之事的怀疑并没有错。沈某与小西行长暗中谋划、瞒天过海，不仅瞒过了大明满朝文武，也骗过了丰臣秀吉与一干日本大名。不过，诏书的被窃，以及你与德川家康的私下接触，却使得这个原本天衣无缝的计划，即将顷刻瓦解……"

看着瞠目结舌、一脸不可思议的唐卫轩，沈惟敬叹了口气，微微一笑道：

"只是，事情却并非你所以为的那样。你可想知道，这背后所隐藏的真相？"

面对这从沈惟敬口中可以一探真相的机会，唐卫轩终于回过了神来，随即坚定地点了点头。

而沈惟敬,则从怀中掏出一物,放在了两人之间。唐卫轩定睛一看,烛光中,那物闪着银灿灿的光芒,竟是约有二两的一小锭白银。

"这,便是你想要的所有真相。"

"难道,都是为了银子?!"

唐卫轩的语气中,像是充满了难以压抑的愤怒。这才猛然想起,当初朝廷上的传言,沈惟敬最初不过是浙江嘉兴一市井无赖。只是因其会说倭语,才在战事最初爆发后,借助其长袖善舞、巧言如簧的才能,往复游走于大明与日本两军阵间,渐渐从朝廷欲行缓兵之计的一枚"弃子",最终成了大明与日本议和中,举足轻重的主导之人。这几日来,自己竟然几乎忘了这一点。更没有想到,事情最后的真相,竟会如此简单。乃是沈惟敬与小西行长这两个商贩出身之徒,为了牟取私利,而不惜蒙蔽朝廷君臣,所撒下的弥天大谎?!

一瞬间,唐卫轩头顶青筋暴露、愤恨交加。当初朝鲜战场上洒下了多少大明将士的鲜血,而这场战争的结局,居然就被沈惟敬与小西行长轻易操纵、视若儿戏,变成了一场欺上瞒下的闹剧!

"对,就是为了银子。"

而面对着脸色涨红、愤愤不平的唐卫轩,沈惟敬的回答,却显得平静如水。烛光映照下,其脸上不仅没有丝毫的愧色,甚至,语气中还隐隐透着底气十足的豪迈。面容间,仿若当年易水河畔的荆轲,有着壮士一去不复返的慷慨与雄壮。

唐卫轩只觉得掌心下意识握紧的拳头,此刻正嘎吱作响,但仍压抑着挥拳而上的强烈冲动,逼着自己继续弄清所有的真相,于是,只有咬着牙追问道:

"沈大人,你就是为了银子,所以,就不惜欺君卖国?"

"哈哈哈哈……"

谁知,沈惟敬却忽然仰面大笑起来,只是,笑意中却没有丝毫得意,反而透着一股难掩的孤寂与凄凉。比起唐卫轩原以为的小人得志,倒更像是无人体会的无奈自嘲,随着笑声渐去,才听沈惟敬缓缓言道:

"想必,后世也会有无数人如你这般,将沈某如此唾骂吧。的确,欺君之罪,确有其事。这一条,沈某并不否认,也无可否认。但是,你说沈某卖国、出卖大明,呵呵……"

沈惟敬忽然话锋一转,冷笑道:

"那议和诏书想必此刻就在你手中。何不翻开一看,仔细找找,也帮沈某指一指,到底诏书中何处,是我沈某出卖大明的罪证?"

"这……"

见沈惟敬对于欺君罔上爽快地供认不讳,但对卖国一事,却言之凿凿地矢口否认,唐卫轩此时也从前一刻的激愤中再度冷静下来,之前自己也不是未曾细细想过,虽然始终未能完全想通,但论沈惟敬卖国这一条,似乎确属牵强。仿佛,在其看似"欺君卖国"的背后,还有着自己未曾了解到的更深一层的真相。

看唐卫轩有些语塞,沈惟敬冷笑过后,更是愤愤言道:

"即便是这欺君……呵呵,偌大的朝廷,愚昧不堪、眼界狭隘。不欺,又何以成大事?!"

此言一出,更是让唐卫轩眉头紧皱,倒吸一口冷气,忍不住重新打量起说出如此大逆不道之言的沈惟敬:心中更是由衷地感到,自己似乎从来也没有看懂过,眼前这个骨瘦如柴、手无缚鸡之力,但其所行俱是事关大明、日本之命运,所言也总是语出惊人的家伙。

单听此话,似乎其不仅对于朝廷有着诸多的不满,甚至,更让人隐隐觉得,其此番瞒天过海恐怕所图非小。莫非,除了单纯捞钱外,沈惟敬还有着什么惊天的图谋?

唐卫轩深吸一口气,觉得自己方才的定论不免下得有些过早,但也素知沈惟敬向来口若悬河,滔滔不绝间,往往便可颠倒黑白。因此,对其也绝不能轻信。看来,还是要等其倾囊相告之后,再做判断,也为时不晚。

而此刻,沈惟敬的情绪似乎也已逐渐恢复,但仍带着感慨的语气讲道:

"事已至此,纵使前面终是身败名裂的万丈深渊,沈某也依然无悔。因为,旁人,也包括你唐百户在内,根本不了解这背后的真相。"

听到沈惟敬像是终于讲到了最为关键之处,唐卫轩立即打起了十二分精神,准备洗耳恭听。只见,沈惟敬身在狭小的车厢内,目光却像是已投出了万里之遥,缓缓言道:

"不过,却并不仅仅是此番议和的真相。而是,这白银与大明的真相!"

第二十一章 · 真 相

白银与大明？

唐卫轩皱了皱眉头，如坠云雾。

沈惟敬却小心地捧起了放于二人之间的那块银锭，举在掌心，对唐卫轩言道："切莫小瞧了此物，足可关乎天下之安危。国之兴亡，同样系于此物。"

不过，看唐卫轩一副似懂非懂的样子，沈惟敬耐下心来，开始了娓娓道来："你可知，十多年前的'万历新政'？"

闻听此言，唐卫轩顿时感觉，似乎有些明白了沈惟敬所说的，白银事关天下兴亡的意思。

所谓万历新政，乃是当今圣上尚未亲政之时，由当时权倾朝野的内阁首辅张居正，所推行的一系列新政改革。包括对官员政绩进行考核的"考成法"，与改革赋役的"一条鞭法"等。其中，又以"一条鞭法"最为有名，将原本大明百姓所要负担的里甲、均徭、杂泛等诸项徭役，统一合并，改为一律征收银两。同时，百姓所要上缴的田赋，也由土地上所获的稻谷、小麦甚至瓜果等方物，改为一律征收银两。不过，张居正亡故后，人走茶凉，部分新政又遭废除，但这统一征银的"一条鞭法"，却被保留了下来。

如今，十多年过去，百姓的徭役、田赋等大多也都是依照这条新法，以白银缴纳。白银之价值自然也就关乎大明的兴衰国运。想到此，唐卫轩深感沈惟敬方才对白银的重要评价倒是不假，于是立刻应道：

"沈大人难道是想说，新政中仍在沿用、统一征银的'一条鞭法'？"

"不错。"

沈惟敬点点头，却又进一步言道：

"不过，你可曾听过，这原本旨在利民的'一条鞭法'，如今却已变为'残民之法'？"

听到此，唐卫轩不禁一阵默然，只因沈惟敬所言不虚。

也不知为何，当年新政伊始、张居正尚在时，这"一条鞭法"本是风评甚高。可在短短十余年后，民间的评价便每况愈下。甚至于，出现了"残民一条鞭"的说法，并在百姓之间传得沸沸扬扬、甚嚣尘上。

其中利害，唐卫轩倒也略知一二。归根结底，无外乎四个字——银贵谷贱。

近年来，白银不仅是流通的重要货币，更因朝廷推行的"一条鞭法"而被赋予了缴纳赋税的特殊意义。因此，王公贵族往往大量囤积白银，且往往有进无出，商人富豪则借机抬高银价，联手造成了"银贵谷贱"的局面。

这种情况下，百姓原本如需缴纳一石稻谷的田赋，银价稳定时，假设一石稻谷可兑换一两银子，则缴纳一两白银作为田赋即可。虽然须百姓用稻谷自行兑换白银，却可避免直接缴纳谷物时被官员淋尖踢斛、借以贪墨的自古弊端，倒也利大于弊。但随着银价被不断抬高，逐渐出现了"银贵谷贱"的局面，市场上的兑换比价早已远远超过原本的合理价格。而大多百姓手中只有农物并无白银，要想缴纳田赋，仍必须兑换成银子。于是，便只能从王公贵族、商人富豪处兑换，用三石、五石乃至十石稻谷，去兑换原本一石稻谷就可兑换的一两白银。唯有这样，方能用换来的白银缴纳田赋。可如此一来，虽然缴纳朝廷的田赋都是一两白银，但最初实际上仅有一石稻谷的田赋，在"银贵谷贱"的情况下，便间接变为原本的三倍、五倍乃至十倍之多。不仅如此，其中的差额暴利，却没有进入朝廷的国库，而是被相互勾结的官商豪强间接盘剥了去。所赚之多，甚至远超以往直接用稻谷缴纳田赋时淋尖踢斛的旧法子。

看到唐卫轩默然不语，并未否认自己所指出的当今大明民间之弊，沈惟敬轻叹一声，又继续说道：

"其实，当年刚开始推行新政之初，也并非没有这些弊端，但情况却并不严重。银价即便微抬，也不过十之一二的程度，影响微乎其微。甚至银价偶有下跌之时，百姓于兑换中还能捞到些便宜。可是为何，今日却有了数倍之差？以至到了'银贵谷贱'愈演愈烈、百姓之苦日益繁重，乃至每闻银价又涨畏恨之情便与日俱增的地步？可叹，百姓唯知抱怨，豪强只顾牟利，收到好处的官员则置若罔闻，对百姓疾苦视若无睹，而即便是那些看到此害的正直官员，或针砭时弊，或痛陈害处，却也未必能有更好的应对之道。大多数人，其实都知其然，却不知其所以然也。即便是看到了握有大量白银的王公富商们囤积居奇、哄抬银价，但其实，这也只不过是内因而已，却未必知晓，沈某所看到的另一条重要的外因，以及切实可行的解决之道……"

听沈惟敬如此所言，唐卫轩不禁好奇心大起，很想听一听，沈惟敬所谓的另一条外因，究竟是什么？又有何高见，得以解决此弊？看唐卫轩听得越发认真，沈惟敬微微一笑，捋了捋胡子，却依旧讲得不紧不慢：

"若想知道为何今日白银价高，就要先弄清楚，当年新政最初推行之时，银价为何得以稳定？实际上，白银也罢，稻谷、布匹、茶叶、瓷器也罢，说到底，都不过是货品而已。而货品的价格贵贱，纵观古今中外，都逃不出五个字——物以稀为贵！若是一样货品数量变多了，又或是得以源源不断地补充进来，其价格自然难以被哄抬。"

沈惟敬的一番话，听起来的确头头是道，但是唐卫轩却依旧没有弄明白，这所谓的外因到底是什么。而沈惟敬接下来的话，似乎绕得就更远了，唐卫轩只能耐下心来，听其语重心长地慢慢讲道：

"万历之前，是先帝隆庆；再之前，则是当今皇上的祖父嘉靖皇帝。想当初，嘉靖年间，大明海禁还甚严，无论官商民商，片帆不得下海。而先帝登基后，遂下诏开放福建月港，一改海禁旧制，甚至允许民间私人出海经商，远贩大洋，称为'隆庆开关'。而我大明物产本就精美绝伦，丝织、瓷器、茶叶、铁器等货品，行销海外。甚至无需运至远洋，只需行船一月，载至东南海中诸商人云集的吕宋，船一靠岸，货品瞬间便可轻松出售一空，获利颇丰。而诸国所贩之物，却大多难入我大明商人之眼，即便运回，也难以兜售。因此，海外诸国商人大多以西洋所产白银，购我大明之货。如此一来，随着一船船的大明货品远销海外，换回来的，便是满载而归、白花花的西洋白银。经年累月，数不尽的西洋白银，就这样经由无数海船去而复返，源源不断地被运入大明……"

听到这里，唐卫轩终于略有所悟。按照沈惟敬所说，银价当年得以稳定，乃是自隆庆年间开放海禁之后，大量白银经由贸易持续涌入大明的缘故。正所谓物以稀为贵，而白银因为有着源源不断的海外补充，价格自然难以疯涨，甚至偶尔还会出现由于白银过多而银价微跌的状况。按照这个思路，倒也多少讲得通。

不过，随着转念一想，唐卫轩却又重生新的疑问：

"且慢！这样解释，虽也说得通，但如今开关解禁之策依然未改，照这个说法，海外之银理应继续不断输入我大明才是。可近年，却又为何出现了'银贵谷贱'的情况？"

"这，就要从万里之外西洋之国——'以西把你亚'与'谙厄利亚'，这两国近年来的不断争斗说起了……"

"'以……西把你亚'和'谙厄利亚'？"

听唐卫轩念得极为绕口、磕磕巴巴，沈惟敬苦笑了一下，转而言道：

"这是西洋传教士对这二国的叫法，即便译过来也的确绕口。沈某还是称其为更加顺口的'西班牙'与'英吉利'吧。"

不过，唐卫轩对这两个名字仍是一脸陌生，但总算不是那样绕口了。原以为所谓西洋之国，都统称"佛郎机"即可。甚至明军所用火器之中，也有用西洋舶来之火炮，称为"佛郎机炮"。当年朝鲜战场攻破平壤城时，就曾使用过此炮，唐卫轩也曾目睹其威力。但是，却几乎从未细想，那些黄发碧眼的西洋人，究竟来自万里之外的具体何处，更不知道其居然还分属不同的国家。

好在，沈惟敬也不打算在国名之上多做解释，只是拣其要害言道：

"简而言之，原本运至吕宋的白银，大多便来自这名曰'西班牙'的西洋之国。如同那吕宋早已被其占领一样，据说，在极遥远的西方，其还同样掌控着一处盛产白银之地。因而得以不断从海上运来白银，用以购入我大明之物。而后，再将购入的大明货品运回西洋诸国，赚取巨利，借以称雄西洋。不过，有此海上巨利，自然也引得其他西洋诸国眼馋觊觎。"

此时，车内烛光微晃，而在沈惟敬的口中，却仿佛演绎着万里之外的腥风血雨、风云变幻：

"尤其近年来，西班牙可谓国运不济，以英吉利为主的西洋其余诸国不断派出舰船，趁机劫掠西班牙海上运载的白银，屡番劫掠，越发猖獗。由此一来，不仅引得两国之间烽火不休、海战频仍，而对于在茫茫大海之上的白银商船，西班牙更是难以分兵护航防范。如此一来，本就万里迢迢的海运之路，除了狂风暴雨，又有这沿途海盗的不断袭扰，乃至敌国船队明目张胆地公然劫掠。而自其产银之地、运至吕宋的漫漫长路中，又何止万里之遥，最终，得以躲过无数明抢暗夺，平安抵达吕宋之地的船只，自然每况愈下，数量不断减少。由此，随船运抵的西洋白银，也就逐年递减。换言之，随着运至吕宋之银日渐稀少，原本大量输入我大明的西洋舶来之银，自然也就慢慢难以为继。"

说到此处，沈惟敬的目光中甚至有些黯淡：

"虽说万里之外的消息，往往并不准确，但依坊间商人们的口耳相传，再继续照此下去，不仅西班牙的西洋霸主之位岌岌可危，其波涛万里的海运之路，怕是也难以为继。而我大明自西班牙到吕宋，再经由海路输入白银的这条海上财路，自然也难以再现昔日之繁盛，终将成为无源之水、彻底枯竭。而当那天到来之际，恐怕'银贵谷贱'的势头更将有增无减，百姓深陷苦海，迁延日久，也终将化作滔天巨浪……"

话到了这个分儿上，无须沈惟敬再多言，唐卫轩也明白此间利害，不禁暗觉胆战心惊，只因此言未必是危言耸听。历朝历代，百姓苦不堪言、揭竿而起的先例数不胜数，假使真如沈惟敬所言，照此下去，恐怕用不了多少年，随着"银贵谷贱"，百姓负担逐年递增，大明也终将难逃千古以来被百姓群起倾覆的命运。

这时，唐卫轩既已大致知晓了沈惟敬所说的外因，随即又问起，对方刚刚曾提及的解决之道：

"那，依沈大人之见如今之势，该当如何？"

"这个嘛，远水难救近火，但好在，天无绝人之路……"

只见沈惟敬气定神闲地微微一笑，像是早有成竹在胸，只等唐卫轩问及此处，故弄玄虚般稍作沉吟后，便悠然言道：

"大明之幸，天下百姓之幸。除了万里之遥的西洋之地，另有一国，同样盛产白银，不仅距大明不过区区数千里之距，且已臣服于我大明……"

"朝鲜？琉球？安南？暹罗？……"

唐卫轩忖思着沈惟敬的话，根据相距数千里与大明藩属这两个条件，逐一猜测着大明周边的各番邦属国。而沈惟敬却捋着胡须，哈哈笑着，不断摇头。

唐卫轩忽而想到了什么，恍然大悟道：

"莫非，沈大人所指的是……"

"哈哈，不错。沈某所指的，正是我们此刻所在的日本！"

闻听此言，唐卫轩像是还有些不信，沈惟敬却侃侃而言地介绍道：

"寻常之人大概还有所不知，这日本虽然远非我大明繁华富庶，可也有一样宝贝，那便是白银。当年，无论海禁多么严苛，也依然有商人愿意冒死来此贩运。所贩之物，可并非什么折扇、漆器等当地方物，而正是日本的白银！只需运来日本所缺之物换作白银，再将其运回大明，一趟便可赚得盆满钵满。正因如此，才会有人前赴后继，不惜将脑袋别在腰上，顶着朝廷的海禁，做此亡命买卖。"

"难道说，沈大人不惜瞒着朝廷、欺君罔上，就是计划凭此议和之机，暗中谋求开通大明与日本之间的贡市贸易，借以引入这东洋之银，替代原本的西洋之银？"

经过沈惟敬从头至尾的这一番说明，唐卫轩像是终于将线索完全拼合了起来，迅速理清了思路。

"正是。"

沈惟敬郑重地点了点头，顺便趁热打铁道：

"如此一来，便可引入日本之银，重新平抑我大明银价，既可缓百姓兑银缴赋之苦，也可解大明征银弊政之危。岂非有百利而无一害？"

随着沈惟敬的话音落下，余音在这狭窄的车厢内幽幽回荡，而两人之间所燃的那支蜡烛，这时也在微微闪动。忽明忽暗间，一如唐卫轩此刻的脸色，阴晴难辨、飘忽不定。

不过，看唐卫轩的样子，较之最初的戒备与提防，显然是已受到了沈惟敬方才所言的影响，但却仍然有些拿捏不准沈惟敬这番话的真假。

而如果为真，自己又该如何决断？

若直言揭穿其欺君之罪与暗中图谋，虽然尽了锦衣卫的职责本分，但依照自己对朝廷的了解，怕是这借日本之银、引入大明的计划，也将再无回旋之可能。而饱受"银贵谷贱"之苦的大明百姓，岂不……

此时，比起心中起伏不定、左右为难的唐卫轩，沈惟敬却显得极为平静，随着其讲述告一段落，便只端坐在原处，看着面前像是心乱如麻的唐卫轩，也不知在暗自盘算些什么。似乎，既像是在重温着自己方才的这番话，又像是在这很可能功亏一篑的最后紧要关头，回忆着其一路走来所历经的风雨。同时，沈惟敬似乎也在思量着，一席话后，眼前的唐卫轩究竟听进去了多少，又到底是否会相信自己所言……

直到片刻之后，唐卫轩才从沉思中慢慢抬起头来。而其迎向沈惟敬的眼神中，却仍然泛着警惕与怀疑的目光。只这一眼，沈惟敬便顿觉心中凉了一半，不禁暗暗叹了口气，正打算说些什么时，唐卫轩却话锋忽转，目光中像是隐隐含着一柄利刃，直刺沈惟敬的心底，只听其一字一顿地冷冷问道：

"沈大人，你究竟是什么人？"

一瞬间，车内鸦雀无声，就连那烛火也像是忽然暗淡了不少，使得车内静谧的氛围更显诡异。

沈惟敬则是脸色微微一变，显然对唐卫轩这突如其来而又一针见血的问题，吃了一惊，面容间显露出一丝异样，但又旋即恢复如初，故作镇定。

看样子，唐卫轩目光中的怀疑与警惕，并非将其方才所言视作危言耸听，而是听罢这番从未知晓却似有道理的海外白银之说后，反而对于沈惟敬的真正身份，逐渐充满了疑问。

若真是照传言所说，其不过是浙江嘉兴的市井无赖而已。可方才之所言，又怎可能出自一介市井无赖之口？此情此景之下，关于其不过是一市井之徒的说法，实在令唐卫轩难以信服。若真是区区一市井之徒，又怎会知道如此多的海外之事，又将这"银贵谷贱"背后白银流动的外因，看得如此入木三分、鞭辟入里？

想到此，唐卫轩像是欲将其底细一眼看穿般，直视着对方的双眼，再一次低声质问道：

"沈大人，你到底是什么人？"

"哈哈哈哈，沈某究竟是什么人？"沈惟敬忽然捋了捋胡子，像是在认真地思考着唐卫轩的这个问题，"且容我一猜，这日后的史书上，大概还是会将沈某称为'市井无赖'吧。哈哈……可惜，瞒得过世人，方才一番言论，却还是被你看出了端倪。"

说到此处，沈惟敬索性反问道：

"卫轩，你可知，当年倭军入寇朝鲜之际，朝廷欲寻会言倭语之人，但为何堂堂大明，万里疆土之上，亿兆黎民之中，却几乎找不到沈某之外第二个会言倭语之人？"

沈惟敬所说的这件事，唐卫轩的确知晓。朝廷当初欲行缓兵之计，为大军集结反攻争取时间，所以才四处遍寻会说倭语之人，前去平壤游说倭军，借以拖延。而沈惟敬便是因其能说倭语，所以才会被临时委以重任。不过，说来也奇怪，当年偌大的朝廷，却几乎找不出一个会说倭语之人，只得派这沈惟敬临时上阵。因此，此刻被突然问及此事，唐卫轩也觉得确实有些蹊跷，莫名道：

"为何？"

"那是因为，自嘉靖二年的宁波之乱，朝廷遂下诏罢去日本朝贡，彻底断绝了与日本之间的往来。同时加强海禁，严禁船只驶往日本。即便是'隆庆开关'、解除海禁之后，准许民间与其他海外诸国通商，但唯独对日本仍旧严加禁绝。凡是私自驶往日本的商人，一律以'通倭'之罪问斩。因此，大明与日本之间断绝来往，自嘉靖二年算起，至今已有七十余年。呵呵，你说，又怎么还会有人说倭语呢？"

"那沈大人你又为何会说倭语？"

"是啊，断绝往来七十余年，沈某身为所谓的'市井无赖'，又为何会说倭语呢？这的确是个好问题。"

沈惟敬一边苦笑着自问道，一边看着面露不解的唐卫轩，半晌，才终于娓娓道出了缘由：

"虽然这七十年来，朝廷明令不得与倭人往来，更不许片帆驶往日本。可奈何，人为财死，鸟为食亡。这世上，从来就没有做不成的生意，只有谈不拢的价码而已。若有巨利可图，自然会有人铤而走险、不惜性命。也正因如此，在不为朝廷所知的暗处，与日本私下的海上往来，也就是躲开官府的走私贸易，又岂会轻易断绝？所以，这七十年来，久而久之，便几乎只有一种人，可能通晓倭语……"

"你难道说？！"

唐卫轩听到此处，双目圆睁，诧异地重新打量着眼前的沈惟敬，直到这时，才终于明白过来，沈惟敬言下之意，莫非是在暗指：

其原本就是多年以来、偷偷往返于大明与日本之间的走私商人？！

若仔细一想，似乎也唯有如此，方能解释其为何能言流利的倭语。而沈惟敬却以一阵大笑，轻描淡写地便将这关于自己身份的话题一笔带过，只是笑言：

"哈哈哈哈……否则，一个所谓的'市井无赖'，又怎么会说断绝往来七十余年的倭语呢？岂不滑天下之大稽？！沈某倒不在乎后人如何评论，只是，这说法着实是可笑。"

短短的两炷香时间内，在这昏暗而闭塞的车厢中，原本那躲藏在重重迷雾中的真相，于沈惟敬的讲述中，正一层层地在唐卫轩面前被逐一揭开。

一时之间，得知如此多隐藏的秘密，从沈惟敬亲口承认欺君，再到海外白银之说，此刻又惊觉沈惟敬始终隐瞒的真实身份，唐卫轩只觉得，这一切都恍如梦中一般。只是，尽管原本的不合理之处似乎都一一得到了解答，但顷刻间便要唐卫轩彻底颠覆脑海中旧有的想法，也着实有些为难，一时更难以重新理清这刚刚建立起来的新思路。

又过了一阵,唐卫轩方才将信将疑地继续言道:

"好吧,就算这些都是真的,但却尚有一处疑惑,难以说通。陛下册封丰臣秀吉的诏书中,可是写得清清楚楚,明令不许贡市。即便暂时将其对两国上下隐瞒,但贡市之事,总不可能瞒着朝廷、继续瞒天过海地于暗中进行。沈大人,你所做的这一切,到头来岂不是依旧毫无意义?"

谁知,对于这个尖锐而又看似无法逾越的难题,沈惟敬却根本不以为然:

"自古无不易之法,世间无不变之规。当年嘉靖一朝,曾不断严令海禁,片板不得下海,大有永世海禁的决心。而后,却又有'隆庆开关',以至如今,大明官民商船扬帆万里。二百年前,太祖皇帝更是将所制铁牌悬于宫门,警示后代子孙,不许宦官干政。其后又是如何?这二百余年来,我大明干政的宦官,虽说各有忠奸,但又何曾少过?贡市之事,亦将如是。常言道,世事无常。只不过,事在人为而已……"

顿了顿后,不待唐卫轩缓过神来,沈惟敬又再度语出惊人道:

"嘿嘿,既然你我点上蜡烛说亮话,而且沈某自忖,日后也早晚瞒不过你。不妨就再多告知你个秘密,但也只能点到为止,由你自行领悟。难道,唐百户你也以为,沈某敢冒天下之大不韪是在只身犯险不成?若背后无人,当初沈某区区一介草民,又岂能得堂堂兵部尚书石星大人的举荐?若背后无人,沈某又岂能如此轻易便瞒天过海?若背后无人,那小西行长又何以对沈某如此信任有加,甚至推心置腹?说到底,沈某也不过是个站在台面上的递话人罢了……至于这之后如何解禁贡市,待议和告成、日本成为我大明属国后,只需稍待时日,自然会有背后之人再继续打点运作。"

听到这里,唐卫轩脸上仍波澜不惊,但心中却已如万丈巨浪、惊涛拍岸。欲言又止中,唐卫轩想到沈惟敬既已提前言明,对于背后之人,其只能点到为止,心知问了也是自问,只得作罢,可从中也嗅到了一丝别样的味道……

于是,沉思之后,唐卫轩并未提及沈惟敬所言背后之人,但却冷冷言道:

"如此说来,沈大人与小西行长私下串通、计划打通贡市之路。只是,其中图谋,恐怕也并非全是为了大明之危、百姓之苦吧?"

"哈哈,卫轩,你的确是个聪明人,果然终究瞒你不过。"

沈惟敬略显尴尬地抚掌笑了笑,见已被唐卫轩言穿,也不多掩饰,直言不讳道:

"的确,除了为国为民之外,自然也有一些私心在内。不过,虽说沈某与背后之人也有私利在内，但贡市之事若成，便可平抑银价、以减百姓之苦，于国于民皆有利处。如此，即便存了些为己谋利的私心，又有何不可？难道，仅凭这一点，卫轩你就打算因噎废食，致天下黎民苍生之苦于不顾？"

面对沈惟敬的反问，唐卫轩竟无言以对。无奈之余，只得将话锋一转，再次发问道：

"好吧。大明这边暂且不论。但那小西行长身为日本大名，又是丰臣秀吉的家臣，其又如何瞒得过丰臣秀吉？议和达成后，丰臣秀吉以为贡市已开，必将派出朝贡使团，但实则大明朝廷开启贡市仍须时日，日本船只一旦靠岸，届时真相大白，又岂能轻易蒙混过关？"

谁知，沈惟敬对此依旧是胸有成竹一般，笑言道：

"呵呵，这你就更是多虑了。卫轩，前晚之宴，你也曾见过那貌如猿猴的丰臣秀吉，其已年届六旬，又沉溺酒色。你以为，那猴子还能再活多久？而你又可知，当初宁波之乱前，大明与日本之间的朝贡，又是几年一贡？"

气定神闲地看着面前的唐卫轩，沈惟敬顿了顿，便随即揭晓了答案：

"乃是十年一贡！呵呵，那猴子不要说十年，依沈某看，其最多也不过只有两三年的寿命而已。因此，若其催促，便只需推说依照旧例，就算不用等十年，但连这议和都谈了足足三年之久，大明开启贡市自然也需要些时日准备。即便朝中运作进展不顺，直到两三年后，朝廷仍未正式开通贡市，丰臣秀吉却也早已咽气。"

一边说着，沈惟敬眼中更是不断闪烁着光芒，似乎对事情未来的发展信心满满：

"其实，依沈某看，根本不用等那么久。毕竟，丰臣秀吉一旦接受册封，日本既为我大明承认之属国。名正之后，自然言顺。日本既已臣服，待从朝鲜尽数撤军之后，更足以显其对我大明恭顺、服从之意。待大明对日本敌意与戒心稍去之后，即可酌情于朝中善加运作。日本也可择圣上生辰之日的'万寿节'，或册立太子等大喜之日，遣使登岸。作为属国之臣，归服王化，前来恭贺朝觐，以瞻天朝，可谓名正言顺、合乎情理，朝廷又岂有宁冒干戈再起之风险，贸然拒绝之理？届时，内外合力之下，贡市之事，自然水到渠成。"

说到此，沈惟敬充沛的自信中，倒也并非没有一丝的担忧，只见其又微微叹口气：

"只不过，这一切的前提，都要先让那一意孤行、不自量力的丰臣秀吉自以为得逞，认为大明已答应贡市之事，使其甘心接受册封、先且退兵，方可施行。否则，一旦战端再起，至此的一切努力与心血，怕是都将付之东流……"

听到这里，唐卫轩皱着眉头，抿了抿嘴唇，稍作沉思后，似乎仍有不解之处，遂问道：

"且慢。方才沈大人所言，借与日本的往来贡市、引入日本白银，倒也有几分道理。可这贡市之事，对日本又有何利？对于不惜欺瞒丰臣秀吉的小西行长而言，又有什么好处？值得其如此冒险，不惜欺瞒自己的主君。"

沈惟敬笑着看向不断发问的唐卫轩，不愧是经验丰富的锦衣卫，心思缜密，几乎每一个问题都切中要害，而沈惟敬也毫无保留地再度倾囊相告：

"这贡市之事，于日本而言，自然也是极为重要。卫轩你既曾屡番与倭军恶战，当知其性情。倭人虽性多狂悖，却也狡谲如狐。当初永乐年间，甘愿于国书中奉明正朔，称臣纳贡，自然是有其所图。正如我大明欲得日本之白银，而日本之所求，则是为了此物……"

说着，沈惟敬又从怀里掏出一物，将其摆在了两人间的那锭白银之侧。

幽幽的紫红色铜光中，唐卫轩定睛一看，沈惟敬所言之物，竟是一枚大明铜钱！

"这……"

望着那枚闪闪发光的铜钱，唐卫轩像是瞬间触动了脑海中的记忆，这两日来的一幕幕情景逐一浮现在眼前。而沈惟敬则继续言道：

"不错，正是我大明的铜钱！这日本虽盛产白银，仅一座石见银山，便几乎取之不尽、用之不竭，但是却铜矿奇缺，铸造铜币之工艺，更是远不及我大明铜钱的铸工精湛、整齐划一。尽管日本也有各式铸币，但因其做工低劣、成色不足，大多被民间称作'恶钱'，往往弃之不用、避之不及。反而是我大明的'永乐通宝'等历代所铸铜钱广受欢迎、流通最广。自永乐年间日本称臣纳贡，直到宁波之乱断绝朝贡往来，一百余年间，以永乐通宝为主的大明铜钱，早已渗透进日本上下的方方面面，甚至可以决定某些大名势力的兴衰存亡。以至于日本部分大名将这象征财富与权威的永乐通宝，绘在其军旗之上。故而，除了生丝、药材等货品外，为了其国内的商贸交易之便，日本也正欲借朝贡重开之机，与大明互通有无，重新引入我大明的铜钱。只不过，你久居大明，未曾遍游海外，可能一时有些难以相信，但的确正如白银之于我大明那般，这铜钱之于日本，也同样影响着其国运兴衰。"

听完这番话，唐卫轩虽然也感到有些不可思议，但回想其昨日淀川之上，渔夫们拿到大明铜钱后喜笑颜开的一幕，不得不深以为然，对沈惟敬所言也越加笃信。

"那小西行长……"

第二十一章 | 真相

"哦，至于小西行长，其自然也是无利不起早。他本就是日本豪商出身，自然知晓大明与日本之间的贸易一旦正式打通，随着日本奇缺的大明铜钱不断涌入，其中将蕴藏着多少的财富。况且，议和若成，作为议和奉行的小西行长自然功不可没。届时，必将在日本众大名之中择一人，来担当全权负责与我大明朝贡贸易的奉行，而这个至关重要的位置，又有谁能比议和中厥功至伟且精通汉话的小西行长更为合适？可想而知，到时候，小西行长便会是无可争议的第一人选！因此，只要此番事成，小西行长便将掌握大明通宝流入日本的重要'钱流'。无论对于其个人，还是整个小西家的实力与地位，都将带来无可估量的大幅提升。有此无比诱人的好处摆在眼前，岂会不尽心尽力，甚至不惜连日本上下也一同欺瞒。换句话说，若无此显而易见的巨利在前，小西行长身为一介大名，又何必提着脑袋，非要与沈某同舟共济、一齐来蹚这趟浑水呢……"

"难道，他就不怕……"

"呵呵，他当然怕！甚至谨小慎微到，不惜将任何可能知情而又无法信任的外人统统灭口。"

沈惟敬泛着一丝苦笑，同时，目光中却又炯炯有神，像是早已看透了一切的过来人，感慨道：

"但是，正所谓富贵险中求！对于商人而言，只要利润足够，再大的凶险，都值得放手一搏！同时，也只有大明与日本之间如此丰厚的巨利，才能让身居高位的小西行长，甘愿去冒任何的风险。甚至，即便是欺瞒其主君丰臣秀吉、不惜身败名裂的风险……"

此刻，当沈惟敬最终讲完其计划背后几乎所有的来龙去脉，马车也已从人声嘈杂的大阪城下町街道，驶入了静谧的大阪内城。而唐卫轩似乎也终于明白了，小西行长与沈惟敬的关系何以如此亲密。人常言，情之所至，金石为开。但其实，利之所至，往往也可狼狈为奸、同舟共济。若是唯有联手合作方能获得互惠彼此的巨大利益，纵使昔日仇敌也能亲密无间，陌路之人亦可推心置腹。

只是，一个时辰前的唐卫轩，从未想到，这场疑点重重、充斥着虚假与谎言的议和，背后所隐藏的，竟会是这般利欲熏心、事关国运而又现实残酷的真相。

这，就是自己不惜性命苦苦寻觅的最终答案……？

就在这时，只听"咴——"的一声低鸣，马车再度猛地一停。只不过，这一回，像是已抵达了终点,马车彻底停了下来。而车外静悄悄的空气中,也几乎听不到任何的声响。

沈惟敬小心地掀开车帘的缝隙,向着远处的某地扫了一眼,然后运了口气,回身低声言道:

"卫轩,使团所在馆驿,就在前面。所有真相,既已言明,沈某不才,临别之际,想与你做一笔生意。"

唐卫轩看着沈惟敬的眼睛,大约已猜到其想说什么:

"生意?沈大人莫不是想买唐某闭紧嘴巴,对你与小西行长的暗中图谋装聋作哑、只字不提?"

"是。"

虽然唐卫轩早已料到沈惟敬会如此要求自己,但却想不到,对方既没有低声下气地央求,也并未装腔作势地威胁,而是用一种平静如水的眼神,正视着自己。似乎,真的只是心平气和地在谈一桩普通不过的生意而已。

唐卫轩深吸一口气,近乎本能地断然拒绝道:

"这不可能!唐某乃锦衣卫,皇帝陛下的亲军,怎可能与你等沆瀣一气,得此惊天密谋却知而不报?!"

面对着不为所动、直言相拒的唐卫轩,眼看议和真相将被揭穿,当此危急时刻,沈惟敬的表情却依然镇定自若,似乎一切仍在其掌控之中,悠然言道:

"沈某漂泊半生,渐渐明白了许多道理。而其中感悟最深的一条便是:在这个世上,从来就没有做不成的生意,只有谈不拢的价码而已……"

唐卫轩见沈惟敬打算利诱,冷冷一哼道:

"沈大人,请勿复多言。朝廷的确对不住我,可陛下待我圣恩隆重,不但特旨释放并官复原职。无论你和小西行长打算出多少银子,就是金山银山,也不可能买得到唐某对大明与陛下的忠诚之心。"

"唐百户,你误会了……"

谁知,纵使唐卫轩已斩钉截铁地拒绝了金山银山,沈惟敬却依然拿起了那枚仅有二两的银锭,将其托在掌中,映着幽幽的烛火,闪闪发光。只见其轻轻摇了摇头,道:

"沈某不会出一两银子,更没有金山银山。沈某的价码,无须多言,卫轩,你应该明白它是什么……"

想及方才车内沈惟敬的一番长谈,此刻,看着其手中那锭区区二两的白银,唐卫轩的面色骤然凝重，眼中像是感到了那二两银锭的千钧之重，仿佛上面凝聚着无数黎民百姓的生死存亡，甚至，牵动着大明的悠悠国运。

若真如沈惟敬所言，贡市不开，则引入日本白银之日亦将遥遥无期，大明国内的银价抬高日复一日，百姓的负担也将愈加沉重，直到……

沉默中，唐卫轩仍旧没有回答，而是忽然反问道：

"沈大人，你为何不直接杀了在下，岂不更加稳妥、一劳永逸？"

沈惟敬却淡淡一笑道：

"因为如今知道真相的，还有一个人。所以，你绝不能死。"

"你是说……"

"没错。"

沈惟敬点了点头，语气依然平淡，却像是在一张硕大的棋盘上，早已算到了其后几步：

"唯有你活着，并且与我们站在一起，才可能堵得住已知晓内情的德川家康之口。一旦他不惜亲自出面，向丰臣秀吉揭穿此事，只要有你为证，那曾窃取诏书的德川家康也将面临两败俱伤、鱼死网破的后果。以沈某之见，丰臣秀吉如今尚在，那老奸巨猾的德川家康，一时还不敢如此明目张胆地露出其狼子野心，唯有忍耐，才是上策。既然大家互有把柄，彼此心照不宣，其计不成，便只能吃个哑巴亏。因此，唐百户，此番，唯有你，能救大明，与无数的黎民百姓！而要拯救大明与天下百姓，既无须上刀山更不用下火海，唯一需要你做的，就是保持沉默。用沉默，守住今晚沈某所说的所有真相……"

"沈大人果然老谋深算，可说来道去，你还是要唐某与你们一道，冒天下之大不韪，甚至不惜……"

讲到这里，唐卫轩甚至无法再继续说下去，只能轻声吐出了那两个不忍直言的字眼：

"欺君。"

而沈惟敬则躬身朝着唐卫轩极为郑重地行了一礼，然后直起身子，凛然正色道：

"正是。"

说罢，沈惟敬不再多言，而是掀开了车帘。两名仆役也心领神会地将唐卫轩扶下了马车。

车厢外，一缕清冷的月光铺洒在地面之上，映照着不远处的使团馆驿，一如前日之夜领命出发时的情景。只是，对于唐卫轩而言，这短短两日，却已物是人非，恍如隔世。

重新站在地面上的唐卫轩，并未径直走向馆驿，而是又看了眼车厢内正准备与自己分别、另行离去的沈惟敬，提出了最后一个问题：

"若唐某不答应呢？"

万万没有想到，沈惟敬只是露出了意味深长的一笑，凝望着眼前这名特立独行的锦衣卫百户，笃定地回答道：

"你不会不答应。"

话音落后，沈惟敬甚至没有一丝担忧与迟疑，便缓缓放下了车帘，隔绝了二人之间的视线。随着"啪——"的一声脆响，马车再度缓缓启动，避开了前方的使团馆驿，向着别处去了——

顷刻间，夜色中便只余下唐卫轩孤身一人，默默静立，握着怀中所藏的大明诏书，独自面对着满目的萧索与冷寂。

月光下，不知过了多久，只见唐卫轩最终迈出了步子，转身向着不远处的使团馆驿缓缓走去。只是，其脚下的每一步，似乎都是那样艰难与沉重……

第二十二章 · 册 封

翌日，当火红的朝霞染满天边之际，映照出万里晴空，在这令人烦躁不安的多日阴雨之后，天公作美，终于迎来一个难得的好天气。而这一天，也正是日本太阁丰臣秀吉接受大明皇帝册封、成为日本国王的册封典礼之日。似乎，就连上天也想看一看，这牵动无数财富与命运的议和，究竟会是一个怎样的结果。

原以为诏书失窃后，即便是丰臣秀吉于次日一早便宣布诏书找回，一切照常，但根据私下的可靠消息，一众大名也是心照不宣，料定这不过是为了保全太阁暂时的颜面，册封典礼必将无疾而终。可随着大明诏书真的已被顺利找回的消息迅速传遍大阪城内外，惊诧之余，众大名可谓有人欢喜有人愁。

不过，也听说三日前夜里诏书失窃的神秘主谋，至今仍是毫无头绪，以致引得人们众说纷纭。但好在，诏书得以在册封仪式的前一天晚上找回，不禁令小西行长等"主和派"大名们倍感欣慰，长舒了一口气。甚至，据说太阁丰臣秀吉在连夜收到小西行长与沈惟敬的报告后，也是欣喜若狂，更加确信此乃上天之意，于冥冥之间暗中相助。于是，在沈惟敬的建言下，丰臣秀吉更是一早起身沐浴更衣，以表对上天与大明之虔诚敬意。

在好一番精心准备后，丰臣秀吉内着绿贴里，配穿青褡护，外套大红织金胸背麒麟圆领，头戴国王纱帽，腰系金箱犀角带，一应衣冠皆为大明皇帝御赐之物。此刻，这位借助日本战国乱世从底层逐步崛起的一代枭雄，正满面红光地于大阪城天守阁中焦急等待着，即将郑重承接大明册封诏书时，那激动人心的一刻。

与此同时，大阪城中预备举行仪式的正堂之前，已聚集了众多昨夜或今晨陆陆续续赶回大阪城中的日本大名，面色各异，或喜或忧。但众大名显然都已得知了关于册封典礼照常举行的消息，稍有品阶之人，皆身着前日所赐大明官袍。只见年事较高者神色淡然、相互低语，年轻气盛者则跃跃欲试，不时忐忑地整一整衣装。其中，正被不少大名围拢在中央、纷纷上前寒暄的，正是众大名之中实力最强、官居正二位内大臣的——德川家康。

而这个时候，同样一身大明官服打扮的小西行长，忽然径直走了过来，众人立即闪开了一条道路。

尽管主战派等一干大名对其皆嗤之以鼻、面露怒容，小西行长却对之视若无睹，一路与相熟的主和派大名们相互致意，也不知是有意还是无意，其最后竟来到了德川家康的面前。

"内府大人，您也来了。"

小西行长微微欠身，意气风发地主动向官阶与地位都高于自己的德川家康弯腰行礼。

"小西大人，此番操劳议和，真是功不可没。"

德川家康面带微笑，轻轻欠身还礼。

"这全赖太阁殿下洪福，此番议和，屡有波折，在下不过是如履薄冰地奉命行事而已。"

小西行长恭谨地客套着，同时，不动声色地看了眼面前的德川家康，继续自谦道：

"当然，最终议和得以成功，也是承蒙德川大人的关照……"

随即，两人意味深长地四目相对，德川家康面容间的笑意依旧，淡淡道：

"小西大人过谦了。大家同为太阁殿下的家臣，自当齐心协力、坦诚相待，今后也应继续尽心尽力、共同辅佐太阁与丰臣家才是。"

"德川大人所言极是。"

小西行长再次欠身，点头称是。旁人自然也听不出这二人的对话有何弦外之音，面对这样的场面话，自然也都纷纷附和，表面上洋溢着一片勠力同心的祥和气氛。

此时，恰好大明使团正使杨方亨与副使沈惟敬等一干使团人员，也自馆驿来到了正堂之外。眼看贵客已至，小西行长随即向日本众大名躬身告退，而后便急忙来

第二十二章 册封

接待大明使团众人。

小西行长先是与杨方亨和沈惟敬二人简单地寒暄，之前几人曾针锋相对的口舌之争，此刻似早已化为虚无，趁着时间尚早，正热络地说些不痛不痒的互赞之词。同时，小西行长无意间发现，唐卫轩竟然也跟在了杨方亨的身后。看到唐卫轩的一瞬间，小西行长的脸上不禁稍稍有些尴尬，但这局促之情很快便换作了满面春风，主动上前拱手致意道：

"此番事成，幸赖唐百户亡羊补牢、追回诏书，救我等于危难之中。在下听闻唐百户伤重未愈，今日竟依然不辞辛劳。若此间出了差池，这让小西行长如何担待得起？"

唐卫轩拱手回礼，不冷不热道：

"小西大人放心，唐某命硬，并无大碍。至于此番侥幸夺回诏书，多亏杨大人坐镇指挥，对唐某信任有加，以及各位同僚肝胆相助。唐某不过将功补过而已，不敢奢问功劳。只盼议和成功，天下太平。"

不知为何，说到最后几个字时，唐卫轩不自然地瞥了一旁的沈惟敬一眼。不过，心情大好的杨方亨却根本不会在意这些细枝末节，只听到唐卫轩暗暗把功劳推到自己身上，自然十分受用，捋着胡须，笑语盈盈地纠正道：

"唉，此乃天意，希望两国从此偃武修文、刀枪入库，也是托圣上之洪福，杨某怎敢妄自居功？！"

"哈哈，自然是大明皇帝陛下的洪福齐天，方可玉成此事。杨大人此言极是。"小西行长朝着杨方亨点了点头，但话锋一转，依旧瞥了眼唐卫轩，"不过，要在下说的话，杨大人，贵国使团之中，若要论功绩大小，自杨大人与沈大人以降，便是唐百户当居首功才对！若无唐百户披肝沥胆、深明大义，以至感动了上苍，希望两国今后铸剑为犁，只怕也很难有这只身犯险、夺回诏书的奇迹发生。"

杨方亨自这三天来的担惊受怕后，此时的心情正是极为顺畅，一扫数日的晦气。看着将自己乃至整个使团挽救回来的唐卫轩，杨方亨本就觉得十分顺眼，前些日子的怀疑此刻也早就烟消云散。因此，闻听此言，杨方亨只道小西行长作为日本的议和奉行，与自己一样，多亏了唐卫轩昨晚带回的诏书，才逃过了一劫，因此对其感念在心、投桃报李，所以在自己面前不断夸赞唐卫轩功不可没，于是笑言道：

"小西大人莫不是怕杨某忘了唐百户之功不成？卫轩尽可放心，你这一笔功劳，待回朝之日，本使绝不会忘记！"

"谢杨大人提携。也谢小西大人谬赞。"

说话的语气中，唐卫轩似乎兴致不高，只朝这二人淡淡地拱了拱手，便有些突兀地撇开了目光，不再多言。而众人都以为其是伤势未愈本就虚弱，加上其带回诏书之举、等同于使团的"救星"，因此谁也没有过多在意这略显失礼之举。而此时，唐卫轩撇开的目光，竟又与一旁默不作声的沈惟敬不期而遇，望着正轻捋胡须、气定神闲看着自己的沈惟敬，唐卫轩似乎面色微微有异，忍不住再度移开了视线……

不知不觉间，日头越升越高，眼看吉时渐近，在礼官的引领下，日本一众大名进入正堂，依各自位阶分别入座。而大明使团一行人也由小西行长在前引领着，以杨方亨为首、沈惟敬为次，依序进入正堂之内落座，等候着仪式的正式开始。

此番，大概是对三日前的那一夜仍心有余悸，为防止再出任何的意外，不仅正堂内外皆有众多丰臣家的侍卫严密把守，就连所有入场之人，也均被要求交出了所带兵刃。

落座之后，两国之人一如那晚的夜宴之时，依旧分宾主相对而坐。举目平视，厅内众人所穿，即便是日本众大名，也大多为明朝官袍，恍惚间，似是正身处大明之地。只是，令使团众人有些疑惑的是，不知为何，每人的面前竟还摆着一只已斟满的酒杯。

难不成，这册封仪式中，还要饮酒不成？

使团众人相顾之间，面露诧异，而看到这地上所铺皆是榻榻米，眼前装潢皆是一派日本之风，方暗自似有所悟：或许，这仪式是要依照日本的风俗进行。也罢，只要不误事、影响到册封仪式的顺利完成，稍饮杯酒，倒也无伤大雅。

同时，趁着此刻空闲，众人打量起了四周。这厅内倒是难得的宽阔，尤其对于所居多狭小的日本而言，可以称得上是颇为气派了。但若较之北京紫禁城中的皇极殿，却犹显促狭，更是少了几分坐拥天下、万邦来朝的天朝威仪。不过，眼见梁柱门栏之上或雕镂装饰，或覆以金箔，倒也极尽奢华之能事。唯有那些守在正堂内外、铠甲鲜亮的日本武士，略显扎眼，令众文官们有些不适。

除此之外，在厅内不起眼之处，居然还有一并受邀而来的僧侣、豪商各色人等。看来，丰臣秀吉似有借此仪式一并昭告天下各界之意。只是，这些人地位卑微，因而只能居于角落，大气也不敢出一声。

平静之中，坐于席间的唐卫轩忽然注意到，对面一人，正是昨晚本能寺中所见之人——德川家康。而对方此时，仿佛也正留意着唐卫轩这边。刹那间，重新相见的二人四目相对，但在这无言之中，唐卫轩又淡淡地移开了目光。德川家康则不动声色地皱了皱眉，暗暗在心中忖思着什么，面容间似有些凝重。随即，其目光又依次扫过了坦然而坐的杨方亨与沈惟敬两人，脸上的肌肉似是渐渐放松，但面容间依旧深不可测，平静地坐在原地，不知在沉思些什么。直到片刻之后，德川家康的目光投到厅内角落之际，忽而停了下来，深思熟虑之后，德川家康的脸上，随即又渐渐露出一丝不易察觉的变化……

这时，堂外鼓乐齐鸣，似是在宣布吉时将至。正堂之中皆已落座的大明使团与日本众大名皆神色肃穆。须臾之后，厅内深处一角，忽然响起了一名侍从用倭语高亢的通禀之声：

"太阁殿下驾到——！"

正堂之外的鼓乐之声随即戛然而止，而从主位一旁的拉门处，也步出了一位身穿大明衣冠华服的老者，正是权倾日本的一代枭雄——丰臣秀吉。

随着身穿大明所赐国王冠服的丰臣秀吉庄重地步入厅内，这场攸关大明与日本无数人前途命运的议和，也终于到了大功告成前的最后一步……

这样一来，日本众臣便如同具备了大明之封建家臣的身份。而这场册封，基本是以日本的仪式，也就是坐于榻榻米之上来进行的。仪式中，太阁丰臣秀吉与明朝使者杨方亨两人对等而坐。出席者包括了德川家康、前田利家、上杉景胜、宇喜多秀家、小早川秀秋、毛利辉元等人，他们乃是全日本最大的实力大名。在双方举杯相敬、浅尝美酒之后，丰臣秀吉缓缓地接过了象征荣誉的印信，也就是那枚硕大的金印，并将其高举过头顶……

——在日传教士路易斯·弗洛伊斯寄往天主教会的报告书中，如是记载

随着目睹丰臣秀吉郑重地接过了大明皇帝御赐的金印，在双方举杯相敬后的微醺之中，众人略微紧张的神经逐渐松弛，于原本的庄重之余，厅内更多了几分难得的祥和气氛。

而仪式的下一步，便是由大明使者杨方亨来宣读大明皇帝颁发的册封诏书。待宣读完毕，并在丰臣秀吉领旨之后，便代表着册封仪式正式完成。自此以后，日本便作为大明名义上的属国，而丰臣秀吉也将成为大明正式认可的"日本国王"。

眼见杨方亨已然出列，面对着静静而听的丰臣秀吉，以及厅内众人，小心翼翼地取出了昨晚唐卫轩拼死带回的大明诏书——

终于等到了这一刻，众人都不禁侧耳倾听，却几乎无心去细看，在那圣旨背面的不易发现之处，明黄色的绢布之上，似乎还隐隐留有几丝已干涸的血迹，彰显着这三日以来，这封大明诏书不为人知的跌宕经历……

这时，杨方亨已然缓缓展开了诏书，深深运足一口气后，开始用字正腔圆的汉话，朗声宣读起手中的册封诏书。就仿佛是来自大海另一侧的雄浑洪亮之音，一字不落地传入这厅内屏息静听的每一只耳朵：

"皇帝敕谕日本国王平秀吉：朕恭承天命，君临万邦，岂独义安中华，将使薄海内外日月照临之地，罔不乐生而后心始慊也。尔日本平秀吉比称兵于朝鲜。夫朝鲜，我天朝二百年恪守职贡之国也。告急于朕，朕是以赫然震怒，出偏师以救之。杀伐用张，原非朕意。迺尔将丰臣行长遣使藤原如安来，具陈称兵之由本为乞封天朝，求朝鲜转达，而朝鲜隔越声教不肯为通，辄尔触冒以烦天兵，既悔祸矣。今退还朝鲜王京，送回朝鲜王子、陪臣，恭具表文，仍申前请。经略诸臣前后为尔转奏，而尔众复犯朝鲜之晋州，情属反复。朕遂报罢。迩者，朝鲜国王李昖为尔代请，又奏，釜山倭众，经年无哗，专俟封使。具见恭谨，朕故特取藤原如安来京，令文武群臣会集阙廷，译审始末，并订原约三事：自今釜山倭众尽数退回，不敢复留一人；既封之后，不敢别求贡市，以启事端；不敢再犯朝鲜，以失邻好。披露情实，果而恭诚，朕是以推心不疑，嘉与为善。因敕原差游击沈惟敬前去釜山宣谕，尔众尽数归国。特遣后军都督府佥事署都督佥事李宗城为正使，五军营右融将左军都督府署都督佥事杨方亨为副使，持节赍诰，封尔平秀吉为日本国王，锡以金印，加以冠服。陪臣以下亦各量授官职，用薄恩赉。仍诏告尔国人，俾奉尔号令，毋得违越。世居尔土，世统尔民。盖自我成祖文皇帝锡封尔国，迄今再封，可谓旷世之盛典矣。自封以后，尔其恪奉三约，永肩一心，以忠诚报天朝，以信义睦诸国。附近夷众，务加禁戢，毋令生事。于沿海六十六岛之民久事征调，离弃本业，当加意抚绥，使其父母妻子得相完聚。是尔之所以仰体朕意，而上答天心者也。至于贡献，固尔恭诚，但我边海将吏，唯知战守，风涛出没，玉石难分，效顺既坚，朕岂责报，一切免行，俾绝后衅，遵守朕命，勿得有违。天鉴孔严，王章有赫，钦哉，故谕。"

读到这里，诏书内容便已基本念完。而后，则是诏书上所列的众多颁赐之物，如国王纱帽一顶、金箱犀角带一条、常服罗一套、大红织金胸背麒麟圆领一件……

直到杨方亨读完了诏书末尾的颁布日期：

"……万历二十三年正月二十一日。"

待杨方亨用汉话念完，缓缓放下诏书，屋内众人的表情大多仍像是无动于衷一般，直到见杨方亨已慢慢合起诏书，才明白原来诏书已经念完。看得出，除了小西行长与大明的一众使团成员外，在场几乎所有的日本大名，都无人听得懂汉话。因此，听着杨方亨洋洋洒洒地念完诏书内容之后，此间的众大名也根本不清楚，那诏书中所说的到底是什么意思，只当是小西行长与沈惟敬曾在此前告知过众人的那几项条款，大明皇帝已然恩准同意。

而大明使团的众人，见日本大名都无异议，原本还有些担心的个别官员，此刻也彻底放下心来。唯有唐卫轩表情复杂地暗暗瞥了小西行长与沈惟敬一眼，在极为复杂的心绪中，不禁对这瞒天过海的二人生出了万分感慨。不过，唐卫轩也隐隐发现，此刻，两人的额顶似乎都泛着微微的细汗。旁人大概只当是激动所致，唯有唐卫轩，想起昨晚迈入馆驿大门前，自己所做的最后抉择，默默于心中叹了一口气……

这时，杨方亨已卷起诏书，准备郑重地将这诏书交予丰臣秀吉的手中，正式完成册封仪式。而就在此时，一个声音却忽然响起：

"且慢。"

众人闻声，纷纷扭头看去，发现说这话的，竟是一向沉默少言的德川家康。

正准备接下诏书的丰臣秀吉也有些诧异，不知德川家康这突兀之举，究竟是何用意。而德川家康却气定神闲地起身建言道：

"太阁殿下，杨大人所念诏书皆是汉文。太阁殿下聪慧异常，自然一听便懂。但值此盛事，众大名皆在，却不知所言，日后岂不深以为憾？"

"这……"

"因此，在下建议，何不请人再用倭语宣读一遍，既可令众大名谨记在心，方可彰显今日之盛。后世提及，也能颂扬太阁殿下之奇功伟业……"

听完德川家康所言，丰臣秀吉不由得点了点头，随即放下了准备接取诏书的手臂。看样子，其实丰臣秀吉也根本并未听懂杨方亨刚刚到底念的是什么，但德川家康称赞其聪慧、一听便懂，丰臣秀吉倒也乐得撑个面子。可此时，回身望着厅内皆一知半解、面面相觑的众大名，丰臣秀吉也不禁皱了皱眉头，深感德川家康所言极是。

既然搞了如此大的阵仗，众人却像听天书一般，根本不懂其意，也无法充分体会到自己借朝鲜之战争得来的利益，也就使得原本打算借此提高丰臣家自身威信的目的，效果大打折扣。

想到这里，丰臣秀吉像是临时起意，打算找个既识得汉文又会倭语之人，再重新用倭语念上一遍。在近前快速扫了一圈，这目光自然就落到了小西行长的身上……

前一刻，杨方亨等大明使团之人听不懂德川家康的倭语，还不知到底发生了什么事情，正一脸茫然。尤其见听懂倭语的小西行长与沈惟敬二人满面涨红，额头尽是汗珠，还以为出了什么差池。

这时，随着丰臣秀吉用目光示意小西行长，这二人的表情又忽而缓和了一些，像是并无大碍、一切依然在掌控之中。

虽然小西行长的面色仍显得有些不太自然，但是见丰臣秀吉正用目光示意自己去接过杨方亨手中的诏书，而后再为厅内尚未听懂的众人用倭语念一遍，小西行长仿佛侥幸躲过了一劫，立刻会意地点了点头，躬身走上前去，和杨方亨简单地低声解释了一下。在丰臣秀吉接旨之前，希望再临时增加一个步骤，即由自己再用倭语向众人朗读一遍皇帝陛下的圣旨，以彰显圣上之仁德、大明之恩威。

听罢此言，杨方亨自然不知这诏书中有何猫腻，于是便放下心来，觉得这也并无不妥。用倭语再念一遍，的确比日本众人浑浑噩噩地不知诏书所云要好得多，因此杨方亨欣然同意。

见终于顺利接过了宣读诏书的关键角色，小西行长与沈惟敬暗中互换了一下眼神，终于默契地双双松了口气，不经意间，小西行长更是用余光恶狠狠地剜了德川家康一眼。

不过，德川家康却根本未予理睬，而是略显忧虑地朝着众大名扫了一圈。而这一幕，自然没有逃过丰臣秀吉的眼睛，其也不禁再度反身而顾，粗略一扫，当即明白了德川家康是在担心什么。

只见，厅内众大名眼看小西行长高居在上，由其代为用倭语宣读册封诏书，尤其是那些本就对其极为不满的主战派大名，一见其站在了上位、一副小人得志的模样，眼中更是喷射着怒火，皆感到愤恨不平。

见此情景，丰臣秀吉再次深感德川家康的谨慎：小西行长虽是自己的得意手下，但其的确不为主战派众大名所喜，若要由其代为宣读诏书继而引发众怒，自己聚集全国大名、当众宣读册封诏书，借以提高自身威望的良苦用心，岂不适得其反？

而当丰臣秀吉再次用目光向德川家康寻求解决之道时，顺着其视线，便望到了角落之中一名不起眼的僧侣身上……

"西笑承兑。"

只见，丰臣秀吉先是挥手制止了已接过诏书正准备宣读的小西行长，同时，自大厅角落中唤过了一名战战兢兢的日本僧侣。

"还是由你来读吧。"

闻听丰臣秀吉如此吩咐，竟打算临时换上这名精通汉文的僧侣，来当众宣读诏书，小西行长瞬间嘴唇发紫，愣在了原地，而后慌忙向一旁的沈惟敬看去。但是，就连一向机敏善变的沈惟敬，此刻也是脸色惨白，一时无计可施。

好在，这僧侣也是一脸为难，忍不住擦了下额头上的细汗，显然是方才厅内所有日本人中，几乎唯一听懂其所念内容之人。不过，也正因为如此，当其走上前来，瞥见小西行长脸上的神色后，这僧侣也像是瞬间明白了什么，唯恐避之不及道：

"太阁殿下，贫僧只是粗通汉文，只恐翻译不精。何况，此乃国之重事，贫僧身份低微，实在不敢僭越……"

听到此言，小西行长如同在生死旋涡之中，抓住了一根救命稻草，脸上重又流露出一线生机。没有想到，这僧侣倒也识趣，明哲保身，不愿意卷入这场是非之中。

可就在丰臣秀吉也有些犹豫不决之际，德川家康再度开口道：

"高僧此言差矣。正因此乃国事，因而，既应下告臣民，也当上禀神佛。由高僧来宣读诏书，便可昭示天下太阁敬神礼佛之诚意，更可得万民之拥护，亦可蒙佛祖之护佑。岂有拒绝之理？"

"这……"

只见，这僧侣无奈地看了眼望向自己的德川家康，似乎读出了什么，不由得抿了抿嘴唇。而后，其又小心翼翼地瞥了眼小西行长，正在左右为难之际，丰臣秀吉似是终于做出了决定——

"德川大人之言甚为有理，就由你来宣读吧。"

转过身来，丰臣秀吉又向着局促不安的小西行长吩咐道：

"行长，你且退下。"

在丰臣秀吉的语气之中，似乎并无半分责备的语气，甚至，还隐隐带着几分保护之意，不至于使自己这名心腹重臣太遭众大名的嫉恨。见状，小西行长咬紧了牙关，几番纠结中，依旧强作镇定却也只得交出了诏书。但是，就在交接的这一刻，小西行长还是用目光暗中狠狠盯了那僧侣一眼，其意不言自明。

只见，那名为西笑承兑的日本僧侣颤巍巍地接过了如有千斤重的诏书，紧张地看了看已站回原位，正两眼死死盯着自己的小西行长，而后又瞥了下一旁冷目相对的德川家康，最终，小心翼翼地抬眼看到，丰臣秀吉此刻已然等得有些不耐烦了，只好暗自道声佛祖保佑，咽了下口水后，便终于磕磕巴巴地用倭语念了起来……

这一回宣读诏书，便轮到大明众人不知所云了。不过，虽然听着咿咿呀呀的倭语有些头疼，但见厅内一众日本大名听得显然认真了许多，杨方亨满意地微微颔首，自觉这主意的确不错。如此一来，自己这正使也算是彻底完成了任务，不仅不卑不亢地即将完成这一册封仪式，更让在场的所有日本大名，都真真切切地明白了圣上的旨意与大明的恩威，可谓功德圆满。

杨方亨正暗自思考着，回朝之后的奏报到底该如何来写，才能完全体现出此行的艰难，与自己的劳苦功高。可就在其暗打腹稿、斟词酌句之际，却未曾发觉，随着那日本僧侣的诵读，丰臣秀吉的脸色，正越发有些不太对劲。

而站在一旁的小西行长和沈惟敬，豆大的汗珠正不断自额头滚滚而落……

"……万历二十三年正月二十一日。"

终于，那日本僧侣擦着冷汗，将诏书如实读完，后背却早已湿透。这诏书虽然只有区区数百个汉字，但是一遍读下来，却像是比诵读了一百遍佛经还要漫长。

直到合起诏书，这僧侣也始终未敢抬起头来看一眼丰臣秀吉，此刻，究竟会是怎样的表情。更有些担心，万一引发其雷霆之怒，自己是否也会因如实宣读而受到牵连。对于丰臣秀吉的残酷手段，这僧人也早有耳闻，无声之间，不觉更加心慌，只得暗暗默念佛经，勉强稳住心神，只盼自己莫要提前去往那西方极乐世界……

不过，此刻，听罢诏书的丰臣秀吉却顾不上去理会一名僧侣，而是杀气腾腾地看着汗如雨下的小西行长，眼神中似乎欲将其当场千刀万剐，但一时依旧忍住了。为了弄清真相，丰臣秀吉又满面怒容地扫了眼正一脸莫名其妙的杨方亨，以及一旁大多一脸迷茫的使团众人。瞬间，丰臣秀吉像是终于明白了一切。

而在这略显尴尬的沉默中，众人眼见丰臣秀吉迟迟没有上前接旨，虽然大多数人只看得到其背影，不知其此时的脸色如何，但是近处的细心之人已然发觉，丰臣秀吉的手背上已然青筋暴起，并紧紧攥住了拳头……

看来，一场腥风血雨似是已不可避免。

感觉到有些不对劲的四周武士们，此刻也纷纷按住了腰间的刀柄，随时等候着丰臣秀吉的命令。

"来人——！"

须臾之后，这厅内的一片死寂，终于被丰臣秀吉的一声怒吼所打破。

只见其振臂一挥，话音未落，四面的武士立刻纷纷拔出刀刃，无数寒光闪烁之中，武士们已将大明使团一众人等团团包围——

而直到此刻，面对这天翻地覆、急转直下的眼前局势，不少使团成员还未缓过神来，到底发生了什么变故。为何一炷香前还笑意盈盈的丰臣秀吉，竟会突然翻脸、刀兵相向？！

就在这使团众人目瞪口呆、厅内鸦雀无声之际，唯有沈惟敬仰天长叹一声，惨白的唇间，似在用细如蚊蚋的声音，无力地往复低吟着两个字：

"可惜，可惜……"

尾 声

　　随着议和失败,丰臣秀吉下令驱逐大明使团,并于次年再度派兵大举入侵朝鲜,战火重燃。

　　明朝亦再度挥师援朝,几经交手后,锐气已尽的倭军只能继续盘踞于朝鲜东南一隅,直到丰臣秀吉于一年后死去,方才撤回本土,彻底罢兵。

　　而在丰臣秀吉死去两年后,日本爆发内战,全国各大名分为东军、西军两大阵营,在关原进行决战,称为关原之战。小西行长所隶属的西军败于德川家康所指挥的东军,自被俘后,也于京都六条河原遭斩首示众,麾下一众部属或殁于战阵,或不知所终。

　　日本天下,从此落入德川家康之手,进入了德川幕府时代。十五年后,对丰臣家继续隐忍多年的德川家康,终于亲自跃马大阪,将丰臣一脉彻底消灭。丰臣秀吉昔日所筑、号称"难攻不落"的坚城大阪,也被德川大军付之一炬、灰飞烟灭。

　　大明一侧,自议和失败后,欺瞒朝廷的沈惟敬不久便被捉拿回京,以欺君误国之罪投入锦衣卫的诏狱。不过,至于其与小西行长暗中串联的背后秘密,以及还有何人参与此事,狱中的沈惟敬却始终缄口不言。

　　直到朝鲜战事结束后的次年,距离册封风波已事隔三年,沈惟敬被押赴刑场,以通倭汉奸的罪名,于京城市井间开刀问斩。

　　……

　　这一日,京城的天空艳阳高照,身戴镣铐的沈惟敬步履蹒跚地走上了刑场,仰天而望,看着这万里无云的晴空,似乎像极了自己功亏一篑的那一日。

　　"嘿嘿,真是个赴死的好日子啊……"

尾 声

沈惟敬捋了捋凌乱的花白胡子，继续走向刑场正中。而这时，周围聚拢过来的百姓大多是好奇图个热闹，少数人则对其不断唾骂，并向旁人不停诉说着此人的欺君卖国之罪。人群迅速聚拢，随着议论纷纷，越来越多的百姓知道了此人开刀问斩的由来，于是，叫骂声逐渐越来越响，以致声震瓦砾。好在有刑部的衙役与官兵阻隔着，人群才不至冲到其面前，将其亲手碎尸万段。

忽然，阻隔的官兵们一个不留神，几名孩童从其身下钻了进去，跑到刑场前，纷纷将手中捧着的臭鸡蛋与烂菜叶砸向已跪倒在地、准备引颈受戮的沈惟敬，口中齐声喊着：

"砸汉奸！砸汉奸！砸死你这卖国的大汉奸！"

谁知，沈惟敬却不怒不恼，对着几名孩童微微一笑，竟一脸戏谑地反问道：

"小鬼，不妨说说，沈某到底是如何卖国的？"

几个孩童一愣，却也不答，只是不断投掷着手中之物，依旧高声喊着：

"砸汉奸！砸汉奸！砸死你这卖国的大汉奸！"

这时，几名官兵终于赶了过来，将这几名顽皮的孩童给撵了出去。

沈惟敬略显凄然地看着几名孩童被赶回了外面叫嚷的人群中，继续起劲地叫骂着自己，微微叹了口气。眼看午时三刻将至，沈惟敬举目四望着，像是在看最后一眼这锦绣繁华的大明京城。

猛然间，沈惟敬的视线中，竟出现了一个熟悉的身影——

那是一名锦衣卫的千户，正默默地站在远处，注视着自己。

"嘿嘿。看来，你在战场上又立新功，都荣升千户了，真是恭喜你了……"

沈惟敬喃喃地低语着。

而这时，午时三刻已到。随着一枚令牌由朝廷的监斩官果断掷下，刽子手的刀刃已高高举起——

在这临死前的最后一刻，沈惟敬竟有些疯癫地笑着大喊道：

"老少爷儿们，沈某先走一……"

而其尚未说完，刽子手手起刀落，沈惟敬的首级已然落地。

随即，便有刑部的官兵拎起那血淋淋的脑袋，高悬于城门之上，用以示众。而围着首级的叫骂之声，直到黄昏时分，才渐渐散去。

暮霭中，悬挂着沈惟敬首级的城楼下，厚重的北京城门缓缓关闭。与此同时，天际的明月也已默默升起。皎洁的月光，铺洒在萧瑟的城楼之下。既然卖国奸佞已除，一切回到了正轨，世界，似乎也终于清静了下来，尘埃落定。

……

四十五年后，大明崇祯十七年三月十九日。

席卷华夏大地的遍地义军，此时已终于攻至北京，兵临城下。

夜色中，只见，那曾经高悬过汉奸首级的城楼下，昔日的厚重城门竟被轰然撞开。霎时间，杀声震天中，无数高举火把与兵刃的义军蜂拥而入冲进了京城，逢人便砍。

无数杀红眼的义军一边挥舞着刀刃，一边高声叫嚷着：

"抢银子啊！"

"这里到处都是白花花的银子啊！"

"弟兄们，冲啊！还是老规矩，朱姓子孙、王公贵胄、富商豪强，一个都不要放过！"

不远处，一个四十余岁的汉子，似是个义军小头目，正招呼着手下，撞开城内一家银庄的大门，满腔愤慨地放声喊道：

"哈哈！他娘的，你们也有今天！横征暴敛，逼得老子家破人亡，也凑不够上缴的天价银子。天道好轮回！这次，跟着闯王，老子既没粮也没米，就带着这把刀子，上门来和你们兑银子了！"

说罢，其两眼之中迸发着仇恨的火光，握紧刀刃，率着一票同样满怀恨意的手下，杀气腾腾地径直冲入了银庄门内——

在这无数喊杀与哀号声中，城楼上那处曾悬挂着沈惟敬首级的旗杆上，一面"明"字大旗，不知被谁一把扯落，于尘土飞扬间，被无数涌入京城的义军，昔日的大明子民们，踩在了脚下。

天边，明月高悬，依然在静静地看着这一切。